Nicolas Zeimet

Un trou dans le cœur

roman

DENOËL
SUEURS FROIDES

À mon fils

« Cela pèse lourd, une absence. Bien plus lourd qu'une disparition. Parce que avec les morts, c'est commode, on sait qu'ils ne reviendront pas. Tandis que les lointains nous narguent ou nous font espérer. »

Philippe Besson, *Vivre vite*

« Un père n'est pas celui qui donne la vie, ce serait trop facile, un père c'est celui qui donne l'amour. »

Denis Lord, *La Violence des forts*

3 CŒURS

LORNA

Elle s'appelle Lorna. Elle a trente-cinq ans. Mariée, deux enfants. Elle est business analyst dans une école, ce qui n'en dit pas long. BMI : 25. Pas de césarienne, aucune complication.

— BMI ?

— Je cherche, attends… Là, voilà : *body mass index.*

— Indice de masse corporelle ? Sérieux ?

Elle vit dans l'Oregon. Un coup d'œil sur la carte. C'est en haut, à gauche. Un rectangle coincé entre la Californie, le Nevada, l'Idaho et l'État de Washington. Capitale : Salem.

— C'est peut-être la descendante d'une sorcière ?

— Elle a la tête d'une sorcière ?

La première photo répond à la question : non, elle a la tête d'une fée. De grands yeux clairs en amande, un sourire franc, le teint pâle mais pas maladif. Ses cheveux blonds tressés en couronne lui font comme une auréole.

— C'est sa photo de mariage, tu crois ?

— Ça m'en a tout l'air.
— Elle est jolie.
— Très.

Le message qui suit, présenté dans une police de caractère manuscrite bleu foncé, les accroche un peu plus. Elle y explique que c'est sa première fois. Raconte son parcours, ce qui l'a menée là. Et s'adresse à eux d'un doux « *Dear intended parents* » qui, la veille encore, leur aurait paru bien illusoire. Ça les ancre, cette formule. Ça rend tout beaucoup plus concret. Ils vont devenir ce qu'ils n'auraient jamais imaginé devenir. Des parents d'intention.

Les mots de Lorna débordent d'amour, peut-être un peu trop. Elle aime sa vie, sa famille, son métier. Tout a l'air parfait, le rêve américain dans toute sa splendeur. Elle décrit son bonheur d'être mère et son désir d'aider un autre couple à pouvoir à son tour donner de l'amour à un enfant. Elle évoque ses parents, qui lui ont transmis des valeurs d'altruisme, sa communauté, où la solidarité est valorisée. Confie qu'elle adore être enceinte, tout en ne souhaitant pas avoir d'autre enfant. Conclut d'un « *With love* » qui enfonce le clou. C'est intime, cette signature. Ça ne se fait pas en France. En tout cas, pas au premier contact. Question de culture.

La présentation se poursuit avec des photos de la famille. Le mari a une bonne bouille de nounours. On lui donne une trentaine bien sonnée. La mâchoire carrée, le front haut, un sourire plus blanc que blanc qui dévoile un nombre impressionnant de dents. Derrière la masse un peu empâtée, on devine l'ex-capitaine de l'équipe de foot du lycée élevé au lait et au bon grain qui a séduit l'ex-capitaine des *cheerleaders*, l'a emmenée au bal de fin d'année dans une limousine louée pour l'occasion et l'a demandée en mariage un genou au sol. Le genre de gars qui n'oublie jamais la Saint-Valentin. Les enfants sont adorables. Une grande fille, qui doit avoir neuf ou dix ans, et un garçon, qu'ils ont de toute évidence eu dans la foulée. Ça déborde d'amour, là aussi. D'amour vrai.

Puis elle évoque sa personnalité, celle d'une femme volontaire, sûre d'elle, extravertie, organisée, aimante (encore), dévouée à ses proches. Elle aime rire et faire rire. D'ailleurs, ça ne loupe pas : en leur livrant, l'air de rien, qu'elle trouve les *fart jokes* de son fils savoureuses, elle arrive à les dérider, eux qui sont si tendus, par-delà la technologie et l'océan. S'ils se rencontrent un jour, nul doute qu'ils échangeront leurs meilleures blagues pipi-caca.

Viennent ensuite des renseignements plus anecdotiques : hobbies, engagement communautaire… Elle décrit sa journée type, jusqu'au rituel du coucher des enfants. On est dans l'intime, là encore. Une proximité qui s'établit par écrans interposés, à des milliers de kilomètres de distance, c'est possible ? Il faut croire que oui. Car ils ont déjà l'impression de la connaître, cette femme, alors qu'ils ignoraient son existence une heure plus tôt.

La section suivante les sort de cet entre-deux étrange, mi-rêve, mi-réalité. Avec le *Surrogacy details*, on entre dans le concret. C'est là que tout va se jouer.

— Elle a une assurance maladie, c'est un bon point.

— Elle est prête à démarrer tout de suite. Bon point.

— Elle ne veut transférer qu'un embryon. Bon point ?

— On fera avec. Je le mets dans les deux colonnes.

— *Termination*, c'est « avortement », non ? Elle accepte seulement en cas de danger pour sa vie à elle ou celle du bébé.

— Ça veut dire pas d'IVG s'il y a une malformation ?

— Oui, si la malformation ne l'empêche pas de vivre normalement. Ce n'est pas très clair. On met ça dans la colonne des moins, pour l'instant, et on en reparle avec l'agence.

— Elle est OK pour qu'on assiste à l'accouchement, génial ! Et elle souhaite des contacts fréquents pendant la grossesse, et ce qui nous plaira après. Mais avec une envie de garder le lien, quand même.

— Elle est parfaite !

— Oui !

— Ah, elle veut bien donner son lait. Bien ou pas bien ?

— Bien, dans l'absolu, mais… Oh, oh, *Compensation package*. On y est. Le nerf de la guerre.

La dernière section du profil arrive comme l'addition qu'on redoute après un repas trop arrosé. Tout est fait pour mettre à l'aise, pourtant : des couleurs pastel du titre au fond d'écran, sur lequel on devine l'image de deux mains d'adulte entourant des tout petits pieds pour former un cœur. Avec, au milieu, un montant à cinq chiffres. Mais les chiffres ne leur font pas peur, ils ont cessé de les impressionner le jour où ils ont pris leur décision.

Alors, consciencieusement, ils les entrent dans un tableau Excel.

— Il ne faut montrer ça à personne. Les rageux s'en donneraient encore à cœur joie.

— Tu parles de ta mère ? sourit Loïc.

La pique aurait pu agacer Camille mais elle s'en amuse. Les nerfs, sans doute. Sa mère, c'est un peu le sujet épineux du moment. Depuis qu'elle sait, Blanche n'en dort plus – à ce qu'elle dit, du moins. Elle n'arrive pas à comprendre comment une femme peut abandonner le bébé qu'elle a porté, encore moins comment elle peut le faire en échange d'un salaire.

— Elle ne l'abandonne pas, maman, ce n'est pas son bébé. Et ce n'est pas un salaire, c'est une compensation. Un dédommagement, si tu préfères, pour les frais occasionnés pendant la grossesse et pour la peine endurée.

— Mais si c'est si dur, pourquoi elles le font, alors, pourquoi elles font ça ?

— Pour aider des personnes qui ne peuvent pas avoir d'enfant par la bonne vieille méthode. Comme moi.

— Mais tu vas y arriver, Camille, tout ça, c'est dans la tête. Tu sais combien de temps j'ai mis à t'avoir, après le mariage ? Un an, il a fallu un an pour que je tombe enceinte ! Je ne pensais qu'à ça, rien d'autre ne comptait, jusqu'au jour où j'ai arrêté de me mettre martel en tête, et là c'est arrivé…

— Maman…

— Tu sais qu'il a été prouvé que la fragilité psychologique était un facteur aggravant dans les cas d'infertilité ?

— Tu as lu ça dans *Psychologies Magazine* ?

— Moque-toi ! Je t'assure, le contexte émotionnel est très important quand on essaie de faire un enfant. S'il n'est pas favorable…

— Il ne le sera pas tant que ma mère ne me soutiendra pas.

— … ça n'a aucune chance de prendre !

— « De prendre » ?

— Ma chérie, toi et moi, on est pareilles, on est des hypersensibles, tu le sais bien, un rien nous affecte !

— Tu ne comprends pas.

Non, Blanche ne comprend pas. Elle n'est pas passée par là. Le désir d'enfant, si fort qu'il fait mal, les espoirs déçus, meurtris, l'amour qu'on ne fait plus seulement pour le plaisir, mais avant tout pour procréer, l'angoisse collée au ventre quand doivent arriver les prochaines règles, le sentiment d'impuissance, puis d'injustice, tout cela lui est étranger. Elle n'était pas là quand les résultats sont tombés, comme la faux de la camarde, après deux ans d'échecs à répétition. Quand on leur a annoncé, à elle et à Loïc, que tout allait bien chez eux, qu'échographies et spermogrammes étaient normaux, mais qu'il était possible qu'ils n'arrivent jamais à concevoir un enfant. Elle n'a pas ressenti le choc immédiat, la culpabilité. Et, en guise d'effets secondaires, le sentiment d'anormalité, de dégoût de soi. De perte – d'un enfant fantasmé, d'une féminité.

Camille, pourtant, ne lui a rien caché de son combat. Prises de sang hebdomadaires, stimulations hormonales, fécondations *in vitro* : sa mère l'a accompagnée dans presque toutes les étapes, pendant plus de trois ans, naviguant à vue dans un océan de larmes et de saignements, entre régimes farfelus, acupuncture et compléments alimentaires, faisant de son mieux pour soigner les bobos du corps et de l'esprit. Mais cette nouvelle bataille que Loïc et elle ont décidé de mener, cette lueur rose bonbon à l'horizon, elle ne la comprend pas.

— Je sais que vous avez eu des difficultés, tous les deux, et ce genre de tensions, dans un couple, ça peut…

— Maman…

— Non, attends, laisse-moi parler.

— Maman !

Entendre sa mère évoquer ces obstacles que Loïc et elle ont dû surmonter sur le chemin de la parentalité est au-dessus de ses forces. Camille n'en peut plus de revivre ces huit années de discussions interminables, de nuits blanches à voir mourir à petit feu leur rêve de fonder une famille, de rapports planifiés, contrôlés, comme on maîtrise la reproduction des bovins, de stimulations, d'inséminations, malgré son corps épuisé. Et ce qu'elle a eu à subir, elle, sans toujours oser le partager : la pression sociale liée à l'âge – ne pas être mère quand on est en couple à trente-huit ans, ce n'est pas normal –, la honte de ne pas faire ce cadeau à l'homme qu'elle aime, de ne pas être capable d'accomplir une chose que tout le monde semble attendre d'elle, l'impression de devoir faire le deuil d'un enfant à chaque nouvelle menstruation, la haine des femmes enceintes, rondes et épanouies. Et ce vide en elle. Ce vide que rien ne vient remplir.

— … même avec les cachets que m'a prescrits la psy, je ne dors plus, ça fait des mois que ça dure, parce que je me fais du souci pour toi, pour vous, pour cette folie que vous allez commettre. J'en parle, pourtant, je lui parle de tout ça, de ce qui vous arrive, et Dieu sait que ça fait du bien de parler, même si ça ne soulage pas toutes les souffrances, mais ça, franchement ?

À chaque fois que sa mère lui sort ce genre d'arguments, Camille ravale sa colère. Ça la met hors d'elle, cette manie qu'elle a de lui dire ce qu'elle doit faire sous couvert de conseil, de faire des phrases à rallonge pour ne pas lui laisser en placer une, de mettre des points d'interrogation partout, comme pour suggérer et ne pas imposer. Mais elle laisse bouillonner ça en elle, pour ne pas envenimer les choses.

— Arracher un enfant à sa mère, tu imagines ?

— Ce n'est pas sa mère. C'est sa gestatrice. Ou « femme porteuse », si tu préfères une dénomination moins clinique. Les anglophones ont un mot pour ces femmes : *surrogates*. L'absence d'équivalent en français en dit long sur le retard dans le débat de ce côté-ci de l'Atlantique.

— Peu importe comment tu l'appelles. Il y a d'autres solutions, Camille.

— Ne me parle pas d'adoption. Il n'y a plus rien à espérer de ce côté-là, tu le sais très bien. Ça va faire quatre ans qu'on est sur liste d'attente, sans résultat.

— Ton père pourrait peut-être essayer de faire quelque chose, il a des relations. Il ne vous laissera jamais…

— Laisse-le en dehors de ça, s'il te plaît. Il n'a plus son mot à dire depuis longtemps.

— Mais quand même, il doit bien y avoir un autre moyen ? Dieu sait que…

— Maman, s'il te plaît…

Depuis qu'ils l'ont mise au courant de leur projet, Blanche n'en démord pas. La PMA, passe encore, mais la GPA, elle refuse d'en entendre parler. Et Dieu n'a rien à voir là-dedans, elle n'est pas croyante. Camille met son refus sur le compte de l'ignorance, à l'origine de bien des maux de la société.

— Tout ce que je veux, c'est te protéger, ma chérie. Quand on est parent, on ne veut pas voir souffrir son enfant. Je dis ça parce que je t'aime et que j'ai peur pour toi, tu as déjà subi tellement d'épreuves.

— Et tu m'en ajoutes une de plus.

— Mais… vous essayez toujours, tous les deux ? Vous faites ce qu'il faut ?

— Tu veux voir notre calendrier ?

— Camille, je dis ça pour t'aider.

Et toujours cet art de conclure, ce tacle final qui appuie là où ça fait bien mal :

— Ou de te faire aider ? Je ne voudrais pas insister, ma chérie, mais le problème est peut-être vraiment dans ta tête. Et si tu pensais à consulter, toi aussi ?

Si elle savait… Oui, Camille voit quelqu'un. Ça ne fait pas longtemps, à peine quelques semaines, mais elle n'en a rien dit à sa mère. Par peur de se montrer vulnérable, mais aussi parce qu'elle répugne à lui concéder une quelconque victoire.

— Camille ? fait la voix de Loïc, lointaine.

— Oui ?

— Tu en penses quoi ?

— De… ?

— Lorna. Tu en penses quoi ?

LOÏC

Amazing. C'est le mot qui est venu naturellement à Loïc en découvrant le profil de Lorna. Les Américains raffolent du superlatif, et à cet instant, il ne voit pas de meilleure façon de décrire ce qu'il ressent.

Camille est raccord, mais en version française :

— Elle est géniale !

Loïc regarde sa femme, le cœur au bord de l'implosion. Il pense qu'il ne l'a jamais autant aimée qu'à cette seconde.

— Alors, quoi… on y va ?

— On y va.

— Mais, le tableau, les plus, les moins… ?

Camille rabat l'écran de son ordinateur portable, approche son visage du sien et lui plante un baiser sur les lèvres. Un parfait moment de cinéma.

— On s'en fout.

— On s'en fout ?

— On s'en fout.

Un ange passe. Le riff mélancolique d'un vieux tube de Souchon plane loin, très loin au-dessus de leurs têtes.

— On fait quoi, maintenant ? finit par demander Camille.

— On ne perd pas de temps, on dit à Ginger de lui envoyer notre profil.

— Et si elle ne l'aime pas ?

— Elle va l'adorer.

Ce profil, ils l'ont rempli cinq mois plus tôt, début 2018, après avoir arrêté leur choix sur 3Harts, une agence de GPA fondée en 2010 et basée à Roseville, en Californie.

Spécialisée dans l'accompagnement des parents d'intention, Ginger Hart, sa fondatrice, a elle-même été femme porteuse à deux reprises. C'est son franc-parler et son empathie naturelle qui les ont séduits, plus que ses statistiques, même si son taux de réussite avoisine les cent pour cent.

— On le relit une dernière fois ? propose Camille. Pour être sûrs.

— D'accord.

Loïc relance l'ordinateur, accède à leur espace sur le site de l'agence. En deux clics, il fait remonter leur profil, resté à l'état de brouillon dans l'attente de leur validation finale.

La présentation s'ouvre sur une photo d'eux, prise l'été précédent sur une plage du Finistère, accompagnée d'une brève description : Loïc et Camille Stephan, trente-huit ans tous les deux, respectivement cadre dans l'industrie pharmaceutique et illustratrice de livres pour enfants. En couple depuis 2009, mariés depuis 2011. Installés à Rennes, en France, depuis 2014, dans un grand appartement situé près d'un parc arboré, à seulement cinquante minutes de la mer, le cadre idéal pour élever des enfants. Loïc est d'une nature calme, rêveuse, optimiste. Camille est passionnée, persévérante, sensible. Il aime la nature, la solitude, sa famille et le surf. Sa couleur préférée est le vert. Elle aime la cuisine, ses amies, les polars et la danse. Son plat préféré : le pad thaï aux crevettes. On croirait un profil sur un site de rencontres, mais c'est le jeu. Il faut séduire.

Comme Lorna, ils ont écrit une lettre à l'attention de leur future femme porteuse, approfondissant leur parcours et détaillant leurs personnalités. Ils s'y livrent à cœur ouvert sur leur passé, leurs attentes, leurs doutes. Expliquent qu'ils ont choisi la GPA parce qu'ils ont épuisé toutes les autres options. Mais pas par dépit, non, surtout pas. C'est Loïc qui en a parlé le premier, après avoir vu un reportage à la télé. Ils ont pris leur décision il y a six mois, dans un restaurant d'altitude d'une station de ski des Alpes, autour d'une raclette, un plat typiquement français. Leurs familles et leurs amis les soutiennent dans ce projet, même s'il a fallu un peu plus de temps aux parents de Camille pour se faire à l'idée. Car ça aussi, c'est la France : vieux pays, vieilles traditions. Mais heureusement, les mentalités évoluent. Enfin, ils précisent qu'ils doivent bientôt se rendre en Californie pour démarrer le processus clinique. Le voyage est prévu pour début août. Camille donnera ses ovocytes, Loïc son sperme. Sauf complication, l'embryon sera le leur sur le plan génétique.

Puis chacun dresse un portrait de l'autre, en quelques lignes. Pour Loïc, Camille n'est rien de moins que la maman rêvée. Elle attend ça depuis si longtemps. Il sait qu'en devenant mère, elle ne retiendra pas ses élans d'amour. Comme elle travaille à son compte, elle pourra prendre tout le temps nécessaire pour accueillir le bébé dans les meilleures conditions. Pour l'anecdote, il glisse qu'elle a déjà une *short list* de prénoms. Camille, quant à elle, décrit Loïc comme un mari exemplaire. Il est son roc. Elle sait qu'elle peut compter sur lui à chaque instant, comme pourra le faire leur enfant.

— Et ça, dit-elle en pointant du doigt le dernier paragraphe de la page, tu crois qu'on garde ?

Ginger leur a dit de ne rien cacher (c'est elle qui a insisté pour garder l'allusion à la raclette, pour le folklore, mais aussi le passage sur les réserves de la famille de Camille, pour l'honnêteté), mais le souvenir dont il est question, et que Camille a relaté spontanément quand on lui a demandé de citer un moment où Loïc a fait quelque chose de mémorable pour elle, est si douloureux et intime qu'ils hésitent encore à le partager. Et puis ils ne veulent pas verser dans le pathos.

— Ah. J'en sais rien, soupire Loïc. Mais tu te souviens de ce que Ginger nous a dit. On va parler de cycles menstruels, de piqûres dans les fesses, et à la fin on va la voir à poil sur une table d'accouchement. On peut difficilement faire plus intime, comme relation. On n'est plus à ça près.

Et tandis que sa femme hoche la tête en silence, l'image qui l'a hanté pendant des mois revient à Loïc : celle d'une cuvette de toilettes éclaboussée de matières rouges. C'est lui qui a tiré la chasse, ce jour-là, lui qui a évacué ce qui restait de ce petit bout de vie qu'ils avaient conçu tous les deux, Camille n'en ayant pas la force. Un coup à vous amocher sérieusement, la fausse couche, surtout si on négocie mal le contrecoup émotionnel. Les premiers temps, Loïc a retenu sa peine pour ne pas ajouter à celle de Camille. Au fond de lui, il se sentait impuissant, coupable d'avoir manqué au devoir de protection de sa famille, mais il n'en laissait rien paraître. Résultat, ils ont vécu ce deuil chacun de leur côté, lui en pilote automatique, s'enfermant dans le travail, elle dans la dépression, persuadée qu'il ne ressentait rien. Et la place de cet enfant absent n'a fait que grandir entre eux. Ça remonte à un peu plus d'un an. Mais avec ce nouvel espoir qu'ils se sont donné, tout s'est apaisé.

Ils décident finalement de ne rien changer à leur profil, le valident et donnent leur accord à Ginger pour qu'elle le transmette à Lorna. Il est 6 heures du matin en Californie, ils devront attendre pour la réponse.

— Pourvu qu'elle nous choisisse, dit Camille en envoyant le mail.

Elle suspend son geste en refermant l'ordinateur, comme si elle avait oublié quelque chose.

— On va avoir un bébé, alors ? dit-elle, ses yeux noisette piquetés de reflets d'or plongés dans ceux de Loïc.

— Oui, mon amour, on va avoir un bébé. « Mélange de toi et moi », comme dit la chanson.

Le verbaliser, c'est comme un shoot de bonheur qui lui monte directement à la tête. Loïc se voit déjà repeindre la chambre d'amis, monter le berceau, décrypter la notice du siège auto, et il se met à bander. Il n'y aurait jamais cru, il n'en parlera jamais à personne, mais il bande comme un âne à l'idée de cette vie qui l'attend. Camille l'aide bien, sa main est posée sur son entrejambe.

Alors, ils font l'amour. Pour le concevoir, cet enfant. Symboliquement. Pour que cette grossesse puisse vraiment commencer.

Neuf mois plus tard

JOUR 1

1

L'odeur de chicorée qui monte aux narines de Loïc fait jaillir de sa mémoire le souvenir des petits déjeuners de son enfance chez ses grands-parents, à Penmarc'h. Il revoit la nappe à fleurs en toile cirée, les carreaux de faïence au-dessus de l'évier, dont deux étaient fendus, le tablier bleu passé de Mamyvonne – un souvenir lointain qui le surprend alors que la grande aiguille vient accrocher le 4 derrière le plexi jauni de l'horloge fixée au mur du bureau. Il est 6 h 20.

— Attendez… votre femme est enceinte ?

— Non, pas elle.

— Mais vous venez de me dire que vous alliez avoir un bébé.

— Oui, mais ce n'est pas elle qui le porte.

Le flic lève un sourcil interrogateur. Il ne comprend pas, et Loïc ne peut pas lui en vouloir.

— Nous avons recours à une femme porteuse, l'éclaire-t-il.

— Ah. Une PMA, c'est ça ?

— Une GPA. Aux États-Unis, croit-il bon d'ajouter comme pour préciser qu'il n'y a rien d'illégal là-dedans.

Le flic ne réagit pas. Il porte silencieusement sa tasse à ses lèvres, avale une gorgée de la mixture, qui doit être froide, maintenant – elle était déjà là quand Loïc est entré dans le bureau, près d'une heure plus tôt. Puis l'homme, qui a dit s'appeler Léotard, ou Liotard, repose la tasse et se remet à taper sur son clavier. Pour Loïc, chaque cliquètement de touche est une claque sur ses nerfs.

— Donc, pour le signalement, vous confirmez ? Cheveux : châtain clair, mi-longs. Yeux : noisette. Taille : un mètre soixante-huit. Corpulence : mince. Signes particuliers : un grain de beauté au-dessus la lèvre supérieure, côté droit. Tenue vestimentaire : inconnue.

— C'est ça.

— Vous pensez pouvoir vous faire une idée de ce qu'elle portait en inspectant sa penderie ?

— Peut-être.

Nouveaux tapotements sur le clavier. Ça résonne, dans la tête de Loïc. Tout se chamboule, s'entrechoque.

— Bien, je reprends depuis le début, annonce le flic après un instant. En rentrant d'un déplacement à Paris hier soir, mercredi 3 avril 2019, vous constatez que votre femme n'est pas chez vous. Votre dernier échange remonte à 21 h 05, quand vous l'avez informée que votre train avait vingt minutes de retard au départ de la gare Montparnasse. Elle vous a répondu qu'elle comptait se coucher tôt, car elle avait eu une journée éprouvante, et qu'elle serait probablement endormie à votre retour. Vous arrivez finalement en gare de Rennes à 23 h 50, avec près d'une heure de retard. Vous prenez un taxi qui vous ramène chez vous et à votre arrivée, vous trouvez la porte de votre maison, où vous vous êtes installés récemment, normalement fermée. Les lumières étant éteintes, vous en déduisez que votre femme est au lit. Votre maison compte combien de niveaux, monsieur Stephan ?

— Trois.

— Et votre chambre se trouve à quel étage ?

— Au premier.

Le flic acquiesce d'un hochement de tête que Loïc ne sait pas comment interpréter.

— Vous ne montez pas immédiatement, car vous n'êtes pas fatigué. Vous mangez un morceau, envoyez quelques e-mails professionnels, puis prenez une douche. Après quoi vous allez vous coucher sur les coups d'1 heure. C'est à ce moment-là que vous constatez que votre femme n'est pas dans le lit, et que le lit n'est pas défait.

— Oui.

— Vous faites alors le tour de la maison, vérifiez les autres chambres – combien de chambres, monsieur Stephan ?

— Trois.

— Vous vérifiez les trois autres chambres et le patio à l'arrière de la maison, puis vous inspectez le garage, mais votre femme n'est nulle part. Votre voiture – vous n'en avez qu'une... ?

— Oui.

— Votre voiture est dans le garage, où tout semble en place, comme dans le reste de la maison. Vos deux vélos sont là. Vous tentez de joindre votre femme sur son téléphone portable, mais tombez directement sur sa messagerie. Vous lui laissez un message vocal à 1 h 07, la priant de vous rappeler, puis lui envoyez un SMS pour lui demander où elle se trouve, avant de faire deux nouvelles tentatives d'appel à 1 h 09 et à 1 h 10, toujours sans succès.

Loïc confirme. Son iPhone déverrouillé ouvert sur son journal d'appels témoigne de sa persévérance : il a appelé Camille vingt-cinq fois au cours de la nuit.

— Il est 1 h 14 quand vous contactez Claire Carval, une de ses amies qui, elle, vous répond. Vous savez que votre femme et elle se sont vues, ou devaient se voir, pour le déjeuner. Mais Mme Carval vous informe que votre femme a annulé le rendez-vous par SMS en début de matinée, et qu'elle n'a plus eu de ses nouvelles depuis. Vous lui expliquez la situation et lui demandez de vous appeler si votre femme venait à la contacter. Puis vous vous habillez et allez sonner chez vos voisins d'en face, M. et Mme Brunel, qui vous indiquent ne pas avoir vu votre femme de la journée, et ne rien avoir remarqué d'inhabituel dans le voisinage au cours des dernières heures. Vous n'osez pas déranger les autres riverains en pleine nuit car, étant nouveaux dans le quartier, vous ne les connaissez pas aussi bien que M. et Mme Brunel. Rue du Thabor, vous êtes côté avenue de Grignan ou côté rue du Général-Guillaudot ?

— Côté avenue de Grignan, à gauche, quand vous avez l'entrée du parc face à vous.

— C'est une voie sans issue, non ?

— Oui.

Le flic se remet à pianoter sur son clavier. Loïc compte une trentaine de cliquetis. Qu'est-ce qu'il peut être en train de noter ?

— Après ça, vous décidez de faire le tour du pâté de maisons à pied, tout en continuant à appeler le portable de votre femme. Le parc est fermé, mais vous longez l'enceinte par l'avenue de la Palestine, à la recherche d'un accès qui serait resté ouvert, parce qu'il lui arrive d'aller courir là-bas le soir. N'ayant rien trouvé, vous rentrez chez vous un peu avant 2 heures. Vous prenez alors la décision de contacter différents hôpitaux de la région, là encore sans résultat. Vous finissez par composer le 17 à 2h41 pour signaler aux services de police la disparition de votre femme, que vous jugez inquiétante. Vous êtes orienté vers notre commissariat, où un agent vous demande de procéder à quelques vérifications. Vous raccrochez, vous rendez dans son dressing afin de vérifier si ses effets personnels sont toujours là, comme on vous l'a demandé. À première vue, rien ne manque, mais elle a tellement de vêtements que vous n'êtes pas en mesure d'attester que tout y est. Vous notez qu'il n'y a aucune trace de départ précipité. Après une fouille de la maison, vous trouvez ses papiers d'identité, ses cartes bancaires, mais ni son téléphone ni ses clés. Votre femme est myope, et ses lunettes de vue sont introuvables. En revanche, son ordinateur portable est dans son bureau… Des nouvelles, monsieur Stephan ? s'interrompt le flic tout à coup, voyant Loïc baisser le nez vers son téléphone.

Loïc secoue négativement la tête. Il vient de recevoir deux messages WhatsApp de Lorna.

— Mme Stephan, m'avez-vous dit, est illustratrice et travaille chez elle. Son activité nécessite-t-elle un équipement particulier ?

— À part son ordinateur, elle a une tablette graphique.

— Et ce matériel se trouvait toujours dans la maison ?

— Je… je n'ai pas pensé à regarder. Sans doute, oui. Si l'ordinateur est là, je ne vois pas pourquoi le reste n'y serait pas. Mais vous pensez que ça a de l'importance ?

— Tout a son importance, monsieur Stephan, répond le flic avant de reporter les yeux sur son écran. Vous vous connectez ensuite à l'ordinateur de votre femme, comme vous l'a suggéré l'agent de police au téléphone. Il n'est protégé par aucun mot de passe, et vous accédez rapidement à sa boîte mail, dont les identifiants sont préremplis. Vous remontez sur les derniers jours et n'y trouvez rien d'inhabituel ou de suspect. Vous vous connectez ensuite au site de sa banque et accédez à son espace client, dont vous connaissez le mot de passe. Là encore, vous ne notez rien d'inhabituel ou de suspect dans la liste des opérations des derniers jours. Aucun retrait ou paiement sur votre compte joint n'a été enregistré avec sa carte bancaire au cours des dernières vingt-quatre heures, et le dernier paiement effectué avec la carte rattachée à son compte personnel remonte au 25 mars, il s'agit d'un achat en ligne auprès d'Amazon. Vous ignorez ce qu'elle a acheté. Une fois ces vérifications effectuées, vous décidez de prendre votre voiture et de sortir sillonner les rues de la ville. Vous roulez environ une heure avant de vous présenter à notre commissariat.

Le flic lève les yeux de son écran et épingle Loïc d'un regard indéchiffrable. Il ne doit pas être beaucoup plus âgé que lui, pourtant il l'intimide.

— Votre femme, monsieur Stephan, lui est-il déjà arrivé de disparaître, par le passé ? Ne serait-ce que quelques heures ?

— Non, jamais. Ce n'est pas dans ses habitudes.

— Elle vous a dit avoir passé une journée éprouvante. Vous savez pourquoi ?

— Pas vraiment.

— Vous ne le lui avez pas demandé ?

— J'ai pensé qu'elle avait eu beaucoup de travail. Elle doit boucler un projet important, et dans ces moments-là, il peut lui arriver d'être sous pression.

— Vous me confirmez qu'elle n'a aucun problème de santé ? Aucun trouble psychologique ?

— Aucun.

— Était-elle déprimée, pourrait-elle avoir eu des idées suicidaires ?

— Non ! On va avoir un bébé à la fin de l'année, elle n'a jamais été plus heureuse !

— Mais votre projet, une PMA à l'étranger… ça ne doit pas être de tout repos…

C'est un euphémisme, pense Loïc sans oser corriger le flic qui, comme beaucoup de Français, confond la PMA et la GPA.

— On a eu quelques difficultés ces derniers mois, c'est vrai, mais tout est rentré dans l'ordre.

— Des difficultés au sein de votre couple ? Il y a eu des tensions, des disputes ?

— Quel couple n'en a pas ? Mais vous… vous pensez qu'elle aurait pu…

— Je ne pense rien, monsieur Stephan. Je cherche à écarter des pistes.

— Comme le suicide ?

— Ou la disparition volontaire. Vous m'avez envoyé les photos pour l'avis de recherche ?

— Oui.

Le flic clique à deux reprises sur sa souris et quitte le bureau alors qu'une imprimante se met à ronronner dans la pièce d'à côté. Loïc profite de son absence pour consulter les messages de Lorna. Le premier est assez long, il le lit en diagonale, sans tout comprendre. Le second contient deux photos, dont celle d'un document à l'en-tête d'un cabinet d'obstétrique sur lequel Lorna a entouré deux lignes. *Due date : November 22*[1], et *120 bpm*[2] suivies de trois points d'exclamation. Loïc écarquille les yeux. Leur femme porteuse a passé sa première échographie à 17 heures, et avait promis de leur envoyer les infos après avoir couché ses enfants. Elle a entendu battre le cœur de leur bébé... et Camille n'est pas là pour partager la nouvelle avec lui.

— Du nouveau ?

Le flic arrive derrière lui et vient poser la déclaration imprimée sur le bureau. Loïc range précipitamment son téléphone, comme s'il avait été surpris à regarder du porno.

— Non, rien. On fait quoi, maintenant ?

— Je vous invite à rentrer chez vous, au cas où votre femme y serait. Si ce n'est pas le cas, vérifiez votre répondeur de téléphone fixe si vous en avez un, passez quelques coups de fil : famille, amis, connaissances... Plus on aura de témoignages, plus on aura de chances de la retrouver. Il sera bientôt 7 heures, vous pouvez aussi aller sonner chez vos voisins. Et inspectez attentivement la penderie de votre femme et le panier de linge sale, afin d'essayer de déterminer quelle pourrait être sa tenue, pour l'avis de recherche.

1. Accouchement prévu le 22 novembre.
2. 120 *beats per minute* (battements par minute, rythme cardiaque fœtal).

— Alors vous jugez sa disparition inquiétante ? demande Loïc, la gorge nouée.

— Au vu des éléments que vous avez portés à ma connaissance – un bébé qui va bientôt arriver, ses projets professionnels en cours, la nouvelle maison, l'heure relativement tardive de sa disparition, le fait qu'elle n'ait emporté ni ses papiers, ni ses moyens de paiement, ni aucun autre effet personnel –, oui.

Loïc sent un creux se former dans son estomac. Le flic, qui a dû le remarquer, essaie de le rassurer :

— Vous avez fait ce qu'il fallait en venant nous voir, monsieur Stephan. En général, les gens attendent plus longtemps, parce qu'ils pensent à tort que la police ne traite pas les disparitions de personnes majeures. Mais toutes ne sont pas volontaires, tant s'en faut. Maintenant, rentrez chez vous, et préparez tout ce qui pourrait nous aider à comprendre ce qui a pu arriver à votre femme. Nous serons là dans une heure.

2

Dans la voiture, le parfum encore présent de Camille monte à l'assaut de ses sens, comme l'a fait l'odeur de la chicorée dans le commissariat un peu plus tôt. Loïc s'y abandonne un bref instant, immobile derrière le volant, à observer le matin gris. Le jour n'est pas loin, et il se demande si c'est le premier d'une nouvelle vie.

Le deux-tons d'un véhicule de police lui colle une claque qui le sort de sa torpeur. Il démarre au moment où un éclair bleu vient cogner le miroir du rétroviseur, puis gagne les bords de la Vilaine. Les vitres à moitié baissées, il roule vers le nord, l'œil aux aguets, le pied léger sur l'accélérateur. Les rues sont calmes, il est encore tôt. Si Camille est quelque part sur ces trottoirs, il ne pourra pas la manquer.

Alors qu'il remonte vers les hauteurs de Rennes, il se demande comment faire pour organiser une battue en ville. C'est absurde, comme question, ça lui vient comme ces remarques gênantes que sortent parfois les enfants aux moments les plus incongrus. Les battues, c'est à la campagne. Ce sont les taillis, les buissons qu'on bat. Pas les portes cochères, ni les abribus.

Il ne fait pas froid, pourtant Loïc frissonne. Il repense à ce que lui a dit le flic. Il sait qu'il a des appels à passer, mais il retarde l'échéance. Cette perspective le glace. Et puis, par qui commencer ? Sa belle-famille devrait être la première alertée, mais il ne pense qu'à ses parents à lui. Ils aiment Camille comme leur fille, eux.

Il s'engage au pas dans l'avenue de Grignan. Le décor familier est figé dans un brouillard que les premiers rayons du soleil peinent à percer. Une silhouette se dessine sur le trottoir. Mince, les cheveux mi-longs. La correspondance avec le signalement de Camille s'arrête là. La fille est brune, beaucoup plus jeune. Il s'arrête à sa hauteur, abaisse complètement la vitre côté passager. Elle fait un écart quand il l'aborde. S'approche quand il dégaine une photo de sa femme disparue, prise à Portland en août dernier. Non, elle ne l'a pas vue, désolée.

Il s'apprête à tourner dans sa rue quand il entend un grincement de gonds, à une trentaine de mètres. Le parc du Thabor est en train d'ouvrir. Il va se garer devant son garage, descend de la Volvo et passe le nez par la porte de la maison, par acquit de conscience. Quand il appelle le prénom de sa femme sur le seuil, seule sa voix lui répond dans le grand espace vide. Rien n'a bougé depuis son départ. Il se déchausse à la hâte et grimpe l'escalier, sur une impulsion. Pas trace de Camille. Dans leur chambre, la couette est telle qu'il l'a laissée : rabattue de son côté à lui, remontée de celui de Camille.

Loïc redescend, passe son K-Way sur son gilet en maille. Un tic-tac le stoppe dans son élan alors qu'il se rechausse. Il laisse ses chaussures en plan et va à la cuisine, ouverte sur le séjour. La montre de Camille, celle qu'il lui a offerte pour ses trente-neuf ans, est là, sur l'îlot, entre leur enceinte Bluetooth et l'une de ces petites plantes en pot artificielles qu'elle a mis partout dans la maison. Sa femme n'a jamais été fichue de garder une plante vivante plus de trois mois, y penser le fait sourire.

Si Camille avait dû laisser un mot, Loïc l'aurait trouvé ici, c'est sûr. Cet îlot, c'est un peu le centre névralgique de leur vie à deux dans cette nouvelle maison. C'est ici que tout passe, que tout se passe : les messages importants, les mots doux, les courriers à traiter, les listes de courses, les derniers Polaroïds en date – Camille en raffole –, le polar ou la BD du moment, et depuis peu, les listes de prénoms.

Loïc se mordille l'intérieur d'une joue pour rompre l'inertie qui le guette. Il sait qu'il a peu de temps devant lui. La police sera là d'ici une demi-heure, qui sait ce qui se passera ensuite ? Sera-t-il encore libre de ses allées et venues ? L'inconnu s'ouvre devant lui, et il a la gueule noire d'un molosse qui ne va faire qu'une bouchée de son mètre quatre-vingt-cinq et de ses soixante-dix-huit kilos.

Il enfile ses chaussures et sort dans la lumière timide du petit jour. Le chuintement de sabre laser d'une voiture électrique le suit sur quelques mètres, mais ce n'est qu'une fois au bout de la rue qu'il le remarque. Il se déporte sur le côté, se retourne. Fait signe au conducteur, un quinquagénaire qui habite une des maisons du fond. Lui non plus n'a pas vu Camille, ni cette nuit ni la veille. L'homme voit qui c'est, bien sûr, il leur arrive de se croiser devant la maison ou chez le boulanger. Il affiche aussitôt la mine inquiète du riverain qui espère que son havre de quiétude ne va pas devenir le théâtre d'un fait divers sordide, et promet de tenir Loïc informé s'il apprend quelque chose.

Deux minutes plus tard, Loïc entre dans le parc du Thabor noyé de brouillard. Le restaurant, sur sa gauche, est fermé, il n'ouvrira qu'à 13 h 30. Il traverse quand même la terrasse, sans trop savoir ce qu'il cherche. Si Camille est venue ici la veille, il y a peu de chances qu'elle y soit encore. Il sait pourtant qu'il n'aura pas l'esprit tranquille s'il ne jette pas un œil dans le parc. Avec ses grottes, ses bosquets, ses cascades et ses bassins, l'endroit ne manque pas de recoins où se perdre. Ou disparaître.

Tandis qu'il arpente les allées plantées d'arbres remarquables, il continue d'essayer de joindre Camille sur son téléphone, inlassablement. Le son de sa voix éraillée sur son répondeur lui décoche une flèche dans le cœur à chaque nouvel appel. Il a aussi lancé des bouteilles à la mer sur Facebook Messenger, sa boîte mail, WhatsApp… en pure perte. Pourquoi ne répond-elle pas ? Qu'est-ce qui l'en empêche ? Il hésite à appeler son nom à voix haute. S'y risque à une ou deux reprises, mais on le regarde bizarrement. En passant au milieu de l'aire de jeux, déserte à cette heure, il aperçoit la balançoire où ils se sont imaginé cent fois pousser leur enfant, et son cœur lardé de pointes saigne un peu plus. Il pousse jusqu'au jardin botanique, en fait le tour au petit trot. Rien. Camille n'est nulle part.

Il n'est pas loin de 8 heures, les flics ne vont pas tarder à débarquer. Loïc décide de rentrer. Sur le chemin, il aborde deux ou trois personnes qu'il reconnaît comme des habitants du quartier, mais aucune n'a aperçu Camille. Une petite dame qu'il voit souvent promener son york lui propose de contacter son fils, qui est gendarme, elle est sûre qu'il pourra l'aider. Loïc la remercie, il a ce qu'il faut. Il quitte le parc alors que les cloches de Notre-Dame-en-Saint-Melaine sonnent 8 heures. Il a à peine le temps d'arriver chez lui et de se préparer un café qu'on sonne à la porte.

La journée la plus longue de son existence peut commencer.

3

En précédant les deux flics dans la chambre, Loïc comprend que sa vie est en train de lui échapper. Leurs chaussures noires à grosses semelles qui foulent la moquette beige immaculée, leurs yeux indiscrets qui fouillent l'intimité de son foyer : c'est un viol. Consenti, d'accord, mais un viol quand même.

— Donc vous n'avez pas eu le temps de vous coucher ? l'interroge l'homme qui a pris sa déclaration trois heures plus tôt.

— Non. Quand j'ai voulu me mettre au lit, j'ai vu que Camille n'était pas là et je suis parti à sa recherche.

Le flic avise le lit, la fenêtre, l'espace entre les deux.

— Vous dormez les volets fermés ?

— Oui.

— Vous aviez de la lumière ?

— Je me sers du rétroéclairage de mon téléphone pour m'orienter dans le noir. On a emménagé à l'automne, je n'ai pas encore tous mes repères.

Loïc voit l'équipière du flic, une rousse qui lui rappelle la chanteuse Larusso, enfiler un gant en latex. Il s'étonne qu'elle ne le fasse que maintenant, alors qu'elle vient d'inspecter le dressing à mains nues.

— Je peux ? demande-t-elle en s'approchant du lit, du côté où dort Camille.

Loïc fait oui de la tête. La femme fait glisser son avant-bras sous la couette, du bas vers le haut. Du menton, elle fait signe à l'autre agent, qui se dirige vers la porte du fond. Il l'entrouvre, appuie sur l'interrupteur avec un stylo sorti de sa poche.

— Une autre salle de bains. Vous ne vous êtes pas douché ici ?

— Non.

Loïc a l'impression d'être mis en accusation, mais il est du genre à redouter que le vigile lui tombe dessus quand il prend la sortie sans achat au supermarché. Alors il se sent obligé de se justifier :

— Je ne voulais pas réveiller ma femme.

Le flic acquiesce dans un murmure. Ils passent dans la pièce d'à côté, dont les stores sont baissés.

— C'est la future chambre du bébé, indique Loïc en allumant.

Pour le moment, il n'y a qu'une ampoule nue au plafond. Les murs sont encore recouverts du papier peint de l'occupant précédent – sûrement un ado, vu le nombre de trous de punaise.

— On n'a pas encore les meubles, on doit s'en occuper cet été.

— La naissance est prévue pour quand ? demande Larusso sur un ton détaché.

— Fin novembre.

Du bout de sa chaussure, elle déplace, volontairement ou non, un carton d'où dépasse la girafe en peluche qu'ils ont achetée en août au zoo de Portland. Il n'y a rien d'autre dans la pièce, ils sortent et passent dans la troisième chambre avant de monter à l'étage du dessus, dont le palier dessert la chambre d'amis, une salle d'eau et le bureau de Camille. Le parquet grince sous les semelles des flics. Loïc, lui, est en chaussettes, il les suit presque silencieusement, comme s'il n'était pas chez lui et voulait se faire le plus petit possible.

— C'est ici que ma femme travaille.

La pièce mansardée n'est pas très spacieuse. Un bureau à tréteaux en occupe la majeure partie et ils ne peuvent y tenir à trois. Loïc s'écarte, restant sur le pas de la porte.

— Vous diriez que c'est l'endroit de la maison où elle passe le plus de temps ?

— Avec la cuisine, oui. Camille adore cuisiner.

Le tandem de flics scanne la pièce du regard mais ne touche à rien. Loïc voit la femme s'attarder sur un bouquin de Harlan Coben, *Intimidation*, puis sur des Polaroïds suspendus à un fil avec des mini-pinces à linge.

— Ce sont les livres qu'elle illustre ? le questionne-t-elle en montrant des tranches pastel sur des étagères.

— Oui. Ceux-là, c'est la série des *Gribouillages de Lola*. Ce sont des ouvrages destinés aux plus petits, pour leur apprendre à gérer leurs émotions. Il y a une couleur pour chacune d'elles, elles s'expriment sous forme de gribouillages autour de Lola en fonction des différentes situations auxquelles la petite fille est confrontée. Il y a cinq tomes pour l'instant. Camille est en train de terminer le sixième.

Après avoir jeté un œil à la chambre attenante, où s'entassent les cartons qu'ils n'ont pas fini de vider, ils redescendent au rez-de-chaussée. Loïc leur montre le patio à l'arrière de la maison, le garage, la buanderie. Le lave-linge et le panier de linge sale ont l'air de particulièrement intéresser Larusso, qui y fourre sa main gantée. L'homme, quant à lui, rappelle à Loïc qu'il doit leur fournir des indications sur la tenue que Camille pourrait porter.

— Il y a ce jean slim qu'elle aime beaucoup, je ne l'ai vu ni dans son dressing, ni ici. Pour le haut, je ne sais pas, elle en a tellement. Mais elle a certainement mis sa veste de mi-saison, car elle n'est pas sur les patères. C'est une veste longue et droite à gros carreaux blancs et beiges.

— Quelle couleur, le jean ?

— Bleu clair.

— Et les chaussures ?

De retour dans l'entrée, Loïc fait coulisser la porte d'un placard bas. Il contient trois compartiments, dont deux sont réservés aux chaussures de Camille. Le reste est rangé dans des boîtes, dans son dressing.

— Des Converse blanches, dit-il après une inspection rapide.

— Le modèle classique ? Montantes ?

— Non, basses. Avec une bande rouge sur la semelle.

Les flics prennent note. Un moteur se fait entendre dans la rue. Le bruit se fait de plus en plus proche, puis c'est le silence. Loïc abaisse la poignée et ouvre la porte le cœur battant. Ce n'est que Paul Brunel, le voisin d'en face, qui pâlit en le voyant encadré de deux policiers.

— Elle n'est pas rentrée, alors.

— Non.

Brunel claque la portière de son break en secouant la tête et traverse la rue pour les rejoindre. Il a une baguette et un sachet blanc taché de gras à la main. L'odeur des croissants chauds empoigne l'estomac de Loïc.

— Oh, mon pauvre, je suis navré. Docteur Brunel, se présente-t-il aux flics, l'air grave. Si je peux vous aider d'une quelconque façon…

— Nous passerons vous voir dans une dizaine de minutes, docteur, l'avise l'homme. Il nous reste quelques points à vérifier avec vous, monsieur Stephan.

Le Dr Brunel incline la tête et glisse un sourire réconfortant à Loïc. Celui-ci referme la porte et se tourne vers ses visiteurs en uniforme. Ils forment comme un mur dans son entrée, entre lui et sa vie, là derrière. L'angoisse le prend à la gorge. Va-t-il se retrouver à l'arrière de leur Scenic stationné sur son trottoir ? Va-t-il devenir le nouveau Jonathann Daval ? La suite, inattendue, le prend de court.

— Vous avez pensé à regarder dans la poubelle ? lui demande Larusso.

— La poubelle ? Non, pourquoi ?

— Pour voir les derniers déchets que votre femme a laissés, explique-t-elle en agitant son pouce par-dessus son épaule. Vous permettez ?

Elle n'attend pas sa réponse et gagne la cuisine, son équipier sur les talons. Quand il la voit ouvrir d'autorité le tiroir sous l'évier, soulever le couvercle et plonger sa main gantée dans le sac noir, Loïc a l'impression de ne plus avoir aucun secret, comme si le moindre de ses faits et gestes appartenait désormais au domaine public.

— Vous avez mangé une pomme, monsieur Stephan ?

— Hier soir, en rentrant.

— Autre chose ?

— Un yaourt.

— Pas de sardines en boîte ?

— Non, on n'en achète jamais. Pourquoi ?

— Vous buviez un café quand nous sommes arrivés, élude la flic, qui extrait des capsules Nespresso de la poubelle et les fait rouler dans sa main comme s'il s'agissait de pépites d'or.

— Oui. La capsule est encore dans la machine.

— Vous la videz régulièrement ?

— Dès qu'elle est pleine.

— Votre femme aussi ?

— J'imagine.

Larusso lui lance un regard qu'il n'arrive pas à déchiffrer. Méfiance ? Soupçon ? Loïc se demande si elle attendait une réponse moins évasive et se sent pris en défaut. Il s'efforce de paraître calme, se rappelant que ce n'est pas une perquisition et que les deux policiers ne sont pas ses ennemis. Ils sont là pour l'aider à retrouver Camille, sa femme disparue.

— Combien de cafés boit-elle par jour ?

— Un le matin et un après le déjeuner.

— La machine, vous l'avez vidée récemment ?

— Je…

Loïc secoue la tête. Le manque de sommeil commence à engourdir ses pensées. Il est debout depuis plus de vingt-quatre heures, maintenant.

— Je ne sais plus, répond-il en s'asseyant sur un tabouret. Avant-hier, je dirais.

— Vous êtes parti pour Paris hier matin, c'est ça ? Vous avez pris un café ici ? demande la femme en ouvrant le lave-vaisselle.

— Oui.

Du coin de l'œil, Loïc voit l'autre flic se planter à côté de lui, entre le frigo et la baie vitrée qui donne sur le patio. Il a l'air de s'intéresser à une pile de livres de cuisine posés sur l'îlot, plus précisément à un petit triangle de papier jaune coincé entre deux reliures, qu'il pince entre ses ongles. C'est un Post-it laissé là par Camille, qui adore semer ce genre de marque-pages un peu partout. Loïc n'a pas le temps de lire ce qui est écrit sur la petite feuille carrée que le flic lui demande :

— Jeudi 6 décembre, 9 heures. Ça vous dit quelque chose ?

Il ose à peine répondre non, de peur qu'ils ne se mettent à penser qu'il ignore tout de la vie de sa femme, et secoue vaguement la tête. L'homme glisse le papier dans sa poche sans avoir demandé, tandis qu'à l'autre bout de la cuisine, son équipière sonde le bac à déchets recyclables. S'il faut qu'il accepte de les voir décortiquer sa vie pour retrouver sa femme, s'il doit se mettre à nu, Loïc le fera. Car c'est ça que font les flics : ils vous mettent à poil et ne prennent pas la peine de vous rhabiller après, preuve en est le sac noir qui dépasse du tiroir que Larusso ne prend pas la peine de refermer après y avoir jeté son gant en latex.

— Votre femme, monsieur Stephan, vous pensez qu'elle pourrait avoir un amant ? demande-t-elle sans préambule, comme si la question découlait directement de l'examen de leurs déchets.

Loïc répond avec un temps de retard :

— Non, non, je… enfin, je ne crois pas. Tout va bien entre nous, elle… elle ne… On vient d'acheter cette maison, on va avoir un bébé qu'on attend depuis neuf ans. On doit fêter nos dix ans à la rentrée. Je ne vois pas pourquoi…

Il est interrompu par la sonnerie de son téléphone, dont il a poussé le volume au maximum pour être sûr de ne louper aucun appel. Il se lève d'un bond, mais ses espoirs sont vite douchés.

— Merde, c'est mon boss ! Une minute s'il vous plaît.

Il répond, sachant déjà ce que Cyril va lui dire. Ils avaient rendez-vous en visio à 8 h 30, et il est 8 h 47. Loïc lui présente ses excuses et promet de le rappeler très vite, la voix tremblante. Quand il met fin à l'appel, les deux flics sont déjà dans l'entrée.

— C'est bon pour nous, annonce l'homme. Voici mon numéro, enregistrez-le dans votre téléphone. Mon nom est Liotard, L-I-O-T-A-R-D. Brigadier-chef Liotard. Je vais vous faire suivre l'avis de recherche par mail, à l'adresse depuis laquelle vous m'avez envoyé les photos de votre femme. Diffusez-le le plus largement possible sur les réseaux sociaux. Vous avez une imprimante ? Bien. Tirez-en quelques exemplaires et allez les afficher dans le quartier. N'hésitez pas à demander de l'aide à vos voisins, je suis sûr qu'ils seront heureux de vous épauler.

— Nous restons dans les parages. La brigade cynophile va arriver, j'emporte ça pour faire sentir aux chiens, ajoute Larusso en montrant une écharpe que Loïc lui a donnée.

Le duo de flics sort et, à travers l'entrebâillement, il voit quelques têtes curieuses dans la rue, des regards braqués sur sa maison. Il regrette que le brouillard se soit levé, il aurait aimé rester caché un peu plus longtemps. À cet instant, il sent que les choses s'accélèrent, que tout devient effroyablement concret. Il remercie les deux policiers, ferme la porte derrière eux et déverrouille son téléphone. Il est temps de s'atteler à la plus pénible des tâches.

4

Ses écouteurs dans les oreilles, Loïc commence par appeler ses parents. Ils se montrent rassurants, même s'il perçoit une note d'inquiétude dans la voix de sa mère. Ils veulent venir, il refuse. Ils vivent dans le Finistère sud, à deux heures et demie de route. Qui sait ce qui peut se passer dans ce laps de temps ? Il comprend que sa décision leur coûte, mais il ne transige pas. Il les embrasse et promet de les tenir au courant.

Il enchaîne avec la mère de Camille, tombe sur son répondeur, ne laisse pas de message. Essaie le fixe, qui sonne dans le vide. La maison de Blanche est grande, Loïc patiente une bonne minute, en vain. Il en est presque soulagé.

Le troisième appel est pour Claire, la meilleure amie de Camille, qui lui explique une nouvelle fois que son dernier échange avec elle remonte à la veille, quand elle a annulé leur déjeuner sans explication. Elles se sont parlé le dimanche avant ça, Camille avait l'air bien, elle lui a donné des nouvelles de Lorna. Quand Claire lui propose de passer, Loïc botte en touche : il préfère qu'elle sorte ratisser son quartier – elle vit à trois kilomètres de chez eux – avec une rame d'avis de recherche sous le bras, si possible.

Il prévient ensuite Baptiste, son meilleur ami, qu'il missionne pour battre le rappel de leurs amis et aller placarder le portrait de sa femme dans les rues de la ville. Baptiste est bouleversé, mais s'efforce de rester positif. Il propose lui aussi de passer un peu plus tard dans la journée, s'il est d'accord et disponible. OK, dit Loïc avant de raccrocher.

Il est sur le point d'appeler le Dr Cabrol, leur médecin généraliste, quand il reçoit un texto de Claire : il a oublié de lui transmettre l'avis de recherche à imprimer. Ces mots ont quelque chose de surréaliste, Loïc bloque dessus une poignée de secondes. Il transfère à Claire le mail de Liotard, met Baptiste en copie et monte dans le bureau pour lancer l'impression de ses propres tracts. Il en profite pour publier l'appel à témoins sur son profil Facebook et sur celui de Camille, crée un compte Twitter en quelques clics et poste l'info avec tous les hashtags possibles : #Rennes #Disparition #AppelÀTémoins #AvisDeRecherche #Police...

Oubliant le Dr Cabrol, Loïc téléphone à Blanche et lui laisse un message, cette fois. « Blanche, c'est Loïc. Rappelez-moi, s'il vous plaît. C'est important. » Il a à peine terminé que son iPhone lui signale un double appel d'un numéro masqué. Il répond, entend une respiration féminine au bout de la ligne, n'a pas le temps de prononcer le prénom de Camille que la communication est interrompue.

Son écran saturé de notifications clignote déjà de partout, dans l'attente de réponses : textos, appels manqués, messagerie vocale, mails, pastilles Facebook... Loïc les consulte rapidement, ce sont surtout des marques de soutien. Comme l'imprimante crache toujours ses copies à côté de lui, il n'entend pas tout de suite la sonnerie du fixe qui retentit, en bas. Il bondit sur ses pieds, dévale l'escalier. C'est Marilyne Laigle, l'éditrice de Camille, qui vient de voir l'appel à témoins sur Facebook. La voix chancelante, elle lui rapporte qu'elles n'ont pas échangé depuis une quinzaine de jours, ce qui n'a rien d'anormal. Quand Camille termine un projet, elle s'enferme dans sa bulle. Marilyne connaît beaucoup de monde et promet de relayer la nouvelle le plus largement possible sur les réseaux sociaux.

Pendant ce temps, l'iPhone continue de le bombarder de notifications. Loïc passe les appels et les textos sur vibreur, les autres applications en sourdine, puis se met à errer dans la maison à la recherche d'un indice. Il fait le tour des pièces, allume les lumières, soulève les tapis, retourne les paniers, vide les tiroirs, secoue les vêtements, fouille les poches, ouvre les livres, appelle Camille sur son téléphone, une fois, deux fois, dix fois. Toujours le même message, la même voix éraillée, le bip final qui le nargue. L'espoir qui s'étiole.

Il est interrompu par la sonnerie de l'entrée. C'est Mme Brunel, la voisine d'en face. Elle ne veut pas déranger mais vient tout de même aux nouvelles. Derrière elle, Loïc constate que les rangs des curieux ont grossi. Il la remercie, lui dit qu'il a à faire. Le Scenic de la police est toujours là, flanqué d'un deuxième véhicule frappé d'un blason « Unité cynophile 35 – Police nationale ». Le molosse dessiné au centre, tous crocs dehors, ressemble plus à un loup qu'à un chien, mais Loïc refuse d'y voir un mauvais présage. Il referme et appelle le Dr Cabrol, qui dit ne pas avoir vu Camille depuis plusieurs mois.

Il vient de raccrocher quand on sonne à la porte. C'est un

flic, un nouveau, avec une barbe fournie qui ne paraît pas très réglementaire. Il tient une laisse dans la main droite, au bout de laquelle un malinois tire une langue longue et rose. Dans sa main gauche, l'écharpe de Camille, longue et rose elle aussi. À sa demande, Loïc le suit dans la rue, comme un automate. En passant devant le numéro 14, il voit la policière qui a fouillé ses poubelles discuter avec l'occupante des lieux.

Ils stoppent au croisement avec l'avenue de Grignan, au pied d'un panneau sens interdit.

— On a fait renifler l'écharpe de votre femme à Red, rapporte le barbu, il a suivi sa trace avant de s'arrêter ici, au bord du trottoir.

— Elle serait partie en voiture ?

— Possible.

Le téléphone de Loïc vibre dans sa main. C'est Blanche. Après une hésitation, il fait basculer l'appel sur sa boîte vocale. Il ne peut pas lui parler ici, en pleine rue. Il prend congé du flic, désolé, une urgence. En remontant vers sa maison, il surprend un agent de la police municipale en train de soulever les couvercles de bacs à déchets jaunes. Il ne joue pas dans la même cour que Larusso – dans ces poubelles-là, on pourrait loger un corps. Un peu plus haut, il aperçoit un autre flic accompagné d'un autre chien.

De retour chez lui, Loïc appelle Blanche. La première chose qu'il entend quand elle décroche, ce sont les gros gémissements rauques qui éclatent dans ses écouteurs. Sa tête se vide. Il comprend qu'il est arrivé malheur à sa femme, et c'est sa belle-mère qui va lui annoncer la terrible nouvelle.

— Où est ma fille ? articule-t-elle avant qu'il ait pu dire quoi que ce soit. Où est ma fille, Loïc ?

Il s'est trompé. Elle n'en sait pas plus que lui.

— Je ne sais pas, Blanche. Vous n'avez…

— Tu ne sais pas ? Tu ne sais pas ?

— Comment vous…

— Ma fille disparaît, et toi tu ne penses même pas à me prévenir ?

— J'ai essayé de vous appeler, mais…

— Il faut que j'apprenne ça sur Facebook !

Loïc se mord les lèvres. Mère et fille sont amies sur les réseaux sociaux, il aurait dû y penser. Merde.

— Je suis désolé, je voulais vous le dire de vive voix…

Nouveaux sanglots. Blanche est effondrée, Loïc la comprend. Il se sent obligé de la calmer, malgré son propre état d'extrême tension.

— Ça va aller, on va bien finir par la retrouver…

— Tu es chez toi ? La police est là ?

— Oui, oui.

— J'arrive.

— Mais Blanche, vous…

Elle a raccroché.

10 h 06. À bout de forces, Loïc se laisse tomber dans le canapé. Il vient de passer dix minutes à essayer de faire entendre raison à sa belle-mère et l'a finalement convaincue de rester chez elle. Pour ça, il lui a sorti un argument imparable : elle vit à Valbonne, à une heure cinquante de vol de Rennes, qu'elle prenne l'avion et ce sera autant de temps où elle sera coupée du monde, donc de nouvelles fraîches. La

vérité, c'est qu'il ne veut pas l'avoir dans les pattes, mais en bon diplomate, il lui a fait gober cette énorme couleuvre avec brio.

Il est en train de piquer du nez quand une double vibration lui fait dresser la nuque. Ce foutu téléphone, s'il ne jouait pas sa vie en ce moment, il le balancerait par la fenêtre ! C'est Claire. Elle l'informe qu'elle a croisé Baptiste et Marlène en arpentant les trottoirs du centre de Rennes et qu'ils ont tous les trois décidé de se répartir les secteurs pour plus d'efficacité. Ils ont aussi appelé d'autres copains à la rescousse. Cet élan de solidarité fait chaud au cœur de Loïc, qui se demande où est sa place : chez lui, à essayer de trouver un sens à tout ça et à attendre le retour de Camille, ou dehors, sur le pavé, à faire du porte-à-porte avec eux ?

Il quitte la maison cinq minutes plus tard, un paquet de feuilles imprimées sous le bras, un mug isotherme à la main. Il croise des voisins qu'il sent un peu gênés, certains hasardent un sourire, d'autres semblent hésiter à le regarder. Il y a deux motos de police dans la rue, en plus des deux véhicules garés devant chez lui. Loïc repère le brigadier-chef Liotard, qui est en train d'interroger la grand-mère au york qu'il a abordée dans le parc. Il s'approche, demande s'il y a du nouveau – rien –, puis lui indique qu'il part faire le tour du quartier et qu'il est joignable sur son portable. Le flic l'invite à ne pas s'éloigner, au cas où ils auraient besoin de lui.

10 h 14. Alors que Loïc longe le mur d'enceinte du parc du Thabor, un bourdonnement attire son attention. Un drone passe à une dizaine de mètres au-dessus de lui avant

de repartir. Il sait qu'il est là pour Camille. Le printemps est encore timide, la végétation n'est pas très avancée, s'il y a quelque chose à trouver dans les zones les moins accessibles du parc, la caméra le repérera.

Un peu plus loin, sous l'abribus de l'arrêt George-Sand, boulevard de Sévigné, il tombe sur un jeune qui bloque sur la photo de sa femme. Il croit l'avoir vue la veille vers 18 h 30, au bureau de tabac qui fait l'angle avec la rue Guillaudot. Loïc lui montre une autre photo pour confirmer que c'est bien elle. Le gars est formel, il précise même qu'elle avait remonté ses cheveux en queue de cheval – une habitude de Camille quand elle passe ses journées penchée sur sa planche à dessin.

Loïc file vers les commerces de la rue Guillaudot après avoir noté le numéro du témoin pour le transmettre aux enquêteurs. Cinq minutes plus tard, il ressort bredouille du bureau de tabac. La gérante n'a aucun souvenir d'avoir vu Camille la veille, ni même avant. Il lui a laissé une copie de l'avis de recherche qu'elle a promis d'afficher dès que les clients lui laisseront une minute. Sur le trottoir, son regard accroche un titre à la une de *Ouest France* : « RENNES. LE FACTEUR NIE AVOIR VOULU TUER SA FEMME ». Demain, à la place du facteur, ce sera peut-être lui.

10 h 41. Il repasse devant le bureau de tabac. La photo de Camille est en vitrine, à côté d'une affiche annonçant qu'ici, un gagnant du Loto a empoché 151 119 euros. Loïc vient de quitter la pharmacie et la boulangerie, où personne n'a vu Camille, mais les avis de recherche sont sur les comptoirs. Au passage piétons, il laisse passer un flic à moto, qui se

dirige vers chez lui. Il prend quelques gorgées de café tiède, s'engage dans sa rue, fait halte devant l'entrée de l'université où fument des étudiants qui n'ont rien d'intéressant à lui apprendre. Il arrête encore trois passants en chemin, sans résultat, s'apprête à en accoster un quatrième quand une série de vibrations vient le couper dans son élan. Il ne peut retenir un soupir en voyant s'afficher le nom sur l'écran. Blanche. Encore. Pas le choix, il prend l'appel.

Elle ne lui laisse pas le temps de parler, assène question sur question, dont certaines qu'elle a déjà posées. Loïc la soupçonne d'avoir pris un anxiolytique. Il reconnaît les signes : les idées en vrac, le phrasé hasardeux, traînant. Il lui ment, lui dit que la police est là, à côté de lui, qu'il ne peut pas parler pour l'instant mais qu'il la rappellera, et coupe court sans lui laisser le loisir de protester. Quand il arrive avenue de Grignan, il avise Larusso sur le trottoir d'en face. Elle l'attend, Loïc le comprend au premier coup d'œil.

10 h 49. Ils sont devant la maison, un peu à l'écart de la porte, près de la fenêtre qui donne sur le salon. Loïc examine les deux mégots dans le sachet que l'agent de la police scientifique et technique tient suspendu devant lui.

— Non, ça ne peut pas être elle, Camille a arrêté de fumer il y a plusieurs années afin d'augmenter ses chances de tomber enceinte. Et vous avez trouvé ça ici ?

— Oui. On va devoir procéder à des analyses, il nous faut un échantillon de l'ADN de votre femme. Vous me montrez votre salle de bains ?

Avant même d'ouvrir la porte, Loïc entend le téléphone fixe hurler à l'intérieur. Il entre, oublie de se déchausser, pose son mug isotherme et ce qui lui reste d'avis de recherche sur l'îlot, puis va décrocher.

— Monsieur Stephan ? fait une voix rauque qu'il ne connaît pas.

— Lui-même.

— Karen Andro. Vous auriez un instant ?

Loïc secoue la tête.

— Qui ?

— Karen Andro. Je suis journaliste, je souhaite m'entretenir avec vous.

— Je n'ai pas le temps, souffle Loïc en se massant les yeux.

— Monsieur Stephan…

Il raccroche.

— Par ici, dit-il au policier de la scientifique, qui le suit dans l'escalier.

11 heures. Allongé sur la méridienne du canapé, les yeux fermés, Loïc relâche sa respiration par la bouche jusqu'à vider complètement son ventre. Il a laissé son iPhone sur l'îlot, vibreur coupé, après avoir raccompagné le policier qui a emporté la brosse à dents de Camille. Après deux minutes de pause, il va consulter son écran. Blanche a encore appelé. Deux fois. Il a aussi reçu un texto de Baptiste, qui veut savoir s'il n'a besoin de rien, et un message WhatsApp de Yann et Rémi, qui ont vu l'avis de recherche sur Facebook. Il va leur répondre quand un message alarmé d'une de ses cousines lui parvient, mettant le feu aux poudres.

En quelques secondes, une avalanche de réactions déferle dans le fil de discussion, qui compte une vingtaine de membres. Loïc ferme WhatsApp, ouvre Facebook. Ça grouille de pastilles rouges dans tous les coins. Il appuie sur le + pour créer une publication et tape les mots suivants : « Merci pour vos messages. Impossible de répondre à tout le monde, je dois rester disponible pour les besoins de l'enquête. Je vous tiens au courant dès que j'ai du nouveau. Inutile d'essayer de me contacter, sauf si vous avez des informations au sujet de Camille. »

En moins de deux minutes, la publication récolte des cœurs à la pelle. Il n'a que quatre-vingts amis mais ils répondent tous présents, ou presque. Loïc va fermer son écran quand il se souvient qu'il n'a toujours pas répondu à Lorna. Un juron silencieux monte à ses lèvres. Emporté dans le tourbillon des dernières heures, il n'a même pas pris le temps de lire son message à tête reposée. Il affiche leur discussion WhatsApp en deux tapotements de pouce mal assurés.

L'échographie s'est bien passée, elle a révélé une deuxième vésicule vitelline de très petite taille, ce qui signifie que l'embryon a probablement essayé de se diviser. Suivent deux photos, dont une en noir et blanc, sur laquelle il a l'impression de ne voir que de la neige, comme sur les vieux téléviseurs. Loïc réfléchit à ce qu'il va dire à la femme qui porte son enfant. C'est le milieu de la nuit en Oregon, il pourrait attendre, mais dans les circonstances actuelles, il préfère ne pas parier sur l'avenir. Comment savoir où il sera dans cinq ou six heures ?

Un bruit venu d'en haut vient le distraire alors qu'il commence à rédiger sa réponse ; ça ressemble au frottement du papier à dessin dont Camille se sert pour ses esquisses. Il enfile les marches quatre à quatre, déboule sur le palier du deuxième, souffle bloqué. Il s'attend à voir sa femme dans son bureau – car c'est de là que ça vient –, imagine son dos étroit sous un chemisier léger, sa queue-de-cheval qui pend sur le côté, en torsades. Mais Camille n'est pas là, ce ne sont que des feuilles qui ont volé à travers la pièce vide, emportées par un courant d'air. Il n'a pas le temps de fermer la fenêtre qu'un nouvel appel arrive. C'est Liotard, il veut passer le voir dans dix minutes.

La tête lourde, Loïc fait un passage par la salle de bains, boit une grande rasade d'eau au robinet, prend soin d'éviter son reflet dans le miroir. Il se dit qu'il faut à tout prix qu'il envoie sa réponse à Lorna avant l'arrivée du flic, mais il ne veut pas l'inquiéter, elle est enceinte de six semaines, tout choc émotionnel est contre-indiqué. Alors il prend le parti de lui cacher ce qui se passe, lui dit qu'ils sont très heureux de cette nouvelle, Camille et lui, que c'est formidable, merveilleux, il use et abuse de tous ces superlatifs dont les Américains raffolent, ponctuant chaque phrase de points d'exclamations, signant avec de gros cœurs roses, en leur nom à tous les deux, car oui, c'est bête, Camille a perdu son téléphone. En appuyant sur la flèche d'envoi, Loïc se sent l'âme d'un imposteur, mais qu'importe, la santé du bébé avant tout.

5

Liotard arrive un quart d'heure plus tard et dresse le bilan de cette première matinée de recherches façon procès-verbal. D'abord, ce que Loïc sait déjà : les chiens pisteurs ont perdu la trace de Camille au bout de la rue du Thabor, à moins de cent mètres de chez eux, ce qui semble indiquer qu'elle est montée à bord d'un véhicule. Eu égard aux circonstances – elle n'a emporté aucune affaire personnelle en dehors de ses lunettes et, vraisemblablement, de son téléphone, qui n'a pas été retrouvé – sa disparition présente un caractère inquiétant. Bien que les premières constatations à l'intérieur et aux abords du domicile n'aient pas permis de recueillir d'indices laissant présumer un délit, un appel à témoins, accompagné d'un signalement et d'une photo, a été émis et relayé sur les comptes Facebook et Twitter de la ville de Rennes, de la Police nationale et de la Gendarmerie nationale. Des pilotes de drones sont actuellement à l'œuvre pour explorer les zones difficiles d'accès du parc du Thabor et ses alentours. Ce qu'il ignore, ensuite : Camille a été inscrite au FPR, le fichier des personnes recherchées, consultable par les forces de l'ordre françaises et celles de l'espace Schengen.

Dans les prochaines heures, l'appel à témoins sera diffusé dans les lieux à forte fréquentation, réseaux de transport et centres commerciaux principalement. En parallèle, les enquêteurs ont lancé plusieurs réquisitions sur instruction du procureur de la République : à sa banque pour avoir le détail des dernières opérations, à son opérateur de téléphonie pour tenter de géolocaliser son portable. Les compagnies de taxis et de VTC ont été contactées, la vidéosurveillance est en train d'être exploitée. L'enquête de voisinage n'a rien donné, mais une maison sur deux est vide à cette heure de la matinée. Les auditions vont maintenant s'étendre à l'entourage du couple, dont Loïc est prié de fournir une liste détaillée : noms, coordonnées, liens avec la disparue. Les plus proches d'abord, les connaissances plus éloignées ensuite. Le but est d'obtenir des informations sur leur dernier contact avec elle, de mettre à jour l'appel à témoins grâce à tout élément nouveau mais aussi, ajoute le flic, de connaître son état d'esprit dans les jours qui ont précédé sa disparition. « Afin de fermer des portes », précise-t-il. Enfin, le brigadier-chef lui expose en quoi va consister la suite des opérations : les recherches sur le terrain vont se poursuivre avec un renforcement du porte-à-porte dans le quartier et des patrouilles dans toute la ville, et pourraient s'étendre à la périphérie de Rennes dans les prochaines heures avec l'organisation de battues. Il lui apprend aussi que des plongeurs ont été appelés en renfort pour sonder la cascade et le bassin du parc, et que dans l'attente des conclusions sur l'analyse des mégots retrouvés devant la maison, une visite de la police technique et scientifique n'est pas à exclure. Liotard invite par ailleurs Loïc à rester disponible et à mettre toutes les bonnes volontés à contribution. Les enquêteurs resteront en contact avec lui pour établir des points réguliers sur l'avancée des recherches. Pour finir, il lui annonce qu'il est probable que la police judiciaire reprenne l'enquête dans les prochains jours si sa femme n'est pas retrouvée.

— Quand… quand vous parlez de fermer des portes, ça veut dire quoi ? demande Loïc, que ce flot d'informations a sonné.

— Ça veut dire qu'on cherche à éliminer des pistes – départ volontaire, suicide…

— Et après, il reste quoi, comme piste ?

— Celle d'une intervention extérieure.

Loïc a envie de vomir, tout à coup. Il essaie de déglutir, mais sa gorge est trop sèche.

— Vous êtes en train de me dire que ma femme aurait pu… être enlevée ?

— On ne peut écarter aucune hypothèse, monsieur. Mais soyez assuré que tout le monde est sur le pont pour la retrouver. Les moyens déployés sont énormes, tous nos services sont mobilisés. Alors restez confiant.

Le flic se dirige déjà vers l'entrée. Arrivé à la porte, il se tourne vers Loïc.

— Une dernière chose, monsieur Stephan : dès que vous en trouverez le temps, et je sais que ça va être difficile, prenez quelques minutes pour remonter le fil des derniers jours, des dernières semaines. Repensez à ce que votre femme et vous avez fait, à vos discussions, à des choses qu'elle a pu vous dire, même si sur le moment ça ne vous a pas semblé important.

— Très bien.

— Et restez attentif à tout détail qui pourrait vous avoir échappé et qui pourrait provoquer un déclic chez vous : un objet disparu ou déplacé, une note sur un bout de papier, comme le Post-it que nous avons trouvé tout à l'heure. Parfois, une simple capsule de café peut nous envoyer sur une piste.

— Une capsule de café ? Pourquoi ?

Le brigadier-chef ouvre la porte. Son équipière l'attend au volant du Scenic, un téléphone collé à l'oreille.

— Parce que le diable se cache dans les détails, monsieur Stephan.

6

Assis sur un tabouret de bar, un mug posé devant lui, Loïc essaie de rassembler ses pensées. Des particules de poussière dansent au-dessus de la table de la salle à manger, emprisonnées dans un rai de lumière blanche. Il vient d'ouvrir la baie vitrée pour laisser entrer le printemps mais le regrette déjà ; le bourdonnement de frelon géant du drone lui vrille les nerfs à chacun de ses passages au-dessus du parc.

Il se lève, va fermer. Reste planté face au patio où ils ont fait griller la première côte de bœuf de la saison le samedi d'avant, en compagnie de Baptiste et Marlène. Une belle journée, une chouette soirée, étonnamment douce pour une fin mars. Camille a quand même sorti la petite laine, elle a grandi dans le Sud, la Bretagne pour elle, c'est la Sibérie. Ils ont trinqué à l'annonce de Baptiste – ils ont trouvé un prénom. Bières pour les hommes, spritz sans alcool pour les femmes, par solidarité. Marlène est enceinte, Camille s'est alignée.

— Un prénom sur deux, c'est un bon début, s'amuse Loïc. Balance, qu'on le raye de notre liste.

— Hmm-hmm.

— Allez !

— On balance, vous balancez.

— Non ! jappe Camille.

— Alors vous aussi, vous en avez un !

— Et vous allez le donner à laquelle des deux ? esquive Loïc. On choisit comment, dans ces cas-là ?

— On le donnera à la première qui sort. La deuxième aura le prénom de la grand-mère paternelle de Marlène.

— C'est quoi ?

— Raymonde.

— Pauvre gosse.

Loïc et Camille ont beau insister, impossible de leur soutirer l'info. Une fois n'est pas coutume, leurs invités partent avant minuit, leur secret bien gardé. Marlène accouche dans un mois et demi, elle est déjà près d'exploser et ne tient plus le coup comme à trente ans. « On vieillit », soupire Loïc. Camille aussi est fatiguée, elle n'a pas arrêté de bâiller passé 23 heures, ça lui revient dans un flash. Il se rappelle qu'elle avait une petite mine et qu'elle n'a pas beaucoup mangé, ce soir-là, mais il ne s'en est pas inquiété. Le stress lui fait perdre l'appétit, et sa charge de travail du moment laissait peu de place à la détente.

Le regard perdu au loin, Loïc convoque un souvenir plus ancien. Ça remonte au 14 mars, il est 15 h 35. Ils sont dans le jardin, mais il fait frais ce jour-là, malgré le soleil qui tente quelques timides percées. Camille est installée dans une chaise longue qu'ils viennent de sortir de son emballage, sa doudoune d'hiver dorée sur les épaules. Elle boit un thé au citron et au miel. Loïc fait les cent pas sur la terrasse, en mode balle rebondissante. Vu la largeur du terrain, il ne risque pas d'aller bien loin.

— Qu'est-ce qu'elle fait ? demande-t-il pour la cinquième fois.

— Laisse-lui le temps, répond Camille, qui cache mal son état de tension. On a dit entre 7 h 30 et 8 heures.

— Elle est toujours debout avant 7 heures, elle devrait être prête.

— Je te rappelle qu'elle a deux enfants à préparer pour l'école. Qui ne lui laissent peut-être pas une seule seconde pour aller pisser.

Loïc ronge son frein. C'est lui, le calme, d'habitude, et elle la passionnée. Mais rien à faire, il n'arrive pas à contenir son impatience.

— C'est tellement cliché, sourit faiblement Camille.

— Quoi ?

— Le futur papa qui tourne en rond en attendant la délivrance.

— Je ne comprends pas, tu n'es pas stressée, toi ?

— Si, mais j'ai pris un Temesta.

Elle hausse les épaules.

— Blanche, sors de ce corps, fait Loïc en se baissant pour l'embrasser.

— Puisque tu parles d'elle, j'ai une idée : on pourrait l'appeler pour lui faire partager le moment…

Loïc s'esclaffe. Pas pour longtemps.

— Oh, oh, ça y est, tremble Camille.

— Quoi !?

Loïc vient s'asseoir à côté d'elle, tendu comme un arc. Une bulle blanche vient d'apparaître sur le fil de discussion

WhatsApp qu'ils partagent avec Lorna, et qu'elle a baptisé « *Little Bean* » – « Petit Haricot ».

Lorna : *Good morning you two!*

Camille : *Hey Lorna!*

Lorna : *Ready?*

Camille : *Yes!!!*[1]

Il ne se passe rien pendant trente secondes, sans doute parmi les plus longues de leur vie. Enfin, une nouvelle bulle s'affiche. Elle contient une vidéo d'une durée d'une minute cinquante. Camille lance la lecture.

C'est un test de grossesse filmé en gros plan. Une sorte de curseur de progression clignote en bas de l'écran LCD de l'objet, qui ressemble à un gros stylo. D'abord une barre, puis deux. À la troisième, Camille n'y tient plus :

— On avance ?

— Non, on attend.

Quatre barres. C'est interminable. Loïc sent battre son cœur dans ses oreilles. Puis il n'entend plus rien, un cri lui crève les tympans quand le verdict tombe.

— *Pregnant!*

— Enceinte.

Le mot vient dessiner un rond de buée sur la vitre de la baie vitrée. Un hurlement de désespoir monte aux lèvres de Loïc, auquel il fait barrage. Seul dans la maison vide, il

1. « Lorna : Bonjour vous deux !
Camille : Salut Lorna !
Lorna : Prêts ?
Camille : Oui !!! »

repense aux derniers mois, à cette incroyable aventure qui les a menés là. Les souvenirs affluent. Tout s'est passé si vite.

Juillet 2018. Le « match » avec Lorna Patton, qui a adoré leur profil. Elle accepte de porter leur bébé ! Mais la grossesse n'est pas pour tout de suite, il y a d'abord une tonne de paperasse à remplir. La tâche est colossale, heureusement Ginger et son équipe de 3Harts s'occupent de tout : ouverture d'un compte de séquestre, prise de rendez-vous avec la clinique pour les examens de Lorna, contrats à signer, mise en relation des avocats des deux parties. On est aux États-Unis, tout est très encadré. Le premier contact avec Lorna et son mari Owen, via Skype, dépasse leurs espérances. C'est un coup de cœur instantané et réciproque.

Août 2018. Arrivée à San Diego sous quarante-deux degrés, pour lancer les démarches de création des embryons. Ils passent deux jours dans une clinique climatisée, un frigo où les équipes médicales sont aux petits soins. Au programme des réjouissances : ponction ovarienne pour Camille, don de sperme pour Loïc. Et une rencontre avec le Dr Stephen Black, gynécologue obstétricien spécialiste en endocrinologie et médecine de la reproduction, qui leur déroule le processus dans un jargon qui les laisse pantois. Après l'effort, le réconfort : bref séjour à Portland pour rencontrer Lorna et Owen, qui ont fait le déplacement depuis Astoria, à cent cinquante kilomètres au nord. Ils se tombent dans les bras comme s'ils se connaissaient depuis toujours. Une famille de cœur vient de naître. La complicité est immédiate avec Lorna, petit bout de femme au caractère bien trempé mais pleine d'amour, les éclats de rire fusent avec Owen, bonne pâte pleine d'humour. Et les larmes coulent au moment de se dire au revoir. La prochaine fois qu'ils se verront, Lorna sera enceinte.

Loïc en est là de ses pensées lorsque son téléphone s'agite sur l'îlot. C'est Baptiste, lui et son cousin Erwan sont dans le coin, ils proposent d'apporter le déjeuner. Comme il n'est pas contre l'idée d'avoir un peu de compagnie et quelque chose à se mettre sous la dent, Loïc leur dit de venir.

Il voit bien qu'ils ne savent pas trop quoi dire quand il va les accueillir à la porte dix minutes plus tard. Baptiste lui donne une accolade un peu plus appuyée que d'habitude, Erwan, avec qui il est moins intime, se contente d'une tape sur l'épaule. L'odeur de pain chaud et de fromage qui monte aux narines de Loïc lui tord le ventre. Un gargouillement vient rompre le silence et détendre l'atmosphère. Personne n'ose en rire, mais un soupçon de légèreté s'invite dans la maison.

— Tu tiens le coup ? demande Baptiste après un instant.

— J'essaie.

— Putain, j'arrive pas à y croire.

Loïc voit des larmes perler aux yeux de son ami. C'est un sensible, Baptiste, capable de s'émouvoir devant un sujet sur la naissance d'un bébé panda au journal de 20 heures. Ils s'installent autour de l'îlot, Loïc sur un tabouret, les deux autres debout, dans la posture des sentinelles, dernier rempart avant le vide.

— Marlène, ça va ?

— Oui. Elle a de plus en plus de mal à marcher. Elle s'excuse, elle a dû rentrer.

— Je comprends. Remercie-la pour moi. Merci à tous, les gars.

Un blanc. Erwan sort le repas du sac. On sent qu'il est mal à l'aise.

— Il y a chèvre-tomate ou jambon-emmental. On a aussi pris des boissons.

Loïc attrape un panini, le déballe, mord dedans à belles dents. Ça lui rappelle le lycée, cette texture crousti-fondante. Pour un peu, avec Baptiste à ses côtés, il s'y croirait. Retour en 1997, Daft Punk, Jamiroquai et compagnie.

— Tu as du nouveau ?

— Pas grand-chose.

Il leur fait un bref résumé de ce que lui a rapporté le brigadier-chef Liotard, du ton monotone d'un clerc d'huissier qui relirait un acte.

— Et il n'y a vraiment rien qui pourrait te laisser penser qu'elle ait pu vouloir prendre le large quelques jours ? risque Baptiste.

— Non, tout allait bien. Tout *va* bien. La grossesse se passe nickel, on a viré les derniers cartons de la future chambre du bébé pour faire de la place pour ses meubles, on a commencé à regarder les vols pour aller voir Lorna en juin. On a même trouvé un prénom de garçon… Je ne vois pas pourquoi elle aurait voulu tout plaquer. Et puis, quand tu pars de chez toi, que ce soit pour quelques heures ou quelques jours, tu prends des affaires, tes papiers, de l'argent. Là, elle a tout laissé, à part son téléphone.

— Mais elle faisait quoi dehors, d'après toi ?

— Aucune idée. Je l'ai eue juste après 21 heures, j'étais sur le quai, à Montparnasse, il y avait pas mal de bruit mais j'ai entendu la télé derrière elle, donc elle était à la maison. Elle a pu sortir faire une course, mais le seul commerce qui ferme après 20 heures dans le quartier, c'est... Oh, merde! J'ai oublié de prévenir les flics!

Sans attendre, Loïc envoie au brigadier-chef Liotard les coordonnées du jeune qui dit avoir vu Camille au bureau de tabac, tout en relatant l'épisode à Baptiste et Erwan. Il évoque ensuite les mégots trouvés devant la maison, un œil sur son téléphone.

— Mais tu l'aurais su, non, si elle s'était remise à fumer? avance Baptiste.

— Oui, je suppose.

— Après, ce n'était peut-être pas elle.

— Peut-être. Mais bon, ce n'est pas comme si la rue était très passante...

Pendant que ses amis lui énumèrent les quartiers qu'ils ont couverts, Loïc fait le ménage sur son écran, qui clignote façon sapin de Noël. Parmi les notifications qui inondent son fil Facebook, qu'il déroule comme un ado accro au scrolling, un commentaire l'interpelle. Pas de paroles réconfortantes, pas de formule affligée, juste quatre mots, écrits par une certaine Lylo Breizh : «OMG, et le bébé??»

— Loïc? fait la voix de Baptiste, lointaine. On va y retourner.

— OK.

— N'hésite pas si tu as besoin de quoi que ce soit.

— On est là, mec, ajoute Erwan. On est avec toi.

Loïc les raccompagne. Dans la rue, le calme est revenu. Il n'est pas loin de 13 heures : il y a maintenant douze heures qu'il a constaté la disparition de sa femme.

— Ne perds pas espoir, on va la retrouver, lui glisse Baptiste avant de tirer la porte derrière lui.

Le silence enveloppe Loïc. Il reste cloué sur place quelques secondes, écrasé sous le poids d'un découragement qui lui tombe dessus comme une tonne de briques. Son regard erre sur le séjour aux murs blancs sans cadres, aux ampoules sans lustres, aux fenêtres sans rideaux. Ce vide est trop grand pour lui. C'est Camille qui a choisi la maison, séduite par ses deux cent cinquante mètres carrés, ses trois niveaux et ses quatre chambres. Aux réserves de Loïc, qui la trouvait trop spacieuse, elle a répondu qu'ils seraient bientôt trois, peut-être quatre.

Sauf qu'aujourd'hui, il se retrouve seul.

7

La mauvaise nouvelle tombe à 13 h 15 par le biais d'un texto lapidaire que Loïc découvre alors qu'il est sur le point de sortir : Blanche a trouvé un vol, elle arrive à Rennes à 20 h 35. Le couteau sous la gorge, il répond qu'il viendra la chercher à l'aéroport, sauf empêchement de dernière minute.

Une fois dans la Volvo, il appelle ses parents. Dans leur dernier message, ils expliquent que Thomas, leur deuxième fils, a proposé de les conduire à Rennes. Ils n'aiment pas insister, mais leur place est auprès de lui. Loïc accepte, leur présence lui fera du bien. Et ils ne seront pas trop de quatre pour calmer la tornade Blanche.

Il n'y a plus de voitures de police dans la rue. Il s'arrête au croisement avec l'avenue de Grignan, là où Camille s'est volatilisée. Coule un regard vers les trois voies desservies. Quelle direction a pris le véhicule dans lequel elle est montée ? À qui appartient-il ? Était-elle libre de ses mouvements ? Lui prend vers le nord. Claire vient de l'informer qu'elle a trouvé quelqu'un qui pense avoir reconnu Camille le matin même dans les prairies Saint-Martin. Elle a transmis l'info à la police, ce qu'a confirmé le brigadier-chef Liotard, qui a envoyé à Loïc les coordonnées GPS d'un point de rendez-vous sur les berges du canal.

Loïc arrive sur place une dizaine de minutes plus tard. C'est un quartier en friche où se nichent pavillons aux ouvertures murées, jardins ouvriers envahis de mauvaises herbes et cabanes en cours de démolition. Tout sera bientôt rasé pour laisser place à un parc naturel urbain, nouveau poumon vert de Rennes. Sur la rive opposée, les premiers engins de chantier s'affairent déjà.

Il trouve le tandem Liotard-Larusso près de leur Renault Scenic, sur le bord d'un chemin de terre qui longe le canal d'Ille-et-Rance. Ils s'entretiennent avec un homme âgé qui s'exprime à grand renfort de gestes théâtraux. Loïc se gare sur le bas-côté, descend de voiture. Le brigadier-chef Liotard vient le rejoindre et lui plante le décor sans attendre :

— Nous venons de parler à l'homme qui dit avoir croisé votre femme ici ce matin. Il confirme qu'elle se serait trouvée sur ce chemin aux alentours de 9 h 15. Elle courait dans cette direction.

Il montre un bouquet d'arbres derrière un coude du canal.

— Elle courait ? s'étrangle Loïc, qui s'imagine tout de suite Camille essayant de fuir un assaillant.

— En tenue de sport, avec des écouteurs dans les oreilles, s'empresse de préciser le flic. Elle n'avait pas l'air en danger.

Loïc ouvre de grands yeux.

— Vous êtes en train de dire qu'elle faisait un footing ?

— Ce n'est pas moi qui le dis.

— Ça ne peut pas être elle. Camille n'est pas une mordue de sport, elle ne fait que de la gym douce. Et même si elle courait, qu'est-ce qu'elle serait venue faire ici ?

À quelques mètres d'eux, Larusso et le papy continuent de discuter à bâtons rompus. Enfin, c'est surtout lui qui fait la conversation. Loïc saisit quelques bribes de phrases. Il est question d'expropriation, de squatteurs, d'héritage. Aucun rapport avec Camille.

— C'est lui qui l'a vue ? demande-t-il.

— Non. Le témoin est en route, il sera là dans quelques minutes. Votre femme connaît cet endroit ?

— Non, répond Loïc, catégorique.

Liotard le toise une seconde avant d'observer la surface de l'eau.

— C'est peut-être une fausse piste, mais il ne faut rien négliger. Les chiens arrivent, on va vite savoir si elle est venue ici.

Le téléphone de Loïc vibre dans sa poche. Un appel inconnu, encore. Il répond, n'entend d'abord rien. Il finit par distinguer une voix de femme, mais la communication est hachée.

— Allô ? Allô ?

Ça a coupé. Sur son écran, l'icône d'état n'affiche qu'une barre. Puis plus rien. Le réseau s'est fait la malle. Il marmonne un « Merde » entre ses dents.

Des graviers crissent derrière eux. Le véhicule de la brigade cynophile se range derrière la Volvo. Liotard va à sa rencontre, laissant Loïc en plan. L'instant d'après, une autre voiture de police vient se garer en enfilade. En descendent deux agents en uniforme et un homme d'une trentaine d'années, dreadlocks et avant-bras noueux couverts de tatouages.

Liotard s'entretient quelques secondes avec eux puis fait signe à Loïc d'approcher, tandis que les maîtres-chiens font sortir leurs équipiers canins de deux cages à l'arrière de leur Mégane. L'un d'eux transporte un sac plastique transparent à l'intérieur duquel il reconnaît l'écharpe de Camille.

— Monsieur Stephan, pourriez-vous montrer à monsieur... ?

— Rougeul, Pierrick.

— ... à M. Rougeul des photos de votre femme, à des fins d'identification ?

Loïc dégaine son iPhone et fait défiler plusieurs photos récentes de Camille. Dans son dos, un éclat de voix retentit :

— Cherche !

Rougeul regarde les photos sans ciller.

— Ouais, je confirme. C'est elle.

— Vous êtes bien sûr ? demande Liotard.

— Je crois, ouais.

— Vous croyez ou vous êtes sûr ?

— Je crois que je suis sûr.

Loïc ne peut pas s'empêcher de dévisager le gars. De grands yeux cernés mangent presque tout son visage, des miettes s'accrochent dans sa barbe broussailleuse. Il sent l'herbe à plein nez.

— Vous avez fumé, monsieur Rougeul ? le questionne Liotard.

— Un peu.

— Vous aviez fumé ce matin, quand vous pensez avoir croisé Mme Stephan ici même ?

— Euh… ouais.

— Et vous êtes sûr que vous ne pouvez pas vous tromper ? Regardez bien ses yeux, la forme de son visage. Je peux ?

Le flic prend l'iPhone de la main de Loïc et zoome sur le visage de Camille pour lui faire remplir l'écran. Elle porte des boucles d'oreilles en forme d'ananas. C'est la photo qu'ils ont envoyée à Lorna le 6 mars, le jour du transfert d'embryon, pour se porter chance.

— La femme que vous avez vue ressemblait bien à celle-ci ? Des yeux noisette, cheveux châtains, un grain de beauté au-dessus de la lèvre supérieure ?

La réponse tarde à venir.

— Monsieur Rougeul ?

— Ouais, je crois. J'ai pas vu de grain de beauté, mais elle est passée vite.

— Où l'avez-vous vue, exactement ?

— Là-bas, répond le gars en indiquant une section du chemin qui s'enfonce dans les fourrés.

— Montrez-nous.

Liotard, Loïc et l'un des deux maîtres-chiens, laisse à la main, emboîtent le pas à Rougeul, qui les mène à une centaine de mètres de là, près d'un jardin abandonné délimité par un grillage affaissé.

— Elle venait de là, en fait, dit le gars.

Le policier de la brigade cynophile fait renifler l'écharpe de Camille à son chien en lui enfonçant le sac sur la gueule.

— Cherche ! ordonne-t-il.

Le chien baisse la truffe, flaire le sol, décrit quelques cercles sur place mais ne s'éloigne pas. La manœuvre se répète une fois, deux fois, avec le même résultat. S'ensuit un échange de regards entre Liotard et son collègue, qui secoue la tête en silence.

— Dans quelle direction est partie la femme que vous avez vue ? demande le brigadier-chef au témoin.

— Bah, de ce côté-là, d'où on vient.

— Et vous, vous alliez dans la direction opposée ?

— Non, j'arrivais de par là aussi.

Rougeul montre l'endroit d'où il prétend que Camille venait.

— Donc, vous veniez de la même direction qu'elle ? Elle vous a dépassée ?

— Ouais, c'est ça.

Il y a un silence.

— Monsieur Rougeul, comment pouvez-vous affirmer que cette femme est bien Mme Stephan, puisque vous ne l'avez pas vue de face ?

Le gars hausse les épaules, tord la bouche dans une tentative peu convaincante de sourire.

— Je sais ce que j'ai vu.

Loïc inspire, expire, pour se forcer à rester calme. Dans le même temps, le deuxième maître-chien les rejoint, accompagné des deux autres flics. Son chien n'a flairé aucune piste à l'autre bout du chemin.

— C'était elle, je vous dis !

— Merci, monsieur Rougeul. Vous avez besoin qu'on vous raccompagne ?

— Non, j'habite pas loin.

Le gars s'attarde encore un peu, mais voyant que plus personne ne s'intéresse à lui, il finit par partir.

— Tu en penses quoi ? demande Liotard à son équipière. On fait venir du renfort ?

— On n'a pas d'autre piste pour l'instant. Autant chercher ici, répond-elle avant de s'éloigner en portant sa radio à ses lèvres.

— Et vous, vous en pensez quoi ? risque Loïc à l'attention de Liotard.

— Comme je vous l'ai dit tout à l'heure, il ne faut rien négliger. On a déjà vu des fruits pourris donner de bons vins.

8

De huit participants au déclenchement de la battue, un peu avant 14 heures, l'effectif a doublé à 15 heures et triplé à 15 h 30. Les prairies Saint-Martin s'étendant sur plus de trente hectares, dont quatre de terres humides, il a été décidé dans un premier temps de concentrer les recherches aux abords directs du lieu présumé de la rencontre entre Camille et Pierrick Rougeul. Quatre équipes ont été constituées et placées sous la responsabilité d'un représentant des forces de l'ordre pour effectuer des vagues de ratissage. Malgré un accès rendu difficile par la végétation sauvage et des zones de travaux interdites au public, dont certains sont à l'arrêt, aucun fossé, aucun trou n'est oublié, jusqu'à ceux creusés par les pelleteuses.

Il est 15 h 45 quand Loïc apprend de la bouche du gendarme qui encadre son groupe qu'une unité de plongeurs a été mobilisée pour sonder le canal. Les volontaires échangent des regards alarmés. Ils sont six à s'être joints à eux, dont trois habitants du quartier. Espacés d'environ un mètre les uns des autres, ils arpentent un terrain en friche jonché d'ordures et de morceaux de tôle, scrutant le sol à la recherche d'un vêtement, d'une chaussure ou d'un téléphone.

Épaulé par Baptiste et Erwan, Loïc se traîne comme un zombie sur le sol irrégulier envahi de hautes herbes. Ils marchent depuis près de deux heures, la fatigue a fini par le rattraper. Et le découragement le guette, en embuscade.

— Ça va ? lui lance Baptiste.

Loïc hoche la tête même si au fond, il est convaincu que sa place est ailleurs – parce que sa femme est ailleurs. Le témoignage de Rougeul est plus que fragile, et l'idée que Camille ait pu mettre un pied ici ne tient pas debout.

— Depuis quand tu n'as pas dormi ?

— Dans les trente heures, je dirais.

— Tu devrais aller te reposer, tu ne vas jamais tenir le coup.

Loïc va lui répondre qu'il ne partira pas avant d'avoir tout passé au peigne fin quand son téléphone se réveille dans sa poche. Une heure que le réseau est en rade, et voilà qu'il capte au milieu de nulle part.

— Du nouveau ? fait Baptiste.

— C'est Lorna. Elle vient de se lever, il est sept heures moins le quart aux States.

Loïc prend un instant pour parler de l'échographie à ses amis, et ça lui fait du bien d'évoquer la vie, le futur, alors qu'ici il n'y a que l'angoisse du présent. Mais il est vite ramené à la réalité par une double vibration qui lui signale un message vocal. Il appelle sa messagerie et porte le téléphone à son oreille. Dans l'écouteur, il n'entend qu'une voix de femme déformée, saccadée. Le réseau s'est de nouveau fait la malle. Il n'a pas reconnu Camille dans les mots au timbre robotique, mais il peut se tromper.

L'indicateur de réseau continue d'hésiter entre zéro et une barre dans les minutes qui suivent. Loïc finit par ranger son téléphone pour reporter son attention sur le sol. Il a l'impression qu'il va tomber à chaque pas tant la tête lui tourne. En plus le soleil est de sortie, et il n'a pas pris ses lunettes noires.

Le groupe approche d'un pavillon aux ouvertures condamnées, sur la façade duquel est placardé un panneau « Chantier interdit au public ». Le gendarme s'arrête, lève une main, mais personne n'entend ce qu'il dit quand il ouvre la bouche. Un fracas monstrueux vient d'éclater au-dessus d'eux. Tout le monde lève la tête pour voir un hélicoptère surgir de derrière un bosquet, à moins de vingt mètres de là.

— On sépare le groupe en deux, annonce le gendarme quand le calme est revenu. Vous quatre, vous contournez la maison par la droite, vous trois, vous me suivez, on prend à gauche.

Loïc, Baptiste et Erwan lui emboîtent le pas. Alors qu'ils longent le mur de pignon, Loïc bute contre le bord d'un couvercle de regard caché sous les mauvaises herbes. Leur encadrant, qui a tout du militaire avec ses cheveux coupés ras et son menton net et volontaire, vient se mettre à sa hauteur. Il ne doit pas avoir plus de vingt-cinq ans.

— Vous devriez rentrer, monsieur, dit-il. Vous serez plus utile aux recherches si vous êtes reposé.

— Je ne peux pas rentrer. Il s'agit de ma femme.

— Il a raison, Loïc, intervient Baptiste. Va dormir une heure, tu reviendras après.

— Non.

— On ne te laisse pas le choix.

L'hélicoptère repasse au-dessus d'eux dans un vrombissement. Loïc plisse les yeux. Ça résonne sous son crâne, et il se rend compte qu'il a un mal de tête carabiné.

— D'accord, capitule-t-il. Je vais faire un somme dans la voiture.

— Rentrez plutôt chez vous, insiste le gendarme d'un ton autoritaire. On a presque couvert toute la zone. On aura fini dans moins d'une heure.

— Vas-y, Loïc, rentre, ajoute Erwan. Nous, on reste.

Loïc regarde ses amis tour à tour avant de hocher la tête avec gratitude. Dix minutes plus tard, il monte dans la Volvo. Le réseau va et vient toujours sur son téléphone, mais pendant qu'il marchait il a pu écouter le message vocal sur sa boîte, laissé par Claire. Il a aussi envoyé un smiley riant aux larmes à Lorna, qui s'amuse que Camille ait perdu son téléphone, et un simple « OK » à ses parents, qui ont pris la route il y a une heure et devraient être à Rennes à 17 h 30.

Sur le chemin du retour, alors qu'il se repasse le film des dernières heures, quelque chose lui revient, une pensée qui le frappe avant de lui échapper dans la seconde qui suit. Il lui semble que ça a un rapport avec la visite de Baptiste et Erwan à midi, il essaie de se concentrer mais rien à faire, son cerveau n'est plus bon à rien.

Il arrive chez lui à 16 h 10, après un trajet au radar, sans avoir réussi à remettre le doigt dessus. Le temps de passer sous la douche et il s'enfonce entre les gros coussins du canapé à la recherche de l'odeur de Camille – impossible d'aller se coucher dans le lit vide sans elle. Il sombre aussitôt dans un sommeil sans appel.

9

— Loïc ?

La voix de Camille le réveille. Étouffée, lointaine. C'est comme une décharge électrique dans sa tête.

Bom bom bom.

Loïc ouvre grand les yeux. Des images palpitent en lui. Les flics, les chiens, le drone, l'hélicoptère, les plongeurs. Sa première pensée est qu'il vient de faire le plus horrible des cauchemars. Puis ça lui tombe dessus.

Camille. Disparue.

Une flèche de douleur vient se planter au milieu de son front. Désorienté, il cherche son téléphone, qu'il trouve sous le canapé. Sa femme lui sourit sur le fond d'écran. En surimpression, l'heure et la date du jour : 17 h 48, jeudi 4 avril. Et un centre de notifications plein à craquer.

De nouveaux coups résonnent dans l'entrée. C'est ça qui l'a réveillé. Il se redresse.

— Loïc ?

C'est la voix de sa mère, pas celle de Camille. Il fait basculer ses jambes sur le côté, en nage. Laisse l'empreinte de son corps sur le velours du canapé. Son cœur tambourine à ses oreilles.

— Loïc, réponds !

L'iPhone vibre dans sa main. C'est Thomas. Il se lève, titube jusqu'à la porte comme un lendemain de fête. Ouvre, figeant le poing de son frère en plein élan. Les quatre Stephan restent un instant sans bouger. Thomas relâche son souffle le premier :

— On commençait à s'inquiéter.

Les deux frères se serrent la main. Pas d'effusion, on est pudiques dans la famille. Son père tend la sienne avant d'attirer son fils à lui pour lui donner l'accolade, ce qui n'est pas dans ses habitudes. Sa mère, elle, lui tombe littéralement dans les bras. Loïc doit presque la soutenir, lui qui se sent si faible. Heureusement, elle n'est pas bien épaisse.

Ils passent au salon. Le canapé est trempé, Loïc y étend un plaid et invite ses parents à s'asseoir. Thomas prend place dans le fauteuil à oreilles devant le poêle à bois. Les mines sont graves mais pas catastrophées.

— Je vous fais un café ?

Il en prépare deux, sa mère prendra un thé et son frère un lambig. Le plateau vibre entre ses mains quand il le dépose sur la table basse.

— Tu as du nouveau ? demande Anne.

Cette question, encore. Loïc sait qu'il n'en a pas fini, ce sera sans doute son leitmotiv des prochaines heures si Camille ne reparaît pas, en plus de l'immuable « Tu tiens le coup ? ».

— Tu tiens le coup ? demande son père.

— Non, rien de neuf. (Un soupir.) Et oui, j'essaie de tenir le coup.

Il a posé ses fesses sur l'accoudoir du canapé. Sa mère lui frictionne la cuisse dans un geste qui, il le sait, vise autant à le sortir de sa torpeur qu'à lui insuffler du courage. Ça lui rappelle son enfance, ces matins sombres de janvier où elle l'encourageait quand il peinait à se réveiller à la table de la cuisine pour aller à l'école.

— Et la police, qu'est-ce qu'elle dit ?

Loïc leur fait le résumé des dernières heures. Il en est presque arrivé à la battue dans les prairies Saint-Martin lorsqu'il reçoit un appel de Baptiste, qui l'informe que les recherches n'ont rien donné et qu'ils reviennent dans le centre-ville, Erwan et lui.

— Les plongeurs sont arrivés ? demande Loïc, qui voit sa mère pâlir.

Baptiste confirme. Il promet de le tenir au courant et passe le bonjour à sa famille.

— « Les plongeurs » ? hoquète Anne quand il a terminé.

— Un homme pense avoir vu Camille sur les berges du canal, ce matin. On a ratissé le secteur sans rien trouver. Ils ont envoyé des plongeurs pour sonder le canal, mais je suis sûr qu'elle n'est pas allée là-bas.

Intérieurement, pourtant, Loïc commence à douter. Pierrick Rougeul a beau être un fruit pourri, pourquoi aurait-il menti à Claire et à la police ?

— Il y a quelque chose qu'on peut faire ? s'enquiert Thomas. Des endroits où on pourrait aller pour essayer de la trouver ? Tu veux que je t'emmène quelque part ?

Loïc n'a pas le temps de répondre, cette fois c'est le fixe qui sonne. Il va décrocher.

— Monsieur Stephan, bonjour, ici Karen Andro, je...

Il raccroche.

— Charognards, gronde-t-il tout bas.

Ça se remet à sonner presque immédiatement.

— Foutez-moi la paix! crie-t-il dans le combiné.

Il l'a à peine fait claquer sur sa base qu'il prend conscience de ce qu'il vient d'entendre.

— Qui c'était? demande Thomas.

Loïc ne répond pas. Il fixe le téléphone comme s'il pouvait déclencher la sonnerie par la seule force de sa pensée.

— Loïc?

Ça va rappeler. Ça va rappeler.

Ça ne rappelle pas.

D'abord incapable de réagir, il tourne son visage vers son frère. Il est livide.

— Qu'est-ce qu'il y a? articule Thomas silencieusement.

Loïc lui rapporte ce qui vient de se passer, à la dérobée, tout en jetant des coups d'œil prudents à ses parents.

— C'était sûrement un plaisantin, avance Thomas, qui ne semble qu'à moitié convaincu.

— Peut-être. Mais si…

— Et la mère de Camille, comment elle réagit? demande Anne depuis le salon, mettant fin à l'échange entre les deux frères.

Loïc secoue la tête. La fin de sa phrase est restée coincée dans sa gorge : *Mais si c'était une demande de rançon?* Il a la bouche sèche et n'arrive à sortir que quelques mots râpeux :

— Pas bien. Elle arrive dans la soirée.

— On ira la chercher, propose Yves.

— Merci.

Ils passent les minutes qui suivent à discuter de choses et d'autres – des endroits où Camille aurait pu aller dans l'hypothèse où elle serait partie volontairement, de Lorna qui a passé sa première échographie, de Flo, la femme de Thomas, qui a dû rester à Quimper pour s'occuper des filles mais pense très fort à eux… et pendant tout ce temps, Loïc n'arrête pas de repenser à cet appel, à cette voix grave au bout du fil, qu'il est certain d'avoir entendu dire *Si tu veux revoir ta femme…* avant qu'il lui raccroche au nez. Il essaie de faire le vide dans son esprit, se répète que c'est sans doute une mauvaise blague, une blague pas drôle, cruelle, mais rien à faire, son esprit y revient sans arrêt, c'est comme un aphte dans la bouche qui fait mal dès qu'on le titille mais sur lequel on ne peut s'empêcher de venir passer la langue, encore et encore.

Les rouages de sa réflexion se mettent soudain à tourner à cent à l'heure. Doit-il prévenir les flics? S'il s'agit d'une demande de rançon, ils doivent être mis au courant sans tarder. Et l'argent, comment va-t-il le trouver? Le gars va certainement réclamer une somme à six chiffres. Camille et lui se sont délestés d'une bonne partie leur épargne avec leur projet bébé, et subitement, tout ça lui paraît fou. La vie d'un enfant contre celle de sa femme. Il cherche Thomas des yeux, mais c'est sur son père qu'ils tombent.

— Ça ne va pas, Loïc? Tu es tout pâle.

Loïc chasse ses idées noires d'une secousse de la tête. Il plaque un sourire sans joie sur son visage et brouille les pistes en expliquant à Yves qu'il a l'impression d'avoir oublié quelque chose depuis son retour de la battue et que ça l'obsède, ce qui est vrai. Son père le rassure, si c'est important, ça lui reviendra. Mais Loïc n'en est pas si sûr. Tout s'est enchaîné si vite depuis minuit qu'il commence à avoir du mal à remettre les événements en place, et il sait qu'avec ce qui va suivre ça risque encore de se compliquer.

— Tu veux que je te prépare quelque chose à manger ? propose Anne depuis la cuisine.

En bonne mère nourricière, elle est déjà en train de passer un tablier. Loïc se sent rassuré par cette image surgie de l'enfance, par le tintement des ustensiles de cuisine qui donne de la vie à sa grande maison vide, et comme les Stephan ne redoutent pas le silence, personne ne parle pendant quelques minutes, répit qu'il met à profit pour faire l'inventaire de son téléphone. Blanche est en salle d'embarquement à l'aéroport de Nice, son vol est prévu à l'heure. Claire est en train de rentrer chez elle pour imprimer une autre série d'appels à témoins qu'elle va sortir distribuer avec son compagnon Julien. Lorna a renvoyé un smiley riant aux éclats et Cyril annonce qu'il va gérer ses rendez-vous au moins jusqu'au week-end. Deux de ses cousines ont collé des affiches sur tous les poteaux du Rheu, ville limitrophe où elles habitent. Sur son profil Facebook, sa publication a généré une cinquantaine de réactions, plus de cent sur celui de Camille…

Le souffle de Loïc se bloque, tout à coup. Du pouce, il remonte le fil de discussion. Là : « OMG, et le bébé ?? » Message posté il y a six heures par une certaine Lylo Breizh. Ça connecte, dans son cerveau : voilà ce qui le tracassait depuis le début, ce commentaire d'une inconnue qu'il a découvert quand Baptiste et Erwan sont venus déjeuner avec lui.

— Tu as de l'huile d'olive ? entend-il sa mère demander.

— Dans le tiroir à droite de l'évier, répond-il distraitement.

Il ouvre le profil de Lylo : il n'est pas public. Doit-il l'ajouter comme amie ? Il affiche sa photo. Son visage ne lui évoque rien, et de toute évidence, son nom d'utilisateur est un pseudo. Lylo, pour Lydie ? Louise ? En tout cas, la deuxième partie semble indiquer qu'elle vit en Bretagne.

— Et le gros sel ?

— Dans le tiroir à épices, juste au-dessus.

Il clique sur le bouton de demande d'ami.

— Alors, rien de neuf ?

Le regard bleu banquise de son père est posé sur lui. Loïc y lit de la sollicitude, peut-être un soupçon d'inquiétude. Yves vieillit, il a laissé tomber certaines de ses défenses de vieux loup de mer.

— Non, rien.

Il ne faut pas dix minutes à Anne pour apporter à son fils une assiette fumante de spaghettis à l'ail, huile d'olive et parmesan. Loïc dévore, elle le ressert deux fois. Il se laisse même tenter par un fond de lambic, ça l'aidera peut-être à oublier l'appel mystérieux qu'il a reçu. Mais l'a-t-il seulement reçu ? Il n'est plus sûr de rien, tout s'est passé si vite…

Quand le tandem Liotard-Larusso se présente à sa porte juste avant 19 heures, il en est à son troisième verre.

— Les investigations continuent, annonce d'emblée le brigadier-chef. La battue s'est révélée négative, tout comme les tentatives de pistage de la brigade cynophile. Même chose pour les opérations de plongée. Les recherches vont se poursuivre dans le canal jusqu'à la tombée de la nuit et reprendront sans doute demain. L'enquête de voisinage est toujours en cours. Nous n'avons pas encore de retour concernant la vidéosurveillance, mais l'étude de la téléphonie nous a permis d'établir que le téléphone de votre femme a cessé d'émettre dans le secteur à 21 h 50. Concernant les mégots trouvés devant votre maison, nous restons dans l'attente des résultats d'expertise, nous devrions en savoir plus sous quarante-huit heures. Il nous reste encore des vérifications à effectuer auprès des compagnies de taxis et de VTC, mais à l'heure actuelle, il apparaît qu'aucun chauffeur n'a pris en charge une femme correspondant au signalement de votre épouse la nuit dernière. Enfin, sachez que suite à la diffusion massive de l'appel à témoins, l'hôtel de police de Rennes a reçu plus de cent appels, qui sont en train d'être étudiés.

Loïc a l'impression qu'un semi-remorque vient de lui rouler dessus. Il en oublie presque l'appel anonyme. Mais avant même qu'il pense à l'évoquer, Liotard assène le coup de grâce :

— Bien que nous examinions toutes les pistes, notre enquête se concentre sur l'hypothèse de l'intervention d'un tiers.

Loïc encaisse sans réagir. Il entend sa mère pousser un cri étouffé. Finalement, c'est Thomas qui, debout derrière lui, pose la question qui brûle toutes les lèvres :

— Qu'est-ce que vous entendez par « intervention d'un tiers » ?

— Il pourrait s'agir d'un crime de rôdeur ou de délinquant sexuel, répond Larusso, peut-être d'un accident maquillé.

Nouvelle exclamation de stupeur dans le salon. Loïc échange un regard avec son frère, qui esquisse un hochement de tête en signe d'encouragement – *vas-y, dis-leur.*

Quand, les raccompagnant à l'extérieur, il informe les deux policiers de l'appel qu'il a reçu quelques minutes plus tôt, Liotard demeure impassible.

— Sans doute l'œuvre d'un mauvais plaisant, estime-t-il, confirmant le sentiment de Thomas. N'accordez pas trop d'importance à ce genre d'appels, monsieur Stephan. Si l'appelant ne s'est pas manifesté une seconde fois après cette première tentative, c'est qu'il s'agit vraisemblablement d'un canular. Veillez tout de même à garder votre téléphone allumé cette nuit, au cas où il vous recontacterait… et aussi dans l'éventualité où nous aurions de nouveaux éléments à vous communiquer, ajoute le brigadier-chef avant de prendre congé.

Quand les deux frères rejoignent leurs parents au salon, ils trouvent Anne en train de sangloter dans les bras de son mari. Le goût salé des larmes monte dans la gorge de Loïc, qui ne surmonte son émotion que grâce à la main de son frère posée sur son épaule. Un cri tapi derrière ses lèvres, il se retient de hurler.

10

Droite comme un i, le port altier, Blanche Vitkine entre dans la maison précédée d'Yves Stephan, qui va ranger son bagage à roulettes sous les patères de l'entrée avant de s'écarter. Le casque acajou qui encadre son visage lui fait comme deux rideaux ouverts sur un masque de tragédie. Ses lèvres pincées, légèrement repulpées, se mettent à trembloter quand ses yeux noisette se posent sur Loïc. Il voit tout de suite qu'elle a pleuré et s'en veut d'avoir laissé son père et son frère jouer les taxis.

Elle le serre fort contre elle quand il vient l'embrasser, l'enveloppant dans les effluves de son parfum, et une fois de plus, il se fait la réflexion que sa belle-mère n'a pas besoin de tous les artifices dont elle se pare pour essayer de rester jeune, à commencer par cette couleur qui n'a rien de naturel pour une femme de soixante-dix ans. Car comme Camille, Blanche est d'une beauté renversante, et ni le bronzage artificiel, ni les retouches un peu trop visibles qu'ont opérées les meilleurs chirurgiens de la Côte d'Azur sur son visage ne peuvent altérer le tableau.

Loïc ressent une pointe de gêne quand elle vient étreindre

sa mère, elle qui est si discrète, si menue. Ces deux femmes ne sauraient être plus différentes l'une de l'autre pourtant, en cet instant, un drame les rapproche.

— Quelles sont les nouvelles ? demande-t-elle à Loïc, le souffle court, en se tapotant les paupières avec un mouchoir tirebouchonné.

Pas question de lui parler de l'appel anonyme, bien sûr.

— La police est passée il y a deux heures. Ils n'ont rien trouvé pour l'instant, mais les recherches se poursuivent.

— Comment peuvent-ils ne rien avoir trouvé ?

— Ils n'ont pas le moindre indice, Blanche. Camille a disparu au bout de la rue hier entre 21 h 50 et minuit, c'est tout ce qu'on sait.

— Mon Dieu, ça va faire vingt-quatre heures ! On dit toujours que tout se joue dans les premières vingt-quatre heures, non ?

— Les enquêteurs mettent tout en œuvre pour la retrouver, j'ai totalement confiance en eux.

Le regard de Blanche plonge dans le sien, et il voit Camille dans ses yeux pailletés d'or. Il s'attend à l'entendre l'accuser de n'avoir rien fait, de ne pas avoir été là, mais elle se contente de pincer les lèvres.

— Vous voulez dîner ? propose Anne en passant derrière l'îlot.

— Merci, je n'ai pas faim.

— Quelque chose à boire, alors ? fait Yves.

— Vous avez un alcool fort ? Du whisky ?

— On va vous trouver ça.

Loïc invite sa belle-mère à s'asseoir sur le canapé, hésitant à l'accompagner. Il n'a rien contre elle, Blanche lui a toujours témoigné beaucoup d'affection, seulement il n'est pas tout à fait à l'aise avec ce genre de personnage haut en couleur, lui qui a grandi entre un père marin pêcheur et une mère institutrice.

— Je n'arrive pas à y croire, renifle-t-elle en sortant un nouveau mouchoir du sac à main Vuitton qu'elle ne quitte jamais. Où a-t-elle bien pu passer ? Ça ne lui ressemble pas de partir comme ça, elle n'a jamais fugué, ma fille a toujours été une enfant modèle.

Loïc se retient de lui rappeler que Camille a claqué la porte de la maison à dix-neuf ans pour ne pas y revenir.

— Elle n'est pas partie, Blanche. Les enquêteurs pensent que… (Il s'interrompt, cherche le regard de sa mère.) Ils pensent que Camille aurait pu faire une mauvaise rencontre.

Les traits de Blanche, qui lui ont coûté si cher, se décomposent. Elle prend dix ans d'un coup. Anne vient s'asseoir près d'elle et lui caresse l'épaule sans rien dire, mais Loïc voit bien qu'elle retient ses larmes.

— Ma petite fille, sanglote Blanche, ma petite fille…

— On va la retrouver, se force à dire Loïc, une boule dans la gorge.

Ces mots, il s'est refusé à les prononcer jusqu'alors. Par superstition, peut-être, ou parce qu'il sentait, inconsciemment, que c'était à lui de les recevoir, même s'il les trouve vains et vides de sens. Blanche lève vers lui ses yeux noyés de larmes.

— Il faut que tu ailles la chercher, Loïc. Ramène-moi ma fille.

— Je ferai tout pour la retrouver, promet Loïc.

— Pourquoi tu es là, alors ? Pourquoi tu n'es pas… (Elle renifle, se mouche.) Pourquoi tu n'es pas dehors, à remuer ciel et terre pour nous la ramener ?

— J'ai fait tout ce que je pouvais…

— Mais ce n'était peut-être pas assez ! vagit Blanche avant de laisser éclater sa peine en hoquets bruyants.

Elle bascule contre Anne, qui lui frictionne la cuisse comme elle l'a fait avec son fils un peu plus tôt. Après une hésitation, Loïc fait le tour de la table basse pour les rejoindre. Il prend place à côté de sa belle-mère et la fait venir à elle, sa main cramponnée à celle de sa mère. Il sait qu'il doit être fort, mais un violent spasme de chagrin secoue sa poitrine.

Il ignore combien de temps s'est écoulé quand il entend la voix de son père s'élever dans le silence de veillée funèbre :

— Tenez. Votre whisky.

Blanche se détache de Loïc, défigurée par la douleur.

— Merci.

— Loïc ? fait Yves en levant la bouteille.

— Non, merci.

Il se redresse, remonte le col déformé de son T-shirt, dont le tissu est chaud et humide.

— Il… il faut que je prévienne Bertrand et… et Séverine, balbutie Blanche en sortant son téléphone de son sac. Ils m'ont demandé de te transmettre leurs pensées les plus sincères.

Encore hébété de chagrin, Loïc accuse réception de ce message au formalisme glaçant dans un hochement de tête. Bertrand et Séverine Vitkine sont les enfants de Serge, le deuxième mari de Blanche, qui a adopté Camille quand elle avait cinq ans. Ils n'ont rien en commun à part leur nom de famille, et la différence d'âge n'a jamais aidé – Bertrand avait déjà seize ans, à l'époque, Séverine quinze.

Les Stephan se regroupent autour de l'îlot pour laisser Blanche passer son appel. Il est 22 h 20, Thomas annonce qu'il va rentrer.

— Tu es sûr que tu ne veux pas rester dormir ? propose Loïc en le raccompagnant dehors.

— Non, Flo m'attend.

— OK.

— Et Loïc… ne te prends pas trop la tête pour cette histoire d'appel anonyme. Le flic a raison, si ça n'a pas rappelé, c'est que c'était une mauvaise plaisanterie.

— Oui.

— Tu me tiens au courant dès que tu as du nouveau, d'accord ?

— Pas de problème. Embrasse les filles.

Loïc suit le break des yeux jusqu'au coin de la rue, à l'endroit où Camille a disparu. La soirée est fraîche, ça le ranime. Il s'attarde quelques secondes sur le seuil, repense à ce que Blanche lui a dit. A-t-il vraiment fait assez ? Claire, Julien, Baptiste et Erwan sont rentrés, mais lui, ne devrait-il pas être en train de chercher sa femme dans les rues ?

Il trouve ses parents installés sur les tabourets de bar de l'îlot quand il rejoint le séjour. Ils boivent un café en silence. Blanche n'a pas quitté le canapé, elle est toujours au téléphone et parle fort. Loïc s'appuie sur le plan de travail, passe ses derniers messages en revue, ne voit rien d'important.

— Je vais aller faire les lits, dit-il dans un bâillement.

— Ils sont déjà faits, l'informe sa mère. Tu vas te coucher ? On reste avec Blanche.

— Je ne sais pas…

— Tu vas te coucher.

C'est Yves qui a parlé, et ce n'est pas une question. Loïc leur souhaite bonne nuit, même si ça sonne creux, puis il monte dans sa chambre après avoir adressé un signe de la main à sa belle-mère. Il laisse tomber son pantalon sur la moquette, enlève son T-shirt baigné de larmes et se met au lit avec son téléphone… avant de se relever pour aller prendre un comprimé de Donormyl. Juste avant de fermer les yeux, il déverrouille son iPhone une dernière fois. Pas pour consulter ses messages – il a besoin d'une pause –, mais pour contempler la première image de son enfant envoyée par Lorna. Pour se reconnecter à sa vie. Il tourne et retourne la photo, zoome autant qu'il peut. Et il le voit enfin, minuscule haricot gris et blanc perdu au milieu d'un grand vide noir.

Loïc enfouit sa tête dans l'oreiller, laisse sortir le hurlement de désespoir qu'il retient depuis des heures. Puis il s'endort, son téléphone à la main.

Une semaine plus tard

JOUR 8

11

Lorsqu'elle arrive rue du Thabor, ce jeudi 11 avril, Karen Andro est frappée par le calme qui règne dans la petite impasse. Elle se gare devant le numéro 29, à une dizaine de mètres de la maison du couple Stephan, devant laquelle est stationné un SUV Volvo. Son pari a payé : Loïc Stephan est là. Il a changé de numéro de ligne fixe en début de semaine et l'a fait mettre sur liste rouge pour se débarrasser des journalistes, mais il n'a pas pensé à rentrer sa voiture dans le garage. L'amateur.

Pendant quelques minutes, Karen observe le voisinage, essayant de se faire la plus petite possible derrière le volant de sa Clio. C'est une voie sans issue de deux cents mètres de long, à peine assez large pour rouler à double sens, où s'alignent des maisons cossues dans un cadre verdoyant. Elle est déjà venue en repérage la veille, mais s'est fait toper par une vieille qui l'a priée de partir. La planque, ce n'est pas son truc, Karen est plutôt du genre à foncer à visage découvert. Avec Loïc Stephan, pourtant, elle sait qu'elle va devoir jouer la finesse.

Elle repère la porte d'entrée d'Annick Le Goff, une

voisine dont le témoignage récent, paraît-il, intéresse beaucoup la police, et se demande si, depuis les fenêtres des maisons environnantes, d'autres riverains ont vu ou entendu quelque chose – une dispute, des cris. Dans ce genre de rues enclavées, tout se partage. Puis, comme elle a décidé d'attendre que Stephan vienne à elle plutôt que d'aller le solliciter, Karen relit ses notes, bien qu'elle connaisse par cœur les moindres détails de l'affaire.

Elle a déjà les grandes lignes de son article. Une rue paisible, un couple heureux, une vie sans histoires. Un soir, pourtant, l'épouse disparaît sans explication. On perd sa trace à cent mètres de chez elle. Compte tenu des circonstances de sa disparition et de son profil, le suicide ou le départ volontaire sont rapidement écartés par les enquêteurs, qui envisagent dès lors un scénario plus funeste. Dans les heures qui suivent, un appel à témoins est diffusé et une vaste opération de recherches est lancée, mobilisant des dizaines de fonctionnaires dont des plongeurs, des pilotes de drone et des équipes cynophiles. Ils font chou blanc : le téléphone de Camille Stephan n'a borné nulle part en dehors du secteur, les caméras de vidéosurveillance n'ont capté aucune image d'elle, personne ne l'a vue, sinon un homme qui croit l'avoir reconnue dans les prairies Saint-Martin, mais cette piste est vite abandonnée par la police.

Le 8 avril, le parquet de Rennes annonce l'ouverture d'une information judiciaire pour enlèvement et séquestration. L'enquête est confiée à la police judiciaire sur commission rogatoire de la juge d'instruction Magali Pik. Le lendemain, une perquisition a lieu au domicile du couple Stephan. Une équipe de la police technique et scientifique est sur place pour recueillir des indices, mais après neuf heures de fouilles, le parquet indique qu'aucune découverte n'a été faite. En parallèle, les enquêteurs explorent la vie privée de la disparue. Ils entendent ses proches, épluchent ses comptes en banque, ses communications téléphoniques, l'historique de navigation de son ordinateur. C'est au cours de l'audition tardive d'Annick Le Goff qu'un élément significatif éveille leur intérêt. Elle déclare avoir entendu Camille Stephan pleurer dans son jardin le dimanche précédant sa disparition. Karen tient l'information, encore officieuse, de Jean Imbert, dit « Pépé le Moko », un vieux briscard qui lui a appris le métier de journaliste indépendant et qui a ses sources à la PJ.

À partir de là, le profil du mari interroge. Pépé lui apprend que Stephan aurait « omis » de mentionner cet épisode auquel les enquêteurs comptent prochainement le confronter, et qu'il ne se serait pas montré très impliqué dans les recherches sur le terrain, comme l'a rapporté une habitante du quartier des prairies Saint-Martin ayant participé à une battue à ses côtés. On parle déjà de maîtresse, une photo paraît même en une du magazine *En quête*, montrant le mari visiblement peu éploré en compagnie d'une femme dans le parc du Thabor.

Karen refuse, bien sûr, de prêter foi à de telles allégations. En vingt-cinq ans de carrière, elle a toujours craché sur cette presse qui, faute de révélations fracassantes, fait ses choux gras du moindre écart, de la moindre déclaration sortie de son contexte. Le scandale n'est pas son fonds de commerce. Ses investigations se basent sur les faits, rien d'autre. Et les faits sont les suivants : Camille et Loïc Stephan menaient une vie apparemment sans faille, on ne leur connaissait pas d'ennemis. Mais comme les enquêteurs, elle sait que les apparences peuvent parfois être trompeuses. C'est ce qui fait le sel de ce genre d'affaires, et s'il y a un loup quelque part, elle compte bien le débusquer.

Karen terminera son article par le classique « À l'heure qu'il est, les circonstances entourant la disparition de Camille Stephan demeurent donc indéterminées », osera peut-être le plus percutant « Une semaine après la disparition, le mystère reste entier », ou « le mystère s'épaissit », pour inviter le lecteur à revenir en deuxième semaine. Car même si elle nage souvent à contre-courant, elle reste journaliste. Racoler, non. Accrocher, oui.

Elle baisse sa vitre, allume une cigarette en scrutant la rue figée dans la grisaille de cette fin de matinée. L'effervescence des premiers jours a laissé place à l'attente, entre espoir et inquiétude. Une phrase lui vient, qui lui servira à planter le décor dans l'intro de son article. Elle sort un stylo pour la noter quand une silhouette entre dans son champ de vision, par la droite. Karen sursaute, pensant d'abord qu'elle a été repérée par un riverain.

— Toc-toc, fait une voix qu'elle connaît bien.

C'est celle d'Allan Morève, un confrère de *Ouest France* dont la bouille ronde de poupon s'encadre dans sa vitre côté passager. Elle le trouve très voyant avec ses lunettes noires sur le nez, et s'empresse de lui ouvrir la portière.

— Putain, tu fais vraiment pas dans la discrétion, toi, grince-t-elle quand il s'engouffre dans l'habitacle.

— Il y a du soleil, se justifie Allan dans un haussement

d'épaules. Ou il y en aura, à un moment ou l'autre de la journée.

Karen, qui n'est pas d'humeur à rire, le transperce de ses yeux étrécis, sourcils froncés. Ce regard n'a jamais fonctionné avec ses enfants et ne prend pas plus avec Allan, qui doit avoir l'âge de son fils.

— T'installe pas, coco, prévient-elle en le voyant poser son sac à dos à ses pieds. Je t'ai fait monter pour que tu rameutes pas tout le quartier, c'est tout. Tu t'es cru à Neuilly ? On vous apprend quoi, au « Cesse ça » ?

Karen, qui s'est formée au métier sur le tas, n'a jamais caché son mépris pour les journalistes sortis des usines à clones que sont à ses yeux les écoles comme le CELSA, dont elle sait qu'Allan est diplômé. La crise des Gilets jaunes, l'automne précédent, aura au moins permis de révéler la défiance d'une majorité de Français envers les journalistes, qu'elle juge dans leur grande majorité formatés et déconnectés du terrain.

— Si tu veux mon avis, ça sent le crime passionnel à plein nez, avance Allan comme s'il n'avait pas entendu.

— Je t'ai pas demandé ton avis. Et de nos jours, on parle de féminicide.

— Tu penses que c'est lui, toi ?

— Je pense qu'il a le profil, mais c'est un peu trop facile. Et je déteste la facilité. Allez, bouge, maintenant, va te trouver un endroit où te planquer, mais reste pas là.

— Sinon quoi ?

— Sinon c'est moi qui te trouve une poubelle, petit con !

Allan mâchouille bruyamment son chewing-gum, les yeux rivés à la maison des Stephan.

— T'es au courant pour la maîtresse ? C'est la meilleure amie de sa femme.

— Bouge, putain ! aboie Karen en lui fourrant son sac dans les bras.

L'autre ne demande pas son reste et saute de la Clio, entre rires et invectives. Karen a tout juste le temps de recevoir le « Vieille bique » qu'il lui lance avant de claquer la portière qu'elle le voit déjà s'éloigner dans son rétro pour rejoindre sa voiture – siglée aux couleurs de son journal, évidemment. Elle jure entre ses dents, la cigarette aux lèvres, et se remet à attendre.

12

Les charognards. Ils sont encore là, attirés par l'odeur du scandale comme des mouches par un cadavre en putréfaction. Il y a la femme que Mme Brunel a délogée la veille – la cinquantaine, le teint brouillé et le cheveu terne de la fumeuse chronique –, et le petit fouineur aux lunettes de soleil qui lui est tombé dessus le dimanche précédent, alors qu'il sortait pour amener Blanche à l'aéroport. Saletés de journalistes, il les préférait encore au téléphone que devant chez lui. Passer sur liste rouge n'aura finalement pas été une idée si lumineuse que ça.

Loïc quitte son poste d'observation, les nerfs à vif. Ils vont finir par le repérer. Le pas traînant, il va poser son café sur un coin de l'îlot où l'attendent ses clés de voiture, ses Ray-Ban et la casquette Oregon qu'il vient de ressortir d'un carton d'affaires d'été. Ne manque que son portefeuille, sur lequel il n'est pas arrivé à remettre la main dans la pagaille que les enquêteurs de la PJ ont laissée derrière eux après leur perquisition.

Il y en a partout. Des vêtements, des papiers, des classeurs, des albums photos, des sacs à main, à dos, des boîtes de clés, de câbles, des caisses de médicaments, de produits ménagers, des livres, des CD, des DVD… ouverts, vidés, dégrafés, dépliés. Ils sont même allés fouiller dans les sous-vêtements de Camille. Deux jours après, Loïc n'a toujours pas trouvé le courage de ranger.

Il retourne à la fenêtre, sa casquette vissée sur la tête. La Clio n'a pas bougé. Elle est là depuis une heure et y sera encore une bonne partie de la journée. Loïc la regarde quelques secondes en faisant crisser ses poils de barbe sous ses doigts. Il doit sortir, il n'a pas le choix. Il finit par retrouver son portefeuille, avec ses cartes glissées n'importe comment dans les différents compartiments, sous un paquet de relevés de comptes datant de 2014. Il le fourre dans la poche arrière de son jean, met ses lunettes sur son nez et s'avance vers l'entrée, ses clés de voiture à la main.

Il a à peine refermé la porte que la femme est là, de l'autre côté de la rue. Il entend d'abord sa toux de fumeuse, puis la voix rauque qu'il a eue plusieurs fois au téléphone la semaine précédente :

— Bonjour, Loïc.

Il se cache derrière sa visière, grimpe dans la Volvo. Tend le bras vers la poignée, une seconde trop tard. La femme s'est plantée dans l'espace entre lui et la portière.

— Dégagez, dit-il.

— Je vais dégager dans une minute…

Loïc fait le geste de vouloir refermer sur elle, mais elle ne bouge pas.

— … mais d'abord, j'ai un truc à vous dire, Loïc.

Loïc pince ses lèvres. Ne pas répondre, surtout ne pas répondre.

— Un truc important.

— Dégagez, j'ai dit.

Il démarre la voiture, qui lui signale qu'une portière est restée ouverte.

— C'est plutôt une proposition, en fait, poursuit la femme sans se démonter. Je peux vous aider, Loïc.

Cette familiarité, encore.

— On se connaît ? lui lance-t-il, les lèvres retroussées comme s'il allait mordre.

— Moi, je vous connais. Et je sais que vous n'êtes coupable de rien, surtout pas d'avoir trompé votre femme.

Loïc relâche la pédale d'accélérateur, que sa semelle vient d'effleurer. Le regard aiguisé de la journaliste, perdu au fond de ses orbites creuses, le tranche net.

— Pourquoi je vous écouterais ? assène-t-il d'un air de défi.

— Parce que je suis comme vous : je déteste les journalistes.

13

L'homme est pétri d'habitudes, le plus souvent héritées de son éducation, et Loïc n'échappe pas à la règle : à peine arrivé dans le patio, il a proposé un café à Karen Andro, à son corps défendant. Parce que c'est ce que sa mère aurait fait en pareille circonstance.

— Je vous accorde cinq minutes, prévient-il en posant une tasse sur la table en teck devant elle. Pas une de plus.

— Merci, Loïc – je peux vous appeler Loïc ?

— Parce qu'il vous faut ma permission, maintenant ?

Quand il s'assoit en face d'elle, il se demande ce qui le dérange le plus chez la journaliste, son odeur de cendrier ou le gris de ses dents quand elle sourit.

— Je peux ? demande-t-elle en sortant un paquet de Camel.

— Oui.

— Vous en voulez une ?

— Je ne fume pas.

Karen allume une cigarette, contemple la façade de la maison en silence. Puis, après un instant :

— Je vais pas y aller par quatre chemins, je veux une interview.

Loïc se crispe.

— Je n'ai rien à dire à la presse. Les journalistes se chargent très bien de m'inventer une vie sans me demander mon avis. Vous avez dit que vous vouliez m'aider, alors je vous écoute.

— Je veux une interview, poursuit la journaliste, levant la main qui tient la cigarette pour contrer l'objection qu'elle voit déjà arriver. Sous forme d'appel.

— D'appel ?

— D'appel. À toute personne qui aurait des informations sur Camille. À la personne qui la détient.

Sous la table, Loïc serre les poings.

— Une vidéo toute simple, sans chichis. Je vous propose pas le 20 heures, mais un témoignage sincère, les yeux dans les yeux, avec le public. J'ai le matos dans la voiture, on peut faire ça tout de suite.

Loïc se mordille les lèvres, il se sent pris au collet.

— Je sais ce que vous vous dites, reprend Karen en s'avançant vers lui, coudes sur la table. Vous pensez que je vous ai piégé. Mais vous vous trompez. J'irai jamais raconter que vous avez une maîtresse si vous me dites que vous en avez pas. Ce que je vous propose, Loïc, c'est une tribune.

— Je n'ai pas de maîtresse.

— Pourquoi vous chuchotez ?

— Parce que les maisons ont des fenêtres et les voisins des oreilles.

— On n'a qu'à rentrer.

— Vous avez vu l'état de ma maison ?

Elle le gratifie d'un sourire grisâtre.

— Alors, vous en dites quoi ? Votre version des faits sera ma version des faits. Sans aucun cadavre dans le placard. Tope là ?

Et voilà qu'elle lui tend la paume de sa main, littéralement. Loïc prend une inspiration. Il aimerait avoir le temps de la réflexion mais il ne l'a pas.

— Vous voulez m'entendre dire quoi ?

— Ah, mais moi, j'exige rien, Loïc, c'est vous qui serez aux commandes.

— Vraiment ?

— Vraiment.

Il desserre les poings, pose une main sur la table. Ses ongles ont laissé des croissants de lune blanchâtres sur ses doigts. Il n'a peut-être pas les idées claires, mais il n'est pas naïf.

— Et si ça devient encore pire après ? J'ai l'impression d'avoir ouvert la boîte de Pandore et que chaque nouvelle journée va m'apporter de nouvelles catastrophes.

Karen tire sur sa cigarette, considérant ce qu'il vient de dire dans un balancement de tête.

— Vous connaissez l'histoire de Peter McKinsey ? Ce Britannique qui a prédit la mort de plusieurs vieux dans l'hospice où il travaillait ?

Loïc fait non de la tête.

— Le type a fait la une de la presse il y a cinquante ans au Royaume-Uni, parce qu'il jurait ses grands dieux qu'il avait vu venir la mort de plusieurs pensionnaires avant qu'elle se produise. Au début, personne l'a cru, alors pour prouver ses dires il a décidé de se faire prendre en photo devant sa télé, à l'ouverture du journal, au moment où la date apparaissait à l'image, vous voyez ? Avec à la main une feuille de papier sur laquelle il avait écrit le nom du prochain qui allait y passer – Mary, John, que sais-je ? Je vous parle de la fin des années 1960, là, on n'était pas encore à l'ère des magnétoscopes, encore moins du replay. Je vais pas vous faire un cours d'histoire télévisuelle mais à l'époque les émissions passaient une fois, point barre. Eh ben, figurez-vous que le coco a mis dans le mille à six reprises. Six vieux dont il avait annoncé la mort ont tous claqué le jour prévu, et il est devenu la star des plus grands journaux du pays – et là je vous parle pas des tabloïds.

— Où vous voulez en venir ? demande Loïc.

— C'étaient des conneries ! Des grosses conneries !

— Il les a assassinés ? C'est pour ça qu'il connaissait la date de leur mort à l'avance ?

— Non ! Il n'était même pas présent à l'hospice, quatre fois sur six, et les causes des décès n'ont jamais été suspectes ! En fait, son secret, vous savez ce que c'était ? McKinsey prenait des photos tous les soirs, avec les noms de tous les vieux proches d'y passer. C'était un rituel, ça a duré des années. Forcé qu'à un moment il tombe juste. Ça pouvait pas manquer, comme une horloge arrêtée qui donne l'heure correcte deux fois par jour. C'était pas de la divination, c'était la fatalité !

— Pourquoi il a fait ça ?

— Qu'est-ce que j'en sais, moi ? Pour la renommée, j'imagine. Aujourd'hui, il suffit de publier une photo de soi en train de se faire dépigmenter le trou de balle pour devenir célèbre, mais dans les années 1960, il fallait recourir à d'autres ruses ! Bon, on s'en fout, c'est pas le sujet...

— Ah oui ? Et c'est quoi le sujet ? Grouillez-vous, il vous reste moins d'une minute.

— Ce que je voulais dire, c'est que si vous sortez de chez vous chaque matin en pensant que vous allez marcher dans une merde, ça finira par arriver un jour. Et là vous direz : « Je savais que ça allait arriver ! » Ça fait pas de vous un prophète, simplement quelqu'un qui vit dans l'angoisse de marcher dans une merde ! Quand on pense tout le temps qu'un truc affreux va se produire, il se produit. C'est mathématique.

Loïc reste sonné un instant. Karen Andro a beau partir dans tous les sens, elle a su capter son attention. C'est peut-être ce qu'elle cherche à faire, pense-t-il : l'égarer en changeant constamment de sujet pour ne pas laisser le temps au doute et à la méfiance de s'installer. La suite le confirme :

— Vous vous êtes connus comment, Camille et vous ? demande-t-elle soudain en cherchant un endroit où écraser sa cigarette.

Loïc se lève, rentre dans la maison. Revient avec un opercule de bouteille de lait en aluminium trouvé dans la poubelle, qu'il pose près de sa tasse.

— On avait un cendrier, mais j'imagine que les flics l'ont gardé en souvenir. (Il se rassoit, laisse passer un temps.) La première fois que j'ai vu Camille, c'est sur une photo de mariage, à l'été 2009. On était dans les Cyclades avec une bande de copains, dont le frère du marié. Vous allez trouver ça cliché, mais j'ai eu le coup de foudre. Bam ! C'est comme ça que notre histoire a commencé – par un cliché. Camille était avec quelqu'un, à ce moment-là, moi je sortais d'une relation compliquée. J'ai réussi à me greffer à une soirée à notre retour à Paris, où je savais qu'elle devait venir. Quand je l'ai vue en vrai... waouh! Je ne suis pas romancier, je ne vais pas avoir les mots, mais... elle était encore plus belle que sur la photo – cliché, je sais. On a discuté, ça s'est fait naturellement. Elle n'était pas seulement belle, elle était... lumineuse, charmante, brillante. Et passionnée. C'est ça qui m'a vraiment chopé : elle était passionnée. Par son boulot, par le dernier Harlan Coben qu'elle avait lu, par le cours de charleston auquel elle avait prévu de s'inscrire à la rentrée, par la déco de son nouvel appart, dans lequel elle allait bientôt emménager. Seule. Parce qu'entre le moment où la photo avait été prise, au mois de mai, et le soir où on a fait connaissance, à la fin du mois d'août, Camille s'était séparée de son ex. Et cet appart, un petit trente-deux mètres carrés dans le XVIIIe arrondissement qu'elle avait acheté en y laissant ses premiers droits d'auteur, j'y ai moi aussi emménagé huit mois plus tard.

Un silence s'installe. Loïc a les yeux qui piquent et les zygomatiques qui le chatouillent. C'est déstabilisant, ce tiraillement entre deux réactions aussi contradictoires. Il laisse finalement un sourire étirer le coin de ses lèvres.

— Vous voyez, dit Karen, une bonne interview, ça peut être aussi efficace qu'une séance chez le psy.

C'est vrai, leur discussion l'a ragaillardi. Pour un peu, Loïc trouverait la journaliste sympathique. Cette réflexion déclenche une alarme dans sa tête. C'est son but, se dit-il dans un nouvel éclair de lucidité. Elle veut m'amadouer.

— C'est exactement ça que je veux que vous racontiez, Loïc, explique la journaliste. Ce qui m'intéresse, c'est pas les recoins sombres de votre vie. Ce qui m'intéresse, c'est votre vie. Votre trombine est déjà dans tous les journaux, en kiosque et à la télé, alors autant montrer aux Français votre vrai visage.

Il est sur le point de dire oui quand Karen Andro commet une erreur fatale : elle tend une main aux ongles jaunis par la nicotine par-dessus la table et la pose sur l'avant-bras nu de Loïc, qui a un léger mouvement de recul.

— Je vais y réfléchir, dit-il en se levant. J'ai un rendez-vous, je dois y aller.

Elle n'insiste pas. Ils se séparent sur le bord de la chaussée, lui caché derrière la visière de sa casquette, elle lui tendant sa carte, une cigarette au bec. Il dit qu'il va la garder, ce qu'il ne fera probablement pas. De son côté, elle lui promet d'être présente le lendemain, pour la marche blanche prévue à 19 heures au départ du parc du Thabor. Loïc la remercie. Quand il se met au volant, il ne peut s'empêcher de se frictionner l'avant-bras avec la désagréable impression que Karen Andro y a laissé son empreinte grisâtre.

14

— Une interview ? Tu as dit non, j'espère.

— Disons que je n'ai pas dit oui.

— Attends, tu y songes sérieusement ? Après ce que la presse a raconté sur toi ?

Loïc darde un regard à travers le garde-corps ajouré du balcon. Il est persuadé d'avoir déjà vu passer l'homme au pull marin qui traverse le square son téléphone à la main, trois étages plus bas.

— Tu veux qu'on aille à l'intérieur ?

— Non, j'ai besoin d'air frais. Je vire parano, désolé. Je vois des journalistes partout. Merci de me recevoir chez toi, Claire. Il fallait que je sorte… et pas dans un lieu public.

— Tu crois vraiment que tu es suivi ?

— Tout est possible. Il n'y a qu'à voir ce qui s'est passé le week-end dernier.

Claire lâche un rire nerveux.

— Julien l'a pris comment ? demande Loïc avant de croquer dans un sushi.

— Il veut te casser les dents, mais à part ça, il le vit plutôt bien.

— Désolé, répète Loïc, l'air grave. Je n'aurais jamais cru me retrouver un jour à la une d'une feuille de chou avec toi. Heureusement, ton nom n'apparaît nulle part.

— Julien s'est renseigné auprès de son pote avocat. Ils n'avaient pas le droit de publier cette photo sans notre consentement. Le problème, c'est qu'il y a des exceptions liées au droit à l'information.

— De l'information, ça ? grimace Loïc en saisissant l'exemplaire d'*En quête* qu'il a trouvé, retourné, sur l'accoudoir du canapé à son arrivée chez Claire et Julien.

Sur la couverture bardée de rouge s'étale ce titre qu'il connaît désormais par cœur, en grosses lettres d'un jaune criard : « DÉJÀ DANS LES BRAS D'UNE AUTRE DEUX JOURS APRÈS LA DISPARITION DE SA FEMME ! » Et au-dessus, une photo floue de lui et Claire, à l'arrière-plan de laquelle on reconnaît le parc du Thabor.

— Les salauds, lâche-t-il en repensant au facteur féminicide, dont il a effectivement pris la place à la une de *Ouest France*.

— Je ne voulais pas l'acheter, s'excuse Claire. C'est Julien qui a insisté. Oui, il peut être très lourd, parfois.

Loïc sourit, mais le cœur n'y est pas. Depuis le début de la semaine, sa tête est partout dans les journaux et à la télé. Il attend d'avoir terminé son bol de salade de chou pour poser la question qui le taraude :

— Tu crois qu'elle aurait pu me quitter ?

Claire lève les yeux vers lui avec un léger décalage.

— Qu'est-ce qui te fait penser ça ?

— Il n'y a pas trente-six solutions, avance Loïc. Soit elle est partie, soit…

Il avale la fin de sa phrase et rive son regard sur un point lointain au-dessus de la cime des arbres. En face de lui, Claire secoue légèrement la tête.

— Non, Loïc, elle n'avait aucune raison de te quitter. Camille est une fille complexe, qui ne se livre pas facilement, mais si elle avait eu ce genre d'idées, je suis sûre qu'elle m'en aurait parlé. Tu sais qu'elle n'a pas beaucoup d'amis…

— Elle n'a que toi, Claire. Tu es sa seule véritable amie.

Claire esquisse un pâle sourire.

— Quand elle a laissé tomber son ex, Alexis, c'est moi qu'elle a appelée. Alors oui, elle ne l'a fait qu'après coup, une fois partie de chez lui avec toutes ses affaires, parce qu'elle avait pris sa décision sur un coup de tête et qu'elle ne savait pas où aller…

— Tu sais pourquoi elle est partie ? Elle n'a jamais voulu me dire.

— Non, je n'ai jamais su. C'était un mec bien, pourtant. Il a dû se passer quelque chose… Mais quand elle me parlait de lui, c'était pour me dire ce qui allait entre eux, jamais ce qui n'allait pas. Elle a toujours fait ça, je pense que c'est sa façon de se protéger. C'est une écorchée vive, Camille, qui n'a pas été forcément gâtée par la vie dans ses premières années. Ça a dû laisser des cicatrices.

— Ça fait un peu raccourci, non ? « Elle fait souffrir les hommes parce que son père l'a abandonnée… »

— Peut-être, je ne sais pas… En tout cas, je n'imagine pas une seconde qu'elle ait pu te quitter, Loïc… même si je préférerais mille fois que ce soit ça.

— Ils t'ont posé la question ? Les flics ?

— Oui. Entre autres.

— Comme… ?

Claire pose ses baguettes sur la table. Ses mots sortent en tremblant :

— Ils ont voulu savoir si Camille était égale à elle-même dans les jours qui ont précédé sa disparition, si je n'avais rien remarqué d'inhabituel dans son comportement, mais je suppose que tu as eu droit aux mêmes questions. (Claire déglutit, prend une inspiration.) Et aussi… s'il y avait des tensions entre vous, si j'avais déjà assisté à une dispute, si Camille m'avait laissé entendre qu'elle pourrait avoir envie de changer de vie ou de prendre un amant. Ils m'ont demandé si je pensais que votre couple allait bien, sur une échelle de un à dix. Je ne me souviens pas de tout, mais en clair il a fallu que je déballe tout ce que je savais de votre vie privée.

Loïc perçoit comme une note d'excuse dans sa voix, qui se brise sur la dernière phrase. L'espace d'une seconde, il est tenté de lui offrir un geste de réconfort, mais il se ravise en se rappelant l'homme au pull marin, dans le square.

— Tu nous as mis combien ? Sur une échelle de un à dix ?

— Dix, sourit Claire tristement, dans un haussement d'épaules qui vient signifier l'évidence.

— Moi aussi, je préférerais qu'elle m'ait quitté, laisse tomber Loïc. Même si je ne devais plus jamais la revoir.

Ils échangent un regard, et il devine une confusion d'émotions dans celui de la meilleure amie de sa femme : peur, espoir, doute, détresse. Embarras.

— Ils t'ont demandé autre chose ? hasarde-t-il, troublé.

Claire toussote dans son poing et boit quelques gorgées de bière japonaise avant de répondre :

— Oui, il y a autre chose. Je voulais t'en parler, je... je leur ai dit que ça n'avait sûrement rien à voir, mais...

— Mais quoi, Claire? la presse Loïc comme la suite ne vient pas. Dis-moi.

Elle se repositionne sur sa chaise, mal à l'aise.

— Je me suis souvenue d'un après-midi shopping au centre Alma, à la fin du mois de mars. On était en train d'essayer des fringues dans des cabines contiguës quand son téléphone a sonné. Ce n'était pas sa sonnerie habituelle, ça m'a surprise. Elle n'a pas répondu, et je n'ai pas posé de questions en sortant. Et puis un quart d'heure après, on prenait un café, ça a de nouveau sonné. Camille est devenue toute blanche, ça m'a fait bizarre. Elle a plongé la main au fond de son sac pour couper la sonnerie, et je lui ai demandé pourquoi elle ne répondait pas. On se dit tout, d'habitude, mais là, elle est restée très évasive. Je ne saurais pas te dire les mots exacts, en tout cas j'ai eu une drôle d'impression. Ça ne lui ressemblait pas.

Loïc reste un instant sans rien dire.

— Et les flics, ils ont dit quoi?

— Ils ont pris note. J'ai eu droit à deux ou trois questions supplémentaires, sur le passé de Camille, notamment. Comme je la connais depuis vingt ans, ils voulaient en savoir plus sur ses anciennes histoires sentimentales. Un des enquêteurs m'a demandé s'il y avait, quelque part dans son passé, un ex qui l'aurait collée d'un peu trop près ou qui aurait mal vécu la rupture. J'ai dit non. Je n'ai connu qu'Alexis, avant toi, et il n'y a jamais eu de souci avec lui.

Loïc, qui sent son téléphone vibrer, le sort de la poche de son jean.

— Quand on parle du loup, dit-il en lui montrant l'écran, sur lequel s'affichent les lettres « PJ ». Désolé…

— Je t'en prie.

Loïc va répondre à l'intérieur de l'appartement. Quand il revient sur le balcon, il annonce à Claire qu'il est attendu à l'hôtel de police. Elle blêmit.

— Tu crois qu'ils ont du nouveau ?

— Le gars n'a rien voulu me dire.

— J'espère que ce sont de bonnes nouvelles, dit-elle en se levant pour le raccompagner. Et au fait, cet appel anonyme dont tu m'as parlé l'autre jour ? Il y a eu des suites ?

— Aucune, répond Loïc. Les enquêteurs pensent que c'était une mauvaise blague.

— Ce que les gens peuvent être cons !

Claire le suit dans l'entrée en se triturant les mains.

— Désolée, ce n'était pas très reposant, comme déjeuner. Avec tout ça, on n'a même pas parlé de Lorna. Tu ne lui as toujours rien dit ?

— Non. Je réfléchis encore à la meilleure façon de lui en parler. Au début, je me disais que ça ne servait à rien de l'inquiéter, que Camille allait revenir, mais aujourd'hui…

Loïc lève les yeux au plafond pour refouler les larmes. Claire lui caresse l'épaule, geste qu'il s'est refusé à lui offrir sur le balcon par peur des regards indiscrets.

— On se voit demain au parc, dit-il.

— Oui, à demain. Garde espoir, Loïc.

— L'espoir, je vis avec. C'est ce qui me maintient debout. Sans ça, je m'écroule.

15

Quand le capitaine Renaud Villain l'accueille dans les étages de l'immeuble en granit qui abrite les locaux de la police judiciaire de Rennes, Loïc comprend que les nouvelles ne sont pas bonnes. Le visage fermé, le directeur d'enquête le fait entrer dans un bureau où s'amoncelle un fatras de rapports, de notes de service et de dossiers, affaires en cours et *cold cases* qu'est venue grossir la chemise toilée à sangle, encore maigre, qui porte le nom de sa femme. Loïc se sent tout de suite à l'étroit dans la petite pièce à l'odeur de cuir qui ne doit pas excéder huit mètres carrés. Le capitaine Villain, présent lors de la perquisition qui a eu lieu chez lui deux jours plus tôt, est fidèle à son souvenir : la cinquantaine, le visage carré, le cheveu rare, l'air peu amène malgré sa tenue de civil qui fait sauter la barrière de l'uniforme.

L'OPJ désigne une chaise pliante devant le bureau et informe Loïc qu'il a de nouveaux éléments à lui communiquer. Sans lui laisser le temps de souffler, il ouvre le dossier et lui dresse le bilan rapide des derniers développements de l'enquête.

Il commence par les résultats des expertises menées sur les mégots, qui n'ont pas permis d'établir de correspondance avec l'ADN de Camille, ni avec aucun individu fiché au FNAEG, le fichier national automatisé des empreintes génétiques. Poursuit avec l'étude de sa téléphonie, qui n'a rien révélé de suspect, puis par l'épluchage de ses comptes en banque, où ont été pointés des retraits d'espèces réguliers de moins de cent euros en novembre et décembre 2018, que Loïc justifie par des achats de vêtements de bébé et de matériel de puériculture effectués par sa femme par le biais de sites de vente entre particuliers. Rien à signaler du côté des réseaux sociaux et de l'historique des objets connectés du foyer qui ont été saisis par la police scientifique. Concernant la perquisition du 9 avril, Villain déclare simplement que des prélèvements sont en cours d'analyse, sans en préciser la teneur. Il en vient ensuite à un élément que Loïc met une seconde à reconnaître quand il le sort comme un lapin d'un chapeau.

— Vous reconnaissez ce document ? demande le flic en posant sur le bureau une petite pochette en plastique transparente scellée par un ruban d'adhésif rouge.

Loïc hoche la tête.

— C'est un Post-it que votre collègue Liotard a trouvé chez nous la semaine dernière. Ça m'était complètement sorti de l'esprit. (Il se penche en avant, fronce les sourcils.) Mais attendez, ce n'est pas l'écriture de Camille.

— Même conclusion pour nous, confirme Villain. Vous avez déclaré que votre femme n'avait pas d'agenda papier, qu'elle notait tout sur son téléphone. Il semblerait pourtant qu'elle ait eu des rendez-vous réguliers, notés sur des Post-it, au cours des derniers mois.

Une deuxième pochette sort du chapeau, contenant un

feuillet jaune identique. « Mardi 6 novembre, 9 heures. » Puis une troisième. « Mardi 27 novembre, 9 heures. »

— Où vous avez trouvé ça ?

— Dans des livres. Elle s'en servait...

— Comme marque-pages, termine Loïc. Ses « marque-pages temporels ». C'est une habitude qu'elle a. Billets de spectacle, cartes d'embarquement : elle les sème dans ses bouquins pour se rappeler quand et où elle les a lus.

— Vous n'aviez pas remarqué que ce n'était pas l'écriture de votre femme quand le brigadier-chef Liotard a trouvé le papier ?

— Non, j'ai à peine eu le temps de le voir.

— Vous avez une idée de la nature de ces rendez-vous ?

— Aucune. Mais vous les avez analysés ? Vous avez des empreintes digitales ?

L'OPJ esquive.

— Votre femme consultait-elle un spécialiste, monsieur Stephan ?

— Un spécialiste ?

— Psychologue, psychiatre ?

— Vous pensez que...

— Des rendez-vous aussi rapprochés, ça ne peut pas être le coiffeur.

Loïc se range à l'évidence.

— Non, pas à ma connaissance.

— Aurait-elle eu une raison quelconque de consulter ? Épisode dépressif, troubles psychiques ? Le décès récent de son père, peut-être ?

— On m'a déjà posé ces questions. Je vais le répéter : non, ma femme ne rencontrait aucune difficulté qui aurait pu la pousser à aller voir un psy. Quant au décès de son père adoptif, je n'y vois pas un motif valable. Elle n'était pas en très bons termes avec lui, pour tout vous dire.

Villain lève un sourcil vaguement intrigué et tire un paquet de feuilles agrafées du dossier, qu'il place à côté des Post-it scellés. Loïc reconnaît l'en-tête de leur banque.

— Regardez les opérations surlignées. Vous voyez ? Retrait distributeur, soixante euros, le 5 novembre. (Villain montre la ligne en question, puis le Post-it sur lequel est noté « Mardi 6 novembre, 9 heures ».) Retrait distributeur, quatre-vingts euros, le 27 novembre. (Il répète l'opération avec le Post-it du 27 novembre.) Même chose pour le 6 décembre : retrait de soixante euros deux jours avant le rendez-vous. Et encore un autre, toujours de soixante euros, la semaine d'après, mais on n'a pas trouvé le Post-it correspondant. Au total, votre femme a effectué six retraits d'espèces sur son compte personnel, d'un montant de soixante à cent euros, entre début novembre et mi-décembre 2018. Vous êtes vraiment sûr qu'elle s'en est servie pour acheter de l'équipement bébé sur le Bon Coin ? Si c'était le cas, n'aurait-elle pas plutôt retiré cet argent sur votre compte joint ?

Ça lui coupe la chique, à Loïc. Il s'adosse à sa chaise en battant des paupières, l'air perdu.

— Oui, sans doute…

— Je vous le demande à nouveau, monsieur Stephan : pensez-vous que votre femme aurait pu avoir une raison de consulter ? À la suite d'un événement qui se serait produit à l'automne dernier, par exemple ?

Loïc fixe l'OPJ, mâchoire bloquée. Puis il secoue la tête de gauche à droite.

— Elle m'en aurait parlé, répète-t-il.

— D'après vos déclarations, reprend Villain après un instant, vous avez été très occupé dans la période qui a suivi la rentrée 2018. Vous avez entrepris un parcours de GPA aux États-Unis et fait l'acquisition de votre maison, rue du Thabor. Ça fait beaucoup de changements d'un coup.

— C'est vrai, admet Loïc, ça n'a pas été de tout repos. Mais on s'est serré les coudes, et la perspective de cette nouvelle vie nous a donné des ailes. Camille bouillonnait d'idées pour la déco de la maison et de la chambre du bébé, on a même trouvé un prénom. Son envie d'enfant a toujours été plus forte que tout, et son rêve se réalisait enfin, je ne vois vraiment pas pourquoi elle…

Loïc s'interrompt. Villain lève un sourcil.

— Pourquoi elle quoi ?

— Non, si c'était ça, elle m'en aurait parlé.

— Si c'était quoi, monsieur Stephan ?

— Si elle vivait mal le fait qu'une autre qu'elle porte notre enfant, lâche Loïc.

— Vous en avez discuté ?

Loïc laisse échapper un petit rire amer.

— Bien sûr, qu'on en a discuté, on n'a fait que ça pendant des mois ! Je crois qu'on n'a jamais autant mûri une décision, Camille et moi. Vous n'imaginez pas ce que c'est d'avoir un désir d'enfant si fort qu'on est prêt à tout, même à défier les lois de son propre pays, pour y arriver. Vous n'imaginez pas tout ce à quoi on renonce ! Il faut faire le deuil des moments qu'on s'était promis, accepter de ne pas être les premiers à apprendre qu'on va être parents, de vivre une grossesse à distance, d'entendre les premiers battements de cœur avec des heures de décalage, de voir le premier coup de pied sur un écran de smartphone… Il faut aussi se préparer à ce qui peut arriver de pire, ce sur quoi on n'aura aucune prise, parce qu'on est à huit mille kilomètres. Et je ne vous parle même pas du volet administratif de la chose, des clauses imbitables des différents contrats qu'on signe avec l'agence de GPA, la femme porteuse, notre avocat américain, notre avocat français, de l'investissement financier, du regard des autres, de l'annonce aux familles… Alors oui, cette décision, on l'a prise en connaissance de cause, avec tout ce qu'elle implique.

Face à lui, Villain reste de marbre.

— Annick Le Goff, vous connaissez ? demande-t-il après quelques instants.

— Notre voisine ?

— Celle dont la maison partage un mur mitoyen avec la vôtre, oui. Elle nous a livré un témoignage tout à fait intéressant. Elle déclare, je cite, avoir « entendu Camille Stephan pleurer dans le petit jardin à l'arrière de chez elle le dimanche 31 mars, aux environs de 10 heures ». Où étiez-vous ce matin-là entre 9 h 30 et 10 h 30, monsieur Stephan ?

Loïc se met à se mordiller l'intérieur des lèvres, non pas parce qu'il est mal à l'aise mais parce qu'il essaie de se souvenir, et il devine que son interlocuteur le remarque.

— J'étais… je suppose que j'étais sorti faire des courses pour le déjeuner du midi, comme je le fais souvent le dimanche… Camille pleurait ?

— Vous avez une idée de ce qui pourrait l'expliquer ?

Nouveaux mordillements.

— Peut-être, répond Loïc dans un souffle. On a reçu des

amis, le samedi soir, qui attendent des jumelles. Camille a traversé une période où elle avait beaucoup de mal à voir des femmes enceintes, il y a quelques années – ça remuait trop de choses. Mais ça s'est arrangé depuis qu'on s'est lancés dans notre projet.

— Pas de dispute, donc ? Il ne s'est rien passé d'autre dont vous voudriez me parler ?

— Non ! J'ai déjà répondu à cette question. Camille et moi, on était... on est très heureux, on l'est peut-être encore plus que quand on s'est connus.

— Les annales de la police judiciaire débordent de vies apparemment sans faille qui se terminent en tragédie, monsieur Stephan. Notre boulot, c'est de gratter la pellicule brillante sur la photo en papier glacé pour voir ce qu'il y a dessous. En quarante-huit heures, on en sait souvent plus sur les gens sur lesquels on enquête que ce que nous en ont dit ceux qui les côtoient depuis vingt ans, à commencer par les conjoints. Encore plus quand ils ne nous disent pas tout.

— Vous insinuez quoi ? articule Loïc tout bas.

— Quand une personne disparue a une vie d'apparence bien rangée, on commence toujours par chercher du côté du conjoint, surtout quand il n'y a pas d'explication évidente à sa disparition, poursuit Villain avec flegme. La piste du féminicide doit systématiquement être envisagée, au moins pour lui fermer la porte.

Loïc s'accroche à sa chaise, tout à coup, car il a l'impression de tomber.

— Vous êtes en train de dire que vous pensez que j'ai tué ma femme ?

Il y a un grand blanc après ça.

— Réfléchissez, monsieur Stephan : comment une femme prétendument aussi heureuse que la vôtre pourrait-elle avoir disparu si subitement de la surface de la Terre ?

Loïc sent le sol se dérober sous ses pieds. Il y est – ce moment où votre vie vous échappe, où en un battement de cils vous n'êtes déjà plus celui que vous étiez la seconde d'avant.

— Je dois appeler un avocat ?

— Pas si vous n'avez rien à vous reprocher.

Loïc s'enflamme et serre les dents pour ne pas éclater. En pure perte.

— Vous disiez que l'enquête progressait, s'écrie-t-il, mais vous ne faites rien ! Rien !

En face de lui, le capitaine Villain affiche toujours le même air imperturbable. Il en a vu d'autres, et de plus coriaces.

— Notre service a un taux d'élucidation de quatre-vingt-dix pour cent, monsieur Stephan, donc, non, concrètement, je ne dirais pas que nous ne faisons rien.

La mâchoire de Loïc roule sous sa peau. Il sait que Villain fait son travail et qu'il ne lui rentre pas dans le lard de gaieté de cœur, mais sa colère est plus forte que lui. Il s'apprête à formuler des excuses quand l'OPJ porte le coup de grâce.

— Oriane Canevet, ça vous dit quelque chose ? demande-t-il en plantant sur Loïc un regard prolongé, inquisiteur. Monsieur Stephan ?

— Oui.

— Je vous écoute.

Loïc fait descendre sa salive dans sa gorge. Il est sûr qu'on entend le bruit de déglutition à l'autre bout du bâtiment.

— C'est… une connaissance.

— Une connaissance que vous fréquentez ou que vous avez fréquentée ?

— Que j'ai fréquentée.

— Quelle était la nature de votre relation ?

— Elle a travaillé avec moi chez Miller Pharma, à la direction des affaires réglementaires. Comment vous…

— Quelle était la nature de votre relation ?

Il faut quelques secondes à Loïc pour trouver les bons mots.

— Nous avons collaboré sur un gros projet de mise sur le marché d'un contraceptif aux États-Unis, il y a trois ans, ce qui impliquait beaucoup de travail et de nombreux déplacements. Pendant six mois, je l'ai vue plus que Camille. Le timing n'était vraiment pas bon, on venait de… de refuser une proposition d'apparentement dans le cadre de notre demande d'adoption…

— Pour quelle raison ?

— L'enfant souffrait d'une pathologie.

Villain acquiesce d'un murmure et invite Loïc à poursuivre.

— Et, bon, euh… Oriane a… enfin, elle… elle a tenté un rapprochement avec moi, lors d'un de nos voyages à Washington pour rencontrer les gens de la FDA, l'Agence fédérale américaine des produits alimentaires et médicamenteux. Je l'ai éconduite, bien sûr, je n'étais pas intéressé, et j'ai cru que l'affaire était classée, mais… mais quelques semaines plus tard, en rentrant du travail, j'ai trouvé Camille en pleurs à la maison. Oriane lui avait envoyé un mail pour l'informer qu'on avait passé une nuit ensemble, qu'elle s'en voulait et que ça ne se reproduirait pas.

— C'est ce que vous appelez une vie de couple sans histoires, monsieur Stephan ?

— Il n'y a pas eu d'histoire, justement ! Il ne s'est rien passé entre nous. C'est ce que j'ai expliqué à Camille. Oriane a confirmé, d'ailleurs, elle nous a même présenté des excuses par la suite. Ce n'est pas quelqu'un de très équilibré, elle avait bu et elle a regretté son geste. Tout est rentré dans l'ordre après ça. Donc oui, je confirme, notre vie de couple est sans histoires.

— Mlle Canevet a démissionné quelques mois après ces événements, déclare Villain en furetant dans son dossier. Vous avez eu des échanges depuis ?

— Aucun. Je ne sais même pas où elle travaille, aujourd'hui. Pourquoi vous vous intéressez à elle ?

Au lieu de répondre, l'OPJ embraye sur tout autre chose :

— J'ai ici le témoignage d'une habitante des prairies Saint-Martin qui a participé à la battue menée sur place jeudi dernier. Elle dit, je cite, que vous auriez « fait preuve de détachement, voire d'indifférence au moment des fouilles ». Vous sembliez plus intéressé par votre téléphone que par les recherches.

Dans les mots relayés par le flic, Loïc entend que la disparition de sa femme le laisse de glace. Une bouffée de colère monte dans sa poitrine. Il n'a pas éprouvé une telle injustice depuis le jour où on lui a annoncé que Camille et lui ne pourraient pas avoir d'enfant.

— Monsieur Stephan ?

— Putain, c'est pas vrai ! Ça va s'arrêter quand ? Qu'est-ce que vous voulez que je vous dise ? Ma femme venait de disparaître, j'espérais avoir de ses nouvelles – ou du moins des nouvelles de personnes qui auraient pu savoir où elle était – et j'étais dans un terrain vague sans réseau ! Vous auriez fait quoi, à ma place ?

Villain enchaîne, sans transition :

— Serge Vitkine, le père de votre femme est décédé récemment, n'est-ce pas ?

— Son père *adoptif* – Camille tient à cette nuance. Oui, il est mort à l'automne dernier.

— M. Vitkine était l'époux de la mère de votre femme, Blanche Dalmasso, qu'il a épousée alors que Camille, née Carletti, avait trois ans, lit l'OPJ sur un procès-verbal. Son père biologique l'ayant abandonnée, M. Vitkine l'a adoptée en 1985. Il était également le père de deux enfants légitimes plus âgés, nés d'une première union. La succession a été réglée en mars de cette année en l'étude de Me Lairie, notaire à Valbonne. Une succession dont l'actif est évalué à un peu plus d'un million trois cent mille euros, somme sur laquelle votre femme a perçu une quote-part d'environ trois cent vingt-cinq mille euros. Diriez-vous que c'est une bonne nouvelle ?

— Quoi ? La mort de Serge ou le montant de l'héritage ? rétorque Loïc avec sarcasme.

— Si votre femme venait à mourir, vous seriez le seul bénéficiaire de l'héritage, n'est-ce pas ? Je me suis renseigné sur le coût d'une GPA aux États-Unis, ce n'est pas donné…

— Ça suffit, dit Loïc d'une voix nette, sans réplique. Je ne répondrai plus à une seule question sans la présence d'un avocat.

Villain le harponne d'un regard impénétrable. Il devrait s'énerver, mais il garde son calme.

— Très bien, monsieur Stephan. Ça tombe bien, j'avais terminé. Vous savez où est la sortie.

Loïc se lève dans un raclement de chaise, lâche un au revoir du bout des lèvres et quitte la pièce avec la désagréable sensation de s'être fait rouler dans la farine.

16

Il est 17 h 35 quand Loïc sort de l'hôtel de police. Il est rincé, retourné. Hébété par le choc et l'horreur. Il met dix minutes à retrouver sa voiture, pourtant garée à seulement deux rues de là. Il a perdu tous ses repères. Le long du trottoir, derrière un portail vert, il entend des enfants dans une cour d'école. Ça crie, ça rit, ça s'interpelle. Il s'enferme dans l'habitacle de la Volvo et éclate en sanglots.

Il ne cherche pas à réprimer les larmes, qu'il laisse couler en longs filets tièdes, la tête baissée. Depuis quand n'a-t-il pas pleuré comme ça ? Pleuré à ne plus pouvoir s'arrêter ? Impossible de se souvenir. Les mots de Villain annihilent toute autre pensée. *Épisode dépressif, troubles psychiques, féminicide, détachement, indifférence.* Il serre le volant si fort que ses doigts lui font mal, que le cuir proteste. Il serre encore.

Au bout d'un moment, les pleurs s'estompent. Il pense qu'il en a fini, mais un son rauque jaillit de sa gorge, le gémissement sourd d'un animal blessé. Loïc vide ce qui lui reste d'eau. La douleur, la peur, la culpabilité : il y a tout ça dans ses larmes. Puis c'est la panne sèche.

Relevant la tête, il croise son regard dans le rétro. Il fait peur à voir. Il s'agrippe au volant comme à une bouée de sauvetage, le visage et la chemise trempés. Son cœur pulse à ses tempes, son nez bouché fait caisse de résonance. Il trouve une bouteille d'eau dans sa portière, qui doit traîner là depuis un moment. Boit quelques gorgées. Ça ne remplit pas le vide à l'intérieur, mais ça rince le goût du sel.

Et maintenant ?

Démarrer. Mettre son clignotant. Quitter sa place de stationnement. Rouler. Des gestes simples, automatiques. Ce sera un bon début. Pour la suite ? Rentrer chez lui ne lui semble pas envisageable. Pas pour y rester, du moins. C'est décidé, il va accepter l'invitation de Baptiste et Marlène à venir s'installer chez eux. Les bruits fantômes de la présence de Camille, ceux qu'il croit entendre depuis une semaine, auront finalement eu raison de lui.

Il démarre. Oublie de mettre son clignotant. Quitte son emplacement. Se met à rouler au hasard de rues qu'il ne reconnaît pas. Tout est brouillé, souillé par le filtre de la sidération. Cette ville n'est plus la sienne. Cette *vie* n'est plus la sienne.

À la hauteur du Carrefour Market de la rue de Brest, il se rappelle qu'on ne débarque pas chez ses amis les mains vides. Il y a un drive, parfait. Grâce à la commande en ligne, il n'aura pas à se confronter au monde extérieur. Avec un peu de chance, on chargera même directement les sacs dans son coffre.

Il descend au parking, fait ses courses en quelques clics, accompagné par Elton John à la radio. Le premier créneau proposé est à 19 heures – cinquante minutes d'attente. Il hésite mais ne se sent vraiment pas le courage de traîner dans un lieu public. Tant pis, il patientera. Ça lui laissera le temps de prévenir Baptiste et de consulter ses messages.

Le calme est revenu sur son écran d'accueil, il ne trouve des pastilles rouges que sur trois applis : SMS, mails et WhatsApp. Il a reçu un texto de Claire, qui veut savoir s'il y a du nouveau côté enquête de la PJ, et un autre de sa mère, qui l'invite encore une fois à venir passer quelques jours à Pont-l'Abbé. Le premier mail vient de Cyril, qui l'informe qu'il a confié son gros dossier en cours à deux de ses collègues et qu'il peut prendre tout le temps nécessaire avant de reprendre le travail, le deuxième de Jim, de 3Harts, qui lui fait suivre une facture de 650 dollars. Le message WhatsApp a été envoyé par Lorna, qui s'étonne à mots à peine voilés de ne pas avoir de nouvelles de Camille depuis quelques jours et demande si elle a acheté un nouveau téléphone.

Loïc pose l'arrière de son crâne sur l'appuie-tête et fixe sans le voir le plafond en béton du parking à travers le toit ouvrant. Après quelques secondes, il relâche sa respiration et se met à pianoter. Il propose à Lorna un rendez-vous Skype pour le lendemain, à l'horaire qui lui conviendra. Il ne peut pas lui cacher la vérité plus longtemps. La réponse ne se fait pas attendre : Lorna ne travaille pas le vendredi après-midi, 14 heures – 23 heures en France –, ce sera très bien. Dans le même temps, il reçoit une réponse de Baptiste, qui lui dit que son lit l'attend.

Une minute avant l'heure prévue, Loïc se rend aux bornes de livraison du drive, scanne son code-barres et va se garer sur un emplacement entre deux voitures ; les conducteurs, par réflexe, tournent la tête vers lui. Il se cache derrière la visière de sa casquette, attend que le préparateur de sa commande arrive, le salue par la vitre entrouverte. Pas de réaction – il ne doit pas avoir la télévision. Le jeune dépose les sacs dans son coffre et Loïc repart.

C'est en passant le pont Bagoul qu'il remarque la Golf grise dans le rétro. Elle a quitté sa place de parking dans un crissement de pneus juste après sa sortie de l'espace drive et l'a suivi sur toute la rue de Brest. Rien d'anormal jusque-là, mais au moment où il prend à gauche au feu orange déjà bien mûr, il la voit accélérer pour lui coller au train.

Un peu plus loin sur les quais, Loïc donne un léger coup de frein au croisement avec la rue du Louis-d'or, pourtant barrée d'un stop qui lui donne la priorité. Il veut voir comment le conducteur va réagir. Il s'en faut de peu qu'il percute le pare-chocs arrière de la Volvo, mais il n'y a ni klaxon, ni appel de phare. Comme s'il ne voulait pas faire de vagues.

Après cinq cents mètres, Loïc tourne dans la rue Legraverend. La Golf aussi. S'agit-il d'un flic chargé de le surveiller ? D'un journaliste en panne de scoop, peut-être l'homme au pull marin qu'il a repéré devant chez Claire à midi ? L'angoisse collée au ventre, il passe devant la Maison, un bar à bières artisanales où ils ont l'habitude de retrouver les copains, Camille et lui. Puis c'est le boulevard de Sévigné, le bureau de tabac où sa photo, à la une du *Supplément du dimanche*, a remplacé celle de sa femme sur l'appel à témoins.

Il n'est plus qu'à cent mètres de chez lui. Un dernier rond-point, et il saura à quoi s'en tenir. Si l'autre prend à droite, à sa suite, c'est qu'il est là pour lui. Pour le piéger, Loïc ne met pas son clignotant. Il fait mine de continuer tout droit et braque à la toute dernière seconde. Un coup d'œil dans le rétro. La Golf ne le suit pas. Il voit l'ado qui déboule devant lui juste à temps. Écrase la pédale de frein. Le gamin ne s'aperçoit de rien, il est scotché à son téléphone.

Loïc relâche son souffle. Quand il s'engage dans sa rue, il s'attend à voir des hordes de journalistes encombrer le trottoir devant chez lui, mais il n'y a personne, pas même un riverain. Il fait sombre, une averse guette, tout le monde est rentré. Son cœur bat à tout rompre. Il s'est fait peur tout seul et a failli écraser quelqu'un. C'est de pire en pire.

Mais il n'a encore rien vu.

Le coup arrive par la droite au moment où il sort ses courses du coffre ; Loïc le prend en plein dans la pommette gauche. Il a tout juste le temps d'entrevoir une masse trapue qu'il est déjà au sol. Un coup de pied dans les côtes. Un autre dans les reins. Le suivant est pour sa tête. La dernière chose qu'il voit, c'est une semelle crantée rouge et blanc avec un puma au milieu.

Fondu au noir.

JOUR 10

17

— Deux jours ?
— Oui.
— On est…
— Samedi.
Loïc repose sa tête sur l'oreiller.
— Soif…
Sa mère porte un gobelet à ses lèvres. Il grimace. La sonde d'intubation lui a laissé la gorge à vif.
— Camille… ?
Anne secoue doucement la tête. Rien de nouveau.
— La… la marche blanche, articule Loïc en tendant brusquement la nuque. Aïe !
Un trait de douleur lui passe sous le crâne. Il voit comme un éclair blanc envahir son champ de vision.
— Attention, réagit son père de l'autre côté du lit.
— On l'a maintenue, lui apprend sa mère en le repoussant délicatement sur l'oreiller. Il y a eu pas loin de six cents personnes. Blanche est arrivée hier matin, ton père est allé la chercher à l'aéroport, on s'est occupés de tout. C'est Thomas qui a parlé pour toi.

Une larme tiède roule sur la joue de Loïc, qui la voit luire sur sa pommette enflée.

— J'ai du mal… à respirer.

Il ne reconnaît pas le timbre de sa voix, nasillarde comme celle des canards dans les dessins animés.

— Tu as eu le nez cassé.

— Et ma tête… ?

— Traumatisme crânien, répond Yves. Et deux côtes fêlées.

Loïc le sent, tout à coup : son corps n'est qu'un bloc de douleur.

— Tu as mal ? s'inquiète sa mère. Tu veux que j'appelle l'infirmier ?

Il fait non de la tête. Il a l'impression d'être son père, à économiser le moindre mot.

— La réanimatrice doit passer te voir. Elle pourra augmenter ta dose de morphine, si besoin.

— Qui m'a… Comment… ?

Il porte une main à sa tête. Il ne se souvient de rien, ou presque.

— On ne sait pas. C'est une femme qui passait par là qui t'a trouvé. On ne t'a rien volé.

— Mon téléphone ?

— Comme ton nez. Cassé.

La sortie d'Yves aurait pu les faire rire en d'autres circonstances, mais il n'y a aucune note d'humour dans sa voix.

— Ton frère t'en a trouvé un nouveau, indique Anne en montrant la table de chevet.

Loïc tend la main. L'iPhone, qui n'est pas neuf, n'est protégé par aucun code. Il ne retrouve pas la photo de Camille en fond d'écran, mais ses applis sont là. D'un doigt tremblotant, il appuie sur l'icône verte des SMS, déroule ses messages. Camille n'a jamais été aussi loin dans la liste, mais elle y est. Tout y est. L'intégralité de leurs messages, depuis le premier jour. Même chose pour ses albums photos. Il lâche un soupir de soulagement. Tout a été sauvegardé. Merci le cloud.

— Lorna ! s'écrie-t-il soudain.

Il ouvre WhatsApp et y trouve ce qu'il redoutait dans la conversation « *Little Bean* » : une dizaine de messages datant de la veille, entre 23 heures et minuit et demi. Plus un dernier, franchement inquiet, reçu à 2 h 18.

— Merde ! Merde, merde, merde...

— Qu'est-ce qui se passe ? s'affole sa mère.

— Je devais... parler à Lorna, arrive à articuler Loïc tout en commençant à rédiger un message d'excuses. Il faut que...

Il est sur le point d'appeler quand son cerveau engourdi connecte : c'est le milieu de la nuit en Oregon. Il laisse retomber son bras le long de son corps, glacé à l'idée de ce qui aurait pu se passer s'il était resté plus longtemps dans le coma.

On frappe à la porte. Il voit entrer Renaud Villain, vêtu d'une surblouse, comme ses parents. Tout lui revient en rafales : ses mots, ses accusations...

— On m'a dit que vous vous étiez réveillé hier soir.

Loïc se raidit sur son matelas trop dur.

— Vous voulez bien nous laisser ? demande l'OPJ à ses parents, qui s'effacent sans un mot.

— C'est... Camille ?

— Non, on n'a rien de nouveau. Je viens prendre votre déposition suite à votre agression, monsieur Stephan. Si vous vous en sentez la force.

— J'ai du mal… à parler…, souffle Loïc.

Villain fait venir une chaise à lui du bout du pied et s'assoit près du lit dans une odeur de cuir.

— Dans ce cas, on va commencer par des questions fermées, vous voulez bien ?

— Oui.

— Je vois que vous avez compris le principe, sourit l'autre.

Surpris par ce changement de ton, Loïc se laisse porter par ce qui ressemble à un interrogatoire destiné à une personne de langue étrangère. Après une dizaine de minutes, il a la gorge si sèche qu'il ne répond plus que par des battements de paupières : un pour « oui », deux pour « non ».

— Nous allons faire établir un portrait-robot de l'agresseur dans les prochaines heures, l'informe Villain. Vous n'avez aucun élément qui nous permettrait d'identifier l'individu ?

L'information fait son chemin dans l'esprit embrouillé de Loïc avec un temps de retard. Au moment où il raccroche les wagons, il cligne deux fois des yeux et boit un peu d'eau pour aider les mots à sortir.

— Un… portrait-robot ? Quelqu'un l'a vu ?

— La personne qui vous a trouvé a failli percuter un homme qui s'enfuyait quand elle est arrivée dans votre rue. C'est une journaliste, elle a admis qu'elle vous suivait. Vous lui devez une fière chandelle, monsieur Stephan.

Loïc relève la tête dans un flash. La douleur lui arrache un petit cri.

— Elle avait… une Golf grise ?

— Aucune idée. Karen Andro, ça vous dit quelque chose ?

— Clio blanche, murmure Loïc pour lui-même.

— Qu'est-ce que c'est que cette histoire de Golf grise ? le questionne Villain.

Péniblement, Loïc lui expose les grandes lignes de son trajet retour. L'OPJ prend note, sourcils froncés.

— Vous pensez… que ça pourrait avoir un lien… avec la disparition de… Camille ? demande Loïc quand ils ont fini.

— Nous n'excluons aucune piste. Mais dans la mesure où rien n'a été volé, à commencer par votre voiture, on peut quand même éliminer celle du vol avec agression. Une question, à ce sujet, monsieur Stephan : après vous être garé devant chez vous, vous rappelez-vous avoir ouvert la porte de votre maison ?

Loïc ouvre la bouche pour répondre, mais il n'en a plus la force. Il cligne deux fois des yeux.

— « Non », vous ne vous souvenez pas : clignez des yeux une fois, ou « non », vous ne l'avez pas ouverte, clignez des yeux deux fois ?

Un seul clignement.

— La police municipale a trouvé la porte ouverte à son arrivée, l'informe Villain. Ils ont d'abord cru à un cambriolage, étant donné l'état de la maison. Je me suis rendu sur place un peu plus tard dans la soirée, et j'ai trouvé les lieux comme nous les avons laissés au soir du 9 avril. Vous me confirmez que vous n'avez pas rangé depuis la perquisition ?

Loïc hoche la tête, un peu honteux. Sa parano du moment lui fait peut-être surinterpréter l'expression du flic, mais il a l'impression qu'il le toise à la façon d'un surveillant d'internat face à un pensionnaire un peu trop bordélique.

— Bien, ce sera tout, déclare Villain en se levant. J'enverrai quelqu'un pour finaliser votre dépôt de plainte dès que vous irez mieux. En attendant, reposez-vous et reprenez des forces, vous allez en avoir besoin. Ah ! pour information, j'ai fait poster un agent à l'entrée de l'hôpital afin de réguler l'accès aux visiteurs – il y a tout un tas de journalistes qui ont très envie de prendre une photo de vous dans votre lit.

Loïc le remercie avant de l'arrêter en tapant bruyamment sur le montant du lit au moment où il va sortir. Le flic s'arrête devant la porte, se retourne.

— Karen Andro… si elle demande à me voir… laissez-la passer.

Villain acquiesce de la tête et s'en va. Loïc n'a pas à attendre deux minutes pour voir arriver une femme en blouse verte qui se présente comme le Dr Dugain, réanimatrice. Après avoir contrôlé ses constantes sur le scope, elle s'enquiert du niveau de sa douleur, que Loïc estime supportable.

— Vous pouvez me donner votre date de naissance, monsieur Stephan ?

— 25 juin 1980.

— Et la date du jour ?

Pas de réponse.

— Monsieur Stephan ?

— Avril… 2019.

— Quel jour ?

Loïc hausse les épaules, l'air perdu.

— Nous sommes le 13 avril, vous êtes au service de réanimation du CHU de Rennes, vous vous rappelez ? Nous vous avons gardé sous sédation pendant vingt-six heures.

Nous nous sommes vus à votre réveil, hier soir. Vous vous souvenez de moi ?

Loïc essaie de secouer la tête, mais la douleur est insupportable.

— Mal…

— Prenez ça, dit le Dr Dugain en lui plaçant une sorte de télécommande dans la main. C'est une pompe à morphine, en cas de douleur, vous appuyez sur ce bouton, d'accord ? Vous avez eu de la chance, votre hématome intracérébral s'est résorbé assez rapidement et le scanner n'a révélé aucune autre lésion.

— Combien de temps… je vais rester ?

— Nous allons vous monter en unité de soins continus dans la journée, vous y resterez vingt-quatre à quarante-huit heures. Ensuite, vous serez transféré en unité de neuro. Si tout va bien, vous devriez pouvoir sortir d'ici une semaine, en fonction de l'évolution de votre état. Vous verrez ça avec le neurologue. Je repasserai vous voir dans la matinée. En attendant, tâchez de vous reposer.

Loïc n'a pas la force de la remercier, son entretien avec Villain l'a épuisé. Tandis que la porte se referme sur le Dr Dugain, il entend les mots du flic repasser dans sa tête, comme un avertissement : *Et reprenez des forces, vous allez en avoir besoin.* Terrassé par la fatigue, il n'a pas le temps de les interpréter qu'il dort déjà.

18

C'est le téléphone qui le réveille. Loïc ne reconnaît pas la sonnerie, pas plus que la chambre qu'il découvre en ouvrant des yeux écarquillés. Il se demande d'abord s'il n'est pas en train de rêver, puis ça lui revient, dans un frisson : l'agression, l'hôpital. Avec, en contrepoint, un mal de crâne à se fracasser la tête contre la barre latérale du lit.

Il tend le bras vers la gauche, ne trouve que le vide. Loupé, la table de chevet est à droite. Le temps que sa main l'atteigne, la sonnerie s'est tue. Ses doigts grelottants effleurent l'appareil, qui lui échappe dans un vacarme qui doit résonner dans tout le bâtiment. En tout cas, ça ricoche entre ses tempes façon boule de flipper.

Il attend que la douleur passe, mais elle ne passe pas. Alors il appuie sur la pompe à morphine, pour commencer. Puis sur le bouton d'appel. À moins que ce ne soit l'inverse…

Un infirmier débarque moins d'une minute plus tard. Il ramasse son téléphone et lui demande si ça va. Loïc grogne qu'il a froid. Après avoir remonté son drap, le gars l'informe qu'un BYC va lui être apporté, s'il se sent la force de manger. Loïc est nauséeux, mais il ne dit pas non, même s'il ignore ce qu'est un BYC.

L'appel vient de Blanche. Elle lui a laissé un message vocal, qu'il écoute en sentant une douce chaleur l'envahir. Des trémolos dans la voix, elle dit qu'elle pense à lui et qu'elle passera le voir dans le courant du week-end, et décrit ce qu'elle a ressenti en voyant tous ces gens réunis près du kiosque à musique où était affichée la photo de Camille, au départ de la marche blanche. Elle termine en annonçant qu'elle a pris une décision importante dont elle veut lui parler de vive voix, mais elle semble déjà loin, si loin…

Loïc s'est rendormi, le téléphone à la main.

19

Il est 14 h 20 quand il émerge de nouveau. Comme la douleur est forte, il s'injecte quelques milligrammes de morphine en pressant la pompe. Sa mère somnole sur une chaise dans un coin de la chambre. Par la fenêtre entrouverte, il aperçoit une bande de ciel bleu. Les oiseaux chantent, c'est le printemps.

Tout à coup, le décor bascule. Un voile cotonneux l'enveloppe. Loïc lâche la barre et se laisse dériver vers le néant.

20

16 h 45. Loïc se maintient éveillé depuis une demi-heure, c'est un exploit. Il vient de pisser dans un urinal et attend qu'on vienne l'en débarrasser. Il se sent un peu mieux, la douleur a reculé et il a moins froid. Sa mère a laissé la fenêtre ouverte en partant, et un filet d'air tiède lui caresse agréablement la peau. « Maison aérée, maison saine », tel est son credo. Il ne doute pas qu'elle se soit acquittée de cette tâche en priorité en arrivant chez lui, après avoir enjambé tout ce que les flics ont laissé traîner par terre. Ses parents se sont installés rue du Thabor, et il n'a pas protesté quand ils ont proposé de faire « un brin de ménage » dans la maison.

À présent, il attend 17 heures, les yeux rivés à son nouveau téléphone. Il fait tout pour ne pas sombrer, malgré ses paupières qui lui semblent peser une tonne chacune. Il a promis à Lorna de l'appeler à 8 heures, fuseau horaire du Pacifique. Son message WhatsApp a été distribué à 16 h 25, mais n'a pas encore été vu. Il se dit que les Patton doivent dormir, qu'ils n'ont peut-être pas passé une nuit très reposante, par sa faute. Il s'en veut affreusement.

Une infirmière qu'il ne connaît pas vient vider l'urinal. Elle est souriante et douce, une vraie pommade sur ses plaies. Après s'être assurée que Loïc n'a besoin de rien, elle ressort en fredonnant « La grenade » de Clara Luciani. La chanson lui trotte dans la tête pendant qu'il erre sur des sites d'info qu'il a déjà consultés dix fois. Plusieurs articles mentionnent son agression, si ce n'est sous un angle bienveillant, du moins avec la neutralité de ton *ad hoc*. Des voix dissonantes, celles d'éternels théoriciens du complot, pointent des incohérences dans le résumé des faits tel qu'il a été présenté par le procureur de la République, mais c'est l'œuvre d'une minorité. Il trouve aussi plusieurs reportages sur la marche blanche, qu'il visionne le cœur gros. La dernière fois qu'il a vu le parc aussi bondé, c'était pour la fête de la musique, en 2018. Même lieu, autre ambiance : il n'y a quasiment pas un bruit dans la foule pour accompagner les images filmées la veille par les journalistes. Les mots que Thomas a prononcés pour Camille et lui l'émeuvent aux larmes. Le masque de chagrin de Blanche, à ses côtés, et les visages graves de ses parents lui lacèrent le cœur. Il ne peut aller au bout de l'extrait du discours, c'est trop dur. Trop frais.

Au hasard de sa revue de presse, il tombe sur un article que Karen Andro a signé pour *Le Télégramme*, dont l'accroche racoleuse lui saute immédiatement aux yeux et lui fait l'effet d'une gifle : « Combien de temps avant qu'on accuse Loïc Stephan d'avoir tué sa femme ? » Le titre se veut moins agressif : « CAMILLE STEPHAN : UN ÉCLAIRAGE SUR LES ZONES D'OMBRE DE L'AFFAIRE ». Le texte apaise vite ses craintes : cette femme est de son côté, elle a recoupé et analysé les éléments de l'enquête pour balayer les fausses informations propagées par certains de ses confrères « peu scrupuleux ».

Il n'a pas le temps de terminer sa lecture qu'il est déjà 17 heures. Le vertige le guette, son cœur bat à cent à l'heure, pourtant il n'hésite pas. Il prend une grande inspiration et compose le numéro de Lorna – sans enclencher le mode visio, car il ne veut pas qu'Owen et elle le voient comme ça –, en se disant que l'appel qui va suivre comptera sans doute parmi les plus surréalistes de toute son existence. Il n'a rien préparé, tout ce qu'il sait c'est qu'il va devoir expliquer que Camille a disparu à une femme qui porte leur enfant à l'autre bout de la planète, dans une langue qui n'est pas la sienne.

Mais rien ne se passe comme prévu.

Ce n'est pas Lorna qui répond, mais Owen. Il le salue d'un « *Hey, Loïc* » (prononcé Loek) tout ce qu'il y a de plus cordial, mais avec un léger essoufflement dans la voix. D'emblée, il le rassure : Lorna va bien, le bébé aussi, mais elle n'est pas en mesure de lui parler pour l'instant. Avant que Loïc ait le temps de dire quoi que ce soit, Owen lui annonce qu'ils savent. « *We know.* » Deux mots qu'il reçoit comme un nouveau coup en pleine face, après celui qu'il a pris le jeudi soir. À partir de là, il doit se concentrer pour tout comprendre. L'effort est presque insurmontable tant son cerveau fonctionne au ralenti, mais voilà ce qu'il retient de leur échange, qui dure huit minutes : quand les Patton ont compris, la veille, qu'ils n'arriveraient pas à le joindre, ils se sont tout de suite inquiétés. Owen est pompier, il a l'habitude des situations de crise et a immédiatement pris les choses en main avec sang-froid, tout en veillant à rassurer sa femme. Ensemble, ils ont fait ce que toute personne dotée d'un peu de bon sens et d'un accès à Internet aurait fait à leur place et se sont connectés à Google pour taper les noms de Loïc et Camille dans la barre de recherche. Le nombre de résultats récents les a aussitôt alertés, et Google Traduction a fait le reste. En quelques instants, ils ont saisi les grandes lignes de l'affaire, jusqu'à l'agression de Loïc le jeudi soir. Le choc a été très dur à encaisser pour Lorna, qui était déjà fatiguée depuis plusieurs jours. Mais une nouvelle fois, Owen rassure Loïc, il a pris soin d'elle, tout va bien.

— *How are you, Loïc? How are you feeling?*

— *So-so.*

— *Any news from Camille yet?*

— *No.*

— *Gosh*[1].

Il demande s'il peut aider d'une quelconque façon, tout en sachant qu'il ne peut rien faire. Loïc le remercie, il voudrait en dire plus, en faire plus, mais il est à bout de forces et commence à sentir un étau brûlant se resserrer sur son crâne. Owen doit s'en rendre compte, car il lui dit de se reposer et de prendre soin de lui. Ils promettent de se donner des nouvelles très vite.

Loïc lâche son téléphone, qui glisse de son oreille à son aisselle. Il n'a plus la force de rien. Sa poitrine se soulève et s'abaisse à un rythme effréné, réveillant la douleur dans ses

1. « Comment ça va, Loïc ? Comment tu te sens ?
— Comme ci, comme ça.
— Des nouvelles de Camille ?
— Non.
— Bon Dieu. »

côtes. Il serre la pompe à morphine au creux de sa main et commence à déplier le bras pour prendre son gobelet sur la table de chevet quand il entend trois coups discrets frappés à la porte. Comme les gens ici ont l'habitude d'entrer sans qu'on les y invite, il ne répond pas, mais après quelques secondes, on toque de nouveau.

— Entrez, ahane-t-il, sans savoir si sa voix a porté.

Il s'attend à voir Blanche, mais c'est la silhouette chétive de Karen Andro, nageant dans une surblouse bleue, qui se découpe dans la large embrasure.

— Je ne dérange pas ?

Loïc fait non de la tête, à contrecœur. Décidément, cette femme a le chic pour se pointer aux pires moments. Et toujours l'art de la formule :

— La vache, il vous a pas loupé, l'enfoiré, attaque-t-elle d'entrée de jeu en s'approchant du lit. Ça va, vous souffrez pas trop ?

Loïc, qui vient d'épuiser son stock de paroles, répond par un grognement.

— Ça veut dire oui ou ça veut dire non, ça ? (Elle pose son sac et son gilet qui empeste la cigarette sur le dossier de la chaise près du lit.) Désolée, je vous ai pas apporté de fleurs, je trouve ça cucul, vous m'en voudrez pas.

— C'est moi… qui devrais vous en offrir…

— J'aime pas ça, je vous dis. Vous me paierez une boîte de chocolats, allez. Je peux aller faire pipi ?

Sans attendre, elle disparaît dans les toilettes, d'où elle ressort une minute plus tard. Loïc n'a entendu que le jet et la chasse d'eau, pas le robinet. Il repense à ses mains aux ongles jaunies et réprime un frisson. C'est étrange, parfois, comme un cerveau blessé peut s'attacher à certains détails plutôt qu'à d'autres.

— Merci, j'ai failli me faire dessus, explique la journaliste en s'asseyant sur la chaise. Cinq minutes que j'attendais derrière cette porte, et avec ma vessie de souris… (Elle marque une pause, lui lance un regard chassieux.) Vous savez, Loïc, je suis une nana honnête, alors autant vous le dire tout de go : j'ai entendu votre conversation au téléphone.

Loïc plisse les yeux, et cette seule réaction suffit à lui fendre la tête en deux. Il pompe comme un fou sur la morphine, tel un Shadok sous acide.

— Licence de langues étrangères appliquées, diplômée en 1980 – l'année de votre naissance, tiens. Oui, oui, je sais tout sur vous – enfin, maintenant, je sais tout. Et je parle couramment anglais.

Elle affiche un air complice dans une sorte de rictus qui dévoile ses petites dents grises.

— Un bébé ! Je ne sais pas par quel miracle ça s'est pas su avant, chuchote-t-elle en lui décochant un petit coup de coude.

— Ne… dites rien…

— Non, t'inquiète, paupiette ! C'est une adoption ?

Loïc joue la franchise, il lui doit bien ça :

— GPA.

— Grande-Bretagne ? États-Unis ? Canada ?

— États-Unis.

— C'est prévu pour quand ?

— Novembre.

Karen semble soudain prendre conscience que Camille risque de ne pas être là pour voir ça, et elle se rembrunit.

— Ça va, vous tenez le choc ?

— *So-so*, répond Loïc, qui commence à s'enfoncer dans une torpeur ouatée.

— Vous avez dû bien flipper, mon pauvre vieux. Mais c'est rien à côté de ce qui vous attend ! J'en ai trois, des mômes, et je vais pas vous mentir : du jour où ils sont là, vous arrêtez de respirer… sans mauvais jeu de mots, ajoute-t-elle avec un regard pour son nez, que Loïc devine énorme. Ah, putain, il y est pas allé de main morte, hein ! fait-elle en le dévisageant. Vous l'avez pas vu, ce salaud ?

Loïc ne répond pas. Son cerveau a bloqué sur ce que Karen Andro a dit. Une sueur froide lui passe sur la peau. Que serait-il advenu du bébé s'il lui était arrivé quelque chose de plus grave ?

— Je me suis retrouvée nez à nez avec lui, on vous a dit ? Tenez, c'est le portrait-robot qu'on a fait tout à l'heure avec les flics.

Elle lui montre la photo d'un écran d'ordinateur à l'aspect moiré. Loïc se dit que si le gars ressemble vraiment à ça, il n'a pas envie de le croiser dans une rue sombre – même si, quelque part, c'est ce qui s'est passé. Le front haut, le nez busqué, le regard inquiétant, une bouche aux lèvres inexistantes : c'est un mix entre Francis Heaulme et Vladimir Poutine.

— Je suis pas sûre que ce soit très ressemblant, mais l'idée est là.

— Merci… d'avoir été là, articule Loïc.

— Oh, si ça avait pas été moi, ça aurait été quelqu'un d'autre ! Vous devez vous demander ce que je fichais dans votre rue, pas vrai ? J'avoue, je vous suivais. J'étais à l'hôtel de police pour essayer de glaner des infos quand je vous ai vu quitter les locaux de la PJ. Je vous ai filé le train dans la rue, jusqu'à votre voiture. Vous m'avez pas vue, mais moi, j'ai tout vu.

Loïc ne comprend pas de quoi elle parle, un blanc entoure les minutes qui ont suivi son entretien avec Villain. Mais l'expression affectée de la journaliste semble signifier qu'elle a été témoin d'une scène à laquelle elle aurait préféré ne pas assister.

— J'étais garée pas loin, je vous ai suivi quand vous êtes reparti, après votre petite pause pour souffler dans la voiture, jusqu'au parking de Carrefour et ensuite, quand vous êtes rentré chez vous.

— La Golf, demande Loïc d'une voix sourde, vous l'avez vue ?

— Le Goff ? Votre voisine ?

— La Golf, articule Loïc.

— Quelle Golf ? Je vous ai perdu de vue sur les quais, j'ai dû m'arrêter au feu sur le pont Bagoul, et ensuite, pouf ! vous avez disparu dans la circulation. Je suis quand même remontée jusque chez vous, et c'est là que je vous ai trouvé par terre... après avoir failli rouler sur votre agresseur. J'ai pas vu où il est parti après, si vous voulez savoir. Vous étiez pas beau à voir ! Ça fait mal ? demande-t-elle en s'avançant pour le dévisager une nouvelle fois.

Loïc fait signe que oui, et il sait gré à sa déviation de la cloison nasale de lui épargner l'haleine nicotinée de la journaliste.

— Je voulais vous proposer quelques photos, mais on va peut-être attendre un peu. C'est con, j'aurais pu tirer un bon prix de votre tronche d'Elephant Man.

— Pourquoi vous faites tout ça ?

— Quoi, tout ça ?

— Vous êtes sympa avec moi. Vous essayez de me défendre.

— Pour avoir une photo, pardi !

— Plus sérieusement ?

— J'aime nager à contre-courant. Comme tout le monde vous accuse, moi je choisis de croire à votre innocence. En plus de ça, vous me plaisez. Peut-être parce que vous ressemblez un peu au premier mec qui m'a brisé le cœur, je sais pas…

Loïc bat des paupières, entre veille et sommeil. Il veut dire quelque chose mais la fatigue le rattrape. L'instant d'après, il dort. Karen Andro patiente quelques instants, le temps d'entendre sa respiration profonde et légèrement sifflante, puis elle plonge la main dans son sac et en sort un appareil photo Canon sans un bruit.

JOUR 17

21

— Papa ?
— Un détective ?
— Oui.
— Papa ?
— Robin, je parle. Et elle l'a trouvé où ?
— C'est un gars d'ici, Blanche l'a engagé le week-end dernier. J'imagine que c'est pour ça qu'elle n'est pas passée me voir à l'hôpital.
— Papa ?
— Et elle est rentrée dans le Sud, là ?
— Papa !
— Quoi, Robin ?
— Combien ça fait trois plus trois ?
— Six. Va jouer, lapin, je discute avec Loïc.
— Mais papa…
Baptiste lève les yeux au ciel.
— Dans deux jours, soit tu ne l'entends plus, soit tu fais ta valise, glisse-t-il à Loïc avant d'aller se planter au pied de l'escalier. Marlène !
— Oui ?

— Ton fils a besoin de toi !

— Une minute !

— Et donc, elle est rentrée dans le Sud ? demande Baptiste, de retour dans le salon.

— Oui. Elle va suivre l'enquête depuis Valbonne. Le gars m'a contracté… *contacté* cette semaine. Il veut qu'on se voie à la maison. Je n'ai pas eu le temps de m'en occuper pour l'instant.

— Je te ressers ?

— Non merci, je préfère y aller mollo.

Loïc a à peine touché à son verre de vin. Il est sorti de l'hôpital depuis huit heures et se sent encore groggy.

— Et tu penses que…

— Papa ?

— Quoi ?

— C'est comme ça qu'on fait six avec les doigts ?

— Demande à Loïc.

Robin, trois ans, disparaît dans le giron de son père.

— Il faut un doigt de plus, dit Loïc en venant déplier le petit pouce de sa main gauche. Comme ça.

La bouille ronde s'illumine timidement.

— C'est bon, je vois que tu gères, tonton, s'amuse Baptiste. Tu peux vider ta valise.

Loïc sent venir un sourire. Il lui fait barrage, il n'est pas encore prêt.

— Merci de m'accueillir chez vous.

— Oh, tu parles ! Si je t'héberge, c'est uniquement pour pouvoir me barrer en week-end avec ma femme. Maintenant que tu as le mode d'emploi du petit, je suis complètement rassuré, on va pouvoir te le laisser.

— Pourquoi tu barres en week-end avec ta femme ? demande Robin en mâchouillant un Monster Munch.

— Mais non, chouchou, Papa dit des bêtises, fait la voix de Marlène, venue de l'étage.

— Tu as besoin d'aide, mon ange ?

— Si l'escalier tient le choc, je devrais m'en sortir.

Marlène descend péniblement les rejoindre dans des craquements de bois. Son ventre ressemble à un énorme ballon près d'exploser.

— C'est bon, la baignoire est vide.

— Il ne fallait pas, s'excuse Loïc.

— Tu avais envie de prendre ta douche avec les Tuyaux Folies de Sophie la Girafe dans les pattes ?

— Pourquoi tu as rangé mes tuyaux, maman ?

— Tu aurais pu t'en occuper, quand même, souffle Loïc à Baptiste, mi-amusé, mi-gêné.

— Ah non, on a un deal : tant qu'elle passe encore entre le lavabo et la baignoire, c'est elle qui range la salle de bains du haut !

— Tu abuses.

— Je monte faire mon inspection deux fois par semaine, explique Marlène, sinon c'est le boxon. Tu connais la passion de ton pote pour le ménage… Je t'ai mis une serviette sur le lit.

— Merci. Du coup, vous dormez tous en bas ?

— Maman, pourquoi Loïc il a un gros nez comme ça ?

— Oui, c'est plus simple, explique Baptiste. Faudrait pas avoir à hélitreuiller Madame par le Velux de notre chambre si elle perd les eaux en pleine nuit.

— Moi aussi, je t'aime, grimace Marlène.

— Maman, pourquoi… ?
— Parce qu'il est tombé, chouchou, on te l'a déjà expliqué.
— Pourquoi il est tombé ?
Baptiste et Marlène échangent un regard entendu.
— Je crois qu'il est temps de dire bonne nuit, lapin.
— Bonne nuit, Robin, dit Loïc.
— Je viens te faire un bisou quand tu seras dans ton lit, promet Marlène à son fils en se massant les reins.
Une fois Baptiste et Robin partis, Loïc se décale sur le côté du canapé.
— Tu veux t'asseoir ?
— Tu rigoles ? Si je me pose là-dedans, je ne me relève plus !
Loïc bloque un autre sourire et détourne le regard, conscient que son amie l'observe alors qu'il se mordille les lèvres.
— Tu as le droit de sourire, tu sais.
— J'ose pas.
— Mais tu en as envie ?
— Depuis que je suis chez vous, oui, j'en ai eu envie une ou deux fois.
Le silence qui suit est rompu par un éclat de rire de Robin en provenance de la chambre d'amis.
— Je sais que c'est dur, mais ça pourrait te faire du bien, dit Marlène avec douceur.
— Ce n'est pas la question. J'ai l'impression de la trahir si je me laisse aller à la légèreté.
— Ce n'est pas parce que tu te laisses surprendre par de bons moments que tu vas oublier Camille.
— Hmm.

Sans quitter Loïc des yeux, Marlène hisse une fesse sur le tabouret de bar que Baptiste a installé pour elle en face du canapé.

— C'est parce que ça te gêne, toi, ou parce que tu as peur de ce que les autres pourraient en penser ?

— Tu n'étais pas censée être en congé maternité ?

— Psy un jour, psy toujours. Allez, laisse sortir. Promis, ça restera entre nous.

Loïc essaie, mais ça ne vient pas.

— J'ai peur, c'est vrai. Je me dis que si on me voit moins pleurer, ça va se retourner contre moi.

— Tu parles des journalistes ?

— Et de ceux qui croient ce qu'ils racontent.

La rumeur, la vindicte : c'est devenu son quotidien depuis la parution des photos dans *En quête* et *Le Supplément du dimanche*. Dans les médias, deux clans se sont formés : ceux qui le considèrent comme une victime et ceux qui le voient comme un bourreau. Il a cru, naïvement, que l'interview accordée deux jours plus tôt à Karen Andro depuis son lit d'hôpital allait redorer son blason, mais ça n'a pas calmé les mauvaises langues. Pire, la spirale des soupçons s'est encore emballée.

— Tu es psy, Marlène, tu sais comment fonctionne l'être humain : parfois, à force de ressasser les mêmes idées, l'imagination finit par prendre le pas sur la réalité. Tu sais pas la meilleure ? Si j'étais simple spectateur, je crois que je me laisserais abuser par toutes ces insinuations, moi aussi. Le mari qui rentre en pleine nuit pour découvrir que sa femme a disparu, et qui n'alerte la police que trois heures après, franchement, c'est suspect.

— Trois heures, c'est court. Et puis les violences conjugales sont la principale cause de décès des femmes de moins de cinquante ans, avant le cancer ou les accidents de la route. Normal que cette piste ait été considérée.

— Le problème, c'est que les médias en panne de scoops sont prêts à tout pour rester dans la course à l'info, et comme l'enquête est verrouillée, ils élaborent leurs propres hypothèses. Et l'opinion publique suit.

Marlène hausse les épaules, la tête penchée de côté comme le font les psys.

— C'est le propre de l'humain : comme la nature, il a horreur du vide. Alors il remplit.

— Si au moins on avait mis la main sur le type qui m'a envoyé à l'hosto.

— Ils n'ont pas avancé ?

— Non. Le portrait-robot a été diffusé, il y a eu des signalements, mais ça n'a rien donné de concret pour l'instant.

— Toi, tu penses que c'était qui ?

Loïc réfléchit un instant. Les rouages de sa réflexion sont encore grippés, et certains de ses souvenirs sont entourés de zones d'ombre.

— J'ai envie de croire qu'il sait quelque chose, que ça a un rapport avec la disparition de Camille. Parce qu'au moins, là, on aurait le début d'une piste. (Un soupir.) Je passe mon temps à ressasser tout ça, à essayer de découvrir qui c'est, et pourquoi il s'en est pris à moi. J'ai balayé un paquet d'hypothèses, jusqu'aux plus farfelues, j'en suis même arrivé à me demander s'il n'y avait pas une histoire d'argent là-dessous.

— D'argent ?

— Serge, le père adoptif de Camille, n'était pas un homme très recommandable, j'ai découvert qu'il existait pas mal de zones d'ombre autour de la façon dont il menait ses affaires. J'ai pensé à des associés malveillants, à des liens avec la petite criminalité, voire avec la mafia italienne… C'est du délire, je sais, mais j'essaie de remplir le vide, moi aussi. (Loïc déglutit avec effort.) C'est une torture de ne pas savoir, tu ne peux pas imaginer. Un moment je me dis qu'elle est vivante et aux mains d'un ravisseur qui va finir par me demander l'argent de son héritage, celui d'après je me dis qu'elle est morte.

Sans crier gare, les larmes lui montent aux yeux. Baptiste choisit ce moment pour revenir. Les dents sont brossées, le pyjama est mis, le pipi est fait, l'histoire est lue : Robin n'attend qu'un bisou de sa maman pour s'endormir.

— Ah, putain, ils auront notre peau, ces petits monstres, soupire-t-il en se laissant lourdement tomber dans le canapé. Et dire que j'ai signé pour deux de plus ! Conseil d'ami : s'il est encore temps, annule le contrat avec Lorna.

Il tend le bras pour saisir son verre mais se fige à mi-chemin de la table basse. Il tourne vers Loïc un regard confus.

— Ça va ? Je déconnais, hein. Il y a aussi des bons moments.

— J'aurais pu y passer, tu sais. Il serait devenu quoi, ce bébé, si je ne m'en étais pas sorti ? Il n'est même pas encore né qu'il aurait pu ne plus avoir de parents. Ça m'obsède, je pense à ça tout le temps.

— Oh, Loïc, tu es là, d'accord ? le rassure Baptiste en posant une main sur son genou.

Une fois de plus, la faculté de son ami à troquer le nez rouge de l'auguste pour la larme noire du clown blanc sidère Loïc, qui le pratique pourtant depuis trente ans.

— Il aurait pu se passer n'importe quoi. Vraiment n'importe quoi…

— Ne pense pas à ça. Pense plutôt à ce qui va venir. Il va avoir un super papa, ce bébé. Et une super maman. Qui seront là très longtemps pour le voir grandir.

— Hmm.

Baptiste, dans un sourire en demi-teinte, reprend son numéro d'équilibriste :

— Alors bien sûr, il va te solliciter toutes les dix secondes pour te demander si « camion » rime avec « casserole », ou pour savoir comment sont faits les loups à l'intérieur, il va te dire que tu es méchant, que tu es moche, que tu es vieux… mais tu vas l'aimer, cet enfant. Tu vas l'aimer tellement fort que ça te submergera. Même quand tu n'en pourras plus de l'entendre répéter « Papa » toutes les dix secondes, tu vas l'aimer. Parce que c'est ce que font les parents. Ils aiment. Et parce que « papa », c'est quand même le mot le plus doux au monde.

22

Loïc ne dort pas. Une heure qu'il tourne dans le grand lit de Baptiste et Marlène sans arriver à calmer le flux de ses pensées. Il est épuisé, pourtant. Il a fait plus de pas en une seule journée qu'au cours des huit derniers jours, et le trajet jusqu'à Moigné n'a pas été la promenade de santé attendue. C'est vrai qu'il a présumé de ses forces : dix kilomètres en voiture, finalement, c'est le bout du monde quand on a deux côtes fêlées. Il se mord les doigts d'avoir préféré le siège passager de la Toyota de Baptiste à la civière de l'ambulance qu'on lui a proposée.

À l'étage du dessous, tout le monde dort sûrement à poings fermés. Ils n'imaginent pas leur chance. Marlène s'est écroulée en allant embrasser son fils, il ne l'a pas revue, et Baptiste a sonné l'extinction des feux à 21 h 30, après ce dernier conseil de vieux sage :

— Repose-toi. La fatigue, c'est ce qu'il y a de pire au début, quand on est jeune parent. La fatigue, et la peur qu'il arrive quelque chose à ce petit être qui est sous ta responsabilité. Mais ça, tu le sais déjà.

Bien sûr, seuls les vrais amis vous disent ce genre de choses. Les autres ne veulent pas vous inquiéter, ils se contentent de décrire l'arrivée d'un bébé comme un rêve éveillé, un ticket d'entrée pour un univers rose bonbon où tout n'est qu'amour et harmonie. Baptiste a raison, Loïc l'éprouve déjà, cette peur, alors qu'il n'est pas encore père. Ça semble insensé, mais c'est bien présent.

Il aurait pu se passer n'importe quoi. Vraiment n'importe quoi.

Il roule sur le côté dans un gémissement et empoigne son téléphone sur la table de nuit de Marlène. Il est bientôt minuit. Sur le fond d'écran s'affiche la photo de l'échographie que lui a envoyée Lorna il y a quinze jours.

Le bébé va bien, et elle aussi. Ils ont pu se parler via Skype dans le courant de la semaine. Loïc a eu un mal fou à trouver les mots pour la rassurer et s'est fait aider de Ginger, de l'agence 3Harts, pour fluidifier leurs échanges. Lorna est très inquiète pour Camille, évidemment. Des larmes ont été versées des deux côtés de l'écran. Mais sa grossesse se déroule pour le mieux, et ils ont tous décidé de se concentrer là-dessus en attendant la suite. À la fin de la discussion, elle a même réussi à faire sourire tout le monde en indiquant qu'elle ne rentrait déjà plus dans ses pantalons. Ils ont promis de se recontacter après le week-end de Pâques, l'échographie des neuf semaines étant prévue le 23 avril.

Les pensées de Loïc sont en train de dériver vers son agresseur, dont il voit et revoit encore la semelle rouge et blanc, quand il entend comme un froissement d'étoffe, tout à coup. Sa respiration se coupe. Quelque chose a bougé dans le noir. Il tend l'oreille, et c'est là qu'il l'entend : Robin est en train de hurler au rez-de-chaussée.

Son cœur manque un battement. Il s'arrache à sa couette, laisse échapper un râle de douleur en basculant ses jambes hors du lit. Il a pris un antidouleur avant d'aller se coucher, mais l'effet s'est déjà dissipé.

— Robin ? appelle-t-il.

Aucun son ne sort de sa bouche, sa voix ne porte que dans sa tête. Il longe le lit, cherche la porte à tâtons dans le noir. Elle est ouverte, alors qu'il pensait l'avoir fermée. D'un pas vif, il enfile le couloir en direction de l'escalier tandis qu'en bas, les hurlements redoublent d'intensité. Il dévale les marches.

— Robin ! Baptiste ! Marlène !

Pantelant, Loïc bondit sur le carrelage de l'entrée. Il glisse sur un dinosaure oublié là, lâche un juron. La douleur dans sa poitrine est insoutenable, il a l'impression d'avoir les côtes chauffées à blanc.

Un nouveau cri de terreur déchire la nuit. Loïc traverse le séjour en courant, heurte un tabouret au passage. Quand il surgit dans la chambre d'amis, ses traits se crispent en une grimace convulsive.

Un visage blanc, hideux, avec des puits noirs à la place des yeux, est penché sur le petit berceau de Robin.

— Loïc ! crie Marlène dans le grand lit.

Sauf que ce n'est pas Marlène. C'est Camille.

23

— Tu veux encore un peu d'eau ? … Loïc ?

Il fait non de la tête.

— Ça va, tu es sûr ?

— Ça va.

Baptiste s'assoit sur le rebord du lit.

— Tu m'as fait une de ces peurs, putain.

— Désolé…

Loïc voudrait en dire plus, mais il a encore le souffle coupé.

— C'était si horrible que ça ?

— Oui.

— Tu veux me raconter ?

Loïc lui prend le verre des mains. C'est un gobelet Peppa Pig, l'eau a goût de dentifrice à la fraise.

— Je ne sûr que ce soir une très bonne idée, dit-il après l'avoir vidé.

— Pourquoi ? Ce cauchemar, j'étais dedans ?

— Toi, non.

Baptiste a une seconde d'arrêt.

— Robin ?

— Et Marlène, répond Loïc en hochant la tête. En fait à part c'était Camille.

Dans la lumière discrète qui vient du couloir, Loïc devine le pli qui se creuse entre les sourcils de son ami.

— Ta tête, ça va ?

— Mieux.

Le cachet qu'il a pris il y a cinq minutes commence à faire effet. Il tend l'oreille. Pas un bruit dans la maison.

— On devrait peut-être appeler un médecin, dit Baptiste tout bas.

— Peine.

— Quoi ?

— Pas peine.

— Tu zappes des mots, Loïc.

— Hein ?

— Tu parles comme Robin il y a un an.

Loïc secoue la tête pour se remettre le cerveau en place. Mauvaise idée : une pointe de douleur vient lui trouer la boîte crânienne comme une perceuse chirurgicale.

— Fatigue…

— Ce n'est pas que la fatigue. Tu es désorienté.

— C'est à cause de cauchemar…

Baptiste se lève.

— Je vais cherche Marlène.

— Non ! piaille Loïc d'une voix qu'il ne reconnaît pas.

— Si. Tu ne peux pas rester comme…

— S'il te plaît. Ça va.

Baptiste s'arrête sur le pas de la porte.

— Attention, si tu mens à Papa, tu seras privé de dessin animé.

— Ça va, je t'assure. Je me sens mieux.

Et effectivement, il commence à avoir les idées plus claires. Baptiste revient vers lui.

— Il faut que ça alle mieux… que ça *aille* mieux, articule Loïc en serrant les poings. J'ai pas le choix. Je dois me remettre sur pied pour Lorna, pour le bébé, pour Camille.

Il ferme les yeux pour essayer de rassembler ses pensées, mais ce qu'il voit, en esprit, c'est le visage hideux et vide du monstre penché sur le nouveau-né qu'il a vu dans son rêve, et qui, il en est certain, n'était pas Robin.

— Je dois… aller mieux, parce que je besoin… *j'ai* besoin de trouver des questions… des *réponses*. Merde !

Il tape sur la couette du plat de la main.

— Par « trouver des réponses », tu veux dire retrouver Camille ?

— Oui. Et l'homme qui m'a agressé.

Baptiste reprend sa place sur le bord du lit.

— Tu as fait tout ce qu'il fallait, mec. Je sais que c'est sûrement impossible à accepter, mais le seul truc à faire, maintenant, c'est attendre.

— Attendre ? Tu rends compte de ce que tu dis ? Tu ferais quoi, toi, si Camille… si *Marlène* disparaissait du jour à demain ? Tu attendrais que ça se passe ? Que quelqu'un te la ramène ? Tu sais ce que je vais faire ? Je vais imprimer un millier de copies de sa sale gueule sur le portrait-robot, et dès que je m'en sentirai la force, j'irai quadriller Rennes pour essayer de le retrouver, ce fils de pute !

— Écoute, Loïc, je sais que…

— Non, tu sais rien ! Tu peux pas savoir !

Un goût salé monte dans sa gorge. Il sent venir les larmes, mais ce n'est pas le chagrin qui l'emporte, c'est la colère.

— Personne peut savoir ! Vous pouvez pas vous mettre à ma trace ! À ma *place*, putain !

D'un revers de la main, il fait voler le gobelet qu'il a posé sur la table de nuit.

— Doucement, murmure Baptiste dans un geste avorté, peut-être bien une tentative de réconfort. Calme-toi, Loïc. Bien sûr qu'on n'est pas à ta place, mais crois-moi, la disparition de Camille nous affecte tous.

Baptiste tourne la tête, alerté par un craquement dans l'escalier. Un instant plus tard, Marlène passe le ventre par l'ouverture de la porte.

— Tout va bien ? demande-t-elle d'une voix endormie.

— Ça va, la rassure Baptiste. Loïc a fait un cauchemar. Retourne te coucher, mon ange. J'arrive.

Elle hésite un instant avant de repartir. Loïc secoue la tête, l'air dépité.

— Je suis désolé. Je sais pas ce qui m'a pris.

— T'inquiète, sourit Baptiste. On a un petit qui est en plein dans le *terrible two*. Les colères, on connaît.

Loïc a très envie de prendre son ami dans ses bras, mais il retient son élan. Ce n'est pas dans leurs habitudes.

— Tu ne veux pas que j'appelle un médecin ? Sûr ?

— Non, merci.

— Bon, je vais me recoucher si tu n'as besoin de rien d'autre, dit Baptiste en se levant.

Loïc se redresse sur son oreiller.

— Baptiste ?

— Oui ?

— Tu m'emmènerais chez moi, demain ?

Il entend son ami expirer lourdement par les narines.

— Le neuro a dit « pas trop de voiture », je ne crois pas que ce soit une bonne idée. Et puis demain, c'est Pâques. Si je ne veux pas me faire sonner les cloches par mon petit tyran, j'ai plutôt intérêt à ne pas oublier de cacher les œufs dans le jardin. Mais lundi, c'est férié, on ira ce jour-là, si tu veux. Et puis tu seras un peu plus reposé. Ça te va ?

— Ça me va.

— Nuit bonne, se moque Baptiste d'une voix aphasique.

— Nuit bonne, sourit Loïc.

JOUR 18

24

Ce dimanche de Pâques, Loïc renoue avec un semblant de normalité pour la première fois depuis la disparition de Camille. La chasse aux œufs, les rires d'enfant, le gigot d'agneau-flageolets cuisiné par Baptiste car Marlène ne supporte plus l'odeur de la viande : les traditions ont du bon, elles l'ancrent dans une réalité à laquelle les dix-huit derniers jours l'ont violemment arraché.

Il fait la nuit qui suit d'une traite, sans réveils intempestifs, sans cauchemars. Le lundi matin, après le petit déjeuner, Baptiste et lui prennent la route de Rennes. Ils ont rendez-vous à 10 heures avec le détective privé engagé par Blanche, dont Loïc ne connaît que le nom de famille, Morvezen. Il n'est pas rentré chez lui depuis le soir de son agression, et c'est avec une légère appréhension qu'il se prépare à retrouver sa grande maison, laissée vacante par ses parents à la fin de la semaine précédente.

Quand ils arrivent rue du Thabor, avec un quart d'heure d'avance, la Renault 4 bleu gendarmerie garée devant chez lui est la première chose qu'il voit. Loïc se crispe, pensant à une visite surprise des enquêteurs, puis il se rappelle que les gendarmes ont depuis longtemps troqué la 4L pour un autre petit bolide, le Citroën Berlingo. Un homme en descend, dont le visage lui évoque tout de suite Mac Lesggy – air mutin et lunettes bleu électrique. Rien ne va dans son style, de sa coupe de Playmobil au costume bermuda à carreaux qui rappelle les écharpes Burberry des années 1980.

— Pour le côté discret, on repassera, glisse Baptiste à Loïc en se garant derrière lui.

— Et moi qui voulais prendre un peu de temps pour imprimer des portraits-robots…

— Monsieur Stephan ? lance le visiteur d'une voix douceâtre en venant coller son nez à la vitre passager de la Toyota. Morvezen.

Pas de bonjour, pas de prénom. Juste Morvezen.

— Bonjour, dit Loïc. Vous permettez ?

Voyant qu'il entrouvre sa portière, le détective s'écarte dans un mouvement affecté. Une fois dehors, Loïc entend le refrain usé d'un tube de Gold dont il a oublié le titre. Ça vient de la 4L.

— Enchanté, fait Morvezen, que Loïc dépasse facilement d'une tête.

Il laisse pendre entre eux une main blanche et lisse comme le ventre d'un poisson. Loïc, qui se méfie instinctivement des gens aux manières trop empruntées, est aussitôt sur ses gardes. La poigne est molle, ce qui renforce cette première impression mitigée.

— Morvezen, fait le petit homme en répétant le même cérémonial avec Baptiste.

— Lecœuvre.

Un jappement leur parvient depuis la 4L. Loïc, dont

le regard vient de tomber sur les pompons à franges qui pendent des mocassins pointure 38 du détective, portés sans chaussettes sur ses jambes sans poils, tourne la tête et découvre un chihuahua derrière la vitre coulissante du côté passager.

— Et voici Watson, les avise l'homme en trottant vers sa voiture.

Loïc et Baptiste échangent un regard perplexe. L'instant d'après, la musique s'interrompt et le détective se tourne vers eux, son chien posé sur un avant-bras dans une posture qui n'échappe pas au ridicule.

— Bien, les présentations étant faites, messieurs, je propose que nous commencions.

Loïc sort son trousseau de la poche de son sweat à capuche et s'avance pour introduire la clé dans la serrure. Comme sa main tremble, il doit s'y reprendre à deux fois. Une odeur de propre l'accueille à l'intérieur, mélange de vinaigre blanc et de savon noir, les meilleurs alliés de sa mère. Il a l'impression de rentrer dans la maison de famille, à Pont-l'Abbé.

— Je peux vous demander d'enlever vos chaussures ? demande-t-il en retirant ses New Balance.

Baptiste et Morvezen s'exécutent. Ils pénètrent tous les trois dans le séjour, où rien ne dépasse. Les coussins sont soigneusement disposés sur le canapé, les chaises glissées sous la table de la salle à manger, les papiers sont alignés au cordeau sur l'îlot, le plan de travail a été débarrassé de sa vaisselle. Tout est immaculé, aseptisé. Pour un peu, Loïc se croirait dans un Airbnb. Il ne remerciera jamais assez ses parents d'avoir effacé les traces du passage des flics, mais il a l'impression qu'une partie de sa vie est partie avec l'eau sale et les poubelles au cours de l'opération, et il trouve ça un peu dérangeant. Même le parfum de Camille, qui flotte toujours quelque part, près d'une chaise ou d'une étagère où elle a abandonné un gilet ou un foulard, a été gommé.

— Quelqu'un veut un café ?

— Volontiers, répond Morvezen.

— Volontiers, l'imite Baptiste, qui a l'élégance de ne pas emprunter la voix haut perchée du détective, lequel se met à arpenter la pièce pendant que Loïc s'affaire dans la cuisine.

— Vous et Mme Stephan vivez ici depuis longtemps ?

— On a emménagé en octobre de l'année dernière. Du sucre ?

— Non, je vous remercie. Puis-je vous demander combien vous a coûté la maison ?

— Huit cent soixante-dix mille euros, lâche Loïc après une hésitation. C'est pas vrai, où ils ont mis les capsules ?

— C'est une maison des années 1930, n'est-ce pas ?

— Oui.

— Elle a été rénovée avec goût. C'est vous qui avez fait les travaux ?

Occupé à ouvrir les tiroirs les uns après les autres pour trouver le café, Loïc répond avec un temps de retard :

— Non, c'est le propriétaire précédent.

— Vous permettez ?

Il sent comme un léger déplacement d'air près de lui. Morvezen s'est matérialisé sur sa droite sans qu'il l'ait vu venir. Le détective se hisse sur la pointe des pieds et ouvre une porte de placard, juste au-dessus de la Nespresso. Les capsules sont là.

— Je les aurais mises au même endroit, dit-il.

— Merci. Mes parents se sont installés ici pendant mon hospitalisation, il faut que je retrouve mes marques.

Le petit homme pivote sur lui-même. Loïc ne l'avait pas remarqué jusqu'alors, mais il cocotte l'après-rasage de supermarché.

— C'est ici que vous videz vos poches en rentrant, note-t-il en examinant la pile de papiers sur laquelle Loïc a déposé ses lunettes de soleil à son arrivée. Puis-je jeter un œil ?

— Allez-y.

Baptiste vient s'asseoir sur un tabouret haut, l'air intrigué.

— Comment ça travaille, un détective privé, exactement ? Vous faites partie d'une agence ? Je suis prof de socio à Rennes 2, ça pourrait faire l'objet d'un cours.

— Je préfère le terme d'enquêteur privé, explique Morvezen en furetant d'une main dans les enveloppes, l'autre servant toujours de perchoir à son chihuahua. Je travaille seul, en libéral, et je suis agréé par le CNAPS – le Conseil national des activités privées de sécurité – sous tutelle du ministère de l'Intérieur. Est-ce l'écriture de votre épouse ?

— Oui, confirme Loïc en levant les yeux sur une liste de courses.

— Et vous bossez comment ? C'est quoi, votre journée type ?

— Je recueille des renseignements stratégiques destinés à mes clients en vue de la défense de leurs intérêts. Et celle-ci, monsieur Stephan, c'est la vôtre ?

Loïc ne saisit pas tout de suite le sens de la question de Morvezen, qui doit lui agiter une enveloppe sous le nez pour se faire comprendre.

— Oui, c'est mon écriture. Tenez, votre café.

Le détective le remercie et repose l'enveloppe pour pouvoir lever sa tasse, le petit doigt en l'air. Pendant ce temps, Baptiste poursuit son interrogatoire :

— Et quel est votre champ d'action ? Vous intervenez dans quels domaines ?

— Tu veux du lait ? demande Loïc à son ami en essayant de capter son attention.

— Ça va de l'enquête de moralité avant embauche à la recherche d'héritiers, en passant par la lutte contre l'escroquerie et la filature de conjoints adultères. Je mets en place une stratégie d'enquête en concertation avec mon client, et j'établis la preuve des faits dont dépend la solution à son affaire.

— Et là, c'est quoi votre stratégie d'enquête ?

Loïc se plante entre les deux hommes et pose une tasse devant Baptiste avec un regard insistant, cherchant à lui faire comprendre qu'il doit lâcher les baskets au détective.

— Je vais commencer par prendre le pouls de la maison.

Sur cette réponse sibylline, Morvezen se remet à inspecter le rez-de-chaussée.

— Je peux être franc ? murmure Loïc à son ami.

— Pourquoi ? D'habitude, tu ne l'es pas ?

— Tu es lourd. Laisse-le bosser.

— OK, OK.

Ils se retournent d'un même mouvement pour voir le petit détective appuyer sur la touche d'éjection de la platine. Il y a un CD dans le tiroir, qu'il regarde sans le toucher. Il passe ensuite aux livres de la bibliothèque, s'attarde sur la collection de polars de Camille, puis sur une soucoupe dans laquelle traînent des écouteurs, un élastique à cheveux et un stylo. Ce tour du propriétaire s'étire sur dix minutes, pendant lesquelles Morvezen ne dit rien, ne note rien. Puis il demande à monter.

Loïc le précède dans l'escalier. Il lui montre d'abord leur chambre, où le détective répète le même rituel, avant de passer à la salle de bains et à la future chambre du bébé.

— Votre belle-mère m'a informé de votre situation. La naissance est prévue pour l'automne, c'est cela ?

Ce mot, « situation », hérisse Loïc, qui s'efforce de ne rien laisser paraître. Il confirme et s'empresse de quitter la pièce, dans laquelle, étrangement, il ne tient pas à s'attarder. Par chance, elle est vide et Morvezen en fait vite le tour. Après avoir inspecté la dernière chambre du premier, ils montent au deuxième.

Le parquet grince sous leurs pieds quand ils arrivent sur le palier, ce qui semble intéresser le détective, qui appuie son talon à trois reprises sur la même latte. Loïc lui ouvre la porte du bureau, que ses parents ont laissée fermée pour une raison qu'il ignore, et alors qu'il va lever le store pour laisser entrer la lumière, son téléphone se met à sonner dans sa poche.

— Excusez-moi, je dois répondre, dit-il en voyant le nom affiché sur l'écran. Continuez sans moi… Allô ?

Il va s'enfermer dans la chambre d'amis au son de la voix sucrée au débit rapide de son avocate, qui souhaite faire le point avant l'audition avec la juge Pik, prévue le lendemain matin. Me Sabrina Agostini commence par lui rappeler ses droits en tant que partie civile, bien qu'ils aient déjà échangé à ce sujet il y a une semaine, mais Loïc, qui était encore dans les vapes, n'a pas tout retenu. Puis, pendant une dizaine de minutes, ils passent en revue les éléments du dossier que l'avocate a pu consulter au cours du week-end et listent les demandes d'actes d'investigation qu'ils souhaitent soumettre à la juge d'instruction.

Une fois l'appel terminé, Loïc passe à la salle de bains pour prendre un comprimé de paracétamol avant de regagner le bureau de Camille, mais Morvezen n'y est plus. Ne le trouvant pas non plus à l'étage du dessous, il descend au rez-de-chaussée, où Baptiste, qui passe un coup de fil, pointe un doigt en direction de la porte d'entrée restée entrouverte.

Le détective, planté devant la boîte aux lettres, lui fait signe d'approcher en le voyant apparaître sur le seuil. Le chihuahua n'est plus sur son perchoir, il a dû le reposer dans la voiture.

— Depuis quand n'avez-vous pas relevé le courrier ?

— Ça doit faire dix jours. D'habitude, c'est ma femme qui s'en occupe, explique Loïc, qui s'avance vers lui après avoir parcouru la rue d'un regard panoramique. Je ne suis pas revenu depuis mon agression, et mes parents n'avaient pas la clé.

— Oh, oui, ça tombe sous le sens ! Pouvez-vous ouvrir ?

Ébloui par le soleil, Loïc recule d'un pas flageolant. Il passe la main dans l'entrebâillement de la porte et, d'un geste machinal, retire le trousseau de clés de la serrure. Puis, sans un mot, il va ouvrir la boîte aux lettres, dans laquelle l'attendent une demi-douzaine d'enveloppes, quelques tracts publicitaires et une pochette cartonnée Amazon.

— Qu'est-ce que… ?

Ça lui revient quand il voit le nom sur l'étiquette : c'est la commande que Camille a passée la semaine précédant sa disparition, celle dont les flics ont pointé le paiement sur ses relevés de comptes. Loïc fronce les sourcils. À côté de lui, Morvezen ouvre de grands yeux en se passant la langue sur les lèvres, dont les commissures sont engluées d'un dépôt blanchâtre.

Loïc tire sur la languette et retourne l'enveloppe ouverture vers le bas. Un petit objet empaqueté dans du papier bulle glisse dans sa main. Il le déballe à la hâte. C'est une coque pour Galaxy A6.

— Est-ce de la surprise que je lis dans vos yeux ? demande Morvezen, dont il a oublié la présence l'espace d'un instant.

— Ça doit être une erreur. Camille a un iPhone.

Loïc tourne déjà les talons pour aller consulter le détail de la commande dans le bureau quand il se rappelle que l'ordinateur a été saisi par les enquêteurs de la police judiciaire. Puis un autre souvenir lui vient, presque aussitôt, du moins un début de souvenir, dont il n'arrive malheureusement pas à retrouver le fil. Alors qu'il ferme les yeux pour essayer de remettre de l'ordre dans ses pensées, il entend une voix chevrotante derrière lui :

— Ça y est, il est rentré ?

Loïc ouvre les yeux, se retourne. Une petite grand-mère arrive vers eux en traînant un chariot de courses. Il la salue sans retrouver son nom.

— Il va comment ? demande-t-elle, et Loïc met un instant à comprendre qu'elle parle de lui.

— Ça va. Mieux.

Se sont-ils déjà parlé ?

— C'est le nez qui a tout pris, on dirait, observe-t-elle en fronçant le sien. Le nez, ça gonfle toujours vite.

Loïc, qui pensait que son visage avait retrouvé apparence humaine, en est pour ses frais. Il cherche quelque chose à répondre quand la vieille enchaîne :

— Et la petite dame, on l'a retrouvée ?

— Non.

— Et le monsieur que je leur ai parlé ?

Le tic nerveux qui agite sa lèvre supérieure fait bugger Loïc.

— Le monsieur ? intervient Morvezen après une poignée de secondes, comme Loïc ne réagit pas.

— Hein ?

La vieille plisse le front et tend l'oreille, signe qu'elle entend mal. Morvezen élève la voix :

— Quel monsieur ?

— Le monsieur qui fumait là, l'autre jour.

— Quel jour ?

— Le jour où qu'il s'est fait rosser.

Le détective épingle Loïc d'un regard acéré avant de reporter son attention sur la vieille femme :

— Pardonnez-moi, Mme…

— Huet.

— Pardonnez-moi, Mme Huet, mais ce monsieur que vous avez vu le jour de l'agression de monsieur Stephan, vous dites qu'il était ici, juste devant la maison ?

— Si j'ai raison ? grimace Mme Huet.

Morvezen répète la question un ton plus haut. La grand-mère hoche la tête.

— Oui, comme je vous dis.

— Et de quoi avait-il l'air ? Pouvez-vous le décrire ? POUVEZ-VOUS LE DÉCRIRE ?

— Oh, pas très grand, je dirais – un peu plus que vous, quand même. Un jeunot. Comme j'ai dit à la police.

— Quoi ? souffle Loïc.

— Vous n'étiez pas au courant ? s'étonne le détective. La police n'a pas fait mention de ce témoignage ?

Loïc secoue la tête.

— Hein ? fait Mme Huet.

Morvezen se tourne vers elle, un grand sourire étalé sur le visage.

— Nous vous sommes très reconnaissants de nous avoir donné cette information, Mme Huet. Nous vous souhaitons une agréable journée.

Ses lèvres retombent à l'instant où il se détourne d'elle. Son regard croise celui de Loïc, qui y voit passer une lueur d'excitation. Puis, sans autre forme de procès, le détective lui fait signe de le suivre à l'intérieur.

JOUR 20

25

Il est un peu plus de 10 h 30, ce mardi 23 avril, quand la juge Magali Pik fait entrer Loïc et son avocate dans son cabinet de la « soucoupe volante », surnom donné par les Rennais à leur tribunal judiciaire, un bâtiment au design futuriste posé au milieu d'une vaste étendue de pelouse. La juge d'instruction – menue, petit nez pointu, la trentaine – les prie de l'excuser de sa demi-heure de retard et les invite à prendre place à son bureau, où les attend sa greffière. Après les présentations d'usage, elle reprend point par point le déroulé des faits, en commençant par les heures qui ont précédé la disparition de Camille telles que les ont retracées les enquêteurs grâce à l'examen de sa téléphonie, de son ordinateur, aux auditions de ses proches et à l'enquête de quartier :

— Le mercredi 3 avril, alors que M. Stephan est déjà parti prendre le train de 6 h 46 à destination de Paris, où il est attendu pour une réunion de travail, Mme Stephan allume son téléphone à 6 h 52. D'après les constatations effectuées dans la cuisine, elle aurait bu un ou deux cafés et mangé des biscuits, une compote et des sardines en boîte.

— Des sardines ? l'arrête Loïc. Ça m'étonnerait, Camille n'aime pas ça.

— La police en a pourtant trouvé une boîte vide dans votre poubelle. Je vois dans le rapport du brigadier-chef Liotard que vous avez déclaré que ce n'était pas vous qui l'aviez ouverte.

Troublé, Loïc bat des paupières sans piper mot.

— Elle se connecte ensuite à son ordinateur portable à 9 h 05, poursuit la magistrate. Nous ignorons ce qu'elle a fait dans l'intervalle. L'expertise de son historique ne nous a rien appris de significatif, si ce n'est que plusieurs dossiers ont été ouverts avec le logiciel Clip Studio Paint – dont elle se sert dans son métier d'illustratrice, c'est bien cela ?

— Oui.

— À 9 h 42, Mme Stephan envoie un SMS à Mme Claire Carval, une amie, pour décommander un déjeuner prévu le midi, sans donner plus d'explications. Elle n'aura plus d'échanges téléphoniques de la journée, en dehors d'un SMS que vous lui envoyez à 12 h 08 pour prendre des nouvelles, auquel elle répond à 12 h 10, et d'un appel que vous lui passez à 21 h 05, par lequel vous l'informez du retard de votre train retour. Elle vous répond qu'elle va se coucher tôt car elle a eu une journée « éprouvante », lit la juge Pik avant de lever les yeux de son écran. Le bornage de son téléphone nous indique qu'elle n'a pas quitté le quartier de la journée, du moins que son téléphone n'a pas quitté le quartier. Il cesse finalement d'émettre à 21 h 50 pour ne plus être réactivé. En résumé, nous ignorons tout de l'emploi du temps de votre femme entre 12 h 10 et 21 h 05, soit une période de quasiment neuf heures. La seule personne qui dit l'avoir vue est une voisine, Mme Loussouarn, qui l'aurait saluée entre 8 h 30 et 9 heures alors que Mme Stephan sortait le bac à ordures ménagères, lesquelles ont été collectées aux environs de 9 h 15. Tout cela vous semble cohérent ?

— Oui. En général, c'est moi qui sors les poubelles, sauf quand je pars très tôt. Pour ce qui est de l'emploi du temps de Camille, je ne suis pas étonné qu'il y ait autant de trous dans ce que vous avez retracé. Quand elle termine un projet, ce qui était le cas ce jour-là, elle ne voit pas le temps passer, elle peut s'enfermer dans son bureau toute la journée sans voir la lumière du jour ou parler à qui que ce soit.

— Ce qui pourrait expliquer qu'elle ait annulé son déjeuner avec Mme Carval.

— C'est possible. Camille est quelqu'un d'assez solitaire. Le peu d'amis qu'elle a connaissent son fonctionnement et l'acceptent telle qu'elle est, même si elle peut parfois prendre des décisions déroutantes. Je l'ai déjà vue annuler des sorties pour continuer à travailler, voire oublier de prévenir qu'elle aurait du retard à un rendez-vous parce qu'elle avait la tête dans le guidon. Elle peut faire preuve de beaucoup d'acharnement, et pas seulement dans son travail. Quand elle a un objectif, elle s'en laisse difficilement détourner.

La juge Pik laisse passer quelques secondes avant de reprendre :

— Personne n'ayant eu d'échange physique ou téléphonique avec elle ce jour-là, nous ne pouvons rien dire de l'état psychologique dans lequel elle se trouvait le 3 avril. Selon vous, elle aurait eu un comportement tout à fait habituel les jours précédents. Vos amis corroborent ce sentiment.

Loïc hoche la tête.

— Bien, embraye la magistrate en remontant ses lunettes sur son nez, nous allons maintenant faire un point sur les derniers développements de l'enquête.

Elle leur annonce que dans un premier temps, elle souhaite faire la lumière sur les rendez-vous réguliers que Camille aurait eus avec un professionnel de la santé mentale entre novembre et décembre 2018, et qu'à cette fin, les enquêteurs poursuivent leurs investigations auprès des psychiatres, psychologues et psychothérapeutes de Rennes. Si cette phase d'enquête se révélait infructueuse, les recherches pourraient s'étendre à d'autres spécialités, précise-t-elle, comme la sophrologie et l'hypnothérapie, voire à d'autres métiers, acupuncteurs et coachs de vie par exemple. Mais, alors que l'entretien se présentait sous les meilleurs auspices, le ton change tout à coup, et Loïc tombe des nues quand la juge le met face à ce qui lui apparaît comme une invraisemblance :

— Je m'interroge, monsieur Stephan. Ne trouvez-vous pas étrange que la femme à laquelle vous êtes marié depuis huit ans, et avec qui vous attendez un enfant, n'ait jamais évoqué ces rendez-vous ?

— Si, bien sûr. Je ne me l'explique pas.

— Vous ne voyez aucun événement qui aurait pu déclencher ce besoin de parler à quelqu'un ? Des problèmes d'argent ? Des difficultés dans son travail ? Des tensions dans votre couple ? Vous avez déclaré que votre femme sortait d'un traitement hormonal de l'infertilité, à cette période, et on sait que certains médicaments peuvent entraîner des changements d'humeur ou des états dépressifs. Avez-vous remarqué un mal-être passager chez elle, à la fin de l'année dernière ?

Loïc échange un regard avec son avocate ; le sourire d'encouragement de cette dernière n'échappe pas à la juge Pik.

— Vous avez quelque chose à me dire, monsieur ?

— Camille et moi avons subi un revers dans notre parcours de GPA à l'automne dernier, révèle Loïc après s'être éclairci la voix. C'était quelques semaines après notre voyage à San Diego pour la création des embryons. Tout s'était bien passé jusqu'alors, on avait prélevé sept ovocytes à ma femme après sa stimulation ovarienne, six avaient été fécondés avec mes gamètes en laboratoire. Malheureusement, nous n'avons obtenu que deux embryons viables à la fin du processus. Les médecins ont tenté une première implantation dans l'utérus de notre femme porteuse à la mi-octobre, mais ça n'a pas fonctionné. (Loïc cherche un jugement dans les yeux de la magistrate, n'en trouve pas.) Nous avons eu du mal à encaisser le choc, évidemment, mais nous avons gardé espoir. Il nous restait un embryon, après tout. Sauf que le sort s'est acharné : les embryologues de la clinique nous ont appris qu'il présentait une anomalie chromosomique. Je n'ai pas tous les détails, c'est très compliqué, mais en gros on nous a dit que si nous décidions de tenter une implantation avec celui-ci, il y avait de fortes chances que ça se termine en fausse couche ou que le bébé ait une malformation. Alors après trois jours de tergiversations, nous avons pris une décision radicale. Nous avons écarté ce deuxième embryon et choisi de faire appel à une donneuse d'ovocytes.

Loïc marque une pause. Voyant qu'il peine à continuer, la juge Pik propose une pause, mais il refuse. La greffière sort alors une petite bouteille de Cristaline d'un tiroir et la pose devant lui.

— Merci, dit-il avant de prendre dans sa poche un comprimé de paracétamol, qu'il avale avec une gorgée d'eau. Ce nouveau coup dur a été très difficile à digérer pour Camille, qui, après avoir dû se résoudre à ne pas porter notre enfant, devait maintenant accepter d'en avoir un qui n'aurait aucun lien génétique avec elle. Mais tout ce qui comptait à ses yeux, c'était d'avoir ce bébé, alors elle a fini par se faire une raison. Du moins, c'est ce que je pensais…

— Et ces événements se sont déroulés fin octobre, c'est bien ça ?

— Oui. On a dû prendre notre décision autour du 25. Ensuite, il a fallu choisir une donneuse dans un listing fourni par la clinique. Ça a pris un peu de temps, parce qu'on voulait faire le meilleur choix possible. On avait accès à tous les antécédents médicaux des candidates, à ceux de leurs parents, on connaissait leurs origines ethniques sur deux générations, leur poids, leur taille, leur niveau d'études, leur âge lors de leurs premières règles, la couleur des yeux et des cheveux de leurs enfants si elles en avaient, on savait si elles avaient porté un appareil dentaire, si elles bronzaient facilement… Bref, on disposait de tout un tas d'informations qui nous permettaient de faire un choix raisonné. Et pourtant, on a fonctionné au coup de cœur. Quand on a vu les photos de cette femme, on a su que c'était elle. Parce qu'elle avait un je-ne-sais-quoi de Camille dans le regard, dans la forme du visage. On n'a fait que survoler le reste de son profil, tant pis si son grand-père était mort d'un cancer de la peau à soixante-quinze ans ou si sa grand-mère était atteinte de la maladie d'Alzheimer. C'est ce qu'elle dégageait sur ses photos qui nous a conquis. Alors oui, dit comme ça, ça fait un peu site de rencontres, je vous l'accorde, mais on a décidé de dépasser ça, avec Camille. On y est allés au feeling, parce que quand on rencontre quelqu'un qui nous plaît, la première chose dont on s'inquiète n'est pas de savoir si cette personne risque de refiler une maladie héréditaire à nos enfants si on décide d'en avoir un jour, si ?

Loïc s'interrompt pour reprendre son souffle. Une fois de plus, il s'attend à une marque de désapprobation, mais la magistrate ne sort pas de son devoir de réserve.

— Pourquoi ne pas avoir porté ces éléments à notre connaissance avant aujourd'hui, monsieur Stephan ?

Un instant de flottement s'ensuit.

— Parce qu'on avait décidé de garder ça pour nous. C'est moi qui ai proposé à Camille de ne pas en parler – pas parce que c'était tabou, mais parce que ça ne regarde personne d'autre que nous.

— Et – pardonnez-moi cette question – votre femme a accepté cette situation de son plein gré ? Vous ne lui avez pas forcé la main ?

— Jamais. On a toujours été d'accord sur toute la ligne, avec Camille, c'était le contrat, dès le départ : si l'un ou l'autre avait envie de faire marche arrière à un moment donné, on arrêtait tout.

La juge Pik incline discrètement la tête, raye quelque chose sur un cahier, remonte une mèche de ses cheveux noirs derrière une branche de ses lunettes. Loïc se sent pris en défaut, même s'il n'a rien à se reprocher, et il essaie de deviner ce qu'elle peut penser, en vain. Cette femme est aussi inviolable qu'un secret d'État.

Apparemment satisfaite des réponses apportées, elle en arrive au point suivant : les appels que Camille a reçus au centre Alma le samedi 23 mars, et qui ont éveillé la curiosité de Claire. La magistrate révèle que les fadettes n'ont pas permis d'établir leur provenance, car aucune communication, appels manqués compris, n'a été enregistrée sur la ligne de Camille entre 14 heures et 16 heures ce jour-là. Son téléphone, pourtant, a bel et bien borné dans le secteur sur cette tranche horaire.

— Votre femme avait-elle une autre ligne, monsieur Stephan ?

— Pas à ma connaissance. Mais…

Loïc lui relate alors la découverte qu'il a faite la veille dans sa boîte aux lettres. La juge Pik prend note et précise qu'elle a délivré une nouvelle commission rogatoire pour obtenir la liste de tous les numéros IMSI des téléphones ayant borné sur l'antenne relais du secteur dans le créneau en question, mais que l'analyse des données représente un travail colossal qui va prendre plusieurs semaines. Elle cède ensuite la parole à Me Agostini, qui aborde sans attendre la question du témoignage de Mme Huet.

— Les enquêteurs m'ont en effet informée qu'un mégot avait été trouvé le 11 avril devant le domicile des Stephan, à la suite de l'agression de monsieur, confirme la juge Pik. Bien qu'il ne soit pas de la même marque que ceux qui ont été prélevés le 4 avril au lendemain de la disparition de Mme Stephan, nous prenons cette piste très au sérieux.

— Madame le juge, il n'est fait nulle part mention de ces éléments dans le dossier de l'instruction, lui oppose l'avocate.

— Ils ont été portés à ma connaissance jeudi dernier, or le dossier a été mis à votre disposition mercredi, maître Agostini.

— J'aurais aimé être informée.

— Vous l'êtes aujourd'hui. Des expertises sont en cours afin d'établir une correspondance entre les trois mégots. Comme l'ADN du 4 avril ne correspond à aucun profil enregistré au FNAEG, j'ai demandé une recherche en ADN de parentèle, à la lumière de ce nouveau témoignage. Nous devrions connaître les résultats sous dizaine.

— « ADN de parentèle » ? répète Loïc.

— C'est une méthode qui permet de déterminer si un proche de la personne recherchée figure au fichier national des empreintes génétiques, l'éclaire son avocate. Parent, enfant, frère, sœur : si un membre de la famille du ou des individus qui a ou ont laissé ces mégots devant chez vous a été condamné pour un crime ou un délit, nous avons une chance de l'identifier.

Le rythme cardiaque de Loïc s'affole tout à coup.

— Et on ne peut pas les accélérer, ces analyses ? s'agace-t-il. Si l'homme qui m'a agressé est le même que celui qui a jeté ces mégots devant notre maison le jour de la disparition de Camille, il sait sûrement où elle est !

— N'allez pas trop vite en besogne, monsieur Stephan, tempère la magistrate. Je suis bien consciente que dans ce genre d'affaires, l'attente d'un dénouement devient de plus en plus difficile à supporter au fil du temps, mais il faut garder la tête froide.

— Garder la tête froide ? Comment je pourrais ? Demain, ça fera trois semaines que ma femme a disparu, et vous n'avez pas avancé d'un iota dans votre enquête ! Rien n'a été fait pour retrouver mon agresseur, à part la parution d'un portrait-robot que les gens n'ont vu qu'une fois dans la presse, contrairement à mon visage ! Il n'y a même plus de dispositif de recherches sur le terrain, c'est partout dans les journaux !

Magali Pik cloue Loïc d'un regard glacial par-dessus la monture épaisse de ses lunettes, comme si elle voulait le forcer à baisser les yeux.

— Cela ne signifie pas que nous n'avançons pas, monsieur Stephan, rétorque-t-elle sans se départir de son calme. L'enquête est loin d'être au point mort et, croyez-le ou non, le temps ne joue pas forcément contre nous.

— Sauf si Camille est enfermée quelque part, cingle Loïc.

— Je comprends votre détresse, mais sachez que nous mettons tout en œuvre pour faire la lumière sur les circonstances entourant la disparition de votre femme. Nous entrons dans le temps long de la procédure. Le public aura toujours l'impression que rien ne se passe, mais il faut garder en tête que le temps judiciaire n'obéit pas au rythme du temps médiatique. L'enquête suit son cours, il convient donc d'être patient et de ne pas nous laisser abuser par ce que la presse veut nous faire croire.

Me Agostini s'avance sur sa chaise, les mains jointes devant elle.

— Madame le juge, à ce sujet, je tiens à souligner que mon client est actuellement soumis à une très forte pression de la part des médias, qui le clouent au pilori. On lui a par exemple prêté une liaison avec la meilleure amie de sa femme, et certains journalistes n'hésitent pas à le présenter comme un suspect potentiel.

La juge Pik hoche la tête d'un air entendu et prend quelques notes sur son cahier, avant de le refermer d'un air solennel. Après quoi, elle jette un œil à sa montre. Loïc comprend que l'entretien est terminé.

— Je vais réitérer mes appels à la prudence dans cette affaire, maître, assure-t-elle en rangeant le dossier dans un tiroir. Quant à vous, monsieur Stephan, soyez certain que je refuserai toujours de m'habituer à la disparition d'un corps, laisse-t-elle tomber en adressant un signe sans équivoque à sa greffière, qui se lève pour les raccompagner.

Il y a un grand blanc après la déclaration de la juge d'instruction, qui les salue avant de décrocher son téléphone pour passer un appel. Loïc suit Me Agostini à l'extérieur, dans un état second. Les derniers mots de Magali Pik résonnent encore en lui quand il se sépare de son avocate devant l'entrée du tribunal. Ce choix de parler de corps n'a évidemment rien de fortuit. Il cache un sous-texte, un avertissement déguisé, et Loïc a très bien compris le message. En substance, il signifie : « Ne perdez pas espoir mais préparez-vous au pire. »

26

« *Waiting for the doc!*[1] »

Loïc sent un poing glacé happer son estomac quand il reçoit le message de Lorna, juste après 21 heures. Il se fige à l'entrée de la salle de bains, commence à rédiger une réponse. S'interrompt. Lorna est en train d'écrire, lui annonce WhatsApp. Le cœur en arrêt, il attend la suite, qui arrive en moins de dix secondes : « *Blood work done*[2]. »

Son corps se relâche, il s'en faut de peu qu'il ne tombe à genoux sur le carrelage. Lorna a rendez-vous pour une échographie de contrôle, aujourd'hui, ça lui était sorti de la tête. Il attend une minute pour répondre, le temps de se mettre en condition. « *Hey, Lorna! This is great!!! How are you doing today*[3]*?* »

Elle répond que tout va bien. Elle a des nausées depuis la veille, qu'elle attribue à la barbe à papa qu'elle a partagée avec ses enfants dans une fête foraine le jour de Pâques.

1. « J'attends le médecin ! »
2. « Prise de sang faite. »
3. « Salut, Lorna ! C'est génial !!! Comment ça va, aujourd'hui ? »

Emelynn et Elijah sont montés sur la grande roue avec leur père, elle n'a pas voulu les suivre mais a pris beaucoup de plaisir à les voir s'amuser et à faire des photos. Elle lui en envoie une où on les voit, tous les trois, lui lancer de grands sourires depuis leur nacelle.

Ce vent de légèreté fait le plus grand bien à Loïc, qui sent la journée lui peser dans les jambes. Il s'est éclipsé avant Marlène, ce soir, une fois n'est pas coutume. L'aller-retour à Rennes l'a vidé. Il n'a pourtant pas fait beaucoup de route, mais il sent qu'il se traîne dès qu'il doit fournir un effort. Le neurologue l'a prévenu, reprendre une vie normale va demander du temps.

Après l'audition au tribunal, il a passé l'après-midi chez lui, où il a imprimé des portraits-robots qu'il compte aller distribuer dans les rues dès que possible. Puis il a fait un petit somme, écourté par la visite impromptue de Mme Brunel, la voisine d'en face. Comprenant qu'elle dérangeait, l'importune a pris congé au bout de cinq minutes, trop tard, hélas, pour que Loïc puisse reprendre sa sieste. Alors il s'est plongé dans leurs albums photos à Camille et lui, des vrais, sur papier, comme on n'en fait plus : celui de leur mariage, en juillet 2011, celui de leurs premières vacances ensemble, en Sardaigne, celui de leur année 2014… Ils s'étaient promis d'en faire imprimer un par an, mais ne s'y sont jamais tenus. Trop de travail, pas assez de temps.

Un nouveau message de Lorna arrive dans le fil de discussion. C'est une vidéo. Loïc retient un petit cri quand il comprend qu'elle a filmé l'échographie. Il ne perd pas une seconde et lance la lecture. Cette fois, il finit vraiment sur le carrelage. En larmes, devant ces images où il voit le bébé bouger, où il entend les battements effrénés de son petit cœur pour la toute première fois. Il se les repasse deux fois.

Thank you so much for this gift[1]*!* écrit-il à Lorna, qui lui répond qu'elle ne pensait pas pouvoir filmer. Elle en profite pour lui rappeler que cet examen était le dernier de son suivi post-FIV et que le prochain se fera avec les obstétriciens de la clinique où elle va accoucher. L'embryon est maintenant un fœtus, il mesure sept centimètres. Elle l'appelle « *little gummy bear* », « petit ourson en gélatine », et à y regarder de près, c'est bien à ça qu'il ressemble. Loïc se sent soudain submergé par un tsunami d'amour tel qu'il n'en a connu avec personne d'autre que Camille, sans qu'il sache vraiment si c'est Lorna ou le bébé qui en est l'épicentre. Dans le même temps, une plaie béante s'ouvre en lui à l'idée que sa femme ne verra pas ces images. Il se remet à pleurer. Comment peut-on se sentir si vide et rempli d'amour à la fois ?

Il finit par se relever, inquiet qu'on l'entende, qu'on le surprenne effondré contre la paroi de la baignoire. Son cerveau cogne dans sa tête. Il prend un comprimé, se déshabille. Scrute son reflet dans le grand miroir. Il a grossi ces derniers mois, il s'en rend compte. C'est trois fois rien, juste quelques millimètres qui n'étaient pas là avant et qui s'accrochent à sa taille sous le strapping qui immobilise ses côtes. Le problème, c'est qu'il n'a pas encore quarante ans. De quoi aura-t-il l'air, dans dix ans, s'il ne se reprend pas en main ? Quelle image renverra-t-il à son enfant ? Sera-t-il en assez bonne santé pour s'en occuper ?

1. « Merci beaucoup pour ce cadeau ! »

Sa décision est prise : il va prendre soin de lui comme il le faisait à trente ans. Se remettre au sport, faire attention à ce qu'il mange. Si ce petit doit être privé de mère, il va lui falloir un père capable d'assurer. Et pour longtemps. Les paroles de la juge Pik lui reviennent en mémoire tandis qu'il se brosse les dents. Il y a vu une mise en garde, alors que c'était peut-être un conseil, en réalité. Oui, il est temps de se préparer au pire, même s'il veut garder espoir.

S'il ne le fait pas pour lui, il le fera pour son enfant.

Une semaine plus tard

JOUR 28

27

En ce premier jour du mois de mai, la pointe de la Torche est envahie par les promeneurs et les surfeurs. Le soleil fait de belles percées, le vent d'est s'énerve et l'océan gronde dans un moutonnement d'écume. Le visage fouetté par les giclées d'iode, Loïc s'offre au souffle du large, à cet air marin imprégné de sel qui lui déchire les lèvres et fait remonter en lui des odeurs d'enfance : le beurre du gâteau breton de Mamyvonne qui sort du four, l'encaustique avec lequel elle faisait briller le parquet, la poussière du grenier où avec les cousins ils se racontaient des histoires à faire peur.

Ses yeux s'égarent vers la gauche, du côté de la pointe rocheuse assaillie par la houle. Cet endroit, ce n'est pas que l'écho de l'enfance, c'est aussi celui de l'âge adulte : les bières avec les copains, les feux d'artifice sauvages, le parfum de Camille sur l'écharpe qui la suivait partout dès qu'elle arrivait dans le Finistère. Elle adorait les longues promenades sur cette plage, elle qui avait grandi au bord de la Méditerranée et ne savait rien de la colère des vagues. Le père de Loïc l'avait mise en garde, un jour : « La première te salue, la deuxième te lèche le bout des pieds, la troisième t'emporte. »

Ses yeux le picotent, Loïc renifle. Même dans ce bout du monde, qui a toujours été son refuge, chaque élément fait écho à l'absence de sa femme. Thomas l'arrache à ses pensées sans crier gare :

— Tu es sûr de ne pas vouloir venir ? Tu vas louper de super vagues ! Tu es rouillé ou quoi ?

Il pose sa planche et se laisse tomber en tailleur sur le sable. Loïc ravale ses larmes. On ne pleure pas chez les Stephan. Du moins, pas en public. On serre les dents, on est un homme.

— J'ai deux côtes fêlées, je te rappelle. Et oui, je suis rouillé ! C'est officiel, je n'ai plus quinze ans, répond-il en contemplant l'horizon.

En face, c'est l'Amérique. Enfants, les deux frères espéraient voir la flamme de la Statue de la liberté s'ils sautaient assez haut sur les dunes. Aujourd'hui, Loïc est en train d'écrire l'une des pages les plus importantes de son histoire de l'autre côté de cet océan.

— Et moi, qu'est-ce que je devrais dire ? fait Thomas, qui a fêté ses quarante ans en janvier. Tu imagines que j'ai eu quinze ans il y a… vingt-cinq ans ? C'est fou, je n'ai rien vu passer. Je fais tout pour essayer de freiner, pourtant.

Loïc hoche la tête. Depuis son arrivée la veille, il s'efforce de vivre le moment présent, lui aussi, de profiter, sans vraiment y arriver. Il a l'impression d'être là en spectateur, et plus les heures passent, plus il se dit qu'il a fait une bêtise en revenant dans sa famille et en leur imposant son chagrin, en délaissant Rennes et ses rues, qu'il a arpentées tout le week-end pour distribuer des avis de recherche et des portraits-robots de son agresseur aux passants. Mais les jumelles Rose et Romy ne lui ont pas laissé le choix : elles sont nées au matin du 30 avril, et même si Baptiste ne l'a pas mis à la porte, Loïc a senti que sa place n'était plus chez les Lecœuvre.

— On rentre ? propose Thomas.

La météo se gâte sur le chemin du retour. Ce ne sont d'abord que quelques embruns lorsqu'ils quittent le parking, puis de grosses gouttes bien lourdes à leur arrivée à Pont-l'Abbé. Une heure plus tard, contre toute attente, le soleil est de retour, et Loïc prend un moment pour jouer dans le jardin avec ses nièces. Puis la famille se retrouve autour du traditionnel kig ha farz d'Anne, qui cache difficilement sa joie de voir tout ce petit monde réuni à sa table. La conversation tourne autour du travail des uns et des autres, de la santé des tantes et des oncles encore vivants, de la scolarité des filles, mais tout ce qui a trait à la disparition de Camille est pudiquement mis de côté le temps du déjeuner. Loïc les a déjà informés des derniers développements de l'enquête, il n'y a rien d'autre à dire pour l'instant.

L'après-midi, chacun vaque à ses occupations : Yves fait la sieste, Anne range la cuisine, Thomas et Flo vont à la plage avec les filles. Loïc profite de ces instants de solitude pour s'enfermer dans sa chambre, qui a été reconvertie en bureau après son départ pour la fac mais garde encore quelques traces de son passé, à commencer par le poster géant de *Hook* affiché au-dessus du lit. Sous une bibliothèque remplie des anciens bouquins d'école de sa mère, qui a été institutrice de primaire pendant près de quarante ans, il trouve une caisse avec son prénom. À l'intérieur, d'autres reliques de son enfance : des albums Panini, des livres de la

Bibliothèque verte, la VHS de *Chérie, j'ai rétréci les gosses*, sa carte du Club Dorothée, le 45 tours de « Everything I do », de Bryan Adams. Et le CD de l'album *The Sign* d'Ace of Base, qu'il insère dans le vieux poste stéréo qui n'a jamais quitté le haut de l'étagère. En entendant les premières notes de « All that she wants », chanson qu'il n'a pas dû entendre depuis vingt-cinq ans, les paroles lui reviennent, en yaourt, certes, mais la mélodie est bien là, et Loïc se laisse prendre par la nostalgie. Il passe le reste de l'après-midi à revivre ses douze ans, entre oubli et mélancolie, et la journée s'achève sans qu'il sache très bien quelle impression elle va lui laisser.

JOUR 29

28

Le lendemain, Loïc est devant « La Maison des Maternelles », sur France 5, son rituel du matin avec Marlène pendant leurs huit jours de cohabitation, quand l'écran de son téléphone affiche le nom de son avocate. Il coupe le son de la télé et pose ses notes sur les coliques du nourrisson sur la table du salon avant de répondre.

— Bonjour, maître Agostini.

— Bonjour, monsieur Stephan. Vous avez un instant ?

— Je vous écoute.

— L'ADN a parlé, annonce-t-elle sans autre préambule. Les enquêteurs ont identifié votre agresseur.

Loïc a l'impression que son corps se vide d'un coup. Il ouvre la bouche pour parler, mais aucun son n'en sort.

— Il s'appelle Liam Prigent. C'est le fils unique d'un homme dont le profil génétique est enregistré au FNAEG. Il est en garde à vue depuis 9 heures.

Un coup d'œil à l'horloge de la salle à manger. Il est 9 h 35.

— Il… il a parlé ? parvient à articuler Loïc d'une voix étouffée.

— Tout ce que je sais pour le moment, c'est qu'il vit à Cesson-Sévigné, qu'il a dix-huit ans…

— Dix-huit ans ?

— Oui. Son père, Cédric Prigent, purge actuellement une peine de prison pour meurtre. (Un silence.) Il a tué sa femme en 2015, quand son fils avait quatorze ans.

— Et… et le…, balbutie Loïc, étranglé par la stupeur.

— L'ADN du 4 avril ? Aucun match de ce côté-là. Les mégots n'avaient aucun lien avec Liam Prigent.

Liam Prigent. Ce nom résonne dans la tête de Loïc. Il ne le connaissait pas une minute plus tôt, et maintenant il va faire partie de sa vie.

— Donc, ce ne serait pas lui ? Pour… Camille ?

— Il va falloir attendre la fin de sa garde à vue pour en savoir plus. Je vous tiens au courant dès que j'ai du nouveau.

— D'accord, merci.

Il a à peine raccroché que l'iPhone se remet à vibrer dans sa main. Cette fois, c'est Karen Andro.

— Loïc ? Comment ça va ? Je suis passée chez toi, mais tu étais pas là.

Il tique illico. Il a du mal avec ce tutoiement qu'elle lui a imposé depuis l'interview à l'hôpital.

— Je suis dans le Finistère, chez mes parents, dit-il, encore sous le choc de l'annonce de Me Agostini.

— Ils ont mis un gars en garde à vue, ce matin, un jeune…

— Je suis au courant.

— Ah ?

— Mon avocate vient de m'appeler.

— Elle t'a dit quoi ?

Loïc pèse sa réponse. De quels éléments la journaliste dispose-t-elle ? Elle ignore tout de l'histoire des mégots, il en est presque sûr, et Me Agostini l'a encouragé à ne transmettre aucun élément du dossier d'instruction à des tiers.

— Elle t'a dit quoi, Loïc ? s'impatiente Karen. Il a un truc à voir avec la disparition de Camille ?

— On ne sait pas encore.

— OK, je vais essayer de fouiner. Sinon, rien de neuf ?

— Rien, soupire Loïc en regardant distraitement une ostéopathe manipuler un nouveau-né à la télé. C'est le mois de mai, avec les ponts, la France va tourner au ralenti, tout va prendre deux fois plus de temps. Si ça continue, l'enquête va se transformer en *cold case* avant le début de l'été.

— Ouais, l'administration s'arrête, l'angoisse continue. Tu rentres quand ?

— Demain. J'ai un rendez-vous de contrôle avec le neurologue. Et il faut aussi que je reprenne le travail.

Il lui reste trois jours d'ITT, et, même si Cyril lui a proposé de poser des congés, Loïc commence à tourner en rond.

— La douleur, ça va ?

— C'est supportable.

— Tu as testé le truc que je t'ai filé ?

— Oui, ment Loïc, qui avait oublié le sachet de cannabis que la journaliste lui a offert.

— Essaie, tu m'en diras des nouvelles. On se rappelle. Bye.

— Au revoir.

La première chose que fait Loïc après avoir coupé l'appel est de taper « Liam Prigent » dans Google. Les résultats se limitent à une photo de profil Facebook, qui ressemble autant au portrait-robot que Karen Andro a dressé de son agresseur que Francis Heaulme à Ryan Gosling. Il y a également quelques articles évoquant son père, Cédric Prigent, qui a assassiné sa mère Perrine en janvier 2015. Loïc les lit en diagonale, mais n'apprend rien d'intéressant.

Il lâche son iPhone et reste sonné quelques secondes. Sur l'écran de télévision, Agathe Lecaron discute avec une puéricultrice en train de bercer un mannequin de bébé en position fœtale. Loïc remet le son et reprend le cahier qu'il a commencé à remplir il y a une semaine sur les conseils de Marlène, mais le cœur n'y est plus. À la fin de l'émission, la tête farcie d'images de bébés, il envoie un texto à Baptiste pour prendre des nouvelles, mais le jeune papa doit être débordé, car il ne répond pas dans la minute, contrairement à son habitude.

Comme sa mère est au marché et son père, bénévole à la SNSM, la Société nationale de sauvetage en mer, parti en intervention technique sur un bateau, Loïc est seul dans la maison familiale, et le tic-tac de l'horloge lui vrille vite les nerfs. Ce moment d'oisiveté lui rappelle les mercredis matin de son enfance, alors qu'Yves était en mer, Thomas au polo et Anne en train d'enseigner le catéchisme, et que lui se gavait de dessins animés pendant des heures sur ce même canapé, jusqu'à en avoir mal aux yeux.

Il n'est que 10 heures, la journée à venir va être interminable s'il continue à se ronger les sangs au sujet de ce qui se passe à Rennes, alors il choisit l'action. Yann et Rémi, qui viennent de lui apprendre qu'ils allaient être papas, l'ont invité à les accompagner en Oregon au mois de juin, et même si la perspective d'organiser un voyage sans Camille le met mal à l'aise, il sait qu'il doit reprendre sa vie en main.

Il s'installe donc à la table de la salle à manger avec son ordinateur et commence par répondre à Jim, de 3Harts, qui le relance pour une facture liée à une perte de salaire de Lorna qui n'a pu être honorée car le compte de séquestre n'a pas été alimenté. Loïc peste, effectue un virement via un site de transferts d'argent, puis répond à l'agence en présentant ses excuses. Il se renseigne ensuite sur les vols et les hébergements en Oregon, ce qui éloigne momentanément ses pensées de Liam Prigent. L'heure passe, le tic-tac de l'horloge se fait de plus en plus lointain, et il est à ce point absorbé dans ses recherches qu'il n'entend pas sa mère rentrer, sur les coups de 11 heures.

— Tu travailles ? demande-t-elle en passant derrière lui avec discrétion.

— Non, je regarde les vols pour les États-Unis.

Anne s'immobilise à l'entrée de la cuisine, ses sacs au bout des bras.

— Je vais sûrement aller là-bas en juin. Avec mes copains Yann et Rémi, tu sais, ceux qu'on a rencontrés l'année dernière à Paris, avec Camille, à cette réunion de notre agence de GPA ? Leur femme porteuse est enceinte, elle vit à Portland, dans l'Oregon, ils veulent aller la voir et ils m'ont proposé de partir avec eux.

— Mais… tu es sûr que… ?

— Je crois que je vais dire oui, maman. Ce ne sera que quelques jours. Je ne peux pas m'éloigner trop longtemps, mais je veux aller voir Lorna, je veux me rapprocher du bébé. Ici, je ne sers à rien.

— Si tu penses que c'est important, dit Anne en entrant dans la cuisine.

La conversation s'arrête là, ils n'y reviendront plus. On fonctionne comme ça chez les Stephan.

Yves rentre à midi, pour le déjeuner. Loïc, qui ne lâche plus son téléphone dans l'attente d'un appel de son avocate, informe ses parents du rebondissement du jour, et l'atmosphère reste pesante pendant tout le repas. Après le café, ils font une partie de Scrabble, puis Anne propose à son fils d'aller s'aérer l'esprit à Kermor, une belle plage bordée par les dunes entre l'Île-Tudy et Sainte-Marine. Les heures suivantes s'égrènent entre tension et relâchement, et Loïc se laisse aller à quelques confidences sur son état psychologique, malgré la pudeur naturelle qui imprègne toujours ses échanges avec ses parents.

Ils sont en train de regagner la voiture après une longue balade quand la réalité vient brutalement le rattraper par l'entremise d'un nouvel appel de Karen Andro.

— Loïc, tu vas pas le croire! s'écrie la journaliste sans s'embarrasser de formule de politesse. Le gars qu'ils ont mis en garde à vue, Liam Prigent, il était à la marche blanche!

— Quoi? fait Loïc en s'arrêtant net.

Elle a parlé si vite qu'il a l'impression de ne pas avoir bien compris. De toute évidence, elle est sur haut-parleur, et avec le vent qui souffle ici, il doit se boucher l'autre oreille pour essayer de mieux entendre.

— Liam Prigent, ton agresseur! Il était à la marche blanche du 12 avril! J'ai trouvé sa photo sur Facebook, et dès que je l'ai vu, j'ai tilté : il était au parc du Thabor, ce jour-là. Je viens de me repasser les vidéos, et pas de doute, c'est bien lui. Je t'envoie une capture d'écran d'un film que j'ai fait pour que tu voies la tronche du môme.

Au moment où elle dit ça, Loïc reçoit un texto qu'il se hâte de consulter. Sur la photo qui s'affiche en basse résolution sur son écran, il reconnaît les traits juvéniles et l'expression placide qu'il a vus sur Facebook un peu plus tôt.

— Ça n'a rien à voir avec le portrait-robot que vous avez fait – que *tu* as fait.

— Oui, ben, tout le monde peut se tromper, hein... Et puis, il faisait sombre.

— Karen, tu veux bien patienter une seconde ? fait Loïc avant de se tourner vers sa mère. Va à la voiture, je te rejoins, lui souffle-t-il, une main sur le micro de son iPhone, avant de regarder une nouvelle fois le visage de son agresseur sur l'écran. Ce n'est pas un môme, Karen, c'est un bébé !

— Oui, mais un bébé bien énervé, souligne la journaliste. Ils sont venus le cueillir chez lui au réveil, apparemment il s'est pas laissé faire. Tu sais, pour son père ?

— Qu'il a tué sa femme ?

— Il l'a pas seulement tuée, il lui a refait le portrait façon Picasso, avant de l'étrangler. Sous les yeux du gamin, apparemment. C'est une affaire qui remonte à quatre ans, j'étais pas dans le coin à ce moment-là, mais ça a fait du bruit. Il a pris trente ans, cet enculé.

Les jambes de Loïc flageolent. Il reste interdit un instant.

— Mais... quel rapport ça peut avoir avec Camille ? Si c'est lui qui m'a agressé, et s'il était là à la marche blanche le lendemain, ça nous dit quoi ?

— Déjà, ça nous dit qu'il s'intéresse de près à l'affaire, et ça c'est pas rien. Les marches blanches et les funérailles sont souvent très instructives pour les enquêteurs, ils savent que les auteurs de crimes, poussés par une sorte de curiosité morbide, peuvent parfois se joindre à ce genre d'événements. Après, est-ce que Prigent est impliqué dans la disparition de ta femme, ça, c'est une autre histoire. Mais je vois mal comment il pourrait ne pas y avoir de lien. En tout cas, ça m'a donné une idée, Loïc, une idée qui pourrait faire avancer les choses. Je crois que tu devrais visionner les images de la marche blanche, toi aussi, pour voir si tu reconnais pas un visage dans la foule. Quelqu'un que tu aurais pu croiser près de chez toi avant la disparition de Camille, un mec qui l'aurait matée dans la rue, ce genre de trucs, tu vois…

— J'ai regardé la plupart des reportages qui tournent sur Internet, si j'avais dû repérer quelqu'un, ce serait déjà fait, assure Loïc.

— Oui, mais ce que je te propose, c'est de t'envoyer les films que j'ai faits, moi. Il y a deux heures de vidéo, dont peut-être dix minutes ont été exploitées. Tu en dis quoi ?

Électrisé par ce qu'il vient d'entendre, Loïc court déjà sur le chemin de sable qui descend vers le parking.

— Envoie ! Je serai chez mes parents dans dix minutes, je m'y mets dès que je suis rentré.

29

Au cours des trois heures qui suivent, Loïc reste cloîtré dans sa chambre, à visionner les images que Karen lui a transmises. Il n'est interrompu qu'à deux reprises : la première par un texto de Baptiste, qui se contente de lui envoyer trois pouces en l'air, la seconde par la journaliste, qui l'appelle un peu après 19 heures, alors que les images sur l'écran commencent à se brouiller devant ses yeux fatigués.

— Il n'y a rien, Karen. Rien du tout. Je n'ai reconnu aucun visage dans la foule, à part ceux de quelques voisins, annonce-t-il, dépité, en fermant son ordinateur.

— OK, tant pis. Ça valait le coup d'essayer.

— Oui. Merci, en tout cas.

— Me remercie pas, je fais que mon boulot. Y a rien qui bouge depuis l'entretien que tu m'as accordé il y a quinze jours, on a besoin de pistes chaudes.

— Tu ne fais ça que pour le boulot, alors ?

— Oui, mais pas n'importe comment ! Les faits, rien que les faits, je te l'ai déjà dit. J'essaie de relayer l'info, pas de l'inventer. Ras-le-cul de ces médias tout-puissants qui remodèlent le réel à leur convenance. Après, j'ai pas non plus un cœur de pierre, j'avoue que ton histoire me touche. D'habitude, rien ne m'émeut, je mets pas d'affect dans ce que je raconte, ça nuit à l'indépendance d'esprit. Mais avec toi, je me suis laissé attendrir. Je sais pas pourquoi.

— Parce que je ressemble à ton ex ? Ou peut-être parce que je suis l'homme à abattre et que tu ne supportes pas l'injustice.

— C'est peut-être un peu des deux.

Loïc l'entend expirer. Il devine qu'elle fume.

— Et sinon, ton avocate t'a appelé ? Du nouveau du côté de Liam Prigent ?

— Rien pour l'instant. J'attends. Et ça commence à être long.

— Merde, ça fait quand même dix heures qu'ils l'ont cueilli ! Je vais essayer de me renseigner. Tu rentres demain, c'est ça ?

— Oui.

— Bon, on se tient au jus, OK ? Bonne soirée.

— Bonne soirée.

Après avoir coupé la communication, il ouvre WhatsApp, où l'attend une photo envoyée par Lorna. Elle y apparaît de profil, dans un top noir moulant qui fait ressortir son ventre arrondi. La vision ancre un peu plus sa grossesse dans la réalité après les images de l'échographie. Ragaillardi, Loïc descend rejoindre ses parents et partage ce moment de joie avec eux.

— Elle a déjà un sacré petit bidon ! se réjouit Anne, les mains dans la farce.

— Oui, elle dit qu'avec ses enfants, ça ne s'est pas vu avant quatre ou cinq mois. Elle est très étonnée.

Puis, mettant sa pudeur de côté, Loïc leur montre une autre photo, qui date du week-end précédent, sur laquelle des dizaines de seringues forment un cœur, composition imaginée par Lorna, qui a fait sa dernière injection de progestérone et d'œstrogènes le 28 avril après trois mois de stimulation. Anne est émue, Yves ne dit rien, mais Loïc sait que ce n'est qu'une façade. L'humeur est à l'allégresse. Partager de bonnes nouvelles dans une période aussi troublée peut prendre des airs de placebo, mais qui a dit que les placebos étaient mauvais pour la santé ?

Le temps du dîner, Loïc se sent étrangement détaché de tout – du manque, de la douleur, de Liam Prigent. Il vient de prendre un shoot d'endorphines, et il n'a pas eu besoin de seringue. Hélas, cette belle parenthèse se referme dès qu'il se retrouve seul dans sa chambre, sous les étoiles phosphorescentes qu'il a collées au plafond à l'âge de dix ans. Un calendrier éphéméride, sur le bureau, indique la date du jour : jeudi 2 mai. En tendant le bras pour éteindre sa lampe de chevet, alors qu'il est à peine 21 heures, il ne peut s'empêcher de penser que Camille n'a plus donné signe de vie depuis quatre semaines.

Il croit avoir vécu le pire. Rien ne le prépare à ce qui va suivre.

JOUR 44

30

Sur l'image qu'on lui présente à l'écran, Loïc ne voit d'abord que la forme claire d'une voiture dans une rue sombre. L'envers d'un panneau indicateur circulaire apparaît au premier plan et un grand mur de pierres s'étend à l'arrière. Le capitaine Villain appuie sur pause, zoome. On ne distingue ni la plaque d'immatriculation, ni le conducteur derrière le volant.

— Avez-vous déjà vu ce véhicule, monsieur Stephan ?

— Ce véhicule, précisément ? Je n'en sais rien.

— C'est une Peugeot 308 II de couleur grise, immatriculée en Bretagne, semble-t-il. Regardez.

L'OPJ fait apparaître une capture d'écran agrandie de la partie visible de la plaque, sur laquelle on devine le logo noir et blanc de la région.

— Je suis désolé, répond Loïc, je ne peux pas attester avoir déjà vu cette voiture. En tout cas, elle ne m'évoque rien.

Villain pose devant lui l'impression couleur d'une photo du modèle en question, sans doute issue d'un catalogue ou d'un magazine.

— Vous êtes formel ? Vous ne vous rappelez pas avoir vu ce type de véhicule dans votre rue dans les semaines qui ont précédé la disparition de votre femme ?

— Je suis formel.

Le capitaine relance la lecture. Les images proviennent d'une caméra de vidéosurveillance située rue Saint-Martin, à moins d'un kilomètre de chez Loïc à vol d'oiseau. L'horodatage en haut de l'écran indique la date du 3 avril 2019, à 20 h 48. La voiture arrive de face, à une vitesse raisonnable.

— Soyez attentif, tout va se jouer au moment où elle passe sur ce ralentisseur.

Loïc et Me Agostini se penchent vers l'avant. La Peugeot ralentit à l'approche du passage surélevé, puis, quand elle s'engage dessus, ses phares aveuglent l'objectif de la caméra.

— Là, dit Villain en appuyant sur pause.

L'image se fige au moment où la voiture redescend.

— Vous voyez ?

— Il y a quelque chose sur le siège passager, dit Me Agostini.

— Ou quelqu'un, précise Loïc en examinant la forme claire de plus près.

Le capitaine Villain hoche silencieusement la tête et pose un agrandissement papier de l'image à côté de la photo couleur de la Peugeot. Le cliché n'est pas de très bonne qualité, mais on y distingue quelqu'un, de toute évidence.

— L'image a été décortiquée pendant des jours par la police technique et scientifique. En examinant la vidéo seconde par seconde grâce à des techniques très pointues, les experts en ont tiré ce cliché, qu'ils ont minutieusement retravaillé pour en améliorer le rendu.

Le nez collé à la photo, Loïc étrécit les yeux, incline la tête dans un sens puis dans l'autre. L'image lui rappelle la première échographie du bébé, ce petit haricot gris et blanc qu'il a mis un temps fou à trouver dans le vide noir qui l'entourait. Son regard s'agrandit, tout à coup.

— La queue-de-cheval, dit-il dans un souffle. Cette zone plus sombre sur le vêtement clair, c'est une queue-de-cheval, non ? (De la main, il esquisse un mouvement en spirale au-dessus de son épaule.) Torsadée, comme celle de Camille. Et portée sur l'avant, côté droit. Comme Camille. C'est ça qui vous a mis sur la voie ?

— Ça, et la veste. Regardez cet autre agrandissement, monsieur Stephan.

Sur le cliché que lui présente Villain, Loïc distingue très nettement l'encolure en V d'une veste à carreaux clairs. Le flic vient y superposer le tirage d'une photo que Loïc reconnaît dans la seconde : elle date de mars dernier, il l'a prise à Quimper, et même si Camille n'a pas de queue-de-cheval dessus, elle porte une partie de la tenue avec laquelle il pense qu'elle a disparu.

— Ça pourrait être votre femme, monsieur Stephan ?

— C'est possible, répond Loïc après un silence. Je n'en mettrais pas ma main à couper, mais oui, il pourrait s'agir de Camille.

Il n'arrive pas à détacher ses yeux de la forme claire sur le siège passager. Elle ne ressemble pas plus à une femme de trente-neuf ans qu'un haricot blanc à un fœtus, mais il est prêt à s'accrocher au moindre espoir.

— Comment vous avez réussi à isoler cette image au

milieu de… de toutes les vidéos que doivent enregistrer les caméras de la ville ?

— Ça a été un véritable travail de fourmi, explique Villain. Nous sommes partis des images capturées par les caméras de vidéosurveillance les plus proches du point zéro, au croisement de la rue du Thabor et de l'avenue de Grignan, avant d'étendre peu à peu le cercle de recherches en utilisant la technique dite de « l'escargot ». Une équipe d'experts a été spécifiquement affectée à cette opération pendant des semaines, ils ont dû éplucher des heures et des heures d'images pour repérer une voiture, ainsi qu'un homme et une femme correspondant à la description de Mme Stephan.

— Mais…, commence Me Agostini avant d'être interrompue par la sonnerie du téléphone.

L'OPJ prend l'appel, un doigt levé pour l'inviter à patienter.

— Non mais de qui ils se foutent, à Beauvau ? gronde-t-il au bout d'une dizaine de secondes. Va dire ça à Lamy !

Il raccroche, l'air mécontent, avant de remettre son masque d'impassibilité.

— Ces images sont datées du 3 avril à 20 h 48, reprend Me Agostini après un instant de flottement, or la femme de mon client a disparu entre 21 h 50 et minuit.

Le capitaine Villain s'appuie sur le dossier de son fauteuil de bureau dans un froissement de cuir.

— En effet, voilà un point qui questionne, admet-il en pinçant les lèvres.

— J'ai eu Camille au téléphone juste après 21 heures, elle était à la maison, confirme Loïc d'une voix blanche.

— Cette Peugeot, on sait à qui elle appartient ? demande son avocate.

Villain fait non de la tête.

— La plaque d'immatriculation est illisible, et le visage du conducteur n'est pas identifiable.

— Il doit bien y avoir d'autres images, d'autres caméras dans les rues adjacentes, qui ont filmé cette voiture, plus tard ou plus tôt dans la même soirée ?

— S'il y en avait eu, nous les aurions trouvées, assure l'OPJ.

— Donc, vous dites que la voiture s'est volatilisée ? Rue… ?

— Saint-Martin. Oui.

— Rue Saint-Martin, c'est du côté du CHU ? intervient Loïc.

— Et du parc des Tanneurs, ajoute Me Agostini.

Villain les considère tour à tour de son regard placide.

— Nous avons effectué des vérifications dans ce périmètre, sans rien trouver. Et avant que vous posiez la question, oui, nous travaillons actuellement à recouper les maigres informations dont nous disposons avec les données du SIV, le système d'immatriculation des véhicules. Plus de neuf mille voitures de ce modèle sont immatriculées en Bretagne, c'est un vrai travail de fourmi, répète-t-il avant d'être de nouveau interrompu par le téléphone. Quoi ? aboie-t-il dans le combiné. Je t'ai dit de…

En une poignée de secondes, Loïc et son avocate voient le visage du flic passer par toutes les couleurs de l'arc-en-ciel.

— Franchement, ils commencent à me les briser menu, ceux-là ! Dis-leur que je préférerais boucler les dossiers de criminalité organisée qui traînent sur mon bureau depuis des mois plutôt que de me coltiner les dealers de shit de quatorze ans de la place de la République !

Au claquement sec du combiné sur la base succède un silence gêné. Villain secoue la tête, mâchoire bloquée.

— Pardon, lâche-t-il simplement.

Me Agostini, qui a eu un mouvement de recul instinctif, se penche de nouveau en avant, mains jointes sur ses genoux.

— Et concernant Liam Prigent ? Vous n'avez trouvé aucune correspondance entre lui et ce véhicule ?

— Aucune.

L'avocate s'appuie sur le dossier de sa chaise. Depuis que la piste Prigent a été abandonnée, l'enquête semble dans l'impasse.

— Il y a quand même quelque chose qui me chiffonne, place Loïc, les yeux rivés à la photo. Si c'est elle, elle n'a pas l'air – comment dire ? – contrainte.

— Elle a pu être droguée, avance son avocate.

— C'est envisageable, concède Villain. La présence de Mme Stephan dans ce véhicule, si c'est bien d'elle qu'il s'agit, reste sujette à toutes les interprétations. Il faut savoir qu'à la différence des cas d'homicides, dans lesquels les protocoles d'enquête suivent des scénarios bien établis reposant sur des preuves tangibles, il n'y a souvent aucun postulat de départ dans les affaires de disparition. Toutes les hypothèses, même les plus farfelues, doivent donc être envisagées, et tout reste en suspens tant qu'aucun élément ne nous permet de fermer telle ou telle porte.

— Comme vous l'avez fait avec Liam Prigent, note Loïc en se mordillant l'intérieur des lèvres.

Me Agostini lui coule un regard compatissant. La garde à vue de son agresseur remonte à un peu plus de deux semaines, mais Loïc garde encore le goût amer de ces douze heures d'incertitude.

— Celle-ci a été plutôt facile à refermer, répond Villain.

Loïc acquiesce silencieusement. Les mots de son avocate, quand elle l'a appelé ce soir-là, juste après 21 heures, lui reviennent en mémoire : « Prigent a été déféré devant le parquet, il va être jugé en comparution immédiate pour coups et blessures. Il a fini par craquer en milieu d'après-midi et a avoué être l'auteur de votre agression, justifiant ses actes par une volonté d'en “finir avec tous ces féminicides”. Concernant la disparition de votre femme, en revanche, il a nié toute implication, ce qui a été corroboré par l'alibi dont il dispose pour la soirée du 3 avril. » Le lendemain, Prigent était reconnu coupable des faits qui lui étaient reprochés et condamné à une peine de dix-huit mois de prison avec sursis et cinq mille euros d'amende.

— Je ne vais pas vous retenir plus longtemps, dit le capitaine Villain en rangeant les documents étalés sur son bureau dans une chemise à sangle nommée « STEPHAN TOME 3 ». Nous allons continuer à exploiter tous ces éléments et reviendrons vers vous si besoin. (Il se lève, se racle la gorge.) Vous avez sans doute le sentiment que l'enquête n'avance pas, mais sachez que nous ne lâchons rien, monsieur Stephan… malgré le manque de moyens et de temps. J'ai plus de cent procédures en cours, mais la disparition de votre femme reste ma priorité.

Loïc le remercie. Il est 16 h 20 quand il quitte les locaux de la PJ en compagnie de son avocate. Avec la découverte de ces images, l'affaire prend un nouveau tournant. L'espoir d'un dénouement prochain ne comble en rien la plaie béante qui semble vouloir l'engloutir à l'idée qu'il ne reverra peut-être jamais Camille, mais, même s'il redoute le pire, il sent que l'enquête frémit et que la vérité n'est peut-être plus très loin.

Cinq semaines plus tard

JOUR 78

31

Jeudi 20 juin. Portland, Oregon.

Après dix minutes d'errements, Rémi localise enfin le numéro 411 au bout d'une petite impasse cachée sous les arbres. C'est une charmante maison d'architecte de deux étages, au cœur d'un quartier résidentiel qui déroule ses rues sans fin au pied du mont Tabor – ça ne s'invente pas. Yann descend le premier et va pousser le portillon de bois, qui s'ouvre sur une cour privée envahie de jasmin, de rhododendrons et de fougères. Il reconnaît l'érable japonais décoré de cabanes à oiseaux multicolores qu'il a vu sur les photos d'Airbnb, ainsi que la table en fer forgé, sur laquelle les attend un panier de bienvenue.

— C'est bien là !

Dans le panier, ils trouvent un mot d'accueil en français, une barquette de myrtilles et une grosse boîte en carton rose griffée Voodoo Doughnut. Alors que Yann, véritable estomac sur pattes, soulève déjà le couvercle, Rémi lui fourre un sac de voyage dans les bras.

— On verra ça après.

La porte de la maison est ouverte, les clés sont sur la table. La pièce principale, vaste et haute sous plafond, est inondée de lumière naturelle. Tirant sa valise derrière lui, Loïc explore rapidement son nouveau décor avant de monter s'installer sur la mezzanine, comme convenu avec les garçons, qui occuperont la chambre du bas.

Une demi-heure plus tard, malgré leurs quatorze heures de voyage, les trois amis décident de partir en vadrouille dans le centre-ville où Rémi, qui est comédien, s'amuse à reconnaître les lieux de tournage d'un de ses films préférés, *My Own Private Idaho*. Connue pour son atmosphère décalée, ses parcs, ses ponts et sa scène culturelle très vivante, Portland est aussi une ville mondialement réputée pour ses microbrasseries et ses food trucks, et c'est dans l'une de ses cours remplies de cantines ambulantes que les trois Français vont finir leur journée pour trinquer à la fête des pères avec quelques jours de retard.

— Vous ne voulez vraiment pas aller voir Kristi, demain ? demande Loïc alors que chacun expose son programme de la semaine.

— Non, on t'a dit qu'on restait avec toi, répond Yann, catégorique. On aura une semaine entière avec elle et sa famille quand tu seras à Astoria.

— Avec Choco, Sinok et Willy le Borgne, ronchonne Rémi en surjouant l'agacement.

Loïc éclate de rire. Leur numéro de duettiste dériderait même Jean-Luc Mélenchon. Puis, comme s'il prenait soudain conscience d'avoir transgressé un interdit, il porte une main à ses lèvres.

— On est déjà allés voir la maison des Goonies à Astoria l'année dernière, soupire Yann, qui est réalisateur et préfère les films moins légers. On a dit que c'était l'adulte qui décidait, cette fois. Et l'adulte crève d'envie d'aller voir le Timberline Lodge.

— Et c'est là qu'a été tourné… ? le questionne Loïc.

— *Shining*, de Kubrick. Les extérieurs, du moins.

Le bipeur s'agite sur la table. Rémi le ramasse et enjambe le banc pour aller chercher leurs plateaux. Du coin de l'œil, Yann guette l'expression de Loïc, mais plus rien ne frémit sur son visage.

— Tu nous le dirais, si tu avais besoin de compagnie pour aller à Astoria ? demande-t-il. Au fond, je ne serais pas contre l'idée de le revoir, son musée des Goonies.

— C'est gentil, mais ça va me faire du bien de me retrouver un peu seul. Et puis, je vais être pas mal occupé quand je ne serai pas avec Lorna et sa famille. J'ai une tonne d'administratif en retard, je crois que je vais y passer des nuits entières. Vous vous en sortez, vous, avec les contrats et les factures ?

Yann hausse les épaules.

— C'est mon mari qui gère.

— On parle de moi ? fait Rémi en déposant leurs tacos à la poitrine de bœuf devant eux. Sentez-moi ça !

Biologiquement, il est 3 heures du matin pour leurs estomacs, pourtant Loïc salive en humant le délicieux fumet de la viande grillée.

— Je disais que c'était toi qui t'occupais de l'administratif, explique Yann. Après, normal, c'est moi qui allonge la monnaie. Partage des tâches.

— Ha ha, très drôle ! Ce que tu oublies de dire, c'est que c'est moi qui m'occupe de tout parce que si on devait attendre après toi, on en serait encore à choisir notre donneuse. Attends, Loïc, tu te rends compte qu'il a failli oublier d'envoyer le contrat signé pour l'assurance de Junior ?

— L'assurance ? Quelle assurance ?

— L'assurance internationale, articule Yann la bouche pleine. Celle qui couvrira les frais en cas de naissance prématurée ou d'hospitalisation.

Loïc blêmit.

— Tu n'en as pas ? s'étrangle Rémi.

— J'ai complètement zappé. Merde.

Il laisse retomber son taco dans sa coupelle en carton. Il n'a plus faim, tout à coup.

— C'est Camille qui devait s'en occuper.

— Il n'est peut-être pas trop tard, avance Yann, tu…

— Si, c'est trop tard, le coupe Rémi. Il faut y souscrire au moins six mois avant la naissance. Du moins, si tu veux une assurance à un tarif raisonnable, dans les cinq mille euros.

— Merde, répète Loïc. Merde !

— Attendez, attendez…

Yann dégaine son téléphone et se met à pianoter sur l'écran.

— C'est quoi, le montant que nous a donné Ginger, déjà ? se lamente Loïc. Dix mille…

— Dix mille dollars pour une journée en néonatalogie, termine Rémi.

— Quel con ! Comment j'ai pu oublier ?

— Te flagelle pas. Tu avais autre chose en tête.

— Vous imaginez ? Dix jours de couveuse, ça fait une facture de cent mille dollars.

— Eh oui, avec notre petit confort de Français dorlotés par l'Assurance maladie, on perd la notion du coût de la santé, à force, assène Yann en poursuivant ses recherches. Bon, désolé, les gars, c'est confirmé : « Si l'enfant naît avant un délai de six mois suivant la date de souscription, son adhésion au contrat n'est pas automatique et sera soumise à un avis ultérieur. »

La sentence laisse Loïc sonné.

— Après, tout n'est pas perdu, place Rémi. On peut te filer le contact du commercial avec qui on a signé, il est sympa, tu peux toujours essayer de voir ça avec lui.

— D'accord. Merci.

— Par contre, il est en France. Il faudra attendre demain. Ou minuit ce soir, si tu t'en sens le courage.

Loïc fait non de la tête. Il tombe de sommeil, et le décalage horaire n'est pas le seul responsable. Le Xanax que lui a prescrit le Dr Cabrol pour traiter son anxiété, et auquel il carbure depuis maintenant trois semaines, provoque chez lui une somnolence de plus en plus intense au fil des jours.

Leur dîner terminé, les trois amis décident de rentrer. Ils essaient de repousser le plus longtemps possible le moment d'aller au lit, mais à 21 h 15, Loïc ne tient plus. Il monte se coucher, le moral au plus bas après la mauvaise nouvelle du jour, et s'endort seul dans son lit *king size* aux draps soyeux, un guide de voyage dans une main, un manuel de survie à l'usage des jeunes parents dans l'autre.

JOUR 80

32

À une heure trente au nord-ouest de Portland, au bout d'une route qui serpente à travers des forêts de conifères sans fin, se trouve la station balnéaire de Cannon Beach, bordée par une longue plage semée de gros rochers. Le plus imposant, Haystack Rock, se dresse à soixante-dix mètres au-dessus du niveau de la mer. La météo n'est pas très engageante en ce deuxième jour de l'été, mais en Breton pur beurre, Loïc décide tout de même d'y faire un arrêt. Un grand bol d'air pur, c'est exactement ce qu'il lui faut après les émotions de la veille et une deuxième nuit écourtée par les effets du jet-lag.

Réveillé à 5 h 45 le vendredi matin, il n'a pas perdu une seconde pour contacter l'assureur de Yann et Rémi. Après lui avoir exposé sa situation, il a réussi à souscrire un contrat d'assurance internationale avec lui, sans garantie que son enfant à naître puisse être couvert. Ce n'est qu'au terme d'une matinée interminable que l'accord lui est finalement parvenu, alors qu'il flânait dans le rayon polars de Powell's Books, l'une des plus grandes librairies des États-Unis. Il y a vu un signe : quel meilleur écrin pour une bonne nouvelle que cet endroit dans lequel Camille avait adoré se perdre en août dernier ?

Abrité sous son K-way, Loïc inspire le Pacifique à pleins poumons. Il sait qu'elle aurait tout autant aimé cette plage sur laquelle il se promène, seul, en ce samedi matin. Il la revoit soudain, dix mois plus tôt, enroulant ses doigts autour des siens sur un autre rivage, à huit mille kilomètres de là.

— Qu'est-ce que tu penses de Victor ?

— Ah non, ça me rappelle un petit con au collège. Léo ?

— C'est mignon. Mais « Léo Stephan », tout le monde va entendre « Il est où, c't'enfant ? »

Éclat de rire de Camille. Si pur, si doux.

— Elio ?

— Elio Stephan, même combat. Paulin ?

— Pas mal. Gabin ?

— Ça fait un peu Robin, non ?

— Ah, je sais ! Arthur.

— J'aime bien, mais on en voit partout.

— Je préfère un prénom qu'on entend partout qu'un prénom qui se veut à tout prix original, genre... Octavien, Clotaire ou Théodule.

— Pourquoi pas Théo, tout simplement ?

— C'est une idée. Sinon, on fait simple de chez simple : Pierre, Jean, Louis.

— Ou un prénom breton ? Goulven ? Gwendal ?

Camille grimace.

— Elouan, dans ce cas !

— Sinon, il y a Serge, comme ton père adoptif.

— Plutôt crever.

— Et un prénom US, en hommage à ce pays qui va le voir naître ? Cameron, Sullivan, Dyl...

— Je t'arrête tout de suite. L'ambiance *Beverly Hills 90210*, tu oublies !

— Pourquoi ? Dylan, j'aime bien. Dylan Stephan. Et puis on choisirait une orthographe bien compliquée, pour se démarquer. D-H-Y-L-L-H-A-N-N.

— Pff. Et pour une fille ?

Instinctivement, Loïc cherche la main de Camille à sa droite, mais ses doigts se referment sur le vide. Il a une pensée pour ces personnes amputées qui ressentent encore la présence d'un bras ou d'une jambe manquant des années après en avoir été privé, et se dit que Camille aussi, à sa façon, est devenue un membre fantôme. Mécaniquement, il note cette réflexion dans son téléphone. Il faudra qu'il en parle à Ève Devillers, la psy qui le suit depuis début juin. Elle lui a conseillé de tenir un journal pour réguler ses émotions négatives, et ça a l'air de fonctionner. Depuis qu'il s'est mis à déverser ses malheurs par écrit, Loïc se sent libéré d'un poids. Ça ne lui a pas ramené Camille, mais ça l'aide à maintenir sa santé mentale à flot.

Après une demi-heure de balade, les joues piquées de rose, il rebrousse chemin. Il est attendu chez les Patton pour le déjeuner, il ne doit pas traîner. Il est un peu fébrile à l'idée de revoir Lorna et Owen, de rencontrer leurs enfants et leur chienne Holly, qui a l'air de tenir une place très importante dans leur famille, mais plus que tout, il appréhende le moment où il va se retrouver face au ventre rond de la *surro*, comme on dit ici.

Il va rencontrer son futur enfant pour la toute première fois dans moins d'une heure. Et s'il ne trouvait pas les mots ?

33

Le cœur de Loïc bat de plus en plus fort à mesure qu'il approche d'Astoria. Pourtant, dès qu'il découvre ce bout de terre hérissé de sapins, qui de loin ressemble à une presqu'île jaillissant au milieu d'une vaste baie, il tombe sous le charme. Avec ses maisons victoriennes, ses boutiques d'antiquités et ses vieux entrepôts, ses rues en pentes raides qui lui donnent un air de San Francisco, la ville fluviale dégage un délicieux parfum suranné. Ça sent Penmarc'h, Le Guilvinec. Un autre Finistère.

La maison des Patton est accrochée à flanc de colline, dans un quartier qui semble figé dans le temps. De là-haut, ils ont une vue imprenable sur l'embouchure de la Columbia River, où croisent de gigantesques bateaux. Loïc reconnaît la façade bleu clair, le pignon du porche et la Subaru Outback marron qu'il a vus sur les photos. Il a l'impression d'avoir l'estomac dans la gorge quand il descend de voiture, mais, dès que la porte s'ouvre, l'angoisse se dissipe.

— Il est arrivé ! s'écrie en anglais une jolie petite blonde.

— Salut, Emelynn, sourit-il en gravissant les marches du perron.

La tête disparaît à l'intérieur. Il entend des voix, reste incertain une seconde. Et soudain, elle est là, minuscule bout de femme à la peau claire et aux grands yeux en amande, robe à fleurs tendue sur son ventre rond.

— Salut, Loïc !

— Salut, Lorna !

Elle ouvre les bras, et sans réfléchir, il vient s'y réfugier, avec toute sa maladresse de Français qui ne maîtrise pas le *hug* américain.

— Comment ça va ? demande-t-elle. Tu as fait bonne route ?

— Oui. Tout va bien…

Il aura le temps de nuancer plus tard, si le cœur lui en dit. Pour l'instant, ils sont dans l'effusion.

— Entre, dit-elle en le précédant à l'intérieur. Ne fais pas attention, la maison est en bazar, il y a des jouets partout. Eh oui, on vit chez nos enfants. Tu sauras bientôt ce que c'est ! Owen, Eli ! Loïc est arrivé ! Viens dire bonjour, Em.

— « Bonjour, Em », répète la petite blonde, portrait craché de sa maman, avant de partir d'un grand éclat de rire où scintillent les bagues de son appareil dentaire.

— Emelynn Barbara Patton, gronde Lorna en inclinant la tête, on dit « Bonjour, Loïc ». Elle est très espiègle, en ce moment, même avec les gens qu'elle ne connaît pas, lui glisse-t-elle d'un air complice. Allez, « Bonjour, Loïc ».

— Bonjour, Loek.

— Lo-ïc, articule Lorna.

— Bonjour, Loek ! fait une voix tonitruante venue de l'arrière de la maison.

La silhouette de rugbyman d'Owen s'encadre dans l'embrasure d'une porte. Son sourire est immense. Derrière lui, Elijah, huit ans, dévisage furtivement le nouveau venu avant de détaler dans la pièce d'à côté.

— Comment ça va ? Bienvenue chez nous !

Le père de famille, doudoune sans manches, chemise à carreaux et casquette délavée, s'approche d'un pas de bûcheron et tend la main à Loïc. Puis il l'attire à lui pour lui donner une tape sur l'épaule.

— Quel plaisir de te voir, mon ami !

— Oui, moi aussi, je suis très content.

Malgré sa réserve naturelle, Loïc se sent tout de suite à l'aise dans cette famille qui, quelque part, est en train de devenir la sienne. Lorna, avec qui il a développé une grande complicité, lui facilite encore la tâche en venant prendre sa main, qu'elle approche délicatement de son ventre.

— Tu dis bonjour à ton bébé ? dit-elle, les yeux brillant d'émotion.

D'abord hésitant, Loïc décide de faire tomber ses dernières barrières.

— Bonjour, bébé, dit-il en français, agenouillé dans l'entrée, son sac à dos sur une épaule, la paume de sa main posée sur le ventre de cette femme qu'il voit seulement pour la deuxième fois de sa vie. C'est ton papa.

Il entend sa voix flancher, se reprend. Il n'a pas vraiment réfléchi à ce qu'il allait dire, mais la suite lui vient naturellement :

— J'arrive de très loin pour te voir. Je suis très heureux de pouvoir te parler. Ta maman aurait aimé être là, elle aussi. Je sais que là où elle est, elle pense fort à toi.

— Qu'est-ce qu'il dit ? demande Elijah en anglais.

Loïc bat des paupières, comme tiré d'un rêve. Camille occupe toutes ses pensées. Sa main devrait être posée sur le ventre de Lorna, elle aussi.

— Je dis au bébé que je suis heureux de lui parler.

— Tatutu poupou lala moumou, débite Emelynn avec ce qu'elle imagine sûrement être un accent français.

— Emelynn, siffle son père entre ses grandes dents blanches.

La petite s'empourpre. Sourire ému aux lèvres, Lorna presse toujours la main de Loïc sur son ventre, comme si elle se refusait à rompre le lien.

— Allez, ne restons pas là, dit Owen après un instant. Loek aura tout le temps de parler au petit haricot cette semaine.

Loïc se redresse et emboîte le pas à Lorna, qui se masse les reins en marchant.

— Ça va ? s'inquiète-t-il. Tu as mal au dos ?

— Ça s'est arrangé, mais je souffre encore un peu. Ne te tracasse pas.

— Elle a fait un massage spécial pour femme enceinte la semaine dernière, lui apprend Owen en sortant du frigo familial géant des carottes coupées en bâtonnets. Et on l'aide du mieux qu'on peut. N'est-ce pas, Em ?

Le père lance un regard à sa fille, qui hoche la tête et vient déposer une planche garnie de crackers et de tranches de fromage sur l'îlot.

— Bon appétit ! déclame-t-elle en français.

— Oh, tu parles français ? s'étonne Loïc.

— Elle a appris quelques mots à l'école, explique Lorna. Assieds-toi, Loïc, mets-toi à l'aise.

— Je te sers du vin ? propose Owen. On a du blanc ou du rouge. J'ouvre ce qui te fait plaisir.

— Comme vous voulez.

— Non, Loek, c'est toi qui choisis, insiste Owen en exhibant les deux bouteilles à la façon d'un vendeur de téléachat. Il n'y a que toi et moi qui buvons, de toute façon.

Loïc est presque gêné de tous ces égards. Il a l'impression qu'ils lui déroulent le tapis rouge alors que ce serait plutôt à lui de les choyer, de les remercier.

— Rouge, dans ce cas. (Il balaie la cuisine et la salle à manger d'un regard circulaire.) Vous avez une très jolie maison.

— Oh, merci ! se réjouit Lorna. Oui, on est très bien ici. Ça fait onze ans qu'on a cette maison, on l'a achetée juste avant la naissance d'Emelynn.

Elle vient s'asseoir sur un tabouret de bar en grimaçant et fait exploser un grain de raisin entre ses dents.

— Sers-toi, Loïc. Prends ce qui te fait plaisir. C'est trois fois rien, juste un petit snack avant le déjeuner. (Elle se penche vers lui, une main cachant sa bouche, et se met à chuchoter sur un air de conspirateur.) Je dis que c'est pour les enfants, mais c'est surtout pour moi, en réalité. J'ai déjà pris quatre kilos ! C'est le poids que j'avais pris avec Emelynn à la fin du septième mois, tu te rends compte ? Bon, c'est vrai que j'ai un peu abusé des desserts, ces derniers temps… Mais mange, vas-y. Fais comme chez toi !

Loïc prend un morceau de pain qu'il tartine avec ce qui ressemble à un confit de poivrons.

— Je n'ai pas cuisiné, désolée. Mais le samedi matin, entre les activités des grands et celles des enfants, on n'a pas une seconde à nous.

— J'aurais pu venir seulement ce soir.

— Tu plaisantes ? rétorque Owen. On avait trop hâte de te voir !

— Tu nous fais un tel cadeau en venant jusqu'ici, ajoute Lorna.

Loïc ne sait plus où se mettre. Cette culture de la gratitude, tellement américaine, tellement éloignée de ce qu'il connaît, le met un peu mal à l'aise.

— En parlant de cadeaux…, dit-il en attrapant son sac à dos posé à ses pieds.

— Oh ! C'est l'heure des cadeaux, les enfants ! claironne Lorna comme si c'était quelque chose de parfaitement naturel.

Emelynn lève les yeux du fond de son verre de soda, Elijah déboule de nulle part en poussant des petits cris de joie. Les marinières que Loïc leur a apportées laissent les deux enfants perplexes, en revanche les sachets de caramel au beurre salé et les quatre bols bretons que sa mère a fait personnaliser à leur prénom font leur petit effet sur toute la famille. Quant au puzzle 3D de la tour Eiffel, il est commencé à peine déballé.

— Nous aussi, on a un cadeau pour toi, annonce Lorna en décochant un clin d'œil à sa fille, qui sort un petit paquet d'un sac en papier.

— Oh, non. Il ne fallait pas.

— Si, si, bien sûr qu'il fallait !

— Allez, ouvre ! le presse Elijah, de plus en plus à l'aise avec son invité.

Loïc s'exécute de bon cœur et écarquille les yeux de surprise en découvrant la photo de la femme enceinte sur l'emballage, sous la marque BellyBuds.

— Ce sont des écouteurs prénataux ! Pour faire écouter ta voix au bébé ! l'éclaire Lorna.

— Regarde, tu mets ça sur le ventre, et...

— Oui, oui, merci, Elijah, je crois que Loïc a compris.

— Waouh ! fait Loïc, sincèrement touché. Je ne sais pas quoi dire, je... Merci ! Merci infiniment !

— On ne voulait pas attendre pour te l'offrir, même si ton anniversaire n'est que dans trois jours. Il fallait que tu l'aies le plus tôt possible. Alors c'est vrai, tu ne vas pas vraiment en profiter, glousse Lorna en faisant mine de lui chiper la boîte, ils vont rester avec moi, mais...

— Bien joué, mon cœur, tu lui as offert un cadeau pour le garder, en fait ! s'amuse Owen.

Éclat de rire général.

— Ton rôle à toi, ça va être d'enregistrer ta voix avant ton départ jeudi, poursuit Lorna, et de me donner le fichier pour que je puisse le faire écouter à ton bébé.

— Il peut déjà entendre ?

— On dit que les fœtus perçoivent les sons extérieurs à partir de la vingtième semaine de grossesse. Et comme on vient d'entamer la dix-huitième, c'est le moment de commencer à se préparer !

Loïc lâche un deuxième « Waouh », un énième merci.

— Moi, je lui parle déjà, à ton bébé, annonce Elijah, l'air de rien, en attaquant le premier étage de la tour Eiffel.

— Ah oui ? Et tu lui dis quoi ?

— Que Lorna est ma maman, pas la sienne.

— Oh ! pouffe Lorna, laissant échapper un peu de son soda.

Elle n'a pas l'air gênée le moins du monde, contrairement à Loïc, qui ne sait pas comment interpréter les propos du petit garçon.

— Il est jaloux ? articule-t-il silencieusement.

Lorna secoue la tête.

— C'est nous qui lui avons dit d'expliquer ça au petit haricot, parmi d'autres choses. Après tout, c'est la vérité ! Mais bizarrement, il ne semble avoir retenu que ça, n'est-ce pas, Elijah David ?

Absorbé par l'assemblage de son puzzle, son fils marmonne des mots indistincts.

— Qu'est-ce que tu dis ?

— C'est pas vrai, je lui parle aussi de mes super-héros. (Il dresse la tête, subitement.) Tu veux les voir, Loek ?

— Elijah, laisse…

— Non, non, répond Loïc en posant son verre de vin. Montre-moi.

Elijah bondit sur ses pieds et lui fait signe de le suivre. Derrière eux, Lorna et Owen lâchent deux « *Oh, my god!* » en stéréo. Loïc emprunte l'escalier à la suite de l'enfant, qui est déjà à l'étage. À peine ouvre-t-il la porte de sa chambre qu'un scottish-terrier noir accourt et lui saute dessus.

— C'est Holly, dit Elijah. Viens.

Loïc fait une caresse au chien, dont il a le plus grand mal à se débarrasser, avant d'entrer dans la chambre. Il ne connaît pas grand-chose aux super-héros, mais sa première impression est qu'il ne doit pas en manquer un seul à l'appel, que ce soit sur les posters, sur les étagères ou sur la couette qui pend du lit surélevé. Quand ils redescendent cinq minutes plus tard, il sait à peu près tout ce qu'il y a à savoir sur Iron Man, Spider-Man et Captain America.

— Au moins, si c'est un garçon, tu maîtriseras le sujet à fond, plaisante Owen une fois la famille réunie autour de la grande table de la salle à manger.

— Si c'est une fille aussi ! réagit Lorna d'une voix faussement outrée.

— Tu crois qu'on ne s'intéresse qu'aux licornes et aux princesses, papa ? s'indigne Emelynn. Au fait, tu préfères quoi, Loek, une fille ou un garçon ?

— Je n'ai pas de préférence.

— Et comment tu vas l'appeler si c'est un garçon ? enchaîne Elijah.

— Les enfants, laissez Loïc respirer, intervient Lorna dans un soupir.

— Non, sourit Loïc, ça va. Je n'ai… on n'a pas encore de prénom pour une fille, par contre on en a trouvé un pour un garçon.

— Moi, je suis sûre que ça va être une fille ! avance Emelynn.

— Elle est où, sa maman ? demande Elijah au même moment.

S'ensuit un silence gêné. Lorna pose son plat de macaronis au fromage devant elle et ferme les yeux une fraction de seconde.

— Eli. Tu te rappelles ce qu'on a dit ?

— Tu n'en loupes pas une ! lance Emelynn à son petit frère.

— Ce n'est rien, assure Loïc, qui voit les traits du petit garçon se déliter. Ne t'inquiète pas, mon grand.

— On ne… on voulait te laisser aborder le sujet quand… quand tu serais prêt, explique Lorna.

— Ce n'est rien, vraiment. (Loïc se tourne vers Elijah.) Camille, la maman du bébé a… On ne sait pas où elle est. On essaie de la retrouver, on fait tout pour la retrouver. Tes parents t'en ont parlé, j'imagine ?

Elijah hoche la tête.

— Il n'y a rien de nouveau ? demande Owen, l'air grave.

— Non, rien.

Lorna pose une main sur la sienne.

— On prie pour elle, dit-elle.

— Merci.

Difficile de retrouver de la légèreté après ça, pourtant le déjeuner se poursuit de manière fluide, chacun y allant de ses prédictions sur le sexe, la date de naissance et la couleur des cheveux du bébé. Loïc n'en revient pas d'être si bien accueilli, de trouver sa place aussi facilement à la table de ces gens qui ont une vie si éloignée de la sienne, et quand Lorna lui demande, au moment où il les quitte pour aller s'installer dans la petite maison qu'il a louée à quelques rues de chez eux, s'il est sûr de ne pas vouloir séjourner dans leur chambre d'amis, il se dit qu'il a une chance incroyable d'avoir croisé leur chemin, que devant tant de générosité, de bienveillance, il ne peut qu'être en confiance, que Camille et lui ont fait le bon choix en proposant aux Patton de les accompagner dans cette folle aventure.

— Non, merci. Je ne veux pas vous déranger. Et je crois que ça me fera du bien d'être un peu seul. J'ai pas mal de choses à régler. En plus de ça, maintenant, je dois enregistrer des heures d'audio pour le bébé. Et croyez-moi, ça va être un sacré boulot, parce que je ne sais pas du tout ce que je vais pouvoir lui raconter !

— Suis ton cœur, lui conseille Lorna. Lui, il saura quoi dire.

Cette femme est une héroïne. Il sait pourquoi elle fait ça, ils en ont beaucoup discuté, pourtant, en la voyant se masser le dos alors qu'elle se tient sur le seuil de sa maison, il ne peut s'empêcher de s'en vouloir, de se dire qu'elle souffre par sa faute. Mais Lorna détesterait entendre des excuses, alors il ne dit rien, il se contente de porter une main sur son ventre arrondi, spontanément, sans demander la permission, et il sait que le message est passé.

JOUR 81

34

— Coucou bébé, c'est ton papa. J'espère que tu m'entends bien. Désolé si je te réveille, mais j'avais très envie de te parler. Si jamais le son est trop fort, donne un petit coup de pied et on baissera, d'accord ? Tu dois te demander ce que c'est que cette langue que tu ne connais pas. C'est du français, c'est la langue qu'on parle chez nous, en France, et c'est celle que tu parleras un jour. Je voulais te dire que je t'attends avec une grande impatience, que je pense beaucoup à toi et que je t'aime déjà très, très fort. Aujourd'hui, tu es dans le ventre de Lorna, la gentille dame qui a accepté de te porter pour que tu pousses bien en attendant qu'on vienne te chercher dans quelques mois. Ce sera en novembre, autour du 22, normalement. On va prendre l'avion pour venir aux États-Unis, et quand tu arriveras on sera là pour t'accueillir. On restera quelques jours ici, le temps que tu grandisses un peu, et ensuite on rentrera à Rennes, en Bretagne, dans notre belle maison, où il y aura une jolie chambre pour toi. On a déjà quelques idées pour la décorer, ta maman et moi : il y aura des poissons, des étoiles de mer, une baleine… et puis des copains qui t'attendront, aussi, des peluches toutes douces pour faire de gros câlins.

Loïc appuie sur la touche pause de son dictaphone et tourne la tête vers la grande baie vitrée. D'un regard distant, il suit le vol gracieux d'une mouette qui survole les eaux gris acier de la Columbia River jusqu'à l'Astoria-Megler, l'impressionnant pont en treillis qui enjambe l'embouchure du fleuve. Il est 8 h 30, la ville dort encore.

— Ta maman… ta maman, c'est Camille…, reprend-il dans un souffle. Elle aussi, elle t'attend, elle aussi, elle t'aime très fort. Écoute, je vais te faire entendre sa voix.

Tout est prêt sur son ordinateur, il n'a qu'à appuyer sur lecture et la vidéo, qui date de l'été précédent, démarre.

— *Bonjour, maman*, fait sa propre voix dans les haut-parleurs. *On est où ?*

— *À San Diego*, répond la voix de Camille, proche à lui en crever le cœur.

— *Et qu'est-ce qu'on fait à San Diego ?*

— *Un bébé. On est là pour faire un bébé. Notre bébé.*

— *Tu veux lui faire passer un message ?*

— *Bonjour, petit ange. C'est maman. Ce film sera sûrement projeté dans une salle des fêtes pour tes dix-huit ans ou le jour de ton mariage, et j'aurai pris quelques rides à ce moment-là, mais tu vois, c'est à ça que je ressemblais quand on t'attendait. On est en Californie, et c'est ici que tout a commencé. L'aventure de ta vie. Je suis très pressée de la vivre avec toi et ton papa. On t'aime très fort, tous les deux. À bientôt !*

Loïc arrête la vidéo et fait descendre la boule qu'il a dans la gorge. Il ne pleurera pas, il a versé assez de larmes la veille au soir en préparant son enregistrement.

— Comme maman et moi, il y a plein de gens qui t'attendent avec impatience, chez nous. Il y a ma famille : mamie Anne, qui est déjà en train de te tricoter une couverture – et j'espère qu'elle l'aura finie quand tu vas arriver, parce que quand on va rentrer, il fera froid, et on pourra te mettre dedans, elle sera tout chaude, tu verras. Il y a papy Yves, que tes cousines appellent Papyves. Un jour, il t'emmènera sur son bateau – il adore la mer, ton papy. Il y a mon frère, Thomas, ce sera tonton Tom, et puis il y a sa gentille femme Florence, tata Flo. Ils ont deux petites filles, tes cousines Angèle et Victoire. Elles n'arrêtent pas de poser des questions, elles veulent tout le temps savoir comment tu vas t'appeler. Pour l'instant, on ne sait pas. De l'autre côté, il y aura mamie Blanche, la maman de ta maman. Et puis on a plein de copains – Baptiste, Marlène, Claire… Tu les rencontreras au fur et à mesure. (Il fait une pause pour ouvrir iTunes.) Alors maintenant, je vais te faire écouter une chanson que j'aime beaucoup, elle a un très joli message, j'espère qu'elle va te plaire. On te la chantera pour t'endormir quand tu seras là. Elle s'appelle « Ces mots simples ».

Une intro au violon, quelques accords de guitare, et Vanessa Paradis entonne des paroles presque murmurées, comme une douce caresse. Enfoncé entre les épais coussins du canapé, goûtant la douceur de l'instant et l'odeur vanillée de son *latte*, Loïc ne voit pas le message qui arrive sur son téléphone. Une fois la chanson finie, il enchaîne avec la lecture de *Roule galette*, un classique que sa mère lui racontait le soir pour l'endormir. Alors qu'il termine, un chat vient se poster derrière la baie vitrée.

— Ah, j'ai de la visite, dit-il en allant entrouvrir la fenêtre, son dictaphone toujours branché. Bonjour toi ! Il y a un chat qui passe me voir depuis hier, il est roux et il a de grands yeux verts. Je crois qu'il appartient aux propriétaires, qui vivent juste à côté. Peut-être que je te le présenterai, en novembre.

Dehors, il n'y a rien d'autre à entendre en ce dimanche matin que les grognements étranglés des otaries qui ont élu domicile sur les docks en contrebas. L'air est frais, Loïc referme et se met à arpenter la pièce en reprenant son dialogue avec son enfant :

— J'ai parlé de la Bretagne, tout à l'heure. C'est de là que je viens. C'est très beau, c'est une terre entourée par la mer. Il y a du vent, des goélands, des grandes plages, des contes et des légendes. J'ai grandi dans le Finistère, ça veut dire « fin de la terre », ou Penn-ar-Bed en breton, « bout du monde ». C'est l'endroit le plus à l'ouest de notre pays, après il y a l'océan Atlantique, et c'est drôle parce qu'en face, tu sais ce qu'il y a ? Les États-Unis, le pays où tu vas naître. On ira se promener sur ces plages, un jour, promis, il y en a de très belles près de chez papy et mamie, tu verras. On fera plein de choses ensemble, des jeux, du surf, de la cuisine, on mangera des crêpes, on ira voir mamie Blanche sur la Côte d'Azur, c'est une autre mer, différente, on ira se promener dans le grand parc à côté de la maison, on ira à la montagne pour skier dans la neige. On lira des livres, on fera des dessins. Maman dessine des livres pour enfants, elle adore ça. Je vais te passer une chanson qu'elle aime beaucoup, maintenant. Une chanson qu'on aime beaucoup, tous les deux.

C'est « notre » chanson, celle qu'on écoutait tout le temps quand on s'est rencontrés, il y a dix ans.

Loïc clique sur le titre « Halo » dans sa bibliothèque. Il revoit le visage de Camille à quelques centimètres du sien, ses cheveux qui caressent son torse nu, les paillettes d'or dans ses yeux, ce grain de beauté qui semble agrandir son sourire au coin de sa lèvre supérieure, et tout à coup elle est là, tout autour de lui, dans son étreinte, comme dans la chanson de Beyoncé. L'émotion le submerge, mais il se reprend avant la fin du morceau.

— Que te dire de plus ? Il reste cinq mois à attendre ta naissance. On va préparer ton arrivée… en fait, j'ai déjà commencé. Je t'ai trouvé des jolis petits bavoirs à Portland, et un livre, *Portland Baby*, dans une librairie. En attendant de te montrer tout ça, je te fais plein d'énormes bisous. Si tu savais comme j'ai hâte de te voir ! Tout ce que je t'ai raconté, on va le vivre en vrai quand tu seras là. Voilà, bébé, maman et moi, on te fait de gros, gros bisous. On pense à toi. Tu es avec nous, même si tu n'es pas encore vraiment là. Tu es avec nous tout le temps, à chaque instant qui passe. Sois bien gentil avec Lorna, ne lui donne pas trop de coups de pied. Je te donne rendez-vous en novembre. Surtout, n'arrive pas trop tôt. Je t'aime.

Il est 9 h 15 quand Loïc coupe l'enregistrement, qu'il nomme « *Little Bean* ». Il le transfère sur son disque dur et referme son ordinateur sans un regard pour son téléphone. Puis, comme il commence à avoir faim, il se fait griller un bagel qu'il tartine de beurre de cacahuètes et l'emporte sur la terrasse, où il regarde passer les cargos pendant de longues minutes. Le chat n'est plus là. Il se sent seul mais c'est agréable. Camille lui manque toujours autant, bien sûr, pourtant il a l'impression d'avoir partagé un moment intime avec elle.

C'est en rentrant qu'il trouve le message de Karen Andro. Un simple « Putain ! » accompagné d'une capture d'écran de la une du dernier numéro d'*En quête*, qui vient de sortir et qui titre : « LE MARI FAIT UN ENFANT À UNE AUTRE À L'ÉTRANGER ». Loïc le parcourt en diagonale, des mots accrochent son regard : « GPA, exploitation, illégalité, scandale ». Le tout accompagné d'une photo volée de lui, tout sourire, prise à Charles-de-Gaulle le jeudi précédent.

35

— Comment ils ont pu savoir ?

— J'en sais rien, Loïc. J'en sais foutre rien.

— Les seules personnes qui sont au courant, ce sont nos amis, notre famille et les enquêteurs. Et toi.

— Et le reste des Français, maintenant. Ça a déjà été repris par *Le Télégramme*, *Ouest France*, France Bleu Armorique…

— C'est pas vrai !

— Je sais pas si je dois te le dire, mais…

— Si, vas-y. Dis.

— … ces fils de pute de chez *En quête* racontent que tu t'es barré aux States pour pas être rattrapé par la justice. C'est l'hallali.

Loïc tape du plat de la main sur la table basse en verre.

— Il faut être abonné pour accéder au contenu, peste-t-il, penché sur son ordinateur. Mais hors de question que je file un centime à ces enfoirés. Qu'est-ce qu'ils racontent d'autre ?

— Oh, y a deux, trois accroches bien putassières, du genre « Il loue l'utérus d'une femme pour porter son enfant » – et celle-là, encore, elle est assez soft, répond Karen. Tu vas voir que ça va virer au procès de la GPA, bientôt.

— Et le procès de la presse, on le fait quand ?
— Quand y aura plus de cons pour lire ces torchons.
— C'est de l'acharnement ! Pourquoi moi ?
— Parce que ton histoire fait vendre, apparemment. Et ce nouveau « rebondissement » va encore doper les ventes. Ils vont se faire un malin plaisir de réécrire ta vie pour te trouver un mobile, genre on te soupçonnera d'avoir fait disparaître ta femme pour que la mère porteuse…
— La *femme* porteuse.
— … pour que la femme porteuse puisse garder le bébé, vu que tu veux refaire ta vie avec elle.
— Mais… c'est… mais…
— Je sais, Loïc.
— Putain !
— Et sans vouloir tirer sur l'ambulance, attends-toi à ce qu'une partie du public veuille te faire frire sur le bûcher pour avoir osé sourire sur la photo…
— Mais je ne savais même pas qu'il y avait des…
— Ils s'en foutent, Loïc ! Tu souris, tu pars en voyage, tu vas avoir un bébé. C'est pas ce qu'on attend d'un mari éploré, ça. Tu sais pourquoi l'être humain aime autant les faits divers ? Parce qu'il a besoin de contempler le malheur des autres, bien à l'abri devant sa télé ou son journal, ça le détourne de son propre malheur. Et il supporte pas de voir ceux qui ont souffert sortir la tête de l'eau. C'est le syndrome Christine Villemin.
— La mère du petit Grégory ?
— Oui. Quand elle a accouché d'un petit garçon moins d'un an après le meurtre de son fils, l'opinion publique s'est

déchaînée contre elle. Comme si elle avait pas le droit au bonheur.

— Qu'est-ce qu'on peut faire ?

— Pour ce qui est des fuites, plus rien. C'est trop tard. Je pense même pas qu'il soit utile de chercher qui en est à l'origine. Par contre, tu peux porter plainte pour calomnie et diffamation. Tu pourras même demander des dommages-intérêts.

Loïc laisse passer un instant. Ni la vue ni le confort de sa petite maison verte ne parviennent à l'apaiser. Dire que cinq minutes plus tôt, il parlait encore à son bébé. Maintenant, la parenthèse s'est refermée et son horrible réalité des dernières semaines l'a rattrapé, à huit mille kilomètres de chez lui.

— On verra. Merci, Karen.

— Te laisse pas abattre, hein. Essaie de profiter de tes vacances. (Un silence.) Et sinon, rien de nouveau du côté de l'enquête ?

— Non.

Il ne lui a pas parlé de la 308, et il ne compte pas le faire. Karen Andro a beau être son seul soutien du côté de la presse, il n'arrive pas à lui faire totalement confiance. Pourquoi serait-elle différente des autres ?

— OK. Je te laisse, Loïc. À bientôt. Passe le bonjour au bébé pour moi.

Loïc ne prend pas la peine d'éteindre son téléphone, il le laisse glisser dans le canapé et bascule en arrière pour s'enfoncer dans les coussins comme s'il cherchait à disparaître. Il reste immobile de longues minutes, en proie à une foule d'émotions contradictoires, avant de trouver le courage de se lever pour aller se doucher. On est dimanche, c'est le jour du Seigneur, et il doit retrouver les quatre Patton et les parents de Lorna pour un brunch après la messe. Il faut qu'il se fasse beau et présentable. Le père d'intention idéal pour ses beaux-parents de substitution.

36

Barbara et David, les parents de Lorna, n'ont rien des bigots qu'avait imaginés Loïc, qui a grandi entre une mère pratiquante et un père agnostique. Alors oui, ils sont un peu endimanchés – elle, filiforme, perdue dans son tailleur crème, lui, à la limite de l'obésité, sanglé dans son pantalon à pinces –, mais ils se montrent d'emblée charmants avec lui. À l'inverse de nombreux catholiques français pour qui la gestation pour autrui est totalement inacceptable, les croyants de ce côté-ci de l'Atlantique sont plus ouverts. Peut-être parce que cette pratique est perçue comme un don plus que comme un abandon, peut-être parce que les États-Unis ont des années de recul sur le sujet, et que pour une majorité d'observateurs, il s'agit plus de générosité que de gros sous.

Le couple, qui a des tas de questions à lui poser, tombe des nues quand Loïc lui apprend que la maternité de substitution est interdite dans son pays. La France, pour le peu qu'ils en savent, c'est le pays du fromage et de la liberté. Pourquoi empêcher une femme qui l'aurait choisi librement de porter le bébé d'un couple infertile ? Avec ses mots,

Loïc leur parle de marchandisation du corps, d'incitation à abandon d'enfant, de traumatismes psychologiques, tant d'arguments brandis par les anti-GPA qui laissent Barbara et David pantois. Et il ne peut qu'abonder dans leur sens.

— J'aime mon pays, dit-il, mais je déteste qu'il m'empêche d'obtenir ce que je désire le plus au monde.

Puis la discussion s'oriente vers Camille, même si personne n'ose véritablement mettre les pieds dans le plat, surtout en présence des enfants. Barbara, pourtant, hasarde quelques questions, et Loïc croit percevoir chez elle un soupçon de méfiance, ou du moins de perplexité, au moment où il évoque les différentes pistes envisagées par les enquêteurs. Le malaise pointe. Nourrit-elle des doutes quant à son innocence ? Le pense-t-elle impliqué, d'une manière ou d'une autre, dans la disparition de sa femme ? Il n'en saura rien. Visiblement gênée, Lorna embraye vite sur un autre sujet.

L'après-midi est consacré à une balade en ville suivie d'une visite au musée maritime, qui propose une riche collection d'objets liés à la pêche et à la navigation. Mais comme Lorna fatigue, la sortie est écourtée. Sur le chemin du retour, ils s'arrêtent tous devant l'école où elle travaille, et Loïc en reste sans voix : il s'agit du bâtiment où a été tourné *Un flic à la maternelle* ! Lorna lui apprend qu'elle y a été élève et qu'elle a même rencontré Arnold Schwarzenegger quand il est venu tourner, à l'été 1990.

Le lendemain, comme tout le monde travaille, Loïc profite de son temps libre pour faire le tour des antiquaires, des librairies indépendantes et des boutiques poussiéreuses d'Astoria. Il achète quelques souvenirs, s'arrête devant un orchestre de rue, mange un *crab cake* au soleil sur les docks, accompagné de son guide pour jeunes parents qui se garnit de jour en jour de Post-it jaunes. Et il pense à Camille, qui devrait être là avec lui. Sera-t-elle à ses côtés en novembre, quand il reviendra ? Son cerveau bute sur la question. La journée s'écoule lentement, presque trop, et il se couche tôt le lundi soir, sans avoir vu la fin d'*Un flic à la maternelle*, qu'il a loué en VOD.

En ouvrant son téléphone le lendemain, un peu avant 8 heures, il sent son cœur s'arrêter. L'écran d'accueil est rempli de notifications, comme aux pires heures du mois d'avril. Puis son souffle se relâche et sa tête retombe sur l'oreiller. On est le 25 juin, c'est son anniversaire, et la journée est déjà bien entamée en France. Il passe ses messages en revue sans trop savoir ce qu'il doit en penser. Qu'y a-t-il à célébrer ? Son premier anniversaire sans Camille ? Certains ont une pensée pour elle, d'autres font comme si de rien n'était. Blanche a l'élégance de lui envoyer une carte animée par mail, comme à son habitude, sans faire allusion à sa fille ou à Morvezen. Et dans WhatsApp, il trouve une courte vidéo de ses nièces qui lui envoient d'énormes baisers.

Les Patton, quant à eux, ont sorti le grand jeu : pour marquer le coup, Lorna a pris rendez-vous dans un centre d'imagerie médicale de Warrenton, sur la rive opposée du fleuve. Toute la petite famille se déplace là-bas à 17 heures, et pour la première fois, le futur papa peut voir et entendre son bébé en direct, tandis que la sonde se promène sur le ventre de Lorna. Cette fois, plus de haricot, c'est bien un petit être humain qu'il découvre sur l'écran, avec un crâne bien rond, un nez minuscule, cinq orteils à chaque pied, et là…

— Vous voulez connaître le sexe ? demande l'opératrice.

Loïc hésite, regarde Lorna.

— C'est toi qui décides, dit-elle.

— Euh… oui, d'accord.

À la fin du rendez-vous, Loïc repart avec cette nouvelle information qui le met en joie et un CD contenant les images de la séance. Puis il suit les Patton chez eux pour un *early dinner* qui se termine par un *red velvet*, un gâteau comme seuls les Américains savent les faire – trois couches de génoise et autant de glaçage, colorant rouge et dose de sucre à mettre K.O. un diabétique. Après quoi il rentre voir la fin de son film et s'endort tôt, emportant dans ses songes les images du bébé qu'il a regardées une dernière fois avant d'éteindre.

Il se réveille à l'aube le mercredi. Un brouillard épais se presse derrière les baies vitrées, qu'il va ouvrir pour prendre le pouls de sa dernière journée à Astoria. Le temps est frais, venteux, ça sent le poisson et le diesel, comme dans toutes les villes de pêcheurs du monde. Les otaries se sont tues, le chat des voisins n'est pas là. Tant mieux, le calme lui fera du bien. Il a de quoi s'occuper, ses dossiers en attente ne sont pas tous bouclés.

Il commence par prendre contact avec Molly, son avocate américaine, avec laquelle il doit régler des détails contractuels depuis plusieurs jours. Ces incessants allers-retours de mails, couplés aux lenteurs administratives américaines, sont une source de stress supplémentaire pour Loïc, mais il ne peut y couper. Il y a tant à décider, tant à anticiper, rien ne doit être laissé au hasard. Toutes les situations, même les plus improbables, doivent être prévues. Que se passerait-il, par exemple, si les parents d'intention venaient à décéder avant la naissance de leur enfant? Loïc épluche les termes du contrat, où tout est stipulé noir sur blanc, jusqu'aux obligations de Lorna. Rien n'est dit, en revanche, sur ce qu'il adviendrait en cas de disparition d'un des deux parents. Il pose la question à Molly, pour la forme, et met son avocat français en copie.

Lorna lui envoie un message à midi pour lui annoncer qu'elle est fatiguée et qu'elle préfère annuler le restaurant prévu pour leur dernière soirée ensemble. Compréhensif, Loïc propose de passer dire au revoir à l'heure qui leur conviendra. Entre 17 h 30 et 18 heures, ce sera parfait. Comme il a du temps devant lui, il profite d'une éclaircie en milieu d'après-midi pour aller jeter un œil au Columbia Memorial Hospital, l'hôpital où doit avoir lieu l'accouchement, bâtiment bas et dénué de charme construit au pied d'une colline boisée sous des entrecroisements de câbles téléphoniques.

Il est 17 h 35 quand il arrive chez les Patton. Loïc voit tout de suite que Lorna a les traits tirés, bien qu'elle s'efforce de faire bonne figure. Elijah est surexcité et veut à tout prix offrir une de ses peluches au bébé, Emelynn lève à peine le nez du septième tome de Harry Potter quand Loïc entre dans le salon. Owen, quant à lui, arrive une demi-heure plus tard, traînant derrière lui une odeur de poils roussis à la suite d'un exercice incendie. Tout le monde se serre dans les bras et se souhaite plein de bonnes choses, l'émotion est forte de tous les côtés. Après avoir remis à Lorna une clé USB avec son enregistrement, Loïc dit au revoir au bébé, une main sur son ventre, puis fait un dernier signe de la main aux quatre Patton réunis sous le porche. En tournant au coin de la rue, la Columbia River en cinémascope dans son pare-brise, il se dit que la prochaine fois qu'il reviendra, il sera sur le point de devenir papa.

JOUR 88

37

Gare de Rennes, dimanche 30 juin. Retour à la réalité : la bruine qui réveille après deux heures de train et une moitié de nuit au-dessus du vide, le sang qui redescend dans les jambes. Le corps qui reprend vie. Accablé de fatigue, désorienté, Loïc trépigne d'impatience. Son souffle se relâche quand il voit enfin arriver la Toyota de Baptiste.

— Service VIP, you asked for a chauffeur ?

Loïc jette sa valise dans le coffre et s'engouffre dans l'habitacle. Son ami le jauge une seconde avant de pouffer.

— Pas un mot, dit Loïc, caché derrière sa casquette et ses Ray-Ban.

Baptiste démarre en silence. Après un instant, Loïc retire son déguisement. Personne ne l'a reconnu.

— Bon, tu m'expliques ?

Le voyage a été éprouvant. Loïc peine à trouver les mots. Ça a commencé juste après le décollage, quand il a fondu en larmes en voyant s'éloigner l'Oregon avec l'impression qu'on lui arrachait le cœur. Ça a continué en zone des arrivées à Charles-de-Gaulle, où un journaliste du *Parisien* lui est tombé dessus pour lui demander pourquoi il écourtait sa fuite à l'étranger. Yann l'a envoyé bouler, mais le gars a eu le temps de voler une photo avant de disparaître dans la foule. Puis il a fallu composer avec le chauffeur de taxi, qui a passé le trajet à le dévisager dans le rétro comme s'il s'attendait à le voir sortir l'arme avec laquelle il avait réglé son compte à sa femme. Pour finir, il y a eu cette passagère dans le TGV, assise en face de lui, qui a changé de place dix minutes après le départ, le visage livide, tremblant comme une feuille.

Quand ils arrivent rue du Thabor, la tension est retombée. Loïc propose à son ami de venir voir les images de l'échographie mais Baptiste doit décliner :

— Si je la laisse seule plus d'une heure avec Robin et les jumelles, Marlène fait ses valises. Mais passe à la maison ce soir, si tu veux. On prendra un pot pour ton anniv.

— J'ai un rendez-vous téléphonique avec Blanche et son détective à 18 heures, et je reprends le travail demain. J'ai envie d'être frais. Mais merci.

Loïc scrute la rue avant de descendre. Personne. Il sort ses clés, récupère ses bagages et remercie Baptiste avant de rentrer dans la maison.

Fin de la parenthèse enchantée.

38

— Bonsoir, Blanche.

— Bonsoir, Loïc.

— Comment ça va ?

— Je fais aller. Et toi ?

— Pareil.

— Le voyage s'est bien passé ?

— Oui, très bien.

— Comment va… la maman ?

Loïc ne relève pas.

— Ça va. Elle a un peu mal au dos, elle est fatiguée, mais ça va. Elle a pris quatre kilos, on dirait que le bébé profite bien.

— Bien. Bien…

Un silence.

— Il est 18 heures, dit Loïc. Vous êtes prête ? Je passe en mode conférence.

— D'accord.

Une tonalité, un clic sur la ligne. Puis :

— Morvezen.

— Bonsoir, disent Loïc et Blanche d'une même voix.

— Madame Vitkine, monsieur Stephan. Prêts à commencer ?

Le détective s'éclaircit la gorge puis, sans perdre une seconde, il attaque la présentation de son deuxième compte rendu d'enquête. Il tient d'abord à les rassurer, il travaille sur des hypothèses qui semblent prometteuses, divers éléments lui faisant d'ores et déjà entrevoir un début de scénario.

— Deux pistes s'offrent à nous pour tenter d'identifier l'individu impliqué dans la disparition de Mme Stephan : soit elle a été enlevée par un parfait inconnu, soit elle connaissait l'homme avec qui elle est partie, sans que cela signifie qu'elle l'ait nécessairement suivi de son plein gré, expose-t-il d'un air ampoulé. Je ne vais pas tourner autour du pot, un faisceau d'indices me pousse aujourd'hui à pencher pour la seconde supposition. Primo, l'absence de traces de lutte dans la maison tend à prouver que Mme Stephan n'a pas été surprise à son domicile et qu'elle serait sortie sans contrainte. Secundo, aucun voisin n'a entendu de bruit inhabituel, d'éclats de voix ou de cris. Selon toute logique, elle aurait parcouru la centaine de mètres qui la séparait du point zéro de la disparition, à l'angle de l'avenue de Grignan, sans y être forcée…

— Nous savons tout ça, le coupe Blanche d'un ton sec.

— … n'emportant avec elle que ses clés, ses lunettes, son ou ses téléphones, les vêtements qu'elle portait et sans doute un dessin.

— Ses téléphones ? répète Blanche.

— Un dessin ? relève Loïc dans le même temps.

— Un dessin, confirme Morvezen. Ou plutôt une feuille de papier à dessin, arrachée à un carnet à spirales laissé dans son bureau. Je reviendrai aux téléphones plus tard, madame Vitkine.

— Expliquez-vous, le presse-t-elle.

— Lors de ma visite domiciliaire, j'ai procédé à un examen minutieux des documents présents dans le bureau de Mme Stephan, ce qui m'a permis de faire plusieurs découvertes intéressantes, parmi lesquelles un cahier de trente pages dont la moitié au moins étaient noircies d'esquisses. Ce qui a tout de suite attiré mon attention, c'est un minuscule fragment de papier accroché à une spirale, au milieu dudit cahier. J'ai alors compté le nombre de pages et n'en ai dénombré que vingt-neuf. Une feuille avait été arrachée, mais la corbeille à papier était vide, et aucun feuillet ne traînait dans la pièce. C'est alors qu'en examinant la feuille suivante, j'ai remarqué des traces de foulage à sa surface, un relief creusé sur le papier par la mine du crayon utilisé sur la feuille arrachée.

Le détective laisse passer un silence, sans doute pour ménager son effet. Loïc entend un craquement de cuir dans le haut-parleur, et arrive presque à le voir s'adosser à la chaise de bureau sur laquelle il doit être assis, un sourire satisfait plaqué sur les lèvres.

— Et… ? s'impatiente Blanche.

— J'ai utilisé la bonne vieille technique de lecture des tracés en sillon, explique Morvezen sur le ton de l'évidence. Il suffit d'éclairer le document d'une lumière rasante parallèle à la surface du papier pour reconstituer ce qui y a été tracé. Un dessin circulaire est apparu, une sorte de couronne végétale sur laquelle on devinait, par endroits, des silhouettes de petits animaux. Elle entourait un mot assez court, mais qui a dû n'être qu'effleuré à la mine du crayon, car je ne suis pas parvenu à le déchiffrer. Je pense qu'il compte quatre ou cinq lettres, et qu'il contient au moins un M, un A et un N, mais…

— C'est un faire-part, l'interrompt Loïc.

— Un faire-part de naissance, s'empresse de corroborer Morvezen avec ce qui ressemble à de l'excitation dans la voix.

— Camille voulait le concevoir elle-même. Et ces trois lettres… elles sont présentes dans un des prénoms que nous aimons bien. Mais qu'est-ce que ça nous dit ?

— Le feuillet précédent faisait apparaître une date, comme les autres avant lui. Apparemment, Mme Stephan avait l'habitude de dater ses dessins, et le dernier remontait au 02/04/2019, soit la veille de sa disparition. De toute évidence, ce projet de faire-part a donc été réalisé le 2 ou le 3 avril.

— Attendez, attendez. Vous disiez que sa corbeille était vide, observe Blanche, mais Camille aurait pu jeter cette feuille dans une autre poubelle. Je ne vois vraiment pas…

— Camille se servait exclusivement de sa corbeille quand elle travaillait dans son bureau, intervient Loïc. Et de toute façon, je ne crois pas l'avoir déjà vue jeter un seul brouillon. Elle gardait tout.

— Absolument, confirme Morvezen. J'ai trouvé des dizaines de cahiers identiques dans ses tiroirs, tous remplis d'esquisses, dont certaines étaient rayées ou griffonnées, signe qu'elle n'en était pas satisfaite, mais pas une page ne manquait.

Blanche a de plus en plus de mal à contenir son impatience.

— Mais pourquoi serait-elle partie avec ? Et comment cela peut-il nous aider à savoir où elle est ?

— C'est toute la question. Quoi qu'il en soit, il apparaît que Mme Stephan prenait cette naissance à venir très à cœur…

— Vous enfoncez une porte ouverte, souligne Loïc, amer. Où ça nous mène, tout ça ?

— Je vais y venir, monsieur Stephan, je vais y venir. (Le claquement distinctif d'un élastique de pochette à rabats se fait entendre.) J'aimerais à présent vous faire part de deux autres découvertes. La première concerne un stylo que j'ai trouvé au fond d'un tiroir du bureau de Mme Stephan. Vous vous souvenez certainement de ce mail que je vous ai envoyé début mai, monsieur, pour vous demander de me lister tous les endroits où votre femme et vous aviez séjourné au cours des cinq dernières années ?

— Oui.

— Et vous confirmerez qu'il n'était pas fait mention de Saint-Malo.

— Saint-Malo ? Non, on n'y est pas allés ensemble depuis au moins sept ou huit ans, je dirais.

— L'hôtel Le Nouveau Monde n'évoque donc rien pour vous ?

Loïc a le sentiment que ce qui va suivre ne va pas lui plaire.

— Non.

— Vous avez également indiqué que votre femme faisait peu de déplacements sans vous, en dehors des salons du livre pour la jeunesse auxquels elle était invitée.

— Oui, et… ?

— J'ai retracé les différentes participations de votre femme à des salons sur les cinq dernières années, monsieur Stephan, et n'ai trouvé qu'une occurrence qui pourrait éventuellement correspondre.

Loïc réfléchit un instant.

— Le salon où elle est allée en février ? C'était à Dinard.

— Et c'est ce qui m'ennuie. Selon les organisateurs, que j'ai pu joindre, les auteurs étaient logés à l'hôtel Printania de Dinard. Or, ce stylo que j'ai trouvé portait le nom de l'hôtel Le Nouveau Monde de Saint-Malo.

— Qu'est-ce qui vous fait dire qu'elle l'a eu en février ? Il est peut-être en sa possession depuis des années.

— C'est peu probable. Le réservoir d'encre est plein, et le stylo fonctionne parfaitement. S'il était en sa possession depuis plus de… disons cinq ans, soit il serait en partie vide, soit il n'écrirait plus, comme c'est souvent le cas de ce genre de produits bon marché offerts à la clientèle.

— Je ne comprends pas où vous voulez en venir.

Loïc voit bien, pourtant. Il n'est pas né de la dernière pluie.

— J'y reviendrai aussi. Ma deuxième découverte porte sur un livre que votre femme a lu récemment. En inspectant l'étagère de votre salon dédiée à Harlan Coben, auteur qu'elle semble beaucoup apprécier, j'ai constaté qu'elle classait ses ouvrages par date de publication – et à première vue, je dirais que la collection est complète, sans être connaisseur. Comme les dernières lectures d'une personne sont souvent riches d'enseignements, je me suis logiquement intéressé à celui du bout de la rangée, *Par accident*. Le dépôt légal à la fin de l'ouvrage indiquait octobre 2018, ce qui signifie que Mme Stephan l'a lu dans les six mois précédant sa disparition. Quelle ne fut pas ma surprise d'y trouver, glissé entre deux pages, un de ces petits prospectus publicitaires vantant les services d'un marabout, le « professeur » Mamadou Bobo, « très excellent sorcier héréditaire », « vaudou guérisseur », j'en passe et des meilleurs. Vous voyez de quoi il s'agit ?

— Nous voyons très bien, répond Blanche avec brusquerie. Vous êtes en train de dire quoi ? Que ma fille a fait appel à l'un de ces charlatans pour… pour ses problèmes de fertilité, et que… qu'il l'a embobinée d'une manière ou d'une autre ? Vous pensez à la traite des Blanches, c'est ça ?

— Je n'ai rien dit de tel. L'hypothèse me semble peu probable, madame Vitkine. Nous sommes au XXIe siècle, et nous sommes loin du sud de la France.

— Le sud de la France ? C'est-à-dire ?

— Non, ce qui m'a interpellé, c'est le fait que Mme Stephan ait conservé ce prospectus-là, précisément, élude Morvezen, plutôt qu'un billet d'avion, de train, un ticket de spectacle ou une carte de vœux, tant de marque-pages qu'elle a pris l'habitude de semer dans ses livres. Vous confirmez, monsieur Stephan ?

— Oui. Je l'ai toujours vue faire ça.

— Ah bon ? s'étonne Blanche, l'air aussi abasourdie que si son gendre venait de lui apprendre que Camille avait subi une augmentation mammaire.

Au lieu de lui reprocher de ne pas connaître sa fille, comme lui en vient d'abord l'idée, Loïc préfère jouer l'apaisement :

— Elle appelle ça ses « marque-pages temporels ». L'an dernier, j'ai lu un bouquin à elle dans lequel j'ai retrouvé une facture d'un restaurant où on était allés ensemble en 2010. Mais là, j'avoue que les bras m'en tombent. Un marabout ?

— « Professeur » Mamadou Bobo, oui. Vous imaginez bien que je l'ai contacté, précise le détective. Ce qui m'a amené à deux conclusions : primo, les enquêteurs de la police ont bien fait leur travail, car ils l'avaient déjà interrogé au sujet de Mme Stephan, secundo, Mme Stephan n'a pas fait appel à ses services – selon les déclarations de M. Bobo, du moins. Et je suis plutôt enclin à le croire. Après enquête, il s'avère que c'est un homme sans histoires, qui élève seul ses quatre enfants dans un trente mètres carrés boulevard de la Duchesse-Anne, et qui essaie de survivre comme il peut.

— Vous êtes sûr de vous ? hasarde Blanche. Avec ces gens-là...

— La police a fait son enquête, madame Vitkine, et cette piste a été écartée. En revanche, ce n'est pas le genre de prospectus qu'on trouve habituellement dans des quartiers comme celui où vous vivez, monsieur Stephan, je me trompe ?

— Je ne sais pas trop. C'est Camille qui relève le courrier, le plus souvent.

— M. Bobo l'a confirmé : c'est son fils de quatorze ans qui distribue ses prospectus, et il ne vient jamais dans le quartier Thabor. Donc, votre femme a trouvé ce prospectus ailleurs.

Plus le détective avance dans son rapport, plus Loïc se sent perdu, mais il le laisse poursuivre.

— Dernier point, et non des moindres, avant que je vous expose ma théorie : les téléphones. Plus précisément, ce téléphone fantôme, un Galaxy A6 pour lequel Mme Stephan a commandé une coque, et dont tout le monde semblait ignorer l'existence. Il apparaît, au vu de ses relevés bancaires, qu'elle a effectué cet achat le 25 mars, soit huit jours avant de disparaître. J'avoue que le fait que la livraison n'ait eu lieu qu'une quinzaine de jours plus tard m'a surpris, de prime abord, surtout quand on sait qu'Amazon fait travailler ses livreurs sept jours sur sept. J'ai cependant pu me faire confirmer que l'article avait été perdu puis réexpédié, ce qui explique que Mme Stephan n'ait pu en prendre possession avant sa disparition. Car si l'hypothèse que je vais formuler est avérée, il peut paraître surprenant qu'elle ait laissé cet indice derrière elle…

— Quelle hypothèse ? le brusque Loïc.

— Celle qui découle d'une observation pour le moins élémentaire que je me suis faite, répond Morvezen, grandiloquent. Il est communément admis que les personnes qui disposent d'une deuxième ligne avec carte SIM prépayée ont quelque chose à cacher, activités illicites ou liaison extraconjugale, par exemple. Et comme il paraît peu vraisemblable que Mme Stephan se livre au trafic de drogue…

Le silence qui suit est lourd de non-dits.

— Attendez, réagit Loïc avec un temps de retard. Vous insinuez que Camille pourrait… avoir un amant ? Cette piste a déjà été envisagée par la police, je leur ai dit que c'était impossible. On s'aime, on va avoir un enfant, tout va pour le mieux entre nous.

— Monsieur Stephan…

Loïc voit rouge, tout à coup.

— Non, écoutez, je veux bien comprendre que les affaires d'adultère sordides constituent votre fonds de commerce, mais il faut arrêter de voir des amants dans tous les placards ! Je vous le répète : ma femme n'avait pas de liaison ! Vous savez ce que vous allez faire en lançant ce genre de rumeurs ? Vous allez apporter de l'eau au moulin de la presse, me fournir un mobile pour avoir tué Camille ! Et qui sait, peut-être aussi son amant, par la même occasion !

— Un amant ! s'écrie Blanche subitement. Alors c'est ça !

Loïc l'entend renifler, sans savoir si c'est son fiel ou ses larmes qu'elle ravale.

— Blanche…

— Madame Vitkine…

Trop tard, Blanche monte déjà dans les tours :

— Il fallait bien que ça arrive ! Ma fille était tellement malheureuse…

— Non, attendez…

— … elle est allée voir ailleurs, évidemment. Tu le savais, n'est-ce pas ? Tu le savais ?

Loïc croit distinguer une pointe de défiance dans la voix de sa belle-mère, comme avec la mère de Lorna. Il voudrait se défendre, mais elle ne lui en laisse pas le temps :

— Tu as tout découvert, Loïc, et comme tu ne l'as pas supporté, tu as…

Elle ne va pas au bout de sa phrase.

— S'il vous plaît, madame Vitkine, tente de tempérer Morvezen.

— Tu l'as… tu l'as…

— Non, Blanche, non ! Je n'ai rien fait !

Un rire fuse dans l'écouteur. Sournois, indigne.

— Mais oui, c'est ça, bien sûr…

— Arrêtez ! s'écrie Loïc. Stop ! Vous n'allez pas croire ces conneries que tout le monde raconte sur notre compte, quand même ! Il n'y a aucune zone d'ombre dans notre relation, vous le savez bien ! Je n'ai rien fait !

— Madame Vitkine, monsieur Stephan, intervient Morvezen. Puis-je me permettre de vous…

— Ah, ça va ! jappe Blanche. On ne vous a pas sonné, vous !

— Loin de moi l'idée de vous froisser, madame, ou d'alimenter la machine à broyer des médias, monsieur. Je n'ai qu'un objectif : la vérité. Soyez-en assuré.

Le ton lénifiant du détective vrille les nerfs de Loïc, qui se retient d'exploser.

— Alors sortez-la, votre vérité, feule-t-il tout bas.

— Êtes-vous prêt à l'entendre ?

— Évidemment.

— Madame Vitkine ?

Blanche met quelques secondes à se ressaisir.

— Allez-y.

— Très bien. Voici ce qui, selon moi, pourrait être un scénario plausible pour expliquer ce qui s'est passé le 3 avril dernier. Ce soir-là, entre 20 heures et 20 h 40, Mme Stephan quitte le domicile conjugal pour rejoindre un homme qui l'attend au volant d'une Peugeot 308, au croisement de la rue du Thabor et de l'avenue de Grignan. Elle emporte avec elle son téléphone et ses clés de maison, mais comme elle ne prend ni ses papiers, ni sa carte bancaire, on peut supposer qu'elle ne compte pas s'absenter très longtemps. Nous ignorons si ce rendez-vous était prévu ou si l'homme a appelé

Mme Stephan sur son téléphone prépayé pour lui demander de le rejoindre à la dernière minute – ce qui est sûr, en revanche, c'est que cette rencontre ne revêt ce soir-là aucun caractère romantique. Pour avoir filé mon lot de conjoints adultérins, comme l'a si éloquemment souligné monsieur Stephan, je tiens pour acquis que les amants préfèrent les endroits reculés aux rues passantes et éclairées. Bref, cette conclusion m'amène à penser que le motif de cette rencontre – et ce, quelle que soit la nature de leur relation – a plutôt à voir avec une explication, que j'imagine voulue par l'inconnu à la 308.

— Ça ne tient pas debout, proteste Loïc. Vous dites que Camille est sortie avant 20 h 40, mais quand je l'ai eue au téléphone à 21 h 05, elle était à la maison. J'ai entendu la télé en fond sonore, et son téléphone n'a pas borné ailleurs que dans notre quartier.

— C'est juste, lui concède Morvezen, votre femme était dans un endroit où un téléviseur était allumé, et son téléphone était effectivement connecté à l'antenne relais couvrant le secteur dans lequel se trouve votre domicile. Ce qui ne veut pas forcément dire qu'elle était chez vous.

Sa déclaration est suivie d'un silence. Loïc sent un goût métallique sur sa langue, et se rend compte qu'il s'est mordu l'intérieur des lèvres jusqu'au sang. Il avale sa salive et expulse des mots pâteux :

— Mais elle était où, dans ce cas ?

— Ça, je l'ignore. Quoi qu'il en soit, Mme Stephan était libre de ses mouvements, à cette heure-là. Donc, l'événement qui a conduit à sa disparition s'est forcément joué dans un créneau compris entre 21 h 05 et 21 h 50, moment où son téléphone est coupé dans la zone de relais téléphonique qui couvre votre domicile, que l'on peut légitimement trianguler dans un périmètre allant jusqu'à la rue Saint-Martin, où une 308 à l'intérieur de laquelle est identifié un individu de sexe féminin correspondant à son signalement est justement repérée à 20 h 48. Ensuite, quelque chose a dû mal tourner, car son téléphone cesse d'émettre dans cette zone, son dernier emplacement connu, sans jamais plus se reconnecter à une autre borne par la suite.

— Ça veut dire qu'on a une idée assez précise du coin où elle a été emmenée, observe Loïc.

Nouveau craquement de cuir au bout de la ligne.

— Tout à fait. Mais dans la mesure où je n'ai pas accès au détail de ses appels, je ne sais pas sur laquelle des antennes couvrant votre quartier son téléphone a borné. D'après mes recherches, quatre relais potentiels…

La voix de Blanche éclate une nouvelle fois dans le haut-parleur :

— Les enquêteurs doivent le savoir, eux ! Il faut voir ça avec la police !

— Vous m'ôtez les mots de la bouche, madame Vitkine. Seulement, en tant qu'enquêteur privé, je ne suis qu'une interface avec les services d'investigation, et mes conclusions restent confidentielles, vous en êtes les seuls destinataires. Par conséquent, c'est à vous qu'il revient d'en aviser la police si vous le souhaitez. Par l'intermédiaire de votre avocat, par exemple.

— Loïc, il faut que tu les préviennes tout de suite, hoquète Blanche, revenue à de meilleurs sentiments à son égard. Appelle ton avocate, il n'y a pas une minute à perdre !

Loïc se sent perdre pied. S'il informe les directeurs d'enquête, il sait que ces éléments risquent de se retourner contre lui, d'une façon ou d'une autre. Pourtant, il n'hésite pas une seconde :

— Envoyez-moi votre compte rendu par mail, monsieur Morvezen. Je vais immédiatement le transmettre à mon avocate pour le faire verser au dossier d'instruction.

39

— « Bonjour, c'est Camille Stephan, je ne peux pas vous répondre pour l'instant mais laissez-moi un message. »

Loïc n'attend pas le bip pour couper l'appel, il ne veut plus jamais l'entendre. Il lui fait l'effet d'un point final et il refuse d'admettre que la voix de Camille s'arrêtera après ces mots. Il pose son téléphone près du bol de mouliné d'automne qu'il vient de réchauffer et auquel il n'a pas touché. De la soupe en plein été, c'est dire le décalage dans lequel il vit.

Une odeur de sardines grillées lui monte aux narines. Il fait grand jour, dehors, les voisins font un barbecue dans leur jardin, il entend leurs discussions par la baie vitrée entrouverte, le tintement des verres. Lui est seul dans son séjour, accoudé au grand îlot autour duquel ils ont tenu à dix lors de la pendaison de crémaillère, en novembre dernier. Décalage total. Il bâille, promène un regard vide sur son intérieur. Un dimanche soir comme celui-ci, ça fait des mois qu'il n'en a pas connu. Des années, peut-être. La solitude, le micro-ondes, la fatigue qu'on se traîne, le blues qui gagne du terrain tandis que l'horloge grignote implacablement les dernières heures du week-end. Tout ça alors qu'il n'est que 19 h 30 et qu'il fera jour jusqu'à plus de 22 h 30. Il pourrait en profiter pour sortir, le parc ferme dans une heure, une balade lui ferait du bien, mais qui dit parc et dimanche d'été dit promeneurs et regards en biais. Loïc grimace, comme en réponse à une proposition qui lui ferait horreur. Non, c'est au-dessus de ses forces.

La maison lui sort par les yeux, pourtant. Il n'a aucune envie d'y rester. Il s'y sent à l'étroit, malgré le vide. Il n'a même pas ouvert sa valise, comme s'il préférait rester en partance, comme si l'idée de réinvestir son décor lui faisait horreur. Au fond, il ne s'est jamais vraiment senti chez lui entre ces murs, il doit le reconnaître. Tout est venu de Camille : c'est elle qui a trouvé l'annonce, elle qui a eu le coup de cœur, elle qui a décidé de faire une offre. Si ça n'avait tenu qu'à lui, Loïc aurait opté pour un endroit plus calme, moins ostentatoire. Mais quand on a grandi dans une villa, on ne sait pas vivre petit. Il se lève, va fermer la fenêtre. Ses yeux accrochent la bibliothèque du salon, au passage, glissent sur des tranches de livres dont il reconnaît les titres – *La Défense Lincoln*, *L'Affaire Pélican*, *Les Apparences*… – et s'arrêtent sur la rangée des Coben.

— Mamadou Bobo, « très excellent sorcier héréditaire », murmure-t-il pour lui-même.

Ça ne le fait pas rire, même si ça pourrait. L'appel avec Morvezen terminé, il a gardé Blanche en ligne deux ou trois minutes, histoire de faire retomber la pression, et, tout en l'écoutant pérorer d'une oreille distraite, il est allé jeter un œil à *Par accident*, dans lequel il a trouvé le prospectus du marabout. La seule info qu'il a retenue de l'échange avec sa belle-mère, qui a fini par ravaler ses ignobles insinuations, c'est qu'elle compte maintenant faire appel à un radiesthésiste pour essayer de retrouver Camille. Loïc n'a pas réagi. Un sorcier de plus ou de moins dans cette histoire, qu'est-ce que ça changera ? Après avoir raccroché, il a contacté Me Agostini pour lui faire connaître les conclusions du détective. L'avocate a pris note sans manifester d'émotion particulière, l'assurant qu'elle transmettrait l'information à la juge Pik à la première heure le lendemain.

Laissant son bol de soupe en plan, Loïc sort son cartable du placard où il l'a rangé le 3 avril et le pose sur la table basse. Il a finalement renoncé à reprendre le travail en mai après son ITT, comme il l'avait un temps envisagé, préférant s'arranger avec le service RH de sa boîte pour poser un congé. Après un rapide inventaire, il ne garde qu'un tiers des documents, le reste ayant été géré par un de ses collègues en son absence. Il essaie ensuite de se mettre la tête dans ses dossiers pendant une vingtaine de minutes, sans succès, et décide de reporter au lendemain matin. Il aura quelques heures devant lui, Cyril ayant eu la bienveillance de caler sa première réunion à 10 h 30.

Cinq minutes plus tard, Loïc est en train de se traîner vers sa valise, grignotant sans énergie une Cracotte aussi ragoûtante qu'un bout de carton, quand il reçoit un message de Lorna. La nouvelle lui fait l'effet d'un shoot de caféine : le bébé vient de donner son premier coup de pied ! Tous ses sens se reconnectent d'un coup. Il répond sans attendre, fébrile, exprimant sa joie à grand renfort de smileys et de cœurs palpitants, et, alors qu'il s'apprête à envoyer son message, une vidéo lui parvient, qu'il visionne adossé au mur de l'entrée pour ne pas tomber à la renverse.

Les premières secondes, rien ne se passe, il ne voit que le gros ventre de Lorna filmé en plongée, qui s'abaisse et se soulève lentement au rythme de sa respiration. Puis soudain, un choc si fort qu'on pourrait croire que ce qui l'a provoqué va traverser la peau vient déformer son abdomen. Ils échangent durant quelques minutes, mais Lorna doit couper court à la conversation pour cause d'anniversaire. Emelynn fête ses dix ans aujourd'hui, elle a une fête à préparer. Loïc leur envoie d'énormes baisers, coupe son téléphone et vide sa valise en moins de cinq minutes, avec un entrain retrouvé.

Un quart d'heure plus tard, c'est Claire qui vient aux nouvelles, elle veut savoir si son voyage s'est bien passé. Elle en profite pour lui dire qu'elle a organisé un rassemblement avec une dizaine d'amis à elle et qu'ils ont passé leur samedi à faire le tour de tous les parkings de supermarché de Rennes et de sa périphérie pour mettre des tracts reprenant le signalement de Camille sur les pare-brises des voitures. Loïc salue l'initiative et lui demande de remercier tout le monde.

Il termine sa soirée en prenant quelques notes pour sa psy, avec qui il a rendez-vous le lendemain soir, et après un rapide passage par la chambre du bébé, qu'il s'est promis de commencer à décorer dans les premiers jours de juillet, il va se coucher juste avant 21 heures, son guide pour jeunes parents sous le bras, comme un élève studieux la veille de la rentrée.

Cinq semaines plus tard

JOUR 122

40

Le 3 août, quatre mois jours pour jour après la disparition de Camille, Loïc est convoqué par Magali Pik dans son cabinet de la Soucoupe volante. Rennes est écrasée de chaleur, le tribunal est une fournaise. Un ventilateur oscille de droite à gauche dans un coin, mais il ne brasse que de l'air chaud. Sur le bureau de la juge, la couverture du sixième tome de procédure, épais de quinze centimètres, s'agite dans un froissement de papier. Il n'est que 9 h 45 et il fait déjà vingt-huit degrés.

Loïc décolle le dos de sa chaise pour prendre une bouteille d'eau. Sa chemise est trempée, mais la chaleur n'est pas la seule responsable. Il est méchamment à cran. Bien qu'il soit présent en qualité de partie civile, il sent que le ton a changé. Il a le sentiment d'être davantage considéré comme un suspect que comme une victime, et la voix accusatrice de la juge d'instruction, qui assène contre-vérité sur contre-vérité depuis cinq minutes, ne fait qu'aiguiser ses nerfs.

— Allons, monsieur, ne me dites pas que vous n'avez jamais eu le moindre doute ! Vous ne pouviez pas ignorer que votre femme entretenait une relation avec un autre homme !

— Combien de fois il faut que je vous le répète ? Camille n'avait pas d'amant.

Avec aplomb, la magistrate extrait un document du dossier ouvert sur son bureau et le pose devant Loïc.

— Le nom de Joris Malzieu vous évoque-t-il quelque chose ?

— Non.

— Et ce visage ?

Loïc attire la feuille à lui. L'homme sur la photo doit avoir la trentaine. Cheveux poivre et sel, barbe de trois jours, yeux noirs et lèvres épaisses. Un petit air de Pio Marmaï.

— Non plus. Qui est-ce ?

— Joris Malzieu est coach de vie et hypnothérapeute. Il exerce à Rennes depuis un peu moins d'un an. Nous pensons que votre femme a eu recours à ses services en novembre et décembre 2018.

Une branche de ses lunettes pincée entre les lèvres, Magali Pik toise Loïc sans rien laisser paraître des pensées qui l'animent.

— Ce serait à lui que Camille a versé ces montants en espèces, alors ?

— C'est ce que nous pensons.

Un grand vide emplit la tête de Loïc.

— Comment vous l'avez identifié ?

La magistrate chausse ses lunettes et se lance dans le compte rendu des dernières semaines d'enquête. Elle explique tout d'abord avoir délivré une commission rogatoire début juin pour demander le détail des connexions téléphoniques enregistrées au centre Alma le samedi 23 mars, entre 14 heures et 16 heures, afin de recenser tous les numéros de carte SIM présents sur la zone. Plus de sept mille communications ayant été établies sur ce créneau, il a fallu des semaines aux enquêteurs pour parvenir à isoler les numéros correspondant à des téléphones prépayés. L'identification de leurs propriétaires s'est cependant révélée impossible, puisque aucune information personnelle n'est requise pour obtenir ce genre de ligne. C'est en croisant leurs données avec les relevés de communications enregistrées sur les différents relais couvrant la zone du domicile des Stephan qu'ils ont finalement pu identifier le deuxième numéro de Camille. Après quoi, aidés par les conclusions de Morvezen, les officiers de police judiciaire ont pu établir une correspondance entre un numéro d'appelant apparaissant sur les relevés du 23 mars et un coach de vie exerçant rue Saint-Martin.

— C'était lui ? demande Loïc en soulevant le coin de feuille.

— Oui. Et après vérification, il s'avère que M. Malzieu a également contacté votre femme sur son deuxième numéro le mercredi 3 avril à 20 h 26.

Loïc a un mouvement de recul. Après quelques secondes, il lâche, dans un souffle :

— Et la 308 ?

— C'est la sienne.

— Et… et… vous lui avez parlé ?

La juge Pik échange un regard avec sa greffière. Quand l'annonce tombe, elle fait à Loïc l'effet d'une gifle :

— Malheureusement, nous n'avons pas été en mesure d'interroger M. Malzieu. Il semble avoir lui aussi disparu.

La suite, Loïc a l'impression de la recevoir comme de l'intérieur d'une pièce capitonnée. Tout devient ouaté, indistinct. La voix de la magistrate est un bourdonnement au milieu duquel il n'arrive à saisir que quelques bribes de phrases.

— … que tout concordait… mis sur la piste grâce au prospectus trouvé à votre domicile… fils de M. Bobo est élève dans un collège du quartier… distribué des tracts pour son père à l'adresse de M. Malzieu… interrogé des patients de M. Malzieu… consultation à soixante euros… localisation très précise… sans laisser d'adresse… plus honoré de rendez-vous depuis le 3 avril… étude de la vidéosurveillance en cours… trace de la Peugeot 308… réquisition… factures détaillées sous peu… peut-être en savoir plus… permettrait de le localiser… famille ou amis… seul… aucune attache… installé récemment… originaire de l'Isère… pas plus pour l'instant… monsieur Stephan… monsieur Stephan ?

— Monsieur Stephan ?

Le contact de la main de Me Agostini sur son avant-bras sort Loïc du brouillard.

— Tout va bien ? Vous voulez un peu d'eau ?

Loïc opine faiblement du chef. Une explosion blanche envahit son champ de vision. Il veut s'adosser à sa chaise mais ne sent que le vide derrière lui.

— Monsieur Stephan ? fait une voix lointaine. Monsieur Stephan !

L'instant d'après, des mains l'aident à se redresser. La tête lui tourne, le sang bat furieusement à ses tempes. Il entend son avocate demander quelque chose, loin, très loin.

— Tenez, prenez ça. Monsieur Stephan, vous m'entendez ?

On lui met un mouchoir en papier dans la main. D'instinct, Loïc le porte à ses narines, d'où s'écoule un liquide chaud et poisseux. Il bascule la tête en arrière et sent un goût de fer emplir sa gorge.

— Non, non, pas vers l'arrière, s'écrie une voix qui n'est ni celle de la juge Pik, ni celle de Me Agostini. Penchez-vous vers l'avant et respirez par la bouche. Doucement.

Loïc bat des cils. La greffière est agenouillée face à lui. Il n'a jamais vraiment fait attention à elle et lui trouve un faux air de Rosy Varte. Elle lui sourit.

— Pincez votre narine et maintenez la pression. Voilà, comme ça.

— Il faudrait peut-être trouver un endroit où l'allonger ? suggère Me Agostini.

— Non, surtout pas, il doit rester assis.

La greffière va reprendre sa place à l'autre bout du bureau. Loïc sent le souffle tiède du ventilateur lui caresser les cheveux. Il hoche la tête tout en continuant à comprimer sa narine.

Après quelques secondes d'observation et de silence, la juge Pik demande :

— Monsieur Stephan, souhaitez-vous que nous fassions une pause ?

— Non. Ça va. On peut continuer. Qu'est-ce que… qu'est-ce que vous disiez ? Vous me parliez de l'amant de ma femme, je crois.

Les mots, qu'il crache avec morgue, tremblent entre ses lèvres.

— J'étais en train de vous informer que M. Malzieu n'a aucune attache en Bretagne, et que les services d'enquête sont actuellement en contact avec la gendarmerie de Vizille, en Isère, pour essayer d'en savoir plus sur son compte. Attention, vous avez du…

La magistrate montre sa bouche. Loïc bloque sa respiration et essuie le sang avec son mouchoir.

— Qu'est-ce qui vous fait penser que cet homme avait une liaison avec ma femme ? demande-t-il d'une voix nasillarde. Peut-être qu'il la harcelait, peut-être qu'il…

— Mme Stephan ne vous a jamais parlé de lui, n'est-ce pas ?

— Non.

— Pas plus qu'elle n'en a parlé à sa meilleure amie, à qui elle a d'ailleurs caché l'appel de M. Malzieu le 23 mars. C'est tout de même étrange de consulter un coach de vie pour essayer d'aller mieux et de ne pas partager ça avec ses proches. En outre, pourquoi aurait-elle eu un téléphone avec carte SIM prépayée si elle n'avait rien à cacher ?

— Hmm.

— Je sais que ce n'est pas facile à entendre, mais nous avons peu de doutes sur la nature de leur relation, déclare Magali Pik en plaçant un nouveau document sous les yeux de Loïc. Preuve en est cette facture que nous a fait parvenir l'hôtel Le Nouveau Monde de Saint-Malo. Comme vous le constaterez, elle a été établie au nom de Joris Malzieu, et est datée du 3 février dernier. Le 3 février, monsieur Stephan, c'est bien le week-end où votre femme s'est rendue à Dinard pour un salon du livre ? Réponse « oui », glisse-t-elle à sa greffière, Loïc se contentant de hocher la tête. Drôle de coïncidence, vous ne trouvez pas ? Surtout quand on sait que votre femme gardait un stylo provenant de ce même hôtel dans l'un de ses tiroirs.

Loïc en reste sans voix. Il savait que les découvertes de Morvezen allaient se retourner contre lui.

— Maintenant, ce qui va nous intéresser, reprend la juge, c'est de savoir pourquoi votre femme est partie avec lui, et pourquoi M. Malzieu n'a plus donné signe de vie depuis le 3 avril. On ne se volatilise pas comme ça, encore moins à deux, même si c'est pour recommencer une nouvelle vie ailleurs.

— Mais enfin, pourquoi elle aurait voulu recommencer une nouvelle vie ailleurs ? s'étrangle Loïc. Je ne comprends pas, je…

— Tout n'allait peut-être pas si bien dans votre couple que vous le prétendez, monsieur Stephan. Je vais donc vous poser la question : avez-vous des modifications à apporter aux déclarations que vous avez pu faire, notamment lors de notre dernier échange ?

— Non. Je n'ai rien de plus à dire que ce que j'ai déjà dit.

— Vous êtes sûr ? Ce ne serait pas la première fois que vous omettez de porter des éléments à notre connaissance, insiste la magistrate en remontant ses lunettes sur son nez. Comme le fait que vous ayez eu recours à une donneuse d'ovocytes dans le cadre de votre projet de GPA.

— Je ne vois pas du tout le rapport, s'agace Loïc.

— Au contraire, tout cela est lié. Si vous reconnaissez que vous et Mme Stephan rencontriez des difficultés dans votre vie de couple, de nombreuses zones d'ombre présentes dans le dossier pourraient s'éclaircir.

Loïc avale le sang qu'il a dans la bouche et, d'une main hésitante, empoigne sa bouteille d'eau, dont il vide le contenu d'un trait.

— Je ne vais pas reconnaître des faits qui ne se sont pas produits uniquement pour vous faire plaisir, désolé.

— Oh, mais il n'est pas du tout question de mon plaisir, ici, monsieur. Il est question de vérité. Et la vérité, c'est que vous ne me dites pas tout. Un couple qui se dérègle, ça peut arriver à n'importe qui.

— Arrêtez avec vos insinuations, gronde Loïc en s'avançant. Je vous répète que…

— Mais tout ce qui se dérègle peut se régler, n'est-ce pas ? Votre nez, monsieur…

Voyant la juge Pik baisser les yeux sur le bureau devant lui, Loïc suit son regard et s'aperçoit que des gouttes de sang ont coulé sur la photo de Joris Malzieu. Il essaie de les essuyer avec son mouchoir mais ne parvient qu'à les étaler en de grosses traînées brunâtres du plus mauvais effet sur le visage du coach.

— Mme le juge, intervient Me Agostini, je pense que mon client a besoin de quelques instants de repos.

— Monsieur Stephan ? fait la juge, le menton levé.

— Non. On va aller au bout de ce truc.

— Bien, dit Magali Pik avant de prendre une inspiration. J'aimerais revenir avec vous sur le déroulé de la nuit du 3 au 4 avril, à présent. Vous avez déclaré être rentré à votre domicile à minuit et n'avoir pas trouvé votre femme en allant vous coucher une heure plus tard. En toute logique, vous vous êtes aussitôt inquiété. Vous dites avoir ensuite passé quatre heures à la chercher avant de vous rendre à l'hôtel de police, où vous êtes arrivé à 5 h 04 pour signaler sa disparition. Ce qui m'intéresse dans cet emploi du temps, monsieur Stephan, c'est la plage horaire comprise entre

4 heures du matin, heure à laquelle vous prétendez avoir quitté votre domicile, et 5 h 04. (La magistrate ne laisse pas à Loïc le temps de répondre, elle sort un nouveau document et enchaîne.) Reconnaissez-vous le véhicule sur cette capture d'écran ?

— Oui, répond Loïc après un instant. C'est ma voiture.

— Il s'agit de votre Volvo, en effet. Filmée par une caméra de vidéosurveillance à 4 h 17, rue Saint-Martin. À l'endroit précis où la 308 de M. Malzieu, avec votre femme à son bord, a été repérée sept heures et demie plus tôt. Endroit qui se situe à seulement deux cents mètres du domicile de M. Malzieu.

Une nouvelle fois, les mots de Loïc restent bloqués dans sa gorge.

— Madame le juge, réagit Me Agostini, il me semblait que cette audition avait pour but d'informer mon client des derniers développements de l'affaire. Pourquoi, dans ce cas, ai-je l'impression que vous le considérez comme un suspect ?

— Qu'est-ce que vous voulez m'entendre dire ? rétorque Loïc à la magistrate. Que je savais que ma femme était… avec cet homme, que je connaissais son adresse, et que… que je suis allé chez lui pour m'expliquer ? Ça n'a aucun sens, j'ignorais complètement son existence avant aujourd'hui ! Si je suis passé par là, c'est parce que je cherchais Camille, et croyez-le ou non, je ne me souviens pas de toutes les rues que j'ai sillonnées cette nuit-là ! J'étais paniqué, d'accord ? Complètement paniqué ! Et… et… d'ailleurs, si vous avez analysé les images de vidéosurveillance du quartier, vous avez dû voir ma voiture passer devant une autre caméra un peu plus tard, non ?

— Oui. Votre véhicule a été vu rue de Dinan à 4 h 53, soit onze minutes avant votre arrivée à l'hôtel de police. En revanche, nous en perdons trace entre 4 h 17 et 4 h 53, créneau pendant lequel votre téléphone a borné plusieurs fois autour du domicile de M. Malzieu.

Loïc porte à son front la main qui ne presse pas le mouchoir contre son nez.

— Je… je… je ne me rappelle plus par où je suis passé, et… j'imagine que toutes les rues de Rennes ne sont pas équipées de caméras. Mais… cet homme, là, ce Malzieu, qu'est-ce qui nous dit qu'il n'a pas embarqué Camille quelque part ? Vous dites qu'il est hypnotiseur, c'est ça ? Elle pourrait avoir été sous son emprise, non ? Il pourrait… il pourrait l'avoir…

Loïc voit des pétales blancs s'épanouir devant ses yeux. Il est en nage, le sang pulse dans son crâne. Il regarde tour à tour les trois femmes qui l'entourent. Trois femmes. Et un homme. Qu'on est en train d'accuser d'avoir fait disparaître son épouse.

— Vous allez faire quoi, maintenant ? renifle-t-il en secouant la tête. Me mettre en examen ?

— Rassurez-vous, répond Me Agostini à la place de la juge, ils n'ont absolument aucun élément à charge.

Magali Pik étrécit les yeux derrière ses lunettes, comme pour essayer de percer Loïc à jour.

— Sachez que je n'ai aucune obligation de croire ce que vous me dites, monsieur Stephan. Mon métier est de douter, et mon but est la manifestation de la vérité. Dans cette optique, j'instruis à charge et à décharge, ce qui signifie que je dois à la fois rechercher des preuves de culpabilité, mais aussi les preuves d'une possible innocence. C'est pourquoi je me dois d'examiner tout ce qui a pu être un motif de tensions entre vous et votre femme. Je suis obligée de passer par ce genre d'hypothèses. J'ouvre des portes, je ferme des portes, je ne laisse rien de côté.

— Alors fermez ma porte, parce que j'ai l'impression que vous êtes en plein courant d'air ! Ça fait quatre mois que Camille a disparu, et je ne sais toujours pas si elle est vivante ou morte !

— Vous n'avez pas à me dicter ma conduite, monsieur. Je mène mes investigations comme je l'entends.

Loïc se recule sur sa chaise.

— Il y a quelque chose que je ne comprends pas. Si ma femme a choisi de s'enfuir avec son amant, pourquoi continuer à la chercher ? Dans ce pays, on est libre de disparaître, non ? avance-t-il avec un regard pour Me Agostini.

— En effet, dans le droit français, une personne majeure qui ne souhaite plus donner de nouvelles à ses proches peut tout à fait choisir de disparaître, confirme cette dernière avant de se tourner vers la magistrate. Mais mon client a raison, madame le juge, je ne peux m'empêcher de penser que vous vous intéressez à lui parce que l'enquête est au point mort. Tous les maris de femmes disparues sont-ils donc condamnés à apparaître comme leurs bourreaux ?

— Dans les crimes de sang, la piste du mobile passionnel ou celle de la rivalité amoureuse doit toujours être prise en compte, invoque Magali Pik sur un ton implacable.

— « Crimes de sang » ! s'indigne Loïc. Il n'y a même pas de corps !

La magistrate reste imperturbable, dans l'espoir, sans doute, que jaillisse de ces échanges une étincelle de vérité.

— Vous le voyez, madame le juge, mon client vit très mal cette absence de progrès dans l'enquête, place Me Agostini.

Loïc s'enferme alors dans le mutisme, laissant parler son avocate. Mais il sort hagard de l'audition. Avec ses insinuations, la juge d'instruction a semé la graine du doute en lui. Pour un peu, il commencerait à se méfier de ses propres souvenirs. Se pourrait-il qu'il ait fait quelque chose de mal et qu'il l'ait oublié ? En agissant sous le coup de l'aveuglement, par exemple ? Plus les jours passent, plus il a l'impression de perdre la tête.

Il en est là de ses réflexions quand une meute de caméramans et de photographes fond sur lui à la sortie du tribunal. Loïc presse le pas et se trouve séparé de Me Agostini dans la bousculade. Il y a des heurts, des éclats de voix. Il court jusqu'à sa voiture, s'engouffre derrière le volant, démarre en trombe. Les flashs clignotent encore frénétiquement dans sa lunette arrière quand il tourne au coin de la rue. Il s'arrête au bord d'un trottoir cinq cents mètres plus loin, le corps secoué de giclées d'adrénaline. Cette guerre des nerfs va finir par l'achever, et il se demande à quel moment la descente aux enfers va s'arrêter.

JOUR 125

41

— Une mise en examen ? Tu penses qu'elle pourrait aller jusque-là ?

— On peut s'attendre à tout. Même à ce que la tête de John Doe s'ouvre et qu'il en sorte un ovni.

Marlène interrompt les mouvements circulaires de ses pieds dans le sable et lance un regard interrogateur à Loïc.

— C'est une réplique, dans *Seven*, explique-t-il.

— Je ne l'ai pas vu. Il paraît que la fin est horrible.

— Horrible, confirme Loïc.

Ses yeux se posent sur un groupe d'enfants en train de sauter dans un grand trou dans le sable. Il les envie de n'avoir conscience que de l'instant présent.

— Tu te rends compte qu'il y a six mois, avec Camille, on s'imaginait venir faire des châteaux sur cette plage avec notre enfant ? Et regarde où on en est, aujourd'hui : elle n'est plus là, et je ne sais même pas si je pourrai le voir grandir, cet enfant.

— Tu sais ce qu'on dit : le pire n'est jamais certain.

— C'est bien une réponse de psy, ça.

Marlène sourit.

— Tu vois toujours Ève ?
— Une fois par semaine.
— Comment tu la trouves ?
— Pas aussi bonne que toi.
— Pourquoi ?
— Elle ne répond pas toujours à mes questions.
— Ce n'est pas à elle d'y répondre.
— Parce que c'est moi qui ai les réponses, c'est ça ?
— C'est quel genre de questions ?
— Ça va de « Comment expliquer à mon enfant pourquoi il n'a pas de maman ? » à « Que faire s'il ne m'aime pas ? »
— Mais ça t'aide, de lui parler ?

Loïc balance la tête d'un côté puis de l'autre dans une petite moue incertaine. Après un moment, il revient au sujet initial :

— Ça reste entre nous, hein. Cette histoire de liaison.

Marlène plante son regard dans le sien. Sa réponse se passe de mots.

— En même temps, je dis ça, mais je suis sûr que demain ça sera partout dans la presse, lâche Loïc avec dépit. Putain, déjà qu'ils s'excitent sur la GPA depuis un mois ! Une histoire d'adultère, là, ça va carrément virer au glauque. (Un soupir.) Le pire, c'est que toutes les preuves sont contre Camille. Si encore il n'y avait pas cette histoire d'hôtel à Saint-Malo, je pourrais croire qu'elle n'a pas suivi ce Malzieu de son plein gré, mais… (Un autre soupir.) Je ne sais pas, je ne sais plus.

Ils restent muets quelques secondes. Comme tous les psys, Marlène connaît le pouvoir du silence.

— Pourquoi elle est allée voir un coach de vie ? souffle enfin Loïc. Si vraiment ça n'allait pas, elle aurait pu me parler, à moi.

— L'amour n'est pas forcément le remède à nos maux. La plupart du temps, il en est même plutôt la cause.

Loïc médite là-dessus un instant. Il a passé les vingt-quatre dernières heures à essayer de répondre à cette question comme à tant d'autres, sans succès.

— J'ai cherché des infos sur lui, mais je n'ai pas trouvé grand-chose. Apparemment, sa formation d'hypnothérapeute n'est pas reconnue par l'Ordre des médecins. Tu t'y connais, toi, en hypnose ? Tu crois qu'il aurait pu la manipuler ?

— Je ne crois pas qu'on puisse pousser quelqu'un à faire quelque chose sous hypnose qu'il ne ferait pas autrement, avance Marlène. Je me rappelle une étude qui listait les trois moyens de mettre une personne dans un état de haute suggestibilité : la séduction, la coercition et l'hypnose. La conclusion, c'était que l'hypnose est la méthode qui laisse le plus de liberté à la personne, parce que c'est elle qui accepte ou non d'entrer dans cet état. Si tu penses que Camille aurait pu le suivre malgré elle, désolé mais ça me semble assez improbable.

Loïc sent comme une main invisible faire pression sur ses épaules, l'impression qu'on l'enfonce dans le sable.

— Donc, elle me trompait. C'est un cauchemar. Et le plus dur, tu sais ce que c'est ? D'être dans l'impossibilité de commencer un travail de deuil.

— Tu es encore en pleine phase de sidération, il t'est impossible de concevoir ce qui est arrivé. Et c'est d'autant plus dur quand il existe une incertitude sur le sort de l'être aimé. L'une des conditions cruciales pour reconnaître et intégrer la perte, c'est de se confronter au corps du défunt, et toi, tu n'as même pas ça.

Un silence.

— Blanche a engagé un médium, je t'ai dit ? Aux dernières nouvelles, il aurait localisé Camille à Quiberon.

Marlène lève les yeux au ciel.

— Tu vas y aller ?

— Si je vais là-bas, il va aussi falloir que j'aille à Lille, à Reims, dans l'Essonne, en Allemagne et en Indonésie – tous les endroits où des témoins disent l'avoir vue.

— Et les enquêteurs, ils vont se déplacer ?

Loïc hausse les épaules.

— À Lille, Reims et en Essonne, peut-être. En Allemagne, possible. Pas sûr qu'ils aillent jusqu'en Asie, par contre.

Il observe la plage bondée en ce premier week-end d'août, les serviettes multicolores, les parasols arc-en-ciel, les flamants roses gonflables, mais la carte postale est grisée par un brouillard dont il n'arrive pas à s'extirper.

— C'est son rire qui me manque le plus, tu sais. Je n'arrête pas de me dire que si mon train n'avait pas eu de retard... que si j'avais pris celui d'avant... Camille serait là, avec nous. On serait en train de se moquer de ma tante Myriam, qui l'appelle toujours Mathilde, elle me demanderait de lui mettre de la crème solaire pendant qu'elle serait plongée dans un polar, on finaliserait notre liste de prénoms. (Il se prend la tête à deux mains.) C'est une vraie tempête, là-dedans. Il y a des moments, j'ai l'impression de devenir fou. J'en arrive presque à douter de moi, à penser que...

— Que tu pourrais être pour quelque chose dans sa disparition ?

Loïc se trouble. C'est exactement ce qu'il se dit depuis la veille.

— Tu crois qu'on peut avoir un trou de trente-cinq minutes ?

— Ce que je crois, c'est que cette salope de juge d'instruction cherche à faire germer la culpabilité dans ton esprit en te balançant ses horribles soupçons, et que tu es en train d'en faire une réalité. Essaie de te détacher de ça et concentre-toi sur ce qui te procure de la joie. Parle avec Lorna, garde le lien avec le bébé. Dans moins de quatre mois, il sera là, et ça, tu ne pourras rien y changer.

Un sourire triste étire les lèvres de Loïc.

— J'ai fini de monter son berceau avant de venir ici. C'est super mignon avec le papier peint que vous m'avez aidé à poser, Baptiste et toi. Il me reste encore la table à langer à trouver et la petite armoire de mes parents à repeindre, et tout sera prêt.

— Tu as prévu de partir quand ?

— Autour du 10 novembre, je pense, une douzaine de jours avant le terme – si je peux partir. J'emmène ma mère avec moi.

— C'est bien, tu vas avoir besoin d'aide… Ah, excuse-moi, ça doit être Baptiste.

Marlène plonge la main dans son sac de plage et en sort son téléphone. Comprenant qu'il y a de la tension dans l'air, Loïc quitte sa serviette et va tremper les pieds dans l'eau. Mais l'Atlantique le laisse froid, comme le soleil sur sa peau, les cris des enfants et les senteurs de monoï. Quand Marlène vient le rejoindre après deux minutes, il en est à se demander s'il ne serait pas mieux à Rennes, en fin de compte.

— Baptiste pète un câble avec les filles, je vais devoir rentrer, annonce-t-elle en nouant un paréo autour de sa taille. On se voit ce soir à la soirée des anciens du bahut ?

Loïc secoue la tête.

— Je ne me sens pas de voir tout le monde. Je ne serai pas à l'aise. Soit ils vont éviter de me parler de Camille, soit ils ne vont me parler que de ça. Dans tous les cas, je suis perdant. Et puis j'en ai marre d'être constamment centré sur mon histoire. Regarde, ça fait une heure qu'on est là, et je ne t'ai même pas demandé comment tu allais.

— Tu veux savoir comment je vais, moi, en tant que femme ? fait Marlène avec un petit rire insolent. Repasse dans trois mois, je te répondrai. Parce qu'aujourd'hui, tout ce que je peux te dire, c'est que j'ai impression de n'être qu'une paire de mamelles. Sérieux, si j'avais un troisième sein, je suis sûre que Robin s'y accrocherait toute la journée, lui aussi. Mais sinon, c'est que du bonheur !

Elle mime une pendaison, lui donne une tape sur l'épaule et ils remontent sur la plage. Une fois sur sa serviette, Loïc enfile son bermuda.

— Tu t'en vas aussi ?

Il acquiesce. Hors de question de rester seul ici.

— On est chez mes parents jusqu'à samedi, l'informe Marlène. Tu passes nous voir cette semaine ? J'ai deux ou trois bodies déjà trop petits à te donner, si tu veux.

— Quel genre ?

La jeune femme lève un sourcil inquisiteur.

— Tu veux savoir s'ils sont roses avec de la dentelle ?

— Non, pourquoi ?

— Tu connais le sexe ! C'est quoi ? Dis ! C'est quoi ?

— Han-han. Je garde ça pour moi. Autant je te fais confiance pour ne pas parler de mes états d'âme, autant je sais que ça, tu ne seras pas capable de le garder pour toi.

— Allez, s'te plaîîîîît ! fait Marlène en tapant du pied dans une parfaite imitation de son fils.

Loïc lâche un soupir vaincu.

— Bon, OK. Je te donne un indice : son prénom commence par un M. Tu as seize semaines pour rendre ta copie.

42

Ce mois d'août 2019, Loïc le traverse dans une brume épaisse, suffocante, qui met ses nerfs à vif et le pousse toujours un peu plus près du précipice. Le feuilleton que la presse et les chaînes d'info construisent sur son malheur se poursuit tout l'été, trouvant son point d'orgue le 7 août, quand *En quête* titre « CAMILLE STEPHAN : C'EST LE MARI ! », fédérant une bonne partie de l'opinion publique avec ces ragots présentés comme des vérités. L'affaire tourne au déballage nauséabond, comme il l'avait pressenti, et avec ce soupçon d'adultère, il a maintenant un mobile pour avoir fait disparaître sa femme – et son prétendu amant, par la même occasion. Livré à la vindicte populaire, il devient l'ennemi public numéro un, dont le visage creusé s'étale sur les présentoirs de tous les vendeurs de journaux de France.

De retour du Finistère le 14, il reste enfermé chez lui pendant quarante-huit heures, redoutant, après l'affaire Liam Prigent, de se voir pris pour cible par une autre victime collatérale de violences conjugales. Le 17, alors qu'il tente une sortie chez le coiffeur, il a la surprise d'être reçu par le directeur du salon plutôt que par Charlotte, sa coiffeuse habituelle pourtant présente, qui lui lance des regards apeurés. Le lundi suivant, c'est un livreur venu lui déposer un courrier envoyé par son avocate américaine qui lui demande si c'est lui qui a tué sa femme. Et le 24, alors qu'il participe à un nouveau rassemblement organisé par Claire via les réseaux sociaux pour distribuer des appels à témoins dans une zone commerciale, il est pris à partie par des Femen à grands cris de « Pas une de plus ! » et autres « On me prendra au sérieux quand je serai morte ! ». Le lendemain, pour la première fois, *Le Supplément du dimanche* ose le gros titre « L'ASSASSIN », plaqué en lettres rouges sur son visage en plan serré.

Le 26 août, Karen Andro, excédée par l'ampleur que prend cette campagne de désinformation, le contacte pour lui proposer une riposte médiatique immédiate censée le réhabiliter aux yeux du public. Loïc, qui préférerait se terrer chez lui en attendant que l'orage passe, finit par se laisser convaincre. Comme il est en déplacement professionnel à Paris, rendez-vous est pris le 28 en début d'après-midi. Mais ce mercredi matin, deux enquêteurs de la police judiciaire, dont le capitaine Villain, accompagnés d'un agent de la police technique et scientifique, de la juge Pik et de sa greffière, se présentent à sa porte à 9 heures pour une nouvelle perquisition. Leurs sept heures de fouille, qui, selon Me Agostini, n'augurent rien de bon, laissent Loïc exsangue et la maison sens dessus dessous. Appelé à la rescousse, Baptiste vient lui prêter main-forte après la préparation de ses cours pour tout remettre en ordre. Persuadé qu'il va être mis en examen avant le week-end, Loïc ne ferme pas l'œil de la nuit. Le surlendemain, alors qu'il croit reprendre pied, un article paraît dans *En quête*, affirmant par l'entremise d'une source proche de l'enquête que des traces de sang ont été prélevées dans la voiture du couple, photo d'une Volvo qui n'est pas la leur à l'appui.

Et le 6 septembre, le jour où Loïc et Camille auraient dû fêter leurs dix ans, les résultats d'expertise tombent.

JOUR 157

43

— Prêt ?

— Prêt.

Karen Andro fait taire les essuie-glaces. Le silence tombe sur l'habitacle tandis qu'une pluie fine vient moucheter le pare-brise de sa Clio.

— Remonte ta vitre.

— Tu es sûre ? fait Loïc, qui craint que l'odeur de tabac froid qui imprègne les sièges ne l'asphyxie.

— Tu veux que le message passe, oui ou non ? Alors il faut qu'on entende clairement ta voix. Ferme.

Loïc fait tourner la manivelle dans un geste vieux de vingt ans, avec un regard au parking.

— Pourquoi tu as voulu faire ça ici ?

— Pour être à l'abri des oreilles et des yeux indiscrets.

De la buée commence à recouvrir les vitres. Dans moins d'une minute, ils ne seront plus visibles.

— C'est parti, dit Karen en mettant son dictaphone en marche. Cinq mois après la disparition de Camille Stephan à Rennes, son mari a décidé de sortir du silence. Loïc Stephan, trente-neuf ans, ignore toujours si sa femme, portée disparue depuis le 3 avril dernier, est vivante ou morte. Monsieur Stephan, comment vivez-vous cette période d'incertitude ?

La mâchoire de Loïc roule sous sa peau. Il met quelques secondes à répondre.

— Mal. Très mal. Je vis des heures très sombres.

— Pourquoi avez-vous choisi de nous parler aujourd'hui ?

— Parce que j'ai besoin de libérer ma parole, de faire connaître ma vérité.

— Votre vérité, qui est donc différente de celle que nous présentent les médias ?

— Oui. Il est déjà difficile d'avoir le sentiment d'être suspecté par les enquêteurs, mais il est insupportable de voir des mensonges sur ma vie privée s'étaler à la une des journaux.

— Vous parlez de cette campagne de désinformation à laquelle se livrent certains médias depuis que circule la rumeur d'une liaison entre votre femme et un autre homme, c'est bien ça ?

— C'est plus ancien. Dès le mois d'avril, de fausses informations ont commencé à circuler sur mon compte. On m'a d'abord prêté une aventure avec la meilleure amie de ma femme, puis on a raconté que j'étais allé faire un enfant à une autre aux États-Unis. Et aujourd'hui, on m'accuse d'avoir fait disparaître ma femme et son prétendu amant. C'est insupportable. La vérité, c'est que malgré tous les moyens déployés par la police, on ne sait toujours pas si Camille est vivante ou morte.

— Des parallèles ont été faits avec l'affaire Daval. Qu'avez-vous à répondre aux gens qui vous pensent impliqué dans la disparition de Camille ?

— Je leur répondrai ceci : ce qui m'arrive peut arriver à n'importe qui. Personne n'est à l'abri. Et en pareil cas, chacun a droit à la présomption d'innocence.

— Certaines personnes, notamment sur les réseaux sociaux, pensent tout savoir de l'enquête, alors que du propre aveu du procureur de la République, « personne n'est judiciairement mis en cause dans cette procédure ». Vous avez raison de rappeler le principe de présomption d'innocence. Rappelons aussi à ceux qui répandent ces rumeurs sur votre compte que dans l'affaire Suzanne Viguier, cette femme disparue sans laisser de trace en février 2000, le mari rapidement suspecté a été acquitté à deux reprises.

— Oui. J'ignore pourquoi l'opinion publique est à ce point arc-boutée sur ces a priori à mon sujet. On entend dire partout : « Ça ne peut être que lui. » Alors d'où viennent ces rumeurs ? Qui les colporte ? Et surtout, pourquoi ? C'est ce que j'aimerais savoir.

— Vous dénoncez aussi une enquête qui semble vous viser. Bien que vous restiez persuadé que la justice fait correctement son travail, vous vous dites indigné par la façon dont l'instruction est menée.

— C'est vrai. Je vis très mal les soupçons des enquêteurs à mon encontre. J'ai déjà subi deux perquisitions et plusieurs auditions qui ressemblaient plus à des interrogatoires qu'à une information de partie civile. On a aussi auditionné mes parents. On leur a dit que j'étais coupable, qu'il fallait que j'avoue. Que si j'avais un bon avocat, je serais condamné à moins de dix ans, et que je n'en ferais que trois ou quatre avec les remises de peine. Dans le cas contraire, j'en prendrais pour vingt ans minimum. (Loïc s'interrompt, inspire profondément.) On leur a fait peur. On leur a dit « Que va devenir son enfant ? » Mon père… (La voix flanche.) On a même été demander à mon père s'il m'avait aidé à… à faire disparaître le corps. Ça m'a rendu malade d'apprendre ça. Malade. C'est ignoble, toutes ces insinuations. Je ne peux pas l'accepter.

— Pourtant, vous continuez de croire à la justice ?

— Bien sûr. Je crois à la justice, depuis le premier jour. Je suis à la disposition des enquêteurs, dont le travail est très compliqué. Je comprends parfaitement qu'ils aient dû procéder à certaines vérifications me concernant. Mais là, c'est de l'acharnement.

— Justement, concernant la dernière perquisition à votre domicile, le procureur de la République a déclaré hier que des microtaches de sang appartenant à votre femme avaient été retrouvées dans le coffre de votre véhicule. Avez-vous un complément d'informations à nous apporter à ce sujet ?

— Oui, j'aimerais rétablir la vérité sur ce point. D'après les experts, il s'agit de minuscules craquelures, une dose infinitésimale de sang incompatible avec une scène de violence. L'expertise a démontré que le coffre de notre voiture n'avait pas été nettoyé, que rien n'avait été maquillé. Je suis sûr que tout le monde s'est un jour coupé ou égratigné en sortant quelque chose de son coffre. Pour autant, sommes-nous tous des assassins ?

— Donc, une fois encore, c'est une fausse piste ?

— Oui. Et je trouve révoltant que les enquêteurs perdent leur temps à essayer de faire de moi un coupable parce que le dossier est dans l'impasse.

— D'autant qu'il n'y a pas de corps, rappelons-le. En

somme, on veut faire de vous le coupable d'un meurtre sans cadavre.

— Exactement. Il n'y a ni corps, ni preuves, ni témoins. Les directeurs d'enquête n'ont absolument aucun élément à charge contre moi. Pourtant, je reste dans leur viseur. Et pendant ce temps, les autres pistes sont négligées.

— Vous parlez de l'homme avec qui votre femme aurait eu une liaison ? Joris Malzieu ?

— Oui. Mon avocate et moi avons demandé à la juge d'instruction en charge du dossier de procéder à des investigations plus poussées sur lui, en vain jusqu'à aujourd'hui. Tout ce que je sais, c'est qu'une enquête a été ouverte pour faire la lumière sur sa disparition. En revanche, on ne s'intéresse pas à lui en tant que suspect.

— « L'assassin », « C'est le mari ! », « Tout l'accuse » : les médias ont fait leur beurre sur cette affaire pendant tout l'été. Que souhaitez-vous répondre à ces accusations infondées ?

— C'est dégueulasse. Je ne vois pas d'autre mot. On me prête une personnalité qui n'est pas la mienne. On me dit froid, insensible. Machiavélique. Certains journalistes ont poussé le vice jusqu'à aller interroger mes anciens professeurs de fac. Il y a même un journal, dont je tairai le nom, qui a publié mes résultats d'examens pour tenter de faire un rapprochement bancal entre une supposée intelligence hors norme et l'élaboration du crime parfait. Mais tout ça, c'est du Hitchcock de pacotille. J'ai eu de bons résultats universitaires, c'est vrai, mais ça ne fait pas de moi un génie du crime. On m'a aussi reproché de ne pas faire de déclarations aux médias, de ne pas avoir su défendre ma cause en refusant systématiquement de m'exprimer face à la presse. Mais je ne tenais pas à m'abaisser au niveau de ces psychologues de caniveau qui servent toujours la même histoire.

— Il y a aussi des médiums qui disent avoir parlé à votre femme depuis l'au-delà. Elle leur aurait confié que c'est vous qui l'avez tuée. Il paraît d'ailleurs que vous seriez brouillé avec votre belle-mère, qui semble prêter foi à ces allégations…

— Je n'ai rien à dire à ce sujet.

— Aujourd'hui, comment vous sentez-vous, monsieur Stephan ? Comment envisagez-vous l'avenir ?

— Je garde espoir, même si je sais que je dois me préparer au pire. Certains jours, je me dis que Camille va revenir et que nous allons reprendre notre vie, d'autres jours… je pense exactement le contraire. C'est épuisant, ce doute permanent. C'est une torture, un enfer émotionnel. On pourrait croire que l'angoisse s'atténue avec le temps, mais c'est faux. Plus les jours passent, plus l'attente est difficile à supporter.

— Pour finir, que voudriez-vous nous dire de Camille et du couple que vous formez avec elle ? … Monsieur Stephan ?

— Camille est une femme lumineuse, passionnée, pleine d'humour et d'amour. C'est son rire qui me manque le plus. Elle a toujours eu besoin de paix et d'insouciance, et je crois que depuis quelque temps, elle avait trouvé cet équilibre. Nous avons eu des moments difficiles, comme tout le monde. Notre… (Une hésitation.) Notre désir d'enfant nous a causé beaucoup, beaucoup de tourment. Camille rêve d'être maman par-dessus tout, et au moment de sa disparition, elle touchait ce rêve du doigt. Je ne m'explique pas ce qui s'est passé, je…

— Si Camille nous entend, quel message aimeriez-vous lui envoyer ?

— Je veux qu'elle sache que je ne lâcherai rien, que je vais continuer à la chercher. Je souhaite qu'elle aille bien, du plus profond de mon cœur. Si elle m'entend et si elle le peut, je voudrais qu'elle nous fasse savoir qu'elle est vivante. J'espère avoir très vite de ses nouvelles. Et je veux lui dire que je l'aime.

La voix de Loïc se brise sur ces derniers mots. Karen laisse passer quelques secondes.

— Merci, monsieur Stephan. Merci pour ce témoignage bouleversant. Je tiens à rappeler qu'à ce jour, vous n'avez jamais été placé en garde à vue, qu'aucune charge ne pèse contre vous et qu'aucun élément accablant ne vous relie à la disparition de votre femme, contrairement à ce que prétendent certains journalistes de bas étage. C'était Karen Andro.

Le crépitement de la pluie sur le toit de la Clio s'invite dans le silence qui suit. C'est Loïc qui le rompt après quelques secondes :

— Pourquoi il a fallu que tu parles de ma belle-mère ? Ça ne faisait pas partie des questions qu'on a préparées.

— Oh, ça m'est venu comme ça. Si ça te gêne, je couperai au montage.

Loïc siffle entre ses dents et dévisage la journaliste d'un air ombrageux.

— Vous ne pouvez pas vous en empêcher, hein. Tu es comme les autres, au fond, il faut que tu grattes là où ça fait mal.

Karen soutient son regard sans ciller avant de ranger son dictaphone.

— Dans une semaine, quand j'aurai vendu cette interview et qu'elle aura été reprise par les plus grands organes de presse, tu me remercieras. Crois-moi.

— Je ne sais pas où je serai dans une semaine, souffle Loïc. Si ça se trouve, la juge Pik va péter un câble en entendant ça, et m'envoyer direct à la case prison.

Il ne croit pas si bien dire.

JOUR 163

44

Si la superstition est le terreau de la peur, il est des jours où les mauvais présages en font le lit, et ce vendredi 13 septembre, Loïc en fait l'amère expérience. Toute la journée, il enchaîne les contretemps et les contrariétés, en prélude à une mauvaise nouvelle qu'il sait près de tomber. Réveillé avant 6 heures par le camion des éboueurs qui bipe au ras de sa fenêtre, au premier étage de son hôtel de la porte de Champerret, il croit se rendormir quand un moustique vient bourdonner avec insistance à ses oreilles. L'importun réduit au silence à l'aide d'un chausson jetable, c'est la radio de son voisin qui prend le relais pour annoncer une journée noire dans les transports en commun avec une grève « monstre » à la RATP, ouvrant le bal de la contestation contre la réforme des retraites. Une heure plus tard, l'affluence est telle devant la bouche d'entrée de la ligne 3 du métro que Loïc rebrousse chemin, direction la rue Voltaire, près de la mairie de Levallois, qu'il rejoint en vingt minutes de marche. Aucun incident à signaler sur le trajet, en dehors d'un père de famille qui lui coupe la route sur sa trottinette électrique et de l'inévitable crotte de chien qui s'accroche à sa semelle sur un coin de trottoir. Le reste de la matinée se déroule sans encombre, la réunion qu'il est venu animer sur l'accessibilité de la santé aux populations en difficulté ayant été dûment préparée, et à 12 h 45, il saute dans un Uber qui, pris dans les bouchons, met près d'une heure à rejoindre la gare Montparnasse. Ensuite, c'est la course jusqu'au quai, la bousculade pour scanner son billet. Par chance, le trafic TGV n'est pas perturbé, son train est toujours prévu à 13 h 56, et Loïc s'engouffre dans sa voiture deux minutes avant le départ, incognito derrière sa panoplie d'homme traqué. Une fois son rythme cardiaque revenu à une fréquence normale, il va s'acheter un club-sandwich au wagon-bar. Il profite du reste du trajet pour rédiger son compte rendu de réunion et remplir le *birth plan*, le projet de naissance que lui a envoyé Ginger de 3Harts. Il a rendez-vous avec Lorna à 16 h 30 heure française pour discuter de leurs souhaits concernant l'accouchement et les soins au nouveau-né, et tout semble bien calé pour une arrivée en gare de Rennes à 15 h 25. Il est en train de cocher la case indiquant qu'il ne souhaite pas conserver le sang ombilical quand le train ralentit, puis s'arrête. Après quelques secondes, le chef de bord annonce que le trafic est momentanément interrompu en raison de la présence d'un animal sur la voie. Ça peste autour de lui, mais Loïc reste concentré sur son questionnaire. Oui, il veut couper le cordon, oui, il veut faire du peau à peau avec son bébé, non, il ne veut pas qu'il soit circoncis si c'est un garçon. Il laisse à Lorna le soin de lister ses préférences pour ce qui est de l'environnement pendant le travail – intensité de l'éclairage, musique – et referme son ordinateur avant de finir son sandwich. Dix minutes plus tard, le train est toujours immobilisé et l'impatience commence à monter. Puis le moteur repart, avant de stopper quelques mètres plus loin dans un brouhaha de protestations. Il faut attendre 15 h 05 pour voir le TGV redémarrer, et à ce moment-là, le retard estimé est déjà de dix-huit minutes. Ils arrivent finalement à Rennes à 15 h 52. Le temps de récupérer sa voiture au parking, Loïc arrive rue du Thabor dix minutes avant son rendez-vous Skype avec Lorna. Soulagé, il descend de la Volvo sans inspecter les environs, comme il a pourtant pris l'habitude de le faire depuis son agression, et a la mauvaise surprise de voir débouler Allan Morève, un journaliste de *Ouest France* qu'il a déjà envoyé balader plusieurs fois. Fidèle à sa ligne de conduite, Loïc se débarrasse de lui de manière expéditive, conscient que ce nouvel affront aux médias ne va pas jouer en sa faveur. Tant pis, il a plus important à faire. Il n'est pas sûr d'avoir réussi à redorer son blason après l'interview de Karen Andro diffusée l'avant-veille, de toute façon, donc ça ne changera rien. Il abandonne sa valise dans l'entrée, jette sa casquette sur l'îlot et, ses lunettes de soleil sur le nez, il ouvre l'iPad, qui bien sûr n'a plus de batterie. Après l'avoir branché, il doit encore attendre une minute pour pouvoir l'allumer. Quand il se connecte enfin à Skype avec trois minutes de retard sur l'horaire prévu, nouveau revers : Lorna ne répond pas. Peut-être parce qu'il commence à comprendre les angoissés du vendredi 13, Loïc sent la parano le gagner et se met à imaginer le pire. Ses messages WhatsApp restent sans réponse pendant plusieurs minutes, l'angoisse grimpe en flèche. À 16 h 43, enfin, la sonnerie de Skype retentit. Apparaît sur l'écran le visage tout sourire de Lorna, qui le rassure immédiatement. Les yeux pétillants, elle explique qu'elle a pris du retard sur son rituel du matin à cause de son *pregnancy brain*, son cerveau de femme enceinte, qui lui a joué un nouveau tour : elle a complètement oublié d'imprimer les invitations qu'Elijah doit distribuer pour sa fête d'anniversaire, qui a pour thème « Les pingouins sous les tropiques de Saturne », et a dû s'en occuper en urgence avant son départ pour l'école. Loïc s'amuse de l'inventivité du petit garçon, et pour la première fois de la journée, ses nerfs se relâchent. Mais, à trop baisser la garde, il en oublie qu'on est vendredi 13, et quand l'appel de Me Agostini vient les interrompre en plein débat sur les différentes solutions d'allaitement, il sent ses veines se glacer à l'idée de la mauvaise nouvelle dont l'avocate est forcément porteuse.

45

— Je viens de rencontrer la juge Pik, annonce Me Agostini à brûle-pourpoint.

— Elle a entendu l'interview ? Elle est furieuse, c'est ça ?

— Disons qu'elle n'a pas sauté de joie. Elle vous reproche d'avoir joué le jeu de la presse que, je cite, « vous dénonciez il y a peu dans son bureau ».

— Je risque quelque chose ?

— Non. En tant que partie civile, vous n'êtes pas tenu au secret de l'instruction. Mais ce n'est pas l'objet de mon appel. Le parquet vient d'être informé que des éléments du dossier d'instruction qui n'avaient pas été portés à notre connaissance vont sortir dans la presse.

— Quels éléments ?

— La juge a ordonné la mise sur écoute de vos lignes téléphoniques début juillet. Le contenu de certaines de ces écoutes a fuité, il va être publié sur le site de Mediapart dans l'heure qui vient.

Loïc reste un instant sans réagir, sous le choc. Puis il éloigne le téléphone de son oreille.

— Des écoutes ? articule-t-il en fixant l'appareil, qui contient toute sa vie ou presque. Ils ont le droit de faire ça ?

— Qui, les enquêteurs ? Oui, pourvu qu'elles puissent être utiles à la manifestation de la vérité. Pour ce qui est de Mediapart, c'est l'éternel débat entre le secret de l'instruction et la liberté d'expression.

— C'est pas vrai ! Et... ces écoutes, vous savez ce qu'elles disent ?

— Il s'agirait d'un appel entre vous et votre belle-mère, portant sur l'héritage de votre femme. Ça remonte à début août. Vous voyez de quoi je parle ?

Loïc est d'abord incapable de réfléchir.

— Monsieur Stephan ?

— Début août ? Attendez... Oui, Blanche et moi, on a peut-être évoqué le sujet, je... je crois que c'est elle qui en a parlé la première, elle voulait savoir ce qui allait se passer pour l'argent que Camille a touché au décès de son père...

— On parle de quelle somme ?

Loïc ne répond pas immédiatement. Il continue de fixer son téléphone, le tenant éloigné de lui comme s'il pouvait brûler. Peut-il encore lui faire confiance ? Est-il écouté ?

— Vous pouvez parler sans crainte, dit Me Agostini, qui perçoit son hésitation.

— Un peu plus de trois cent vingt-cinq mille euros.

— D'accord, je comprends mieux.

— Vous comprenez quoi ?

— Pourquoi les enquêteurs se sont livrés à une analyse financière et patrimoniale poussée de votre couple.

— Quoi ?

— C'est ce que Mediapart va publier : le montant de l'héritage.

Une brusque bouffée de colère monte dans la poitrine de Loïc. Il a l'impression que les OPJ ont travaillé dans son dos, que tout ce qu'ils font depuis des semaines vise à l'incriminer plutôt qu'à retrouver Camille.

— Ils pensent que je l'ai tuée pour l'argent, maintenant ? C'est ça ?

— Monsieur Stephan…

— Ça va s'arrêter quand, putain ? Ça va s'arrêter quand ?

— Monsieur Stephan…

— Et on ne peut pas essayer d'empêcher la publication ?

— Ça ne servirait à rien. C'est toujours la loi sur la liberté de la presse qui primera. Mais…

— Comment ça a pu fuiter ?

— Dans une affaire comme celle-ci, qui passionne le grand public, les informations transpirent de tous les côtés, y compris de la bouche de ceux qui sont tenus à un secret absolu. Mais ce n'est pas le sujet. Ce que nous dit ce nouvel acte d'enquête ordonné par la juge, c'est qu'elle ne lâchera rien. Sa conviction est faite, maintenant elle cherche des billes. Il va falloir nous montrer plus offensifs.

— Il aurait peut-être fallu y penser avant ! Vous suggérez quoi ?

Loïc entend l'avocate prendre une inspiration pour parler, mais elle se ravise.

— Excusez-moi, je dois vous laisser, j'ai un double appel qui ne peut pas attendre. Je vous recontacte juste après.

Il n'a pas le temps de répondre qu'elle a déjà coupé la communication. Le bras de Loïc retombe. Il promène un regard hébété sur le séjour, serrant dans son poing le téléphone, cette arme qui s'est retournée contre lui. L'arrivée d'un message WhatsApp le tire de son état second. Il pense d'abord que c'est Lorna, qui doit attendre de savoir s'il veut ou non qu'elle donne son lait au bébé, mais il s'agit de son avocate.

Sabrina Agostini : Monsieur Stephan, j'ai pensé que nous serions plus « tranquilles » ici.

Loïc : Vous pensez qu'on nous écoute ?

Sabrina Agostini : Le contraire me surprendrait. Quand je parlais de nous montrer plus offensifs, je voulais dire qu'il faut tout miser sur Joris Malzieu. Nous devons faire en sorte de reporter l'attention et les soupçons sur lui. Vous êtes toujours en contact avec cet enquêteur privé ?

Loïc : Non. Ma belle-mère l'a congédié la semaine dernière, elle ne fait plus confiance qu'à son radiesthésiste. Vous pensez qu'il pourrait nous être utile ?

Sabrina Agostini : Il a su montrer son savoir-faire. Vous devriez le contacter. Demandez-lui de se renseigner sur Malzieu.

Loïc : Il n'y a rien de neuf dans le dossier à son sujet ?

Sabrina Agostini : Non. On perd sa trace après son échec en master de psychologie à l'université Savoie Mont Blanc en 2008, jusqu'à l'obtention de ses diplômes de l'École française de coaching et de l'École d'hypnose de Paris en 2016. C'est sur cette période qu'il faudrait creuser.

Loïc : D'accord, je vais voir ça avec Morvezen.

Sabrina Agostini : Très bien. Bonne soirée.

Loïc : Bonne soirée.

Loïc, qui a fait les cent pas tout le temps qu'a duré l'échange, vacille et se laisse tomber dans le canapé, comme terrassé par un uppercut en pleine face. Il est à bout de forces, sa combativité en a encore pris un coup. Où son calvaire va-t-il s'arrêter ? Il imagine déjà les gros titres : « CAMILLE STEPHAN, TUÉE POUR SON HÉRITAGE », « LE MONSTRE EN AVAIT APRÈS SON ARGENT », et ça lui colle la nausée, si bien qu'il finit à genoux dans les toilettes, à essayer de vomir son club-sandwich. Après un moment, comme rien ne sort, il regagne le salon et envoie un message à Lorna, lui disant qu'il veut encore réfléchir à cette histoire d'allaitement. Il tente ensuite de joindre Morvezen mais tombe sur sa messagerie. Puis, cherchant à marquer au moins un point positif dans cette journée, il se connecte sur le site d'une agence de voyages en ligne et réserve son billet d'avion, ainsi que celui de sa mère, à destination de Portland. Le départ est prévu le 10 novembre à 9 h 10.

Mais le destin va en décider autrement.

JOUR 181

46

Le 1er octobre, le jour des quarante ans de Camille, Loïc est interpellé chez lui à 8 h 05 pour être placé en garde à vue. Il est conduit dans les locaux de la police judiciaire, boulevard de La-Tour-d'Auvergne, où le capitaine Villain lui réserve un accueil aussi chaleureux qu'à un violeur d'enfant. On le dépouille de tout, sauf de ses vêtements – téléphone portable, ceinture, même les lacets de ses New Balance. Par chance, on lui épargne les menottes. Après avoir fait prévenir ses parents et son employeur, il s'entretient avec Me Agostini, qui l'assure qu'il n'existe aucun élément à charge contre lui et qu'il ne doit pas paniquer. La première audition, qui dure trois heures et demie, porte sur le fond du dossier. Après un démarrage en douceur, les questions s'enchaînent, toutes marquées par le même soupçon. Pour Renaud Villain, le doute n'est plus permis : c'est Loïc qui a fait le coup, maintenant il doit dire quand et comment. Mais Loïc continue à nier, répondant spontanément aux questions qui lui sont posées, ne se tournant jamais vers son avocate pour connaître son avis. Factuel, il répète qu'il n'a aucune idée de la façon dont Camille a pu se volatiliser dans la nuit du 3 au 4 avril. Dans le même temps, l'OPJ lui apprend que sa maison a été placée sous surveillance, que les enquêteurs ont procédé à de nouvelles auditions pour mieux cerner sa personnalité et que ces investigations ont dévoilé leur lot de faits troublants, voire accablants, sans préciser lesquels. Puis il revient sur les prélèvements de sang effectués dans la Volvo – le sang de sa femme, comme ont permis de l'établir les analyses ADN –, sur ce laps de temps où il a disparu le soir du 3 avril à proximité du domicile de Joris Malzieu, sur le fait que son téléphone a borné plusieurs fois dans la zone – tant d'éléments qu'il considère comme un faisceau d'indices.

Pour Loïc, c'est le choc, l'incompréhension. Ce qu'il redoutait tant a fini par arriver. Quand, vers 13 heures, escorté par un flic au rez-de-chaussée du commissariat, il pénètre dans le rectangle de béton de deux mètres sur trois qui va lui servir de geôle, il comprend que sa vie est en train de basculer. Cet endroit, c'est un purgatoire. Un avant-goût de ce qui l'attend après les assises, quand il aura été déclaré coupable. Il a soudain l'impression d'avoir été précipité au milieu d'un cauchemar où le temps s'écoulerait à rebours pour remonter à cette nuit d'avril où il a trouvé la maison vide, où s'est ouvert le chapitre le plus sombre de son existence.

Le claquement sec de la porte à barreaux qu'on referme derrière lui sonne comme un glas. Planté entre ces murs hostiles, Loïc suinte la peur par tous les pores de sa peau. Pour la première fois de sa vie, on le prive de sa liberté. Ici, tout est gris et froid. La peinture écaillée des murs laisse apparaître des plaques de plâtre rongées par la moisissure, la mosaïque au sol est maculée de coulures brunes qui forment des croûtes dans les sillons des joints. Au fond de la cellule l'attend ce qui fait office de couchette : un bloc d'à peine deux mètres de long, en béton lui aussi, surmonté d'un matelas aussi fin qu'un tapis de gym, recouvert d'une housse en plastique et d'une couverture qui a dû voir plus d'urine que de lessive. Pour le confort, c'est raté. Pour la dignité aussi. Cet endroit, c'est une négation de l'humanité.

Après le repas – des raviolis à la sauce tomate qui sentent la pâtée pour chien –, Loïc demande à satisfaire un besoin naturel, mais l'odeur d'excréments et la découverte de toilettes à la turque lui coupent l'envie. Au retour dans sa cellule commence une attente qui lui semble interminable, même si elle ne dure pas plus de vingt minutes. Il n'a pas de montre, pas de téléphone. Les seules traces du temps qui existent dans cette antichambre de l'enfer sont celles que d'autres détenus ont laissées sur les murs avant lui. Sur une portion de plâtre décapé, il découvre des mots gravés, des dates. La plus lointaine remonte aux années 1980 : « Va chier Badinter ». Loïc reste debout tout le temps, de peur de se salir, de s'engourdir. Quand il remonte dans le bureau de Villain, en début d'après-midi, l'audition tourne à l'affrontement.

— Il est dur comment ? demande l'OPJ de but en blanc.

— Quoi ?

— Le mur que vous allez vous prendre.

Cette entrée en matière, Loïc la voit comme une pré-condamnation. Musclé, jalonné de chausse-trappes, l'interrogatoire va s'étirer sur plus de sept heures, pendant lesquelles deux flics – Villain et une femme aux dents du bonheur – vont se succéder pour lui arracher des aveux, façon 150 watts dans la figure, martelant qu'ils ont des doutes sur lui, qu'il n'est plus question d'expliquer pourquoi, juste de se mettre à table. Ils croisent leurs questions, reviennent sur les mêmes détails en les présentant différemment, brouillent les pistes, poussent Loïc dans ses retranchements pour faire jaillir la contradiction, l'incohérence, le mensonge.

— Maintenant, fini de rigoler, assène Villain en milieu d'après-midi, reprenant le flambeau alors que sa collègue, dans le rôle de la gentille flic, s'esquive dans le couloir. Dites-nous où est le corps.

— Il n'y a pas de corps ! jappe Loïc.

— Votre jardin, vous l'aimez ?

— Quoi ?

— Votre jardin, à l'arrière de la maison ?

— Je…

— Si vous ne crachez pas le morceau, j'envoie un bulldozer le retourner. Ça fera désordre dans le quartier, non ?

Malgré des heures d'interrogatoire, Loïc ne lâche rien, parce qu'il n'a rien à lâcher. Villain prononce sans cesse les mêmes mots, ça tourne à l'obsession : « On va trouver le cadavre, un cadavre ça parle. On va trouver le cadavre, un cadavre ça parle. » Puis ce sont ses parents qu'on menace, l'OPJ affirme qu'il n'a qu'un coup de fil à passer pour que ses collègues de Quimper les mettent en garde à vue. Dans une explosion de rage, Loïc crache un « Non ! » rauque, primal, et Villain prévient, un ton plus haut, qu'il va devoir le menotter s'il ne se calme pas. L'instant d'après, sans reprendre son souffle, il le mitraille de nouveau de questions sur sa vie de couple, parce que, il en est sûr, c'est là que réside la clé de l'énigme. Le flic ratisse large, il lui faut un mobile, alors il lui cherche une maîtresse, un amant, de mauvaises fréquentations, des difficultés financières, il veut mettre Loïc à nu alors qu'il ne lui reste déjà plus grand-chose sur le dos à part son pantalon qui tombe car il n'a plus de ceinture et ses chaussures qui glissent car elles n'ont plus de lacets. Sur le bureau qui les sépare, les onze tomes du dossier tremblent comme un château de cartes à chaque éclat de voix. Ivre de colère et de chagrin, Loïc finit par craquer à la fin de la deuxième audition. Après des heures d'intimidation, il admet, dans un flux de paroles continu, qu'il a peut-être sa part de responsabilité dans la disparition de Camille, il dit qu'il y a eu des tensions autour de la décision de recourir à un don d'ovocytes, que Camille n'était pas très enthousiaste et qu'il a insisté, peut-être un peu plus qu'il n'aurait dû, mais ses réticences se sont évanouies dès qu'ils ont trouvé leur donneuse, ça ne peut pas être un prétexte à un départ ou à une infidélité. Dès lors, Villain, qui a trouvé la faille, ne va plus le lâcher. « C'est la poule qui chante qui a fait l'œuf », appuie-t-il, persuadé que son client du jour attire l'attention sur lui pour mieux se défausser. « C'est un cauchemar, c'est un cauchemar », répète Loïc, qui passe de l'éruption de colère à l'éruption de larmes en une expiration, sans savoir que cette claque va en entraîner une autre, puis une autre et encore une autre. La plus grosse, celle qui fait le plus mal, il la reçoit alors que dehors, le jour commence à s'assombrir et qu'il sent que ses dernières forces le quittent. D'un ton calme, doucereux, la deuxième OPJ, qui a pris le relais de Villain, informe Loïc qu'ils peuvent exiger des restrictions concernant ses déplacements, afin de prévenir tout risque de fuite à l'étranger durant le reste de l'instruction. En clair, ils font peser sur lui la menace de ne pas pouvoir aller chercher son enfant à sa naissance aux États-Unis, et ça, Loïc ne le supporte pas. Le voyant s'effondrer, Me Agostini tente une interruption, mais elle se fait gentiment rembarrer et devra attendre la fin de cette troisième audition, à 19h45, pour formuler ses observations. Elle dénonce alors une atteinte au droit fondamental de son client de circuler librement, rappelant que seule la juge d'instruction peut recourir à ce genre de mesures coercitives dans le cadre d'une mise en examen. Or, rappelle l'avocate, il n'existe aucune preuve réelle justifiant une telle décision à l'encontre de Loïc Stephan, constat auquel Renaud Villain, au terme de cette longue journée de confrontation, est bien obligé de se rallier, avec toutefois le sentiment d'être tout près de la vérité.

En l'absence d'aveux et de tout élément concret permettant de relier leur suspect au crime, les deux enquêteurs décident de mettre fin à la garde à vue après douze heures et dix minutes de tension extrême. À 20h15, accompagné de Me Agostini et du capitaine de police, Loïc traverse la rue Pierre-Abélard pour être présenté à la juge Pik, qui décide de le placer sous le statut de témoin assisté, précisant qu'aucune charge n'est retenue contre lui à ce stade des investigations. D'un ton de maîtresse d'école, elle explique qu'il s'agit d'un statut intermédiaire, moins incriminant, entre celui de mis en examen et celui de simple témoin. À la question de Loïc, qui souhaite savoir ce qu'il en est de sa liberté de déplacement, elle répond qu'aucune restriction ne peut lui être imposée s'il veut quitter la France, nuançant cependant sa réponse d'une mise en garde qu'elle déclame comme une menace : elle pourra à tout moment procéder à sa mise en examen si de nouveaux éléments graves ou concordants venaient à rendre vraisemblable sa participation à la disparition de sa femme. C'est un soulagement pour Loïc, qui entrevoit une lueur au bout du tunnel.

À sa sortie du tribunal, ses nerfs lâchent. Il se sent sale, défait. Accablé d'avoir croupi pendant douze heures dans la terreur de voir sa vie basculer dans un gouffre, sans lien avec l'extérieur. Me Agostini se veut réconfortante : elle va solliciter de nouveaux actes, réétudier le dossier. Alors qu'il grimpe dans sa voiture, Loïc lui retourne un regard farouche, voilé de larmes, et déclare, sinistre, que quand la presse annoncera qu'il a passé la journée en garde à vue, le public ne comprendra qu'une chose : que le coupable a été arrêté.

JOUR 183

47

Ce qui frappe d'emblée Baptiste à l'instant où il entre dans la maison de Loïc et Camille, c'est l'odeur de terre. Capiteuse, légèrement sulfureuse, elle le ramène à sa première visite dans un cimetière, à huit ans, pour l'enterrement de son grand-père. L'inquiétude qui le tenaille monte d'un cran et sa voix s'étrangle quand il appelle son ami, dont il n'a plus eu de nouvelles depuis sa garde à vue.

— Loïc ?

L'intérieur de la maison est plongé dans la pénombre, bien qu'il fasse encore grand jour dehors. Le souffle court, Baptiste s'avance dans le séjour. Sur l'îlot traînent un paquet de chips éventré, des bouteilles de bière et des pots de yaourts vides. L'iPhone est là, à côté de la casquette Oregon et des Ray-Ban que Loïc ne quitte plus depuis des semaines. Un filet d'air s'insinue dans la pièce par la baie vitrée entrouverte, sur laquelle les volets sont à moitié tirés. C'est de là que vient l'odeur. Et le raclement de métal.

— Loïc, tu es là ?

Un froissement végétal lui parvient de l'extérieur. Baptiste suit une piste tracée par des empreintes de pas au sol. Des petits cailloux crissent sous ses chaussures. Son regard s'arrête sur une constellation de gouttes de sang séché, entre la cuisine et le patio. Passant la tête par l'ouverture, il ne voit d'abord que les branches qui s'agitent. Puis il entend un halètement d'effort.

— Loïc ?

La tête de son ami jaillit de derrière le feuillage jauni d'un hortensia, à hauteur du sol. Son regard fiévreux se pose sur lui. Baptiste sursaute, saisi par cette vision qui lui évoque un fauve tapi dans les fourrés pour guetter sa proie.

— Putain, tu m'as fait peur ! Qu'est-ce que tu fous ?

Loïc ne répond pas. Il se contente de le jauger de ses yeux rougis, au fond desquels ne luit aucune étincelle de vie.

— Je t'ai appelé cent fois depuis hier, dit Baptiste, avisant les mains sales de son ami, serrées sur le manche d'une pelle. Tu n'as pas eu mes messages ?

Toujours pas de réponse.

— Et je suis venu sonner à la porte, tout à l'heure, en sortant de la fac. Ta voiture était là. Tu n'as pas entendu ?

Une réaction, cette fois : Loïc fait non de la tête.

— J'étais super inquiet, continue Baptiste. Je suis allé chercher tes clés chez moi et je me suis permis de…

— Ça va, tout va bien. Tu peux repartir, dit Loïc dans un grognement sourd, à peine audible.

Baptiste fait un pas incertain en avant.

— Non, je ne vais pas partir. Pas tant que tu n'auras pas posé cette pelle et que tu ne m'auras pas expliqué ce qui se passe.

Loïc le considère avec l'expression irritée d'un petit garçon à qui on viendrait d'annoncer qu'il est temps de ranger ses jouets pour aller se mettre au lit.

— Désolé, tu tombes mal. Je suis occupé, comme tu le vois, dit-il en se hissant hors de son trou.

— Occupé à quoi ?

— À chercher le corps de ma femme.

La respiration de Baptiste se coupe sous l'effet du choc. En une fraction de seconde, il perçoit une infinité de détails dans le tableau que son ami lui donne à voir : les vaisseaux éclatés de ses yeux, la terre sous ses ongles, la peau rougie de ses avant-bras, les poils blancs qui se sont invités dans sa barbe, le tic nerveux qui agite sa paupière gauche, la croûte de sang qui obstrue sa narine droite, les griffures à son cou, le bouton du haut de son polo qui pend au bout d'un fil… Il manque d'air, tout à coup, a l'impression qu'on vient de lui mettre un sac en plastique sur la tête.

— Quoi ? Qu'est-ce que tu as dit ?

— Je cherche Camille. Ça m'est venu en me réveillant ce matin, explique Loïc. Je crois qu'elle est là.

— Qu'est-ce que… qu'est-ce que tu racontes ?

— C'est clair, non ? Je crois que je l'ai enterrée dans notre patio.

Baptiste ne sait pas ce qui l'effraie le plus : le sourire sardonique qui vient de soulever le coin de la bouche de son ami ou son ton désincarné.

— Tu… tu…

Rien à faire, il suffoque. Quand enfin il arrive à parler, il y a plus d'autorité que de peur dans sa voix :

— Pose cette pelle.

Loïc secoue la tête. De grosses gouttes brunes dégoulinent de son front.

— Je dois terminer. Il me reste encore toute cette partie à faire.

— Loïc, pose cette pelle.

— Sinon quoi ?

— Sinon, rien. Je te demande juste de poser ta pelle et de me parler.

Quelque chose passe dans les yeux de Loïc, comme un éclair de défi, et Baptiste comprend qu'il va falloir insister. Contre toute attente, Loïc s'exécute après quelques secondes.

— Voilà, tu es content ?

Quand il s'extrait des buissons, Baptiste s'étonne de voir à quel point son ami a maigri depuis l'été. Le caleçon qu'il porte a l'air deux fois trop grand pour lui, ses jambes semblent à peine le porter.

— Il faut que j'aille pisser, dit Loïc en passant près de lui sans s'arrêter. Attends-moi là, j'arrive.

Baptiste acquiesce silencieusement, assailli par un début d'angoisse. Tandis que Loïc entre dans la maison, il se demande s'il ne devrait pas appeler les flics. Ou s'enfuir. Il choisit finalement d'attendre, parce qu'au fond de lui, il ne peut imaginer que ce qu'il vient d'entendre puisse être vrai. Si Loïc se pointe avec un couteau de cuisine, il aura toujours la pelle pour se défendre.

— Loïc, explique-moi, lui demande-t-il alors que son ami revient, ne tenant entre ses mains que son téléphone et deux bouteilles de bière décapsulées.

— T'expliquer quoi ? Je suis coupable, tu n'es pas au courant ?

Il lui tend une bière, que Baptiste accepte presque avec répugnance. Comment peut-on boire dans un moment pareil ?

— Coupable de quoi ? De ne pas avoir pris la peine de mettre un froc ce matin ?

Comme souvent, Baptiste sort la carte de l'humour, mais cette fois le cœur n'y est pas. Loïc se laisse tomber sur une chaise du salon de jardin et porte sa bouteille à ses lèvres.

— Quoi, tu n'as pas lu la presse ? Tu n'as pas écouté la radio ? Tu n'as pas allumé ta télé ? Tu n'as pas traîné sur Facebook, Twitter ? (Il déverrouille son téléphone et se met à lire, mâchoire serrée.) « Stephan : vers la mise en examen pour meurtre ? », « La vérité éclate enfin ». Tu vois, c'est écrit là ! C'est moi qui l'ai tuée.

— Loïc…

— « Stephan : coupable ! » Ils ne prennent même plus la peine de donner mon prénom. « Stephan », tout court. Comme si j'étais devenu une marque.

Baptiste s'assoit en face de lui et retrouve son ami de trente ans dans le regard que Loïc plonge dans le sien. Pourtant, le doute s'accroche.

— Tout ça, c'est quoi ? demande-t-il en montrant l'espace autour d'eux. Pourquoi tu fais des trous dans ton jardin ?

— Je te l'ai dit : je cherche Camille. Si c'est vraiment moi le coupable, elle est forcément quelque part là-dessous.

Baptiste est sidéré. C'est l'ébullition, sous son crâne, il ne sait plus ce qu'il doit croire. Les mots qui lui viennent s'arrachent douloureusement à sa gorge :

— J'ai une seule chose à te demander, Loïc. Je ne l'ai jamais fait, parce que je n'ai jamais douté de toi, mais je vais le faire maintenant : est-ce que tu es pour quelque chose dans la disparition de Camille ?

— Tu demandes, parce que tu doutes ?

Baptiste fixe intensément Loïc. Les deux hommes restent un moment sans parler, le genre de moment que seuls des amis de longue date peuvent partager.

— Je n'en sais rien, finit par répondre Loïc d'une étrange voix sans timbre. Peut-être.

— Comment ça, « peut-être » ?

— Si j'écoute mes souvenirs et ma raison, non, je n'ai rien fait. Si j'écoute le reste du monde, je l'ai tuée. Avoue que la balance ne penche pas de mon côté.

— Comment tu pourrais l'avoir tuée et ne pas t'en souvenir ?

Loïc soupire.

— Je me pose la même question, figure-toi, et je n'ai pas vraiment de réponse. Mais je crois que parfois, il faut savoir affronter sa part de folie, s'interroger sur le mal qui est caché au plus profond de nous.

— Donc, tu es en train de dire que tu t'es laissé monter la tête comme tous ces cons qui te croient coupable ? Tu ne vaux pas mieux qu'eux, au final.

— Je t'interdis de dire ça.

— Mais putain, Loïc, réagis ! Tu ne peux pas reprocher à la Terre entière de te croire coupable si tu es le premier à douter de toi !

Baptiste s'entend crier, mais il est incapable de contrôler ses nerfs. Ce débordement, c'est le soulagement qui parle, pas la colère.

— Et bordel, depuis quand tu ne t'es pas lavé ? ajoute-t-il quand la tension se relâche.

— Je me lave trois fois par jour depuis que je suis rentré

de l'hôtel de police mardi soir. J'ai la peau toute rouge à force de frotter.

Loïc montre ses avant-bras abrasés.

— C'était si horrible que ça, cette garde à vue ? demande Baptiste.

— C'était pire.

— Pourquoi tu ne m'as pas appelé ?

— Pour te dire qu'on m'avait arrêté ? Peut-être parce que j'avais honte.

— Tu ne t'es pas dit que j'allais le savoir ?

— Si, bien sûr. Comme soixante-dix millions de Français. Mais je ne me sentais pas la force d'en parler.

Un autre silence.

— Et donc, depuis, tu creuses ?

— Depuis ce matin. Hier, j'ai passé la journée à me laver, à dormir et à boire… Aïe !

Loïc grimace, porte sa main à sa poitrine.

— Qu'est-ce qu'il y a ? s'inquiète Baptiste.

— J'ai des douleurs de ce côté. (Il montre son cœur.) Et, non, je t'arrête tout de suite, ce n'est pas une crise cardiaque. C'est des douleurs intercostales.

— Tu as vu un médecin ?

— Non.

— Tu devrais.

— Je devrais.

— Et le boulot ?

Loïc étouffe un rire acide.

— Tu crois que j'en ai quelque chose à foutre, du boulot ? De toute façon, ils ne vont sûrement pas me garder, maintenant que j'ai un casier…

— Tu ne peux pas dire ça, Loïc. Tu vas être papa dans un mois et demi. Il faut que tu reprennes le dessus. Pour ton enfant.

Les épaules de Loïc s'affaissent.

— Je sais. Je sais. Je ne pense qu'à ça depuis deux jours et deux nuits. Il faut que je m'accroche. Même si j'ignore totalement où je serai dans un mois et demi.

— Tu seras aux États-Unis. Avec ton bébé.

— Mais sans Camille.

Baptiste, qui d'habitude a la répartie si facile, ne trouve rien à répondre. Loïc pince les lèvres, comme s'il voulait bloquer les mots qu'il sent venir.

— C'est fini, souffle-t-il. Je dois l'accepter. Camille est morte. Elle ne reviendra pas.

— Loïc…

— Non, n'essaie pas de me convaincre du contraire. Tu sais qu'au fond de toi, tu penses la même chose…

— Je…

— Non, Baptiste ! Arrête ! Arrêtez tous avec vos paroles de réconfort ! Elle est morte, d'accord ? Elle est morte ! C'est fini ! FINI !

Des postillons jaillissent de sa bouche, propulsés par la force de son cri. Baptiste amorce un mouvement vers lui, mais Loïc se dérobe. Il ne s'écroule pas, étonnamment. Il serre les dents et les poings, contenant tout ce qui bouillonne en lui depuis des mois.

— S'il te plaît, dit-il d'une voix où rien ne tremble, si tu es mon ami, arrête d'essayer de me protéger.

— Je n'essaie pas de te protéger. Je pense vraiment qu'il y a encore de l'espoir.

— Le seul espoir que j'ai aujourd'hui, c'est d'être présent à la naissance de mon bébé. C'est tout ce qui compte. Alors arrête. J'ai déjà beaucoup perdu, cette année. Je ne veux pas te perdre, toi aussi.

— Pourquoi tu me perdrais ?

Loïc le cloue du regard.

— Je crois que je pourrais t'en vouloir de continuer à t'aveugler. Encore plus de tenter de m'entraîner dans une sorte de réalité fantasmée où Camille serait encore vivante.

Baptiste voudrait protester, lui dire qu'il croit vraiment à une fin heureuse, mais il sait que c'est peine perdue. Alors, avec un léger décalage, il dit à Loïc ce qu'il a envie entendre :

— Tu ne vas pas me perdre. Je suis comme un morpion, je m'accroche. Je ne vais pas te lâcher, mec. Tu ne te débarrasseras pas de moi comme ça.

Trois semaines plus tard

JOUR 206

48

Samedi 26 octobre, 19 h 15. Loïc se gare devant chez lui alors que la nuit commence à tomber. Il vient de quitter Marlène, avec qui il a passé l'après-midi dans les magasins. Le coffre de la Volvo est plein à craquer d'achats pour le bébé : couffin de voyage, biberons, baignoire, babyphone, couches, produits de toilette, brosse à cheveux, thermomètre et même un mouche-bébé dont il ne saisit pas vraiment l'utilité. Marlène a ajouté à la liste un pyjama de naissance et un très joli mobile musical qu'elle a tenu à lui offrir. La poussette et le siège auto attendent Loïc à Astoria, il les a fait livrer directement chez les Patton.

Il est en train de sortir le dernier sac de la voiture quand il reçoit un message WhatsApp de Lorna, qu'il lit dans l'entrée. Elle lui explique qu'elle a eu des douleurs au ventre et au dos une bonne partie de la nuit et qu'elle est dans la salle d'attente de son obstétricienne avec Owen. Pas d'inquiétude, dit-elle, ce ne sont probablement pas des contractions, mais on ne sait jamais. Loïc ne sait pas trop quoi penser de cette nouvelle. Il a l'impression de s'être reconnecté à la vie aujourd'hui, après un méchant passage à vide, et il est de nouveau arrivé à se projeter pour la première fois depuis des semaines. Mais maintenant, l'angoisse revient le happer comme un mauvais virus.

Comme rien d'autre ne lui vient, il répond à Lorna qu'il est désolé qu'elle souffre et qu'il aimerait pouvoir faire quelque chose pour elle, ce qui lui semble aussi futile que de dire à un enfant qui vient de se casser le bras de serrer les dents. Lorna tempère : elle est déjà passée par là, tout ira bien. Elle rappelle néanmoins qu'elle n'est pas allée jusqu'au terme de ses grossesses avec ses enfants et qu'elle ne serait pas surprise que *little bundle*, le « petit paquet », arrive avec un peu d'avance. Mais pas avant Halloween, surtout, précise-t-elle en ne plaisantant qu'à moitié. Elle doit encore terminer les déguisements de toute la famille – barre chocolatée pour Emelynn, Ninja Avenger pour Elijah, demi-avocat pour elle (l'idée a été soumise par Emelynn, qui trouve que son gros ventre fera un noyau parfait), Chat chapeauté pour Owen.

Halloween… C'est dans cinq jours, pense Loïc. Cette perspective le glace. Il est prêt à partir, ou presque, mais il lui reste une semaine de travail avant le début de son congé et il a pas mal d'administratif en retard. Sans compter qu'il lui faudra modifier les billets d'avion et la réservation de son Airbnb si les choses s'accélèrent. Il choisit pourtant de balayer ces considérations matérielles pour se concentrer sur Lorna. Ils discutent quelques minutes et, quand il l'interroge sur son état d'esprit, elle répond qu'à part les douleurs, tout va bien, même si elle a la larme facile ces temps-ci. Loïc est en train de lire son dernier message, où elle écrit qu'elle s'est mise à pleurer la veille devant un épisode de *Friends*, lorsqu'un appel de Morvezen s'affiche sur son écran. Il n'a pas échangé avec lui depuis quinze jours et prend l'appel.

Le détective, qu'il a mandaté à la mi-septembre, n'y va pas par quatre chemins :

— Je vous appelle de La Morte, en Isère. J'ai des informations sur Joris Malzieu.

— La Morte ? relève Loïc, qui se demande s'il a bien entendu.

— La Morte, oui. Malzieu a été vu dans le coin cet été, deux personnes au moins pensent l'avoir reconnu, dont une qui l'a formellement identifié.

Loïc doit secouer la tête pour se remettre les idées en place.

— Il était seul ?

— Apparemment. Personne n'a vu votre femme.

— C'était quand, exactement ?

— Dans la première quinzaine de juin. La personne qui est sûre de l'avoir vu est une de ses anciennes camarades de classe, je l'ai rencontrée au hasard de mes investigations dans le village. Elle assure que c'était lui, même s'ils ne se sont pas parlé. Elle dit qu'ils n'ont jamais été proches et que Malzieu n'a gardé aucun contact avec les anciens du collège qui sont restés ou revenus vivre dans la région. Il n'a pas plus d'attaches ici qu'en Bretagne.

— Vous avez appris autre chose ?

— Il est né à Vizille, dans la vallée. Son père est décédé, sa mère est en EHPAD depuis 2016. Elle a fait un AVC et n'a plus toute sa tête. Aucun frère et sœur, pas d'amis connus. Malzieu possédait un chalet dans la station de L'Alpe du Grand Serre, qu'il a vendu en juin. D'après les informations de la gendarmerie de Vizille, il ne l'avait pas loué depuis le mois de mars – du moins, pas par les canaux officiels. Le logement a été fouillé, mais avec tous les occupants qui s'y sont succédé et les ménages réguliers, les recherches n'ont rien donné. Il a vécu dans la région jusqu'en 2003 avant de s'installer à Annecy pour ses études. On perd sa trace en 2008, après son échec en master de psychologie. Il semble qu'il a beaucoup voyagé, après ça – Inde, Vietnam… Il s'intéresserait à la médecine alternative, à l'ésotérisme. Il n'était pas revenu ici depuis des années, à ce qu'on sait, au moins depuis le placement de sa mère.

— Et après le mois de juin, il est devenu quoi ?

— S'il est vraiment passé dans le coin, il a soigneusement effacé ses traces. Il ne voulait pas qu'on remonte jusqu'à lui, de toute évidence.

— En clair, tout ça ne nous apprend rien, résume Loïc, dépité.

— Détrompez-vous, monsieur Stephan. Nous savons maintenant que Joris Malzieu était vivant cet été. Ce qui vous dédouane déjà de toute implication dans sa disparition.

— Mais ça ne nous apprend rien sur la disparition de Camille.

— Pour le moment, non, confirme Morvezen d'un air affecté. J'ai fait part des conclusions de mes découvertes aux gendarmes, qui doivent les transmettre au parquet. Je vais rester sur place encore un ou deux jours, mais je ne suis pas sûr de pouvoir en apprendre plus.

— Bien. Bon boulot.

— Merci, monsieur Stephan. Au revoir.

À peine Loïc a-t-il coupé la communication qu'il retourne sur WhatsApp pour répondre au dernier message de Lorna.

Une demi-heure plus tard, les nouvelles qui arrivent lui font l'effet d'un coup de massue. Dans un style télégraphique, elle lui apprend que le bébé va bien, que son rythme cardiaque est normal, qu'il est dans la bonne position et pèse environ trois kilos, mais qu'en raison de ses antécédents – césarienne pour Emelynn, née à trente-sept semaines, et accouchement inopiné à la maison pour Elijah, qu'Owen a mis lui-même au monde à trente-sept semaines et demie –, le Dr Hefley préconise une césarienne programmée. Elle lui livre les informations en direct, sans ponctuation, et Loïc devine qu'elle écrit sous le coup de l'émotion, peut-être depuis le cabinet de l'obstétricienne. Prenant sur lui pour ne pas paniquer, il lui demande comment elle vit la nouvelle, avant toute chose.

La réponse arrive quelques minutes plus tard, dans un ensemble plus construit, qu'il doit lire deux fois pour être sûr de tout comprendre.

Lorna : Mes émotions sont mitigées. L'idée d'une intervention chirurgicale ne me réjouit pas, mais ça me rassure de savoir qu'il y a une super équipe qui va faire en sorte que tout se passe bien et qu'on s'occupera bien du bébé et de moi. En plus, avec une intervention programmée, je peux anticiper, me préparer mentalement. Avec Emelynn, j'étais effrayée et prise au dépourvu, je ne savais pas quoi penser ou ressentir, et j'ai mal vécu l'accouchement. Avec Elijah, tout est allé si vite que je n'ai pas eu le temps de m'inquiéter. Le Dr Hefley dit qu'ils peuvent programmer la césarienne au plus tôt à 39 semaines, donc à partir du 15 novembre, mais que l'accouchement pourrait intervenir à tout moment à cause de mes antécédents. Si c'est le cas, en fonction de l'avancement du travail au moment de la consultation, ils essaieront quand même de faire une césarienne, à moins que le travail ne soit trop avancé ou que les choses aillent trop vite. Je sais que ça peut soulever beaucoup de questions. Je viens d'envoyer un texto à Ginger de 3Harts, qui me dit que cette situation n'est pas rare et qu'elle est disponible pour te répondre. Elle a eu plusieurs parents d'intention et femmes porteuses qui sont passés par là, donc elle connaît le processus. N'hésite pas à la contacter. Je dois te laisser, désolée, j'ai des papiers à remplir.

Loïc laisse en plan le mobile qu'il s'était mis à assembler avant de recevoir le message et s'assoit dans le fauteuil à bascule près de la fenêtre de la chambre du bébé. Après avoir éteint son téléphone, il laisse errer son regard sur les cinq lettres du prénom qu'il a fixées sur la porte le week-end précédent en se disant qu'il restait encore un mois d'attente avant son arrivée. Il n'en est plus aussi sûr, maintenant. Tout a basculé en l'espace d'une minute. La perspective d'une césarienne soulève de nombreux doutes et questions. Aura-t-il le choix ou devra-t-il accepter la décision qui sera prise ? Cela représente-t-il un risque pour le bébé ? Pour Lorna ? Pourra-t-il assister à l'accouchement, en cas d'intervention ? Qu'en aurait pensé Camille ? Doit-il commencer sa valise ? Doit-il prévenir sa mère, lui dire de se tenir prête ?

Toutes les questions qui se bousculent dans sa tête trouvent finalement leur réponse une dizaine de minutes plus tard, avec l'arrivée d'un nouveau message.

Lorna : Césarienne programmée pour le 15 novembre à 7 heures. Dans vingt jours, tu seras papa, Loïc !

JOUR 216

49

Mardi 5 novembre, 10 h 15. Zone de passage aux frontières de l'aéroport Charles-de-Gaulle. Son passeport et sa carte d'embarquement à la main, Loïc tremble d'angoisse. Avec sa tête d'ennemi public numéro un et la condamnation pour meurtre qui lui pend au nez, il estime ses chances de passer les filtres à une sur deux. Si on ne le lynche pas avant… Planté au milieu de la foule bigarrée, il s'efforce d'esquiver les regards qui pèsent sur lui. Impossible de porter sa casquette et ses lunettes de soleil, ici, il a dit adieu à son anonymat dès qu'il s'est inséré dans la file d'attente.

10 h 24. Une aubette se libère, il s'avance vers le garde-frontière. L'homme derrière la vitre agrippe ses documents de voyage, les étudie attentivement avant de le dévisager. Son expression est parfaitement impassible, il est formé à ça. Vient le scan du passeport. Tout va se jouer maintenant, Loïc le sait. Il retient son souffle, la peur au ventre. Le scénario qu'il a ébauché avec sa mère occupe toutes ses pensées : s'il n'est pas autorisé à partir, c'est elle qui ira, seule, accueillir son enfant aux États-Unis. Ensuite, ce sera l'inconnu.

Comment le reconnaître, comment le ramener en France, comment... ? Le policier lui rend ses papiers sans un mot. Il est passé.

11 h 55. L'embarquement commence. Nouveau moment d'incertitude. Va-t-on le laisser monter dans l'avion ? Des passagers vont-ils le reconnaître ? Loïc a retrouvé ses Ray-Ban et sa casquette, et la météo automnale justifie l'écharpe qu'il a remontée sur le bas de son visage, mais que se passera-t-il si son voisin – ou pire, sa voisine – panique en le voyant et refuse de voyager près de lui ? Il s'accroche au bras de sa mère dans la passerelle, comme quand il était petit garçon. À l'entrée de l'appareil, la chef de cabine leur sourit en vérifiant leurs cartes d'embarquement et leur indique l'emplacement du 30A et du 30B. Le troisième siège de la rangée n'est pas encore occupé. Une fois Anne assise côté hublot, Loïc s'installe rapidement : avec son mètre quatre-vingt-cinq, il a l'impression qu'on ne voit que lui.

12 h 10. Le 30C prend place à sa droite. C'est un Américain, Loïc peut souffler. Une annonce retentit alors qu'il sort son téléphone, l'embarquement est terminé. Il envoie un dernier message à Lorna : il sera à Astoria dans environ dix-huit heures. Il ajoute un « Dis au bébé d'attendre encore un peu », signe d'un « With love », appuie sur Envoyer et passe en mode avion.

12 h 38. Le Boeing quitte la piste dans un rugissement de réacteurs. Le vent souffle fort, le décollage est rock'n'roll. Anne, qui n'a pas l'habitude de l'avion, se cramponne à son

accoudoir. Loïc la rassure. Ça le change, de s'inquiéter pour quelqu'un d'autre. Dès qu'ils sont dans les airs, la tension se relâche. Plus rien ne peut le retenir en France maintenant.

14 h 10. Quelque part au-dessus de l'océan Atlantique, une femme qui attend devant les toilettes le fixe avec intensité. Saisi d'une sueur froide, Loïc reporte son attention sur son écran. Pour son premier film du vol, il a choisi *Pupille*, une autre histoire pas simple de bébé. Il ne quitte plus l'écran des yeux jusqu'au générique de fin.

12 h 55, fuseau horaire du Pacifique. Loïc se réveille. L'arrivée à Seattle est prévue dans une heure, enfin. Être enfermé dans cette cabine sans aucun lien avec le monde extérieur lui rappelle un mauvais souvenir. Malgré deux autres films et trois pauvres heures de somnolence, son esprit a eu le temps de vagabonder. Qui sait ce qui se passe trente mille pieds plus bas ? Lorna est-elle chez elle en train de regarder Netflix ? Ou bien dans une salle d'accouchement de l'hôpital, en train de pousser ? Les nouvelles de la veille étaient rassurantes, mais il a pu arriver n'importe quoi dans la nuit.

13 h 58. Atterrissage à Seattle. Comme la majorité des passagers, Loïc n'a qu'une hâte : rallumer son téléphone. Les trains ont à peine touché le tarmac que les petits écrans s'éclairent déjà ici et là. Il bout d'impatience mais attend sagement l'annonce de l'équipage, qui se fait entendre une minute après. Pas de nouvelles de Lorna. Jusqu'ici, tout va bien. S'il passe l'épreuve du U.S. Customs and Border

Protection, le redouté service de l'immigration américain, il ne sera plus qu'à quatre heures d'Astoria.

14h48. L'agent Smith, une Noire énorme aux cheveux rasés, les bombarde de questions, lui et Anne. Que viennent-ils faire aux États-Unis ? Combien de temps vont-ils rester ? Quelle est leur activité professionnelle en France ? Où comptent-ils aller pendant leur séjour ? Loïc, qui maîtrise l'exercice à la perfection, joue franc jeu et explique qu'il vient pour accueillir son enfant, qui va naître grâce à une femme porteuse. L'agent Smith a une seconde d'arrêt, puis elle esquisse un sourire et lui souhaite bonne chance. Il est entré.

15h30. Dans le terminal, c'est la liberté. Personne ne connaît Loïc, ici. Pour la première fois depuis des mois, il se sent anonyme. Son soulagement est de courte durée : le vol pour Portland est annoncé avec un retard de cinquante minutes. Attablé devant un Whopper, il ronge son frein. Il aurait mieux fait de prendre la route ici, à Seattle ! Anne, quant à elle, paraît désorientée, étourdie par tant d'effervescence. Loïc la comprend. Pour qui n'a jamais mis les pieds dans un aéroport international, tout ce monde, tout ce bruit, ça peut coller le vertige.

16h58. Le vol DL4065 quitte Seattle. Il ne va durer qu'une heure, mais c'est déjà trop long pour Loïc, qui à cause de ce retard s'est laissé gagner par un mauvais pressentiment. Plus il approche de l'Oregon, plus il lui paraît inéluctable qu'un grain de sable va venir gripper son voyage.

Son cerveau tourne à cent à l'heure malgré la fatigue. Il n'échange que quelques mots avec sa mère, qui s'endort contre le hublot juste après le décollage.

18 h 45. Leurs bagages récupérés, Anne et Loïc se rendent au comptoir de location de voitures. Loïc a la tête lourde, le corps chiffonné, mais il respire enfin. Lorna lui a envoyé une photo et un message trois quarts d'heure plus tôt pour leur souhaiter un bon trajet jusqu'à Astoria. Elle était tranquillement enroulée dans un plaid devant la saison 4 de *Crazy Ex-Girlfriend*, un chocolat chaud posé sur son gros ventre. En récupérant la clé de sa Chevrolet Malibu, Loïc sent un frisson d'excitation lui chatouiller la nuque. À ses yeux, chaque voyage est une aventure. Celui-ci va être une renaissance.

18 h 57. Alors qu'il charge les trois valises dans le coffre – la sienne, celle de sa mère et celle du bébé –, il sent son téléphone vibrer dans sa poche. Il se liquéfie en voyant le nom d'Owen affiché sur l'écran et prend l'appel d'une main frémissante, manquant de peu de le laisser passer.

— Loek, on est en route pour l'hôpital. Lorna a de grosses contractions. Dépêchez-vous d'arriver, le bébé sera bientôt là !

19 h 03. Sortie du parking des locations de voitures sur les chapeaux de roues. « Columbia Memorial Hospital : 1 h 54 min, 96,3 miles – Arrivée prévue à 20 h 57 », indique le GPS. Alors qu'il s'engage sur l'Interstate 205 en direction du nord, Loïc secoue son corps engourdi, s'oblige à garder

grands ouverts ses yeux collés de sommeil. À partir de maintenant, il n'a plus qu'un objectif : arriver à temps. Il est trop près du but, il n'a pas traversé tant d'épreuves, de désillusions, de doutes et d'angoisse pour ne pas être présent quand son enfant naîtra.

20 h 25. La nuit est tombée sur l'Oregon. Bientôt une heure et demie que Loïc tient à l'adrénaline. Un œil sur la route, l'autre sur son téléphone, il suit l'évolution de l'état de Lorna en temps réel. Elle a été admise à l'hôpital, où elle attend le Dr Hefley. Bien que les contractions se soient calmées, elle sent que le bébé pourrait arriver d'un instant à l'autre. En bonne Américaine, elle répète à Loïc de conduire prudemment. Les miles s'égrènent lentement sur le tableau de bord. Ils sont sur une route de campagne sinueuse où la vitesse est limitée à trente miles à l'heure. Les forêts de sapins qui la bordent défilent comme au ralenti, jalonnées de panneaux indiquant des aires de pique-nique et des campings.

20 h 36. Alors qu'ils ne sont plus qu'à quinze miles d'Astoria, Loïc fait un arrêt dans une station-service, malgré les protestations de sa mère. Il a deviné, à la façon dont elle serre les cuisses depuis une demi-heure, qu'elle a une envie pressante. Elle descend en catastrophe, file aux toilettes. Loïc en profite pour se soulager lui aussi, et ils remontent tous les deux dans la voiture en moins de trois minutes.

21 heures. Astoria, enfin ! La Columbia River, les premières maisons colorées bâties à flanc de colline, les jolies

églises en bois : Loïc ne voit rien de tout ça. Le cœur battant, il guette le bâtiment de briques de l'hôpital, au loin. Ils ne sont plus qu'à cinq minutes et rien n'a bougé du côté de Lorna. Il va arriver à temps, ses bras seront les premiers à porter son enfant ! Le soulagement, l'impatience, la fièvre : tout s'entrechoque en lui dans une confusion brûlante. À la radio passe « Nothing's gonna stop us now[1] » de Starship, un tube des années 1980 qui sonne comme un message d'espoir.

21 h 07. Il déboule dans le hall de la maternité, où l'attend Owen. Les deux hommes se tombent dans les bras. Loïc ne sait que dire, que faire, que ressentir. Il a l'impression d'être dans une sorte de réalité alternative. Son corps est là, pas sa tête. Il a laissé des petits bouts de lui à Rennes, à l'aéroport, dans l'avion, sur la route… comme le Petit Poucet qui sème des cailloux derrière lui. Il pense à Camille, qui devrait être ici, avec eux. À sa mère, qu'il a abandonnée sur le parking. Tout est calme dans l'hôpital, rien à voir avec l'agitation de *Grey's Anatomy*, pourtant le hall tangue autour de lui. Les nerfs à vif, aiguisés par la tension des dernières heures, Loïc se laisse guider par Owen jusqu'aux admissions, où on a l'air de savoir qui il est. On lui demande son passeport, on prend une photo de lui, et l'instant d'après, un sticker sur la poitrine et un bracelet au poignet, il va retrouver Lorna dans une chambre aux murs pastel, au bout d'un couloir désert. Ses traits sont tirés, sa peau est encore plus pâle que d'habitude, mais elle sourit. Loïc vient l'étreindre, et à l'instant où

1. « Rien ne va nous arrêter maintenant ».

son corps se presse contre son gros ventre, il comprend qu'il est arrivé au bout de sa route, que tout le menait ici.

21 h 25. Le Dr Hefley fait son entrée. Un look de garçonne, des tatouages plein les avant-bras, quelques mèches bleues : pas du tout le portrait auquel s'attendait Loïc. Elle les rassure avec un enthousiasme tout américain, le bébé va bien, tout est sous contrôle, mais compte tenu des antécédents de Lorna, elle confirme qu'elle va devoir pratiquer une césarienne. Le bloc étant occupé, elle table sur une intervention autour de 22 heures. En attendant, Lorna doit se reposer. Loïc l'embrasse et lui souhaite bon courage avant de sortir, dans une confiance totale en cette équipe de choc.

21 h 37. Une infirmière le guide jusqu'à une salle d'attente où l'attend sa mère. Elle semble toute petite dans cette grande pièce vide, posée au milieu d'un long canapé d'angle aux accoudoirs démesurés, comme presque tout en Amérique. Pragmatique, Anne s'est débrouillée pour trouver de quoi boire et grignoter, sans doute dans un distributeur. Après avoir avalé quelques chips, Loïc propose de la conduire à la maison qu'il a louée, mais elle refuse. C'est ici qu'est sa place, elle attendra le temps qu'il faudra.

22 h 50. On vient chercher Loïc pour l'installer dans une salle de naissance vacante, où il va pouvoir attendre qu'on lui amène son bébé. Il a pris le temps de conduire sa mère à la maison de Duane Street, de prendre une douche rapide et de se changer avant de revenir muni de son sac de maternité, d'un livre et du doudou éléphant qu'il a acheté à Rennes

trois semaines plus tôt. Incapable de fixer ses pensées, il n'ouvre pas le livre mais feuillette un magazine municipal, le doudou serré contre lui.

23 h 27. Il n'y a aucun bruit dans l'hôpital. Personne n'est passé le voir depuis une demi-heure. Loïc pense à Camille en mordant dans un sandwich. Il pense à sa vie en France, à ce qui l'attend là-bas alors qu'il est à l'autre bout du monde. Il pense à ce qui va se passer dans les prochaines minutes, dans les prochaines heures. Il se demande s'il sera à la hauteur. Ça lui donne le tournis, toutes ces interrogations. Il serre l'éléphant un peu plus fort contre lui.

23 h 48. Il commence à piquer du nez dans son fauteuil inclinable quand il entend un bruit de roulettes, quelque part. Ses sens s'alarment. Par la porte restée entrouverte, il a un bon aperçu du couloir. Il tend le cou mais ne voit rien. Plus le roulement se rapproche, plus sa respiration s'accélère. Une silhouette se profile dans la pénombre, enfin ! Fausse alerte, c'est un agent d'entretien qui pousse son chariot de ménage. Loïc se renfonce dans son fauteuil. Huit minutes plus tard, une femme en blouse bleue entre dans la salle en effleurant le sol de ses surchaussures, comme en état de lévitation. Elle pousse un berceau à roulettes. Le cœur de Loïc explose.

On est le 5 novembre 2019, il est 23 h 56. Marin vient de naître.

JOUR 1

50

— Comme ça ?

— Oui, c'est bien, mais cette pointe, là, vous devez la remonter et la coincer au niveau de la poitrine. Voilà, parfait !

Michelle, l'infirmière de nuit aux faux airs d'Octavia Spencer, vérifie que le lange est correctement maintenu dans le dos du bébé avant de laisser Loïc reposer son fils dans son berceau à coque transparente.

— Il faut que sa tête repose bien au creux de votre bras… Oui, comme ça. Vous vous en sortez haut la main, papa !

— Je lui donne sa tétine ?

— À vous de voir… Moi, les miens, je ne leur en ai jamais donné ! Bon, je vous laisse vous rendormir, tous les deux. N'oubliez pas de nourrir ce petit bonhomme dans trois à quatre heures. S'il ne se réveille pas tout seul, réveillez-le. Mon numéro est sur le tableau, juste ici. En cas de besoin, n'hésitez pas.

— Merci.

La porte se referme dans un chuintement. Loïc pose ses yeux gonflés sur son fils, qui s'est déjà rendormi. Sa toute petite tête, coiffée d'un bonnet à rayures roses et bleues, dépasse à peine du lange dans lequel il est emmailloté. Il est né il y a seulement quatre heures, mais il lui semble qu'il a déjà changé. Sa peau a pris une jolie teinte rosée, alors qu'elle était toute violacée quand il l'a vu la première fois. Loïc repense à son regard curieux, inattendu, lors de leur rencontre. Il a lu quelque part que beaucoup de nouveau-nés gardent les yeux fermés au cours des premières heures, mais ceux de son petit garçon, d'un bleu profond, étaient grands ouverts, déjà posés sur ce monde qu'il commençait à découvrir.

Loïc pose une main sur sa poitrine minuscule, d'apparence si fragile, qui se soulève et s'abaisse lentement dans son sommeil. Il est 3 h 49, il n'a pas dormi plus de deux heures. Épuisé, submergé par l'émotion, il a rejoint sa chambre du premier étage en pilote automatique sur les coups d'1 heure, suivant les pas feutrés de la femme aux surchaussures bleues. Était-elle médecin ? Infirmière ? Il n'en a rien su. C'est elle qui l'a guidé dans ses premiers instants avec son fils, et il n'a même pas pensé à lui demander son nom. Mais tout s'est enchaîné si vite…

Après avoir pesé et mesuré Marin – 3,3 kg, 49 cm –, elle a demandé au jeune papa s'il voulait couper le cordon ombilical clampé, tâche dont Loïc s'est acquitté avec une infinie précaution. Puis est venu le premier contact, ce peau à peau tant attendu qui, dans leur scénario idéal, était réservé à Camille. Chemise ouverte sur son torse nu, Loïc a accueilli son fils roulé en boule contre lui, dans une étreinte qui restera à jamais gravée dans sa mémoire. Ce qui a suivi, en revanche, il en garde un souvenir imprécis. Il lui semble qu'on les a laissés seuls un long moment tous les deux avant de lui annoncer qu'une chambre les attendait au premier. Il se souvient de sang sur sa chemise, du petit pyjama à rayures blanches et vertes qu'une infirmière du nom de Carole l'a aidé à passer au bébé, puis d'un carillon qui a retenti quand l'ascenseur est monté – il apprendra plus tard que le personnel le déclenche dès qu'un nouveau-né quitte le rez-de-chaussée pour rejoindre l'étage. Il se rappelle aussi être passé devant la porte de la chambre occupée par Lorna, à qui il a envoyé un message juste après minuit pour s'enquérir de son état de santé, puis s'être allongé sur un matelas étroit aux draps rugueux après avoir téléphoné à sa mère. Tout devient flou à partir de là, jusqu'à son réveil, à 3 h 15, provoqué par les pleurs de Marin.

Le bébé s'agite dans son sommeil. Loïc rajuste son petit bonnet sur sa tête en observant le bracelet à son poignet, sur lequel apparaissent un code-barres, un QR code et ces deux mots : Stephan Marin. À la vue de son nom de famille accolé au prénom que Camille a choisi, il est envahi par une émotion si forte qu'il sent chavirer tout ce qui fait de lui l'homme qu'il est. L'arrivée d'un enfant, c'est une bouffée d'amour qu'on prend en plein cœur. Que le chemin ait été paisible ou semé d'embûches, la sensation est la même pour une majorité de parents. Loïc peut en témoigner : sa poitrine est en train d'éclater, comme si elle n'était pas en mesure d'encaisser le choc. Terrassé, il laisse sa tête retomber sur son oreiller sans quitter son fils des yeux et s'endort, serrant contre lui le doudou éléphant que l'équipe médicale lui a interdit de laisser dans le berceau. L'instant d'après, la lumière de la chambre s'allume. Il ouvre les yeux et se dresse au garde-à-vous dans son lit, le cœur au galop. La première chose qu'il voit, c'est une bassine jaune. L'infirmière qui le porte se présente : Amira, elle prend la relève du matin. Du matin ? La tête encore lourde de sommeil, Loïc attrape son téléphone sur la table de chevet. Plus de batterie.

— Quelle heure est-il ?

— Sept heures moins vingt.

Sept heures moins vingt ? Il lui faut quelques secondes pour intégrer l'information. Il a dormi trois heures ?

— C'est l'heure du bain, chantonne Amira en sortant Marin de son berceau.

Ni une ni deux, la voilà qui le déshabille pour lui frictionner tout le corps avec une éponge savonneuse. Le bébé se met à pleurer, scandalisé par ce traitement qu'on lui réserve pour son arrivée dans ce monde. Ses cris perçants déchirent les oreilles de Loïc, mais il se calme dès que l'infirmière l'immerge dans l'eau de la bassine pour le rincer. Elle termine la toilette dans la salle de bains où, lui tenant la tête sous le robinet, elle lui lave les cheveux avec une dextérité qui laisse Loïc aussi admiratif que perplexe. Saura-t-il reproduire ces gestes quand viendra son tour ?

— Ne vous inquiétez pas, le rassure l'infirmière, qui a perçu son trouble. C'est beaucoup plus simple que ça en a l'air. En plus, ils adorent avoir de l'eau tiède sur la tête. Regardez comme il est détendu.

En effet, quand elle le met dans les bras de son père, Marin n'est plus qu'un petit paquet tout mou, lui qui deux minutes plus tôt brandissait ses poings minuscules comme un bon petit Français déjà révolté par l'injustice de la vie.

— Vous savez l'emmailloter ? demande-t-elle. Comme un burrito ?

Loïc hoche la tête en bâillant et lui fait une démonstration de ses talents. Amira est conquise, il apprend vite.

— Je vous apporte du lait pour le biberon ? propose-t-elle alors que le bébé se remet à pleurer. Il a bu à 3 h 20, c'est ça ? Il est plus que temps !

— Merci, j'ai mon propre lait en poudre, répond Loïc. C'est une marque française, mon médecin m'a conseillé de l'habituer tout de suite pour…

— Ah, vous êtes français ? J'ai de la famille en France !

Amira s'essaie alors à une improvisation dans la langue de Molière, dont Loïc n'arrive pas à saisir grand-chose. Étrangement, elle ne l'interroge pas sur l'absence de la maman. Peut-être est-elle au courant de sa situation ? Peut-être la question ne lui vient-elle pas à l'esprit ? Voyant qu'il se débrouille bien, elle le laisse avec le bébé et promet de lui apporter un petit déjeuner dans la demi-heure. C'est le deuxième biberon que Loïc prépare, mais il a déjà chopé la technique. Marin avale ses vingt millilitres d'une traite, fait son rot et se rendort. Ce n'est pas si compliqué, se dit Loïc, fier de lui. Il le garde quelques minutes contre lui, respirant l'odeur de ses cheveux, caressant ses petites mains à la peau si douce, puis il le repose quand son petit déjeuner arrive. Deux tranches de pain de mie, du jambon, du fromage, une compote et un café. Loïc dévore, il est affamé, et quand il ne reste rien, il sort le paquet de cookies qu'il a acheté dans une station-service après avoir déposé sa mère à la maison la veille. Il en engouffre trois. Mauvaise idée : trop sucrés, les biscuits lui tordent aussitôt les boyaux.

La lumière du jour, grise et incertaine, filtre à travers les stores quand il se lève pour aller chercher son chargeur dans son sac. Il branche son téléphone, l'allume. Il n'a prévenu personne à part sa mère, mais il a déjà reçu des messages de félicitations de son frère, de Flo, de son père et de deux de ses cousines. Anne n'a pas chômé ! Il n'est que 7 h 10, mais il sait qu'elle est déjà debout. Dans l'attente de nouvelles, sans doute.

— Allô ? fait la voix, bien réveillée, au bout du fil.

— Bonjour, maman.

— Alors ? Comment s'est passée cette première nuit ?

Il lui raconte les biberons, l'emmaillotage, les réveils difficiles, la toilette. Le bonheur qu'il ressent, aussi, malgré sa pudeur, et lorsqu'il prononce le prénom de son fils, qui devient soudain si concret, si vivant dans sa bouche, sa voix se brise.

— Je t'envoie un taxi pour 9 heures, ça te va ? propose-t-il pour reprendre le contrôle, sentant que sa mère bout d'impatience.

— Oui, d'accord. À tout à l'heure. Fais un gros bisou à Marin de la part de sa mamie. Je vous aime. Je vous aime tous les deux.

Ces mots, Loïc ne les a pas souvent entendus. Faut-il donc que les parents baissent leur garde quand ils deviennent grands-parents pour oser enfin se laisser aller à de telles effusions ? Il coupe la communication, au bord des larmes, et écrit à Lorna pour savoir si la nuit a été bonne. Elle répond que tout va bien, qu'elle a dormi cinq heures et qu'elle ne souffre pas trop. Loïc lui envoie deux photos de Marin, choisies parmi les dizaines qu'il a déjà prises. Elle le trouve « parfait », série de petits cœurs à l'appui. Ils conviennent de se retrouver dans sa chambre vers 10 heures pour les présentations.

Anne arrive alors que Loïc est en train de fredonner « Ces mots simples » à son fils lové sur sa poitrine, ses petits doigts emmêlés dans ses poils. Il ignore comment, mais elle s'est débrouillée pour lui trouver un *latte* et un *cinnamon roll*, alors qu'elle ne parle pas un mot d'anglais. Elle fond littéralement en soulevant son petit-fils, qui s'arrache en ronchonnant aux bras de son papa. Loïc saisit l'image de leur rencontre, le cœur gonflé d'amour.

L'émotion monte encore d'un cran quand, à 10 heures, tout le monde – Loïc, Anne, Marin, Lorna et Owen – se retrouve dans la chambre d'à côté pour une réunion familiale improvisée. Lorna est bouleversée quand Loïc dépose son fils dans ses bras. Owen et Anne, qui ne se connaissaient pas un quart d'heure plus tôt et hésitaient entre un *hug* à l'américaine et une bise à la française, s'accrochent l'un à l'autre pour ne pas s'effondrer. Une réflexion que Loïc et Camille se sont faite en découvrant le profil de leur femme porteuse seize mois plus tôt lui revient en mémoire : ils trouvaient que ses mots débordaient d'amour, peut-être un peu trop, que tout avait l'air parfait dans sa vie. Avec leur cynisme de Français moyens, ils avaient sans doute jugé ce déluge de guimauve un peu hâtivement. Aujourd'hui, Loïc comprend. Lorna avait raison, dès le début. À cet instant précis, tout n'est qu'amour. Tout est parfait.

Dans les heures qui suivent, il s'installe peu à peu dans son nouveau rôle de père. Tout n'est pas si rose, mais le métier rentre. Il parle, aussi, il raconte à son fils d'où il vient, comment il a été conçu, qui est sa maman, et comme il n'a plus de larmes à verser, l'échange est fluide, joyeux. À partir de là, le temps s'écoule à son nouveau rythme, celui de son bébé, jusqu'au lendemain, jeudi 7 novembre, quand, un peu après 14 heures, Marin est autorisé à quitter l'hôpital. Dans sa voiture de location, garée sur le parking, Loïc trouve le siège auto qu'Owen a installé. À l'intérieur, sanglé au fond du coussin réducteur pour nouveau-né, l'attend un hippopotame en peluche presque aussi gros que le bébé, cadeau des Patton. Anne monte à l'arrière avec son petit-fils, à la place qu'aurait dû occuper Camille, et la famille rejoint sa maison provisoire, perchée sur les hauteurs d'Astoria.

Une routine commence à s'établir dès le deuxième jour, un quotidien fait de découvertes, de moments de tendresse, de complicité naissante, mais aussi de tâtonnements, de doutes, d'appréhensions. Anne est là, heureusement, mais elle sait garder sa place, elle laisse son fils et son petit-fils s'apprivoiser en intervenant uniquement quand cela est nécessaire ou quand la fatigue se fait trop sentir. Le dimanche, alors que le soleil est de retour après trois jours de pluie, Marin fait sa première sortie dans sa poussette sur les bords de la Columbia River, puis il retrouve sa famille de cœur à l'occasion d'un dîner où Emelynn et Elijah, tous deux surexcités, font enfin la connaissance du petit haricot que leur maman a porté. Loïc sent Lorna très émue toute la soirée, elle ne cesse de répéter qu'elle est incroyablement chanceuse d'avoir contribué à créer cette jolie famille, qu'elle s'est rarement sentie aussi utile. Le visage illuminé de joie, elle couve Marin du regard, lui chante des berceuses, masse son petit ventre quand il grimace après le biberon. Elijah tient à offrir au bébé une peluche à lui, une sorte d'horrible singe pelé qu'il a dû gagner dans une fête foraine, mais qu'importe, l'attention est si touchante que Loïc embarque ce nouveau pensionnaire avec enthousiasme, promettant qu'il trouvera une place de choix entre le doudou éléphant et l'hippopotame offert par Lorna et Owen, qu'ils ont baptisé Fiona.

Le 15 novembre, après de multiples péripéties administratives pour obtenir le certificat de naissance de Marin, direction Seattle pour faire une demande de passeport en urgence. Les six heures de route aller-retour valent le coup : ils ont rendez-vous à 11 heures, le passeport est prêt à 16 heures, contre quatre semaines d'attente en passant par les services de l'état civil d'Astoria. Son précieux sésame en main, Loïc peut dès lors envisager le retour, ce qui ne va pas sans quelques inquiétudes. Il a tenu la France à l'écart depuis la naissance de son fils, de peur d'abîmer leurs premiers moments ensemble, mais la bulle dans laquelle il s'est réfugié est fragile. En revenant de Seattle, il réserve leurs billets d'avion sans attendre. Il va leur falloir une nacelle pour voyager avec un nouveau-né, et le nombre de sièges disposant de ce type d'équipement est limité. Après quelques recherches, il trouve enfin un vol qui correspond à leurs besoins. Marin effectuera son premier voyage transatlantique le 19 novembre, à seulement deux semaines.

L'heure des au revoir sonne le dimanche 17 au soir. Les bras encombrés d'un énorme bouquet de fleurs, Loïc passe une dernière fois la porte des Patton pour les remercier du formidable cadeau qu'ils lui ont fait. Une famille, rien que ça ! Il a du mal à trouver les mots, peut-être parce qu'il n'en existe pas de suffisamment forts dans une telle situation. Pour l'occasion, Anne a préparé des crêpes qu'ils dégustent avec du caramel au beurre salé qu'elle a apporté de Bretagne. Les Américains ont l'air d'apprécier. Au moment de se quitter, les yeux s'embuent. Marin, lui, reste imperturbable dans son cosy, et c'est tant mieux. Il restera pour toujours le trait d'union entre ces deux familles que rien ne prédestinait à se rencontrer un jour, et tous savent ce lien indéfectible. La nuit tombe sur Astoria quand Lorna dépose un dernier baiser sur le front de ce petit bonhomme qu'elle aura mis tant de cœur à faire grandir. La prochaine fois qu'elle le verra, il aura bien poussé, elle le sait et s'en réjouit. Owen et elle promettent de venir le voir en France, où ils ne sont jamais allés.

En se couchant ce soir-là après cette journée riche en émotions, Loïc savoure ses ultimes instants de paix dans la maison où son fils aura passé ses premiers jours. Dans quarante-huit heures, ce sera le retour à la réalité. En attendant, il va essayer de recharger ses batteries pour affronter la tempête. Mais la vie ne suit jamais un scénario préétabli, elle a ses improvisations, ses virages perfides, et c'est le lundi 18 que la bulle de quiétude éclate, quelque part autour de 5 heures du matin, avec une trentaine d'heures d'avance sur l'horaire prévu.

JOUR 13

51

— Monsieur Stephan ? Désolée de vous déranger, je sais qu'il est très tôt pour vous, mais ça ne pouvait pas attendre.

La voix sucrée de Me Agostini fait à Loïc l'effet d'un crissement d'ongles sur un tableau noir. Elle n'a rien à faire là, dans cette petite maison d'Astoria, à seulement quelques centimètres du couffin de son fils. Ce surgissement au milieu de la nuit, entre deux biberons, c'est indécent, pourtant il écoute attentivement ce qu'elle lui rapporte, guettant la mauvaise nouvelle, le verdict fatal au détour de chaque phrase.

— Les enquêteurs ont retrouvé la trace de Joris Malzieu. Son véhicule a été formellement identifié lors d'un contrôle routier dans la banlieue d'Amsterdam début octobre, l'information vient d'Interpol. Ce départ inopiné ressemble beaucoup à une fuite. La juge Pik prend enfin cette piste au sérieux. Un deuxième juge d'instruction a été désigné pour faire le pont entre les deux enquêtes, il s'appelle Pierre-Marie Le Hénan. Je le connais, c'est quelqu'un de droit et d'intègre. C'est une bonne nouvelle, monsieur Stephan. Les soupçons s'éloignent de vous.

Elle a débité ça à toute allure, comme si un compteur tournait, quelque part.

— Une bonne nouvelle ? grince Loïc avec un regard pour Marin, qui n'a pas bougé d'un cil. L'homme suspecté d'être l'amant de ma femme s'enfuit à l'étranger et c'est une bonne nouvelle ?

— C'est une bonne nouvelle pour notre dossier, oui. Ça réoriente les recherches et les soupçons sur quelqu'un d'autre. C'est ce que nous espérions.

— Ce que j'espérais, c'est retrouver ma femme. Il était seul ?

— La police néerlandaise n'a pas pu le confirmer. Quoi qu'il en soit, l'enquête va avancer dans une nouvelle direction à partir de maintenant, c'est positif. Une commission rogatoire a été délivrée aux autorités judiciaires néerlandaises compétentes pour tenter d'appréhender Malzieu sur leur territoire. Si on le retrouve, on saura ce qui est arrivé à votre femme.

— Et si on ne le retrouve pas ? Combien de temps avant que le parquet décide de suspendre l'enquête ?

— Ce n'est pas près d'arriver. L'instruction a été ouverte pour enlèvement et séquestration, une infraction dont on considère qu'elle est continuellement en train de se commettre tant que la victime n'est pas libérée. Le délai de prescription ne commencera pas tant que l'hypothèse d'une séquestration est toujours d'actualité, rassurez-vous. Votre enquêteur privé, ce Morzeven…

— Morvezen.

— Morvezen. Il travaille aussi à l'étranger ?

— Je peux me renseigner. Vous pensez qu'on devrait l'envoyer là-bas ?

— C'est une idée. Nous devons…

Loïc n'entend pas la fin de la phrase, couverte par les piaillements de Marin. Il s'excuse, dit qu'il rappellera à son retour en France et descend à la cuisine avec le couffin. Les paroles de son avocate tournent dans sa tête pendant qu'il donne le biberon à son fils dans la douce chaleur de la cheminée au gaz. La réalité l'a rattrapé plus vite que prévu, et ça le mine. Il aurait tant aimé profiter d'un jour ou deux de répit supplémentaire, au moins jusqu'au départ des États-Unis.

Le bébé nourri, bercé et changé – en trente minutes chrono, il progresse –, Loïc renonce à retourner se recoucher. Il se prépare un café et ouvre son ordinateur, par réflexe, sans trop savoir quoi faire. Consulter l'actualité en France ? Il a arrêté le 6 novembre et s'en porte très bien. Envoyer un message à Morvezen ? Il verra ça plus tard. Taper son nom dans Google, comme ça, juste pour voir ? Plutôt se couper une main. Comme il lui reste environ une heure avant que sa mère se lève, il se connecte sur un site de faire-part en ligne pour finaliser la création qu'il a commencée la veille. Il a choisi une jolie photo de Marin et une illustration qui aurait plu à Camille, dans l'esprit de ce qu'elle aurait pu concevoir elle-même : un mignon petit lapin dans une tasse, un beau bleu pastel. Alors qu'il prévisualise le résultat final, il repense à ce dessin dont Morvezen a découvert un foulage, et se demande pourquoi Camille est partie avec, le jour de sa disparition.

— C'est adorable.

Loïc tourne la tête. Sa mère se tient près de lui et admire la maquette du faire-part sur l'écran.

— Oui, je crois que ça lui aurait plu.

— J'en suis sûre.

Un ange passe.

— Je t'ai entendu parler, tout à l'heure. Rien de grave ?

— Ha ha ! l'œil de Moscou a encore frappé, sourit Loïc, en référence au surnom qu'adolescents, son frère et lui donnaient à leur mère quand elle se montrait un peu trop intrusive. Non, rien de grave.

Anne hoche la tête. La conversation s'arrête là, ils n'y reviendront plus. Ils n'ont pas de temps à perdre, de toute façon. Ils doivent rendre la maison avant 11 heures, et malgré la présence d'Anne, véritable maniaque du rangement, c'est un vrai champ de bataille.

Leurs affaires empaquetées, ils quittent Astoria en fin de matinée pour rejoindre Seattle, où ils passeront la nuit dans un hôtel près de l'aéroport. Le trajet se fait sans encombre, Marin adore la voiture, comme presque tous les bébés.

Le lendemain, à 10 heures, leurs trois énormes valises, la poussette et le siège auto partent sur le tapis roulant du comptoir d'enregistrement Air France sans le moindre kilo d'excédent. Son fils installé dans son porte-bébé, sa mère sur les talons, Loïc fend la foule dans les allées sans fin du terminal, tirant derrière lui son bagage cabine rempli de tout l'équipement nécessaire à leurs dix heures trente de vol.

Le voyage, pendant lequel Marin attire tous les regards et ne quitte sa nacelle suspendue que pour ses biberons et lors des phases de turbulences, se révèle étonnamment paisible. Le 20 novembre à 8 h 10, le petit garçon est enfin sur le sol français. Yves est là pour les accueillir et les ramener en Bretagne. Une fois dans la voiture, Loïc prend conscience du chemin parcouru. Ils sont rentrés, il est temps de souffler. La vie peut recommencer.

Cinq mois plus tard

52

Comme tous les jours depuis une semaine, Noëlle Morizet a rempli son attestation de déplacement dérogatoire avant de quitter la maison. Elle s'est levée avant Jean-Jacques, son mari depuis trente-deux ans, qui a émergé de la chambre à 9 heures pour se replonger dans ses factures. Il se fait un sang d'encre pour leurs finances depuis l'annonce du président Macron et la fermeture du restaurant, et occupe tout son temps à compter ses sous et à passer derrière elle pour traquer la moindre dépense superflue – robinet ouvert pendant le brossage des dents ou lumière restée allumée dans une pièce inoccupée. D'une certaine façon, elle le comprend. Il ne la fait plus vraiment vibrer, son Gigi, mais c'est un travailleur infatigable, qui s'accroche à son activité comme un naufragé à sa bouée et lui assure un certain confort. Pourtant, depuis que leur vie s'est figée, Noëlle ne supporte plus de rester enfermée avec lui et son obsession des petites économies, alors plutôt que de ruminer, elle préfère sortir prendre l'air.

Une heure de promenade, ce n'est pas bézef, mais c'est toujours ça de pris. Autorisée à se déplacer dans un rayon d'un kilomètre autour de chez elle, elle sait qu'elle peut pousser jusqu'au cirque de Prévourey, et c'est cette direction qu'elle prend avec Milo, leur dalmatien, qui marque son enthousiasme par une série d'aboiements joyeux. La journée s'annonce superbe. Un ciel sans nuage s'étire entre les montagnes, une brise légère souffle dans la vallée, tout juste de quoi faire frissonner le matin. Emmitouflée dans une veste en polaire, sa carte d'identité et son attestation en poche, Noëlle remonte le Pré la Grange, qui longe le ruisseau de Guériment où Jean-Jacques pêche l'omble chevalier l'été. Après une barrière, elle s'engage sur un chemin forestier bordé de hêtres majestueux et pousse jusqu'à la cascade, dont les eaux lourdes, gonflées par l'hiver, bondissent avec ardeur sur un éboulis de pierres. Elle reste là le temps de quelques minutes contemplatives, laissant son chien fureter dans les sous-bois. C'est dans la tranquillité de ces moments que Noëlle trouve son équilibre, loin de son ours mal léché de mari. Loin de cette saleté de virus.

Alors qu'elle emprunte une sente en lacets, elle aperçoit un chamois en train de brouter tranquillement à une trentaine de pas. Elle n'en a jamais vu aussi près du village. Avec ce monde à l'arrêt, la nature a repris ses droits. Milo le fait fuir de ses aboiements, et Noëlle reprend sa marche. Cette piste rocailleuse, jalonnée de saillies, elle la connaît comme sa poche. Elle y est montée des centaines de fois, en famille ou entre amis, mais depuis une semaine, elle se plaît à penser qu'elle ne l'a que pour elle. Alors oui, c'est vrai, en passant par ici, elle déborde un peu de son rayon d'un kilomètre, mais qui viendra l'embêter là-haut?

Ça monte sec après ça, elle trouve bientôt les premiers paquets de neige accumulés au pied des arbres. Un peu plus haut, elle tombe sur une marmotte éviscérée, sans doute l'œuvre d'un renard. Si elle était superstitieuse, Noëlle y verrait un avertissement, mais pourquoi imaginer le pire ? Elle ne s'émeut pas de sa découverte et continue sa balade. Se faufilant entre les troncs, elle débouche dans une clairière étouffée par la masse sombre des sapins et des fayards. Un coup d'œil à sa montre ; elle est partie depuis trente minutes. En théorie, il est temps de faire demi-tour. Mais Noëlle est maline, elle a prévu une deuxième attestation, au cas où, avec une heure de départ décalée de vingt minutes.

Elle laisse le silence de la forêt l'envelopper. Ici, le terrain s'aplanit légèrement, et elle fait une courte pause pour reprendre son souffle. Il fait de plus en plus frais mais elle transpire à grosses gouttes dans sa veste Decathlon. Perchée sur un belvédère, elle a un bon point de vue sur la station en contrebas et les sommets du Valbonnais, sur sa gauche. Noëlle s'attarde quelques minutes au soleil, s'emplissant les poumons des senteurs de la nature, qui n'ont peut-être jamais été aussi pures. Des parfums de résine, de poivre des murailles, qui viennent titiller la zone de son cerveau où sommeillent ses souvenirs olfactifs. Il y a là l'odeur de l'encre violette des stencils que distribuaient les maîtresses à l'école primaire, celle de la bougie soufflée par sa mère à la fin du repas du réveillon de Noël, celle de l'après-rasage Aqua Velva qu'utilisait son premier flirt. Il s'appelait Gilbert, c'était en 1974, elle avait quatorze ans, il en avait dix-sept…

Les jappements de Milo l'arrachent à ses pensées. Noëlle tourne la tête, cherche les taches noires du dalmatien au milieu de la verdure hachurée de bandes neigeuses. Elle met quelques secondes à comprendre que les aboiements proviennent de derrière un escarpement rocheux, sur sa droite.

— Milo ? appelle-t-elle. Qu'est-ce qu'il y a ?

Elle emprunte une sente discrète, non signalée, au milieu des herbes hautes, qui descend en pente raide vers les profondeurs de la forêt. Aguerrie au relief tourmenté de la montagne, elle franchit l'escarpement dans des glissements de caillasse et contourne un gros rocher en trois enjambées contrôlées. De l'autre côté, Milo continue à aboyer.

— Arrête, Milo ! glapit-elle, plus pour se rassurer que pour le faire taire.

Noëlle se hisse sur un tronc d'arbre couché, saute sur le tapis de mousse de l'autre côté, et aperçoit son chien. Il se tient à environ vingt mètres d'elle, l'échine courbée, et la regarde avec insistance en continuant à japper, un ton plus haut maintenant. On dirait qu'il l'implore de venir le rejoindre.

— Qu'est-ce que tu as trouvé ?

En voyant sa maîtresse approcher, Milo tend le museau vers le sol, les oreilles plaquées en arrière du crâne. Noëlle suit le mouvement des yeux et discerne une forme oblongue et jaunâtre au bout de la truffe de son chien, qui est mouchetée de terre.

— Qu'est-ce que… ?

Elle s'arrête net, les jambes coupées. Une lame de glace se plante dans sa nuque et taillade son corps de haut en bas. Clouée sur place, elle se dit qu'elle doit tout de suite forcer ses pieds à avancer, sans quoi elle va rebrousser chemin et laisser derrière elle une découverte potentiellement importante.

Que dirait Jacques Pradel de ça ? fait une petite voix au fond d'elle.

Noëlle est friande de l'émission « L'Heure du crime » sur RTL, elle sait qu'un témoignage peut parfois tout faire basculer dans une affaire criminelle, qu'il arrive qu'un coup de pouce du destin donne un nouvel élan à une enquête au point mort, et c'est exactement ce qui se produit, ce jour-là.

Il aura fallu une pandémie mondiale, la curiosité d'un chien et le courage d'une femme pour retrouver la trace de Camille Stephan, un peu moins d'un an après sa disparition.

53

Délaissant l'iPad, Loïc verse les carottes cuites à la vapeur dans le bol du mixeur et presse la touche de mise en marche en guettant la réaction de Marin, qui mâchouille tranquillement son hochet dans son transat. Comme le bruit n'a pas l'air de l'inquiéter, Loïc laisse tourner l'appareil à vitesse moyenne, se passe les mains sous l'eau et se déconnecte de Zoom. La réunion n'a duré que vingt minutes, ils ont été efficaces. Il s'en félicite, oubliant l'embarras d'avoir dû y mettre fin pour préparer le repas de son fils.

Loïc arrête le mixeur et goûte la purée. Elle est un peu chaude mais parfaitement lisse, comme l'a prescrit le Dr Cabrol. Il la verse avec une noix de beurre dans une petite assiette creuse, qu'il dépose près de la fenêtre ouverte pour qu'elle refroidisse. Ce 28 mars est une date importante : Marin va faire son premier repas à la cuillère. Loïc le redresse légèrement, lui passe un bavoir autour du cou. La bouche de son fils s'ouvre sur ses gencives roses et luisantes, où vient de percer une minuscule quenotte. Loïc lui fait une chatouille au passage, auquel il répond par un gazouillis de contentement.

— On va manger de la purée, aujourd'hui. Tu es un grand, maintenant.

Loïc va chercher l'assiette, souffle sur son contenu, s'assied face à son fils et lui en présente une petite cuillérée, pour commencer. Le bébé entrouvre les lèvres, par réflexe, et après une seconde d'arrêt et une petite grimace, il se met à téter. Ça n'a pas l'air de lui déplaire.

— C'est des carottes. C'est bon ? Tu aimes ça ?

Il faut moins de dix minutes à Marin pour terminer son assiette. Il a le visage barbouillé de bouillie orange, mais c'est gagné, bébé a goûté ses premiers légumes ! Loïc applaudit pour le féliciter puis lui prépare un biberon de lait qu'il va lui donner dans le patio. Il fait beau, la température avoisine les vingt degrés. Tout est calme, on n'entend rien d'autre que le pépiement des oiseaux. Dans une heure ou deux, ils sortiront faire leur balade quotidienne dans le parc. Peut-être croiseront-ils cette maman qui y promène sa petite fille tous les jours en milieu d'après-midi ? Ils échangeront quelques mots, à bonne distance, comme ils l'ont fait la veille. Pour garder le lien avec les autres. Pour ne pas s'isoler.

Pour l'heure, le câlin se prolonge. Loïc et Marin ont noué une relation étroite en quatre mois et demi, ils se sont éveillés l'un à l'autre dans l'exercice d'un quotidien fait de moments de découverte et d'échange où les bons gestes ont fini par remplacer la maladresse des premières fois. Loïc ne s'en sort pas trop mal, mieux qu'il ne l'aurait cru, en tout cas. D'abord impressionné par ce petit être plein de surprises, il a appris à babiller, à jouer, à dialoguer avec lui. Alors oui, avec le confinement, réunions à distance et échanges de mails sont venus s'immiscer dans leurs tête-à-tête, mais il fait contre mauvaise fortune bon cœur. Ils vivent dans une grande maison, à moins de deux cents mètres d'un vaste espace vert, d'autres n'ont pas cette chance. Comment ignorer ces familles qui s'entassent dans cinquante mètres carrés avec le béton pour seul horizon ? Comment se plaindre alors qu'ils sont si nombreux à être malades ou à avoir perdu un proche ? Comment, aussi, ne pas penser à ceux qui, comme lui il y a cinq mois, sont en train d'attendre un enfant qui va naître à l'étranger, et doivent se demander s'ils pourront aller le chercher ?

— On n'est pas bien, là ? demande-t-il à son fils lové au creux de son bras.

Marin ne le contredit pas. Ils ont trouvé leur routine, et elle semble lui convenir. S'adapter à cette nouvelle vie à deux n'a pas été simple, au début, il a fallu s'organiser. Heureusement, Anne et Yves sont venus prêter main-forte à Loïc jusqu'à Noël, dans l'attente de l'arrivée d'une nounou à domicile au mois de janvier. En parallèle, il a pu s'arranger avec Cyril pour faire moins d'heures en présentiel – passage au télétravail avant le reste du monde. L'irruption du Covid dans leur vie n'aura finalement pas été un si gros bouleversement pour leur petite famille.

Son téléphone sonne sur l'îlot. Loïc ne bouge pas. Le biberon n'est pas fini et son fils a empoigné l'un de ses doigts, qu'il serre très fort. Tout tourne au ralenti depuis le 17 mars, il n'a aucune raison de se presser. Il profite de l'instant avec une pensée pour ces parents – Baptiste et Marlène, par exemple – qui n'en peuvent déjà plus de cohabiter vingt-quatre heures sur vingt-quatre avec leur progéniture. Et même si le contact avec les adultes lui manque, il n'éprouve rien de ce ras-le-bol qui guette déjà une partie des Français au onzième jour de ce nouveau monde.

Le biberon vidé, il cale son fils contre son épaule pour lui faire faire son rot, caressant son dos avec douceur dans un geste devenu naturel. Tout le monde est admiratif, on le couvre sans cesse d'éloges, et même s'il sait qu'il ne démérite pas, Loïc pense qu'ils en font un peu trop. Il ne peut s'empêcher d'y voir une façon de le rassurer. Une tentative de pallier l'absence de Camille.

Il pose les yeux sur la chaise vide en face de lui. Dans une semaine, cela fera un an qu'elle a disparu. Malgré les milliers de pièces versées au dossier, qui peinent à tenir dans vingt tomes de procédure, l'instruction piétine depuis l'automne. Camille n'a pas été retrouvée, Joris Malzieu, devenu le principal suspect, non plus. Le dossier prend la poussière sur une étagère du bureau du tribunal. Me Agostini prétend que les deux magistrats ont trop d'affaires en cours et que toutes les procédures en pâtissent. Le point positif, c'est que les médias en panne de scoops ont fini par lâcher Loïc, même s'il traîne toujours un article, quelque part, pour titrer « ET SI C'ÉTAIT LUI ? » Mais ça ne l'atteint plus.

Son téléphone sonne de nouveau. Marin s'est endormi contre lui, Loïc n'a pas le cœur de le déranger. L'atmosphère est propice à la sieste. Bercé par la respiration douce de son fils au creux de son cou, il se laisse aller. La sonnerie s'arrête. Tant mieux. Le monde peut attendre.

Mais quand le fixe s'y met à son tour, après moins de trente secondes, Loïc se dit que c'est peut-être urgent. Il se lève avec une infinie précaution, pose le bébé dans son transat.

Puis il va décrocher.

54

Les obsèques de Camille ont lieu le 10 avril 2020 au crématorium de Rennes Métropole. Crise sanitaire oblige, la cérémonie est expédiée en moins de dix minutes. Ne sont présents que Loïc, son frère et son père, qui ont dû montrer patte blanche, littéralement : nettoyage des mains à l'eau savonneuse obligatoire avant d'entrer. Anne est restée à la maison avec Marin, quant à Blanche, atteinte du Covid, elle n'a pu faire le déplacement, à son grand désespoir. Ces adieux dont on la prive, c'est un crève-cœur pour elle, comme pour tous les proches de Camille. Pour ceux qui sont présents, la commémoration se fait presque à la sauvette. Les règles sont strictes, déshumanisantes : ni étreintes, ni possibilité d'approcher le cercueil. Un adieu rapide, sans possibilité de voir la défunte. L'entreprise de pompes funèbres ne l'aurait pas permis, de toute façon. Ce qui restait du corps était trop abîmé.

Pour Loïc, c'est un deuil impossible. Au vide laissé par l'absence de Camille vient maintenant s'ajouter le choc de sa mort. Comme si cela ne suffisait pas, il doit en plus accepter de renoncer à la voir partir dignement, entourée de ceux qui l'ont connue. Et même s'il sait que le deuil ne se résume pas aux obsèques, il éprouve un mélange de colère et de désespoir à l'idée de ne pouvoir partager sa peine avec les autres. On lui a volé la vie de sa femme, maintenant on lui vole sa mort.

« Can you feel the love tonight », le morceau qu'il a choisi pour accompagner son départ, résonne déjà dans la grande salle vide. Loïc n'a prononcé aucun mot. Comme le temps leur est compté, il a opté pour le silence. Une vie, ça ne se résume pas en deux minutes. Le témoignage de l'héritage que Camille laisse en lui, de ce qu'a été leur vie, il le garde pour plus tard, pour le jour où les restrictions sanitaires seront levées et où, l'espère-t-il, tout le monde pourra se réunir pour lui rendre un dernier hommage. En attendant, il continuera de hurler sa peine dans le secret de son âme.

À peine le temps d'un dernier regard pour le cercueil de la femme qu'il a aimée, poussé dehors par le suivant, qu'on les invite à sortir, son père, son frère et lui. S'il existe une limite à l'horreur que l'esprit humain peut encaisser, il vient de la franchir. Les trois Stephan quittent la salle de cérémonie à un mètre cinquante de distance les uns des autres, cachant leur peine derrière leurs masques. Loïc grelotte de chagrin dans son costume anthracite, le plus sombre de sa penderie, mais personne ne vient le réconforter. L'épidémie a tout gelé. La vie est à l'arrêt, les réflexes humains aussi. Une fois à l'extérieur, il s'abandonne aux larmes, à l'écart d'Yves et de Thomas. Le cœur transpercé de douleur, il pense à son fils, qui lui a offert son premier vrai éclat de rire la veille. Il va s'accrocher à ça, à cette étincelle dans le noir. Pour continuer à avancer.

Pour survivre.

Trois ans plus tard

55

Le jeudi 11 mai 2023, à 21 h 10, le troisième numéro de « Cold Case », nouvelle émission phare de France 2, est diffusé en direct. L'affaire Camille Stephan est le deuxième sujet du jour, après la disparition inexpliquée de Bérangère Amram, une adolescente de quatorze ans. Loïc et Me Agostini sont présents sur le plateau. Après une première coupure pub, un reportage de sept minutes illustré par des images d'archives et des scènes de reconstitution revient sur la chronologie des faits, notamment sur le sinistre épilogue de l'affaire.

— C'est le 26 mars 2020 que des ossements partiellement mis au jour à la suite de fortes intempéries sont déterrés par le chien d'une promeneuse dans une forêt en bordure de la commune de La Morte, en Isère – des restes humains qui vont faire l'objet d'une autopsie et d'analyses médicolégales approfondies. Deux jours plus tard, les résultats d'expertise ADN tombent. Un rapprochement a été fait avec le FPR, le fichier des personnes recherchées : il s'agit de la dépouille de Camille Stephan. D'après les conclusions des experts, l'état de décomposition du corps semble indiquer qu'il aurait été enterré là depuis au moins huit mois. L'autopsie n'a en revanche pas permis d'éclaircir les causes du décès. Trois ans après les faits, l'affaire Camille Stephan demeure une énigme. Pourquoi cette jeune illustratrice de livres pour enfants de Rennes a-t-elle soudainement disparu, alors qu'elle et son mari attendaient un enfant ? Où se trouvait-elle entre le 3 avril et l'été 2019, moment présumé de sa mort ? A-t-elle été séquestrée, s'est-elle volontairement cachée ? Qui a abandonné son corps dans cette forêt ? Où Joris Malzieu, sans doute la dernière personne à l'avoir vue vivante, se trouve-t-il à l'heure actuelle ? Est-il encore en vie ? Aujourd'hui, malgré les moyens considérables mis en œuvre par la justice pour tenter de faire la lumière sur les zones d'ombre de l'affaire, le mystère reste entier.

Le reportage se conclut par un plan de la montagne enveloppée de brume, accompagné d'une musique angoissante à laquelle succède un lourd silence en plateau. Pierre Sanak, le présentateur, se tourne vers Loïc, qui a pris place au premier des deux rangs de fauteuils, sur le côté droit du décor.

— Loïc Stephan, vous êtes le mari de Camille. On vous imagine évidemment bouleversé par ces images. Tout le monde comprendra votre émotion, et je suis sûr que les téléspectateurs la partagent. J'aimerais tout d'abord vous demander pourquoi vous avez choisi de faire appel à notre émission. Qu'est-ce qui vous a motivé à venir nous raconter votre histoire et celle de votre femme ?

— Comme on vient de le voir, l'enquête est au point mort, même si l'instruction n'est pas refermée, répond Loïc après quelques secondes. Il y a aujourd'hui un peu plus de trois ans qu'on a enterré Camille, et nous ne savons toujours pas ce qui lui est arrivé. J'ai un petit garçon qui ne connaît pas sa maman ; Blanche, la mère de ma femme, est décédée peu de temps après ses obsèques sans savoir ce qui lui est arrivé. C'est une situation insupportable. Pour notre fils, pour sa mère, pour tous ceux qui l'aimaient, nous avons besoin de réponses.

— Et nous ferons tout pour en obtenir, affirme le présentateur avant de se tourner vers la caméra. Je vous rappelle que si vous détenez des informations permettant d'apporter un éclairage sur la mort de Camille Stephan ou de localiser Joris Malzieu, l'homme dont la photo s'affiche en ce moment sur votre écran et qui est soupçonné d'être impliqué dans les faits, vous pouvez dès à présent contacter le 0 810 111 213 ou envoyer un mail à coldcase@francetv.fr. Un dispositif exceptionnel a été mis en place ce soir pour recueillir vos témoignages, avec la présence dans notre *call room* d'une dizaine de policiers et de gendarmes qui attendent vos appels. J'insiste vraiment sur le fait que notre émission fonctionne, elle a déjà contribué à résoudre deux affaires qui se trouvaient dans l'impasse. Je me tourne maintenant vers vous, maître Agostini. Vous êtes l'avocate de Loïc Stephan, et vous avez tenu à être parmi nous pour lancer un appel.

L'avocate se repositionne sur son fauteuil et fixe la caméra dont le voyant rouge est allumé, comme on le lui a demandé.

— Oui. Je m'adresse en premier lieu aux promeneurs et aux randonneurs qui connaissent la portion du GR 50 où le corps de Camille Stephan a été retrouvé en mars 2020, sur la commune de La Morte, en Isère, dans la station de l'Alpe du Grand Serre. Il s'agit de la boucle du cirque du Louvet, au départ de la cascade. C'est un sentier de randonnée que tout le monde connaît là-bas, et qui part dans la montagne en direction du lac de Prévourey. Si vous pensez avoir vu un véhicule suspect garé au départ de ce sentier, près du Pré la Grange ou de la via ferrata, autour du mois de juin 2019, ou si vous étiez dans la région de La Morte durant cette période et que vous avez vu ou entendu des choses qui auraient pu vous paraître anodines mais pourraient avoir un rapport avec Joris Malzieu ou Camille Stephan, appelez le standard, s'il vous plaît.

— Vous avez raison, maître, il est important de préciser qu'aucun témoignage n'est superflu. À présent, revenons vers vous, Loïc Stephan. À la suite de la disparition de Camille, vous avez été la cible d'attaques et d'insinuations abjectes sur lesquelles nous ne reviendrons pas aujourd'hui, selon votre souhait, mais j'aimerais tout de même vous demander : comment allez-vous ?

— Je vais mieux. Je reconstruis ma vie, pierre après pierre.

— Je crois que vous avez quitté Rennes ?

— En effet. J'ai vendu la maison où nous vivions, et je me suis installé dans le Finistère avec mon fils, qui aura quatre ans à l'automne.

— Pouvez-vous nous dire votre sentiment sur ce qui s'est passé il y a quatre ans ? Je vous devine très ému à l'évocation de ces souvenirs, mais vos idées ou d'éventuelles pistes non explorées peuvent permettre de convaincre les gens qui regardent l'émission d'apporter de nouveaux éléments au dossier. Dans votre intérêt, dans celui de votre fils, dites-nous, que pensez-vous qu'il soit arrivé à Camille ?

Loïc a un temps d'arrêt. Il essaie de rassembler ses pensées, de ne pas se laisser déstabiliser par la prose de vendeur de télé-achat du présentateur.

— On a dit beaucoup de choses sur ma femme et sur notre couple, à l'époque, dont je ne souhaite pas reparler, commence-t-il d'une voix réduite à un souffle étranglé. Mais il y a une certitude qui ne m'a jamais quitté, un scénario duquel je n'ai jamais dévié. Je pense que Camille s'est laissé aveugler, embarquer par Joris Malzieu, un homme dont on sait aujourd'hui qu'il était versé dans les médecines occultes et les pratiques ésotériques. Je pense qu'elle s'est mise en danger à son contact, volontairement ou involontairement…

— Joris Malzieu était hypnotiseur, c'est bien ça ?

— Il est coach de vie et hypnothérapeute.

— Et vous pensez qu'il aurait pu manipuler votre femme ?

— Je pense que Camille a été sa victime bien avant qu'il prenne sa vie. Elle est tombée sous son emprise, d'une façon ou d'une autre. On sait que l'hypnose est basée sur une forme de manipulation qui consiste à orienter la conduite d'un individu. Camille est certainement allée le voir de son plein gré, afin de trouver une solution à ses problèmes, et dans un premier temps, j'imagine que cet homme a tenté de l'aider en employant ses techniques de suggestion dans le cadre d'une approche bienveillante. Mais à un moment, quelque chose a dû déraper…

— Bien sûr, ce ne sont là que des suppositions, enchaîne Pierre Sanak comme pour se désolidariser des accusations que porte Loïc, comme pour reprendre la main. Rappelons que Joris Malzieu est présumé innocent des faits qui lui sont reprochés jusqu'à l'annonce d'un hypothétique verdict. Si vous nous rejoignez maintenant, embraye-t-il en accrochant l'œil de la caméra, nous sommes en direct sur France 2 et nous lançons un appel à toute personne qui disposerait d'informations sur la mort de Camille Stephan, cette jeune mère de famille de trente-neuf ans disparue tragiquement en Ille-et-Vilaine en 2019, et dont le corps sans vie a été retrouvé au printemps 2020 en Isère. Il est important, à ce stade de l'émission, de rappeler le numéro de notre *call room*, ainsi que l'adresse e-mail à laquelle vous pouvez nous écrire, qui s'affichent dès à présent sur votre écran. Notre équipe d'enquêteurs est très mobilisée, et je crois savoir que de premiers appels commencent à arriver. Gaëlle ?

— Oui, Pierre, confirme Gaëlle Henry, la journaliste qui supervise le standard à l'autre bout du plateau. Les téléphones sonnent depuis le début de l'émission, et je peux d'ores et déjà vous annoncer que nous avons enregistré au moins un témoignage intéressant, émanant d'une personne qui aurait connu Camille dans les mois qui ont précédé sa disparition et qui disposerait d'éléments très troublants sur des aspects précis de sa vie privée. Je ne peux pas vous en dire plus pour l'instant, nous avons des vérifications à faire, mais il pourrait s'agir d'une avancée spectaculaire dans cette enquête, qui je le rappelle est au point mort depuis plusieurs mois. Ces informations, si elles se révèlent exactes, pourraient aider à faire la lumière sur certaines zones d'ombre de l'affaire, notamment sur les raisons qui auraient poussé Camille Stephan à tout quitter.

— « Une avancée spectaculaire » ! répète Pierre Sanak avec l'emphase que pourrait mettre un vendeur à vanter la puissance de son dernier modèle d'aspirateur. Je me tourne vers vous, Loïc Stephan. On vient de le voir, votre présence sur notre plateau ce soir a permis de remobiliser d'éventuels témoins. Ce que nous devons retenir de ces appels, sur lesquels, comme l'a dit Gaëlle, il est nécessaire de faire le point, c'est qu'il n'est jamais trop tard pour parler. Aucun témoin ne s'est manifesté auprès de la gendarmerie de Vizille ou du parquet de Grenoble depuis la découverte du corps de Camille il y a trois ans, mais tout de même, ce chemin de randonnée est un lieu assez fréquenté, surtout en été, il a dû y avoir du passage, il est impossible que personne n'ait rien vu. Il se peut qu'il y ait parmi nos téléspectateurs des personnes qui, pour des raisons qui leur sont propres et que nous ne nous permettrons pas de juger ici, n'auraient pas osé parler à l'époque. À ceux-là, je dis : appelez le standard. Vos témoignages peuvent relancer l'enquête et aider cet homme, Loïc Stephan, à savoir ce qui est arrivé à sa femme. Je vais maintenant vous laisser vous adresser directement à la caméra, Loïc, et à travers elle aux personnes qui pourraient avoir des informations sur Joris Malzieu, à d'éventuels complices, ou même à Joris Malzieu lui-même. C'est à vous.

Une musique de film à suspense accompagne les derniers mots de l'animateur. Loïc ne se laisse pas déstabiliser par cette mise en scène grand-guignolesque, il a été prévenu. Ils ont répété et il a accepté de jouer le jeu. Tandis qu'un caméraman s'avance vers lui dans un travelling avant que ne renierait pas Steven Spielberg, il prend une inspiration et récite le texte qu'il a préparé quelques heures plus tôt :

— Chaque année, quand arrive le 3 avril, je repense à ce qui s'est passé il y a quatre ans. Je me rejoue le film de cette journée où Camille a disparu, et je me demande pourquoi et à quel moment ma vie et celle de tous ses proches ont basculé dans l'horreur. D'année en année, ces interrogations sont de plus en plus décourageantes, parce qu'elles restent sans réponse. C'est pourquoi ce soir, les yeux dans les yeux, je m'adresse à vous. À vous, qui avez vu quelque chose et n'y avez pas accordé d'importance parce que cela vous semblait anodin. À vous, qui savez quelque chose et n'avez rien dit. À vous, qui avez aidé Joris Malzieu à disparaître, parce qu'aujourd'hui, dans le monde dans lequel nous vivons, il est impossible de se volatiliser sans la complicité d'intervenants extérieurs. À vous, Joris Malzieu, qui savez ce qui est arrivé à ma femme, qui avez fait le choix de fuir en laissant son corps derrière vous, le corps d'une femme que vous avez peut-être aimée et à qui vous avez refusé qu'on donne une sépulture : je voudrais vous dire qu'il n'est jamais trop tard pour parler, pour se libérer du poids du silence, du secret, du mensonge. Il est temps de tourner la page, mais ce ne sera pas possible si vous gardez ce que vous savez pour vous. Alors je vous lance un appel : parlez. Parlez maintenant, pour nous libérer. Pour vous libérer. L'attente n'a que trop duré.

Deux semaines plus tard

56

Campé derrière son bureau rangé au cordeau, le juge Le Hénan a déplié son corps d'escogriffe pour inviter Loïc et Me Agostini à prendre place en face de lui. L'homme, qui dépasse le mètre quatre-vingt-dix, a une allure folle, digne du maréchal de Saxe. Avec sa crinière argentée, ses yeux aux reflets chromés et sa dentition si régulière qu'elle semble avoir été taillée dans l'émail, il est tout en énergie magnétique, en rupture totale avec la posture accusatrice et froide de Magali Pik, partie instruire ailleurs en 2021.

— Monsieur Stephan, comme n'aura pas manqué de vous le notifier votre conseil, de nouveaux éléments ont été portés à notre connaissance dans l'affaire qui nous concerne, annonce le magistrat une fois que tout le monde est assis, de cette voix de vieux sage qui a su mettre Loïc en confiance dès leur premier échange. Votre appel dans l'émission « Cold Case » d'Antenne 2 – programme fort pertinent, soit dit en passant, en dépit d'une certaine tendance à la grandiloquence – a été entendu. Les langues se sont déliées. À la suite de sa diffusion, deux témoignages déterminants ont été versés au dossier. Le premier émane de Mme Lydie

Lozac'hmeur, domiciliée à Vern-sur-Seiche. Un nom que vous connaissez ?

— Pas du tout.

— Et… « Lylo Breizh » ? ajoute le magistrat en consultant un document sur son bureau.

Le nom vient toquer à la mémoire de Loïc, sans qu'il parvienne à trouver la bonne porte.

— Non plus.

— « Lylo Breizh » est le pseudonyme de Lydie Lozac'hmeur, qui a contacté le standard de l'émission le soir du 11 mai. Cette personne a fait la connaissance de votre femme fin 2018 sur un forum Internet dédié aux amateurs de polars, via une publication sur Facebook. C'est le souvenir d'un événement survenu début février 2019, après l'accouchement de Mme Lozac'hmeur, qui a poussé celle-ci à contacter les services d'enquête il y a quinze jours.

— Quel événement ? s'empresse de demander Loïc, coupant presque la parole au magistrat.

— Votre femme lui a annoncé qu'elle attendait elle aussi un enfant.

— Début février ? Mais le transfert d'embryon n'a eu lieu qu'en mars.

— C'est précisément ce qui a interpellé Mme Lozac'hmeur quand elle a découvert le reportage consacré à Mme Stephan le 11 mai, lequel revenait en détail sur la chronologie des faits. Elle n'avait pas recoupé les dates, à l'époque, ne retenant de l'affaire que ce que les médias en avaient relayé. Votre femme et elle n'étaient pas très proches, elles ont sympathisé en ligne et ne se sont vues qu'à deux reprises, c'est pourquoi Mme Lozac'hmeur, qui estimait n'avoir aucune information pertinente en sa possession, ne s'est pas manifestée auprès des services d'enquête avant aujourd'hui. Elle ne s'est pas non plus interrogée quand la presse a annoncé que vous aviez entrepris une GPA à l'étranger, ce qui allait dans le sens de ce que lui avait confié Mme Stephan sur l'arrivée prochaine d'un enfant. Et puis, allez savoir pourquoi, en regardant l'émission d'Antenne 2 ce soir-là, un détail lui est revenu : elle s'est souvenue que votre femme ne lui avait pas spontanément confié qu'elle allait être mère, c'est Mme Lozac'hmeur elle-même qui était parvenue à cette déduction en la voyant refuser une bière.

— Une bière ? relève Loïc, qui voit le juge Le Hénan ciller légèrement.

Le magistrat entrelace ses doigts de pianiste sur son sous-main en cuir et regarde Loïc droit dans les yeux. Un court silence s'installe.

— Monsieur Stephan, je préfère vous prévenir. Ce qui va suivre risque de provoquer un choc.

Loïc va répondre qu'il est prêt à tout entendre après ce qu'il a déjà subi, mais un drôle de pressentiment le saisit, le laissant sans voix.

— Nous parlons d'une grossesse, laisse tomber le magistrat comme s'il annonçait un cancer. Votre femme était enceinte.

Les regards de Me Agostini et de la greffière se posent simultanément sur Loïc, qui tressaille sur sa chaise.

— C'est impossible.

À peine les mots sont-ils lâchés qu'une porte s'ouvre dans sa mémoire. Il en sort pêle-mêle une boîte vide de sardines à l'huile, un commentaire sur la page Facebook de Camille

– « OMG, et le bébé ?? » – et les mots d'un flic : « Le diable se cache dans les détails. »

— C'est pourtant la vérité. Ce jour de février 2019, votre femme a confirmé à Mme Lozac'hmeur qu'elle allait avoir un bébé, sans jamais dire qu'elle était enceinte. Mais tous les signes concordaient, monsieur Stephan, et d'autres éléments sont venus par la suite étayer cette hypothèse.

— C'est… c'est impossible, répète Loïc après avoir décollé sa langue de son palais. Si Camille était tombée enceinte, je l'aurais su.

Pierre-Marie Le Hénan s'éclaircit discrètement la gorge, un point devant la bouche.

— Monsieur Stephan, je suis juge d'instruction depuis près de trente ans, et si je dois retenir un enseignement de toutes les affaires que j'ai été chargé d'instruire, c'est qu'il est impossible de détenir une vérité absolue sur qui que ce soit. Il existe une part de mystère dans toute vie, même infime. Je suis navré, la vérité a parlé.

La raison de Loïc pourrait voler en éclats à ce moment-là, mais il s'est forgé une armure en titane que rien ne peut fissurer. Après quelques secondes, la voix sucrée de Me Agostini le tire du tunnel dans lequel se sont engouffrées ses pensées.

— Plusieurs éléments concordants versés au dossier viennent corroborer ce scénario, monsieur Stephan.

— Enceinte ? murmure Loïc, comme en écho à ce moment dans le patio, le 14 mars 2019, où Camille et lui ont visionné la vidéo du test de grossesse envoyé par Lorna.

Son cœur remonte dans sa gorge. Il pose un regard vide sur la cime des arbres à travers la vitre oblique du bureau du juge pendant que dans sa tête, les pièces du puzzle continuent de s'assembler.

Il arrive parfois qu'on retrouve un indice après coup, en fouillant dans sa mémoire, un petit détail qui aurait dû alerter et qui provoque un déclic. Et c'est ce qui se produit en cet instant. Soudain, tout fait sens.

— Camille, elle… elle m'a parlé d'une de ses copines de lecture, un jour. Elle disait qu'elle aimait échanger sur les livres qu'elle avait lus avec d'autres passionnés, que… que ça lui avait permis de faire de nouvelles rencontres, elle qui disait se sentir parfois isolée du fait des contraintes liées à son activité professionnelle. Lylo Breizh… j'ai vu ce nom sur sa page Facebook, ce jour-là, le jour de sa disparition, après avoir publié un message sur son mur, et… ce commentaire où elle parlait du bébé, j'ai pensé que… que… Je me rappelle lui avoir envoyé une invitation, mais… elle n'a pas répondu. Et puis ça m'est sorti de la tête, avec tout ce qui est arrivé après. Et ce flic, le brigadier… comment il s'appelait, déjà ? Léotard ? Il… il a trouvé – non, c'était sa collègue, une rousse –, elle a trouvé une boîte de sardines vide dans notre poubelle, mais comme Camille n'en mangeait jamais, je… sur le coup, je n'y ai pas prêté attention. Pourtant je savais, j'aurais dû me rappeler ! La première fois que Camille a… Quand elle est tombée enceinte la première fois, avant sa fausse couche, elle avait des envies de sardines, alors qu'elle détestait ça, ça la dégoûtait… Comment j'ai pu oublier ça ? J'aurais dû… je ne sais pas, je… Si elle m'avait répondu, si cette Lylo avait accepté ma demande…

— Mme Lozac'hmeur n'a vu votre invitation que quelques semaines plus tard, place le juge Le Hénan. Elle a refusé d'y répondre car elle vous pensait coupable, comme une bonne partie de l'opinion publique à ce moment-là.

Loïc braque un regard incrédule vers le magistrat. Il lui sait gré d'avoir employé une formule euphémisante, de ne pas avoir parlé d'acharnement médiatique, de lynchage populaire, de mise au pilori numérique, de mort sociale. Il ne ressent rien, pourtant, à l'évocation de cet épisode, pas même un relent d'amertume. La vérité vient de se faire jour en lui, dans un scénario frappant de clarté, et elle occulte tout le reste.

— Il n'était pas de moi, ce bébé, dit-il en baissant la tête. C'était celui de Joris Malzieu.

Ça n'a rien d'une question, mais le juge Le Hénan acquiesce. Loïc sent une griffe glacée lacérer sa poitrine. Il revoit, sans vraiment arriver à les replacer dans leur contexte, les couvertures de livres que Camille a lus, au fil des ans : *Les Apparences*, *Intimidation*, *La Fille du train*… Toutes des histoires de femmes disparues, dont certaines sont allées jusqu'à mettre leur propre disparition en scène.

— C'est pour ça qu'elle est partie, continue-t-il. Malzieu ne l'a pas enlevée, elle n'a jamais été contrainte. Camille est partie de son plein gré.

Relevant la tête, Loïc s'aperçoit que Le Hénan le couve d'un regard compatissant, presque protecteur. Il s'affaisse sur sa chaise, comme si la griffe qui venait de se planter dans sa poitrine s'en était tout à coup extraite pour relâcher sa prise, laissant une plaie béante derrière elle. Un trou dans le cœur.

— Elle a organisé sa fuite parce qu'elle attendait un enfant, voilà ce qui s'est passé. Un enfant… ce qu'elle désirait le plus au monde… ce que j'avais été incapable de lui…

Il ne peut achever sa phrase. Soudain, ce n'est plus son cœur qui saigne, c'est son âme. Elle sombre, elle meurt. Mais Loïc se force à aller au bout de sa réflexion, car lui est encore bien vivant. Son corps, du moins.

— Mais… mais attendez… si Camille avait décidé de refaire sa vie avec lui, d'avoir ce bébé, pourquoi… pourquoi Malzieu l'a-t-il tuée ? Qu'est-ce qui s'est passé ? Et où… où est le bébé, aujourd'hui ?

— J'allais y venir, monsieur Stephan, répond Le Hénan en faisant glisser un deuxième dossier vers lui.

— Quelqu'un d'autre a parlé ? hasarde Loïc, le cœur battant. Vous avez évoqué deux appels déterminants, tout à l'heure. Quelqu'un d'autre a appelé. Vous savez ce qui est arrivé à Camille, c'est ça ?

Le magistrat n'a pas besoin de confirmer, Loïc a compris. Toutes les réponses sont là, dans la chemise cartonnée de cinq centimètres d'épaisseur posée sur son sous-main en cuir.

— Le témoignage de Mme Lozac'hmeur n'a été que le premier maillon d'une chaîne qui nous a permis de retracer tout le déroulement des faits, explique Le Hénan du ton d'un prof de fac. Un deuxième appel est en effet arrivé au standard téléphonique de l'émission le lendemain de la diffusion, comme si la personne s'était laissé le temps de la réflexion.

— Qui est-ce ? le presse Loïc d'une voix où se mêlent effroi et espoir. Malzieu ?

Le juge secoue négativement la tête.

— Aucun appel n'a permis de retrouver sa trace, hélas, mais soyez rassuré, la Section de recherches de la gendarmerie de Grenoble poursuit son enquête au sein de son pôle *cold case*. En revanche, le standard d'Antenne 2 a été contacté par une personne qui l'a très bien connu. (Le Hénan consulte ses notes d'un air pénétré.) Elle s'appelle Cécile Carignon, elle est domiciliée dans la commune de La Morte, en Isère.

Une explosion écarlate envahit la tête de Loïc. Les mots palpitent à ses lèvres quand il arrive à les formuler, légèrement à contretemps :

— La Morte ? L'endroit où a été retrouvé le corps de Camille ?

Le magistrat se contente d'un murmure d'approbation puis, de l'un de ses longs doigts, il soulève le rabat de la pochette qui contient les pièces du vingt-sixième tome de l'instruction sur la disparition de Camille.

Fébrile, Loïc s'avance sur le rebord de sa chaise. Il écoute alors Cécile Carignon lui faire le récit des derniers mois de sa femme à travers la voix chaude et rassurante de Pierre-Marie Le Hénan.

57

Cécile Carignon, quarante-deux ans, est sage-femme territoriale à la PMI de Vizille, où elle travaille depuis 2017. Fille de paysans, férue de bio avant l'heure, elle achète un corps de ferme du XIXe siècle à La Morte début 2006, pour une bouchée de pain, qu'elle passe ses week-ends à retaper avec une bande de copains. Léa, Bruno, Clothilde, Norah, Jalil, Marie, Célien : ils ont tous entre vingt et trente ans, ont le rêve modeste et partagent une même vision de la vie, dans le sillage des babas cool des années 1970, entre désir d'aventure humaine et critique de la société de consommation. Ils sont maraîcher, caissière, sophrologue, apiculteur, parfois sans emploi, tous adeptes du retour à la terre et du dialogue intérieur. Au fil du temps, certains finissent par s'installer à « La Ferme ». Ça va, ça vient, ça boit, ça refait le monde autour d'un joint, ça passe son temps au lit, à dormir ou plus si affinités, ça discute sagesse orientale, voyage initiatique, ça monte des yourtes quand le bâtiment principal, en chantier permanent, ne peut plus accueillir tout le monde. Dans la vallée, ce mode de vie en communauté n'est pas au goût de tous. Les anciens n'hésitent pas à qualifier cette joyeuse smala de marginaux, on lâche même le mot « secte » du bout des lèvres.

Arrive Joris Malzieu à l'automne 2008. Vingt-cinq ans, originaire de Vizille, il est intronisé par Axel, l'acupuncteur du groupe. Il vient d'essuyer un méchant revers avec son master de psychologie, échec qu'il vit comme une humiliation professionnelle et personnelle, et cherche un nouveau sens à sa vie. Avec son physique de Latin ténébreux, il fait sensation auprès des femmes de La Ferme, y compris celles qui sont en couple. Cécile le décrit comme un séducteur à la personnalité complexe, un esprit rebelle, curieux, qui se passionne pour les médecines parallèles, le chamanisme, les arts divinatoires. Elle trouve en lui son alter ego et en tombe amoureuse. Avec Joris, la vie spirituelle de la communauté se développe. Elle se réorganise autour de soirées à thème, de séances de spiritisme et de débats sur des sujets aussi variés que l'hypnose, les niveaux de conscience ou la médecine ayurvédique. Guérisseurs, médiums et autres mordus d'ésotérisme se mettent à fréquenter La Ferme, qui pendant quelques mois vibre d'une énergie nouvelle. Et puis un mardi, au beau milieu de l'été, Joris disparaît. Tout s'écroule pour Cécile, qui sombre dans une profonde dépression. Dans les mois qui suivent, La Ferme se vide peu à peu de ses occupants. Au départ de Bruno, pilier de la communauté versé dans la permaculture, elle voit s'envoler leur principal moyen de subsistance et doit dire adieu à ses rêves d'autosuffisance, la mort dans l'âme. Elle décide alors de vendre et de reprendre les études de sage-femme qu'elle a lâchées au tournant du siècle.

Et voilà qu'un soir, dix ans plus tard, Joris Malzieu revient frapper à sa porte. Cécile se souvient parfaitement de la date, on est le 9 juin 2019, c'est le premier anniversaire de la mort de son père. Joris n'est pas venu seul, il est accompagné d'une femme enceinte, aux cheveux courts, dont le visage évoque un vague souvenir à Cécile. Elle s'appelle Lola, ils arrivent de Nantes. Consciemment ou non, son ancien amant, personnage multiple, lui présente ce jour-là la facette qui a séduit Cécile quand ils avaient vingt-cinq ans : celle du charmeur, du beau parleur. Mais Cécile a mûri, elle a pris des coups, et elle ne gobe qu'à moitié son histoire de fuite pour échapper au fisc, auquel il prétend devoir des dizaines de milliers d'euros. Qu'importe, Joris est là, sa compagne – qu'il lui présente comme une femme battue ayant quitté son mari violent du jour au lendemain – est souffrante, et il a besoin de son aide. Cécile essaie de rassurer la femme, qui souffre de nausées et de maux de tête et dit s'inquiéter pour la santé du bébé. Elle l'invite à s'allonger sur son canapé, la met à l'aise. C'est une seconde nature, chez elle, de prendre soin des autres. Elle lui pose des questions, tente de la cerner, mais rien ne transparaît chez Lola. Son visage, que Cécile est désormais certaine d'avoir déjà vu, ne trahit que de la douleur, de l'hébétude. Elle l'interroge sur ses antécédents médicaux, lui demande son âge, prend sa tension. Comme elle la trouve un peu élevée, elle préconise de la conduire à l'hôpital, mais Joris s'y oppose. Il préfère aller chercher un médecin lui-même, un gars du coin qu'il connaît, pour ne pas risquer d'attirer l'attention.

Restée seule avec Lola, Cécile s'efforce de la mettre en confiance, d'établir un contact. Mais la femme parle peu, elle évite ses regards. Des années après, Cécile dira aux enquêteurs qu'elle lui a fait l'effet d'une boîte verrouillée à double tour. Lola finit par s'endormir, apaisée, les antidouleurs ont rempli leur office. Une heure plus tard, comme Joris n'est toujours pas revenu, Cécile commence à flairer le mauvais coup. Il n'a pas laissé de numéro, impossible de le joindre, et Lola n'a pas de téléphone. Du moins, Cécile n'en trouve pas dans les poches de sa veste en jean, qui ne contiennent que quelques pièces, une tablette de chewing-gums, des lunettes de soleil et une feuille de papier sans doute arrachée à un cahier, sur laquelle est écrit un prénom en lettres fleuries, entouré d'une couronne végétale où s'entrelacent des plantes grimpantes peuplées de petits animaux.

Quand Lola se réveille alors que la nuit tombe, elle se sent mieux et s'adresse spontanément à Cécile, comme si elle sortait d'un mauvais rêve et avait tout oublié de ce qui venait de se passer. Cécile prend sa tension, toujours élevée, constate qu'elle est essoufflée et présente un œdème des membres inférieurs. La future maman met cette réaction sur le compte d'une marche prolongée dans la montagne dans l'après-midi. Inquiète, Cécile veut appeler les secours, elle a déjà composé le numéro, mais Lola l'implore d'interrompre l'appel. Devinant qu'elle cache quelque chose, Cécile use de toute sa force de persuasion pour la faire parler.

La compagne de Joris finit par avouer qu'elle s'appelle Camille, pas Lola. Pendant près d'une heure, elle va lui raconter son histoire, celle d'une femme de trente-neuf ans qui s'est toujours rêvée mère, qui a rencontré l'homme de sa vie en 2009, qui l'a aimé, épousé, mais qui n'a jamais pu lui donner d'enfant. Elle sait que la nature obéit à ses propres lois, bien sûr, mais elle ne l'accepte pas. Cet obstacle qui lui barre la route, c'est sa vie rêvée qu'on lui vole. Alors le couple consulte des spécialistes en fertilité pour savoir ce qui ne fonctionne pas, pourquoi leurs gamètes sont incompatibles. On leur propose des traitements, des interventions, on leur dit qu'un jour un bébé arrivera peut-être naturellement, mais qu'il existe d'autres moyens. Dans ce contexte, même si l'idée d'adopter les renvoie à leur propre impuissance, Camille et son mari – qu'elle ne nomme jamais – tentent procédure sur procédure – FIV, adoption –, avec pour résultats une succession de fausses couches et un apparentement sans suite qui les minent chaque jour un peu plus. Beaucoup disent que ce genre d'épreuves renforce les relations mais pour eux, c'est le contraire. Camille sent son couple en danger. Une distance s'installe peu à peu avec son mari, sans désamour, mais teintée d'un ressentiment qui couve et menace d'exploser à chaque nouvel échec.

Puis arrive la solution miracle. Début 2018, le couple se lance à corps perdu dans l'aventure la plus folle de sa vie, une GPA aux États-Unis. Choix d'une clinique, d'une agence, rencontre avec une femme porteuse, tout s'enchaîne à une vitesse sidérante, peut-être trop, et après seulement quelques mois, voilà Camille entre les mains de médecins américains pour une ponction d'ovocytes. À ce moment du récit, Cécile a déjà reconnu la femme dont la disparition défraie la chronique depuis des semaines, mais elle n'en dit rien. Elle qui a recueilli tant de brebis égarées du temps de La Ferme ne dérogera pas à la règle : sa maison est un lieu d'écoute où chacun peut apporter ce qu'il est, ce qu'il veut, y compris l'anonymat. Et même si elle n'est plus l'idéaliste qu'elle était quinze ans plus tôt, elle protégera cette femme. Pour la nuit, du moins. Ou jusqu'à la naissance de son bébé, car elle ne doute pas que Joris est venu pour ça.

Tout en continuant à surveiller de près son état de santé, Cécile écoute Camille détailler ce portrait de femme cabossée par la vie, qui voit une punition dans tout ce qui lui arrive. Le sort persiste à s'acharner à l'automne suivant, quand elle apprend que les embryons créés avec ses ovocytes ne sont pas viables. C'est là que tout bascule, selon elle. Son mari propose d'avoir recours à une donneuse, autrement dit elle ne sera pas la mère biologique de son enfant. Une pilule difficile à avaler pour Camille, qui se trouve une nouvelle fois confrontée à son incapacité à reproduire le schéma qu'elle s'est tracé, impuissante à accomplir son rôle de mère, et donc de femme. Elle accepte, malgré tout, consciente que c'est sans doute sa dernière chance de devenir mère, se convainc que ce qui compte, c'est d'avoir un bébé, qu'elle arrivera à l'aimer même sans passer par les étapes de la grossesse. Elle se fait une raison, même si au fond d'elle, elle sait qu'elle se fourvoie. Les jours qui suivent, elle les passe à pleurer, seule dans sa grande maison, à se répéter qu'elle ne veut pas que tout ça s'ébruite, que ce bébé, s'il arrive un jour, sera le sien autant que celui de son mari, en tout cas aux yeux des autres. Ce sera leur secret, il le lui a promis.

Mais tout secret est un fardeau à porter, et celui-ci devient bientôt trop lourd pour Camille, qui ressent le besoin de parler, pour exorciser. Mais pas à un psy. Ceux qu'elle a consultés par le passé ne lui ont été d'aucun secours, ils n'ont su que lui conseiller d'arrêter d'en vouloir à ses ovaires, ou faire resurgir le souvenir de son père qui l'a abandonnée quand elle avait six mois. Alors elle fait des recherches sur Internet et tombe sur le site d'un coach de vie qui reçoit dans son quartier. Son approche résonne en elle, ses photos la séduisent, mais pas de manière romantique. Cet homme, ce Joris Malzieu, lui inspire aussitôt confiance.

Une semaine plus tard, Camille fait sa connaissance à son cabinet. Il l'écoute, semble la comprendre, se montre sensible à sa souffrance, soucieux de son apaisement. Elle se livre à lui à cœur ouvert. Leurs trajectoires, leurs mutations, leurs visions de la vie les rapprochent. Une relation forte s'établit entre eux, et peu à peu Camille, qui n'a jamais été aussi vulnérable, comprend qu'elle commence à développer de l'attirance pour lui. Ils démarrent une liaison à la mi-décembre et se voient régulièrement pendant trois semaines, jusqu'à ce qu'elle décide de tout arrêter, rongée par le remords.

Mais une nouvelle fois, le sort s'en mêle quand Camille découvre l'impensable au deuxième jour de 2019 : elle est enceinte. L'enfant ne peut être que de Joris, elle n'a pas eu de rapport avec son mari depuis octobre, au moment du transfert d'embryon, quand tout leur semblait encore possible. Pour elle, c'est le choc, un véritable cataclysme. Que va-t-elle faire ? Comment gérer cette grossesse impossible ? Une chose est sûre : elle n'a pas attendu toute sa vie d'être enceinte pour ne pas mener la grossesse à son terme. Tout se bouscule en elle, Camille en vient presque à prier pour que l'embryon ne tienne pas, comme le précédent. Alors elle attend, elle ne dit rien à personne, pas même à Joris. Pendant ce temps, de l'autre côté de l'Atlantique, la femme porteuse en qui elle pensait avoir trouvé sa sauveuse annonce qu'elle est enceinte, elle aussi. Camille croit devenir folle.

Tout s'accélère fin mars, au début du troisième mois. Alors qu'elle espérait secrètement une fausse couche, l'embryon s'accroche et son corps, qui n'attendait sans doute que ça, se révèle à elle. Son ventre s'arrondit, tout à coup. Camille panique. Elle ne peut plus attendre, il faut prendre une décision. Doit-elle quitter Loïc ? Lui dire la vérité ? Aime-t-elle seulement Joris ? Écartelée dans un conflit de loyauté entre son mari et le père de son enfant, elle cherche une solution pour sortir de l'impasse. Elle aime Loïc, elle ne veut pas lui faire de mal, mais pour elle, un enfant naturel, même adultérin, vaut mieux que l'enfant d'un autre. Alors, comme l'a fait son père biologique, un homme capable d'abandonner sa femme et sa fille parce que la vie de famille l'étouffait, elle choisit la fuite.

Camille n'en est pas à sa première fugue. Comme un signe avant-coureur, elle dit avoir quitté son premier amour sans prévenir, dix ans plus tôt, parce qu'elle s'était réveillée un matin en se rendant compte qu'elle n'était plus amoureuse, raconte avoir claqué la porte du foyer familial à dix-neuf ans pour couper le cordon avec sa mère devenue toxique, corsetée dans une vie à deux qui ne lui avait rien apporté d'autre qu'un confort matériel depuis son remariage. Le 30 mars, elle annonce à Joris qu'elle attend un enfant de lui, mais ne lui demande rien. Contre toute attente, il prend les choses en main et élabore un scénario pour leur départ, en seulement quelques jours. Camille, qui n'a rien calculé, se raccroche à lui, car elle n'a rien d'autre. Naïvement, elle se dit que tout ce qui compte pour l'instant est de mettre son enfant au monde et de cacher sa grossesse à Loïc. Elle réfléchira à la suite plus tard.

Profitant d'une absence de son mari, Joris passe la chercher le 3 avril au soir, au terme d'une journée où elle a mis certaines affaires en ordre, effacé des traces, pesé une dernière fois le pour et le contre. Elle quitte sa maison en catimini, à la faveur de la nuit, comme si elle allait revenir le lendemain, n'emportant avec elle que les vêtements qu'elle porte, ses deux téléphones, ses lunettes et le brouillon d'un faire-part qu'elle a esquissé la veille, au nom qu'elle a choisi pour son enfant. Elle en est sûre, son bébé sera une fille. Quelques heures plus tard, après un passage par l'appartement de Joris, qui rassemble lui aussi les maigres possessions qu'il a réunies au cours d'une vie de bohème, ils prennent la route de l'Isère, où il a grandi, où se trouvent les seules attaches qui lui restent. Mais dans la voiture qui l'éloigne de la Bretagne, Camille prend peur. Elle a le sentiment de ne pas avoir eu son mot à dire, d'être partie sans vraiment prévoir la suite, sans réfléchir aux conséquences. Elle voudrait appeler son mari mais Joris a détruit sa carte SIM et jeté son téléphone dans la bouche d'égout d'une aire d'autoroute, entre Laval et Le Mans. Elle essaiera tout de même de l'appeler le lendemain, sur les coups de 9 heures, avec son téléphone prépayé, avant de raccrocher, par lâcheté. À ce moment du récit, comme pour se justifier, pour ne pas donner d'elle l'image d'un monstre, Camille explique à Cécile qu'elle n'avait pas vraiment l'intention de disparaître, qu'elle voulait seulement s'éloigner quelque temps, pour faire le point. Avec ou sans Joris.

La période qui suit – l'installation dans le chalet à L'Alpe du Grand Serre, que Joris vendra en juin, ce qui se passe à Rennes, l'enquête, les appels à témoins –, Camille la traverse dans une sorte d'état second. Pas parce qu'elle est sous emprise, Joris n'a jamais cherché à la manipuler – du moins le pense-t-elle – mais à ce stade des événements, seule la santé du bébé compte, elle ne se projette pas au-delà de la fin septembre. Tout ce qu'elle veut, c'est aller au bout de sa grossesse. Lorsque la tempête sous son crâne se sera calmée, lorsque le bébé sera là, elle reparaîtra. Peut-être.

De son côté, Joris commence à se renseigner sur un départ à l'étranger, son nouveau grand projet. Avec l'argent qu'il va tirer de la vente de son chalet, ils pourront recommencer une nouvelle vie ailleurs. Pour lui, l'affaire est pliée : il n'y a pas de retour en arrière possible. Cette histoire est allée trop loin, ils doivent disparaître. Alors il va faire jouer son réseau pour organiser leur fuite. Camille n'adhère pas complètement à l'idée, bien qu'elle le répète, encore et encore, comme pour dédouaner son amant : elle l'a suivi de son plein gré. Cécile, pour autant, n'est pas dupe, elle a fréquenté Joris Malzieu assez longtemps pour connaître son fonctionnement, elle sait tout des mécanismes dont il peut user pour parvenir à ses fins – les discours rassurants, l'intention bienveillante, cet art de l'illusion qui crée une confiance aveugle.

La nuit est tombée quand Camille, somnolente, évoque l'enquête sur sa disparition, qui affole la Bretagne. Loïc, son mari dont elle ose enfin prononcer le nom, est tombé sous les coups d'un agresseur, on le présente comme suspect dans sa disparition. C'en est trop pour elle. On est fin mai, elle se cache depuis deux mois, et le poids du mensonge devient impossible à porter. Elle est en train de précipiter la vie de l'homme qu'elle a aimé – et qu'elle aime peut-être encore – dans un cauchemar. Sa décision est prise, elle l'annonce à Joris : elle ne part pas avec lui, elle va appeler son mari et lui avouer la vérité. Mais Joris ne la laisse pas faire. Par peur de la perdre, peut-être. Par peur des conséquences, plus certainement. S'ensuit une dispute. Violente.

Camille, qui souffre de plus en plus, a du mal à trouver les mots pour relater cet épisode, et doit s'interrompre pour chercher sa respiration. Tout s'enchaîne très vite, à partir de là. Sa tension monte en flèche, elle se plaint d'horribles douleurs au ventre et à la tête. Quand elle est prise de fortes nausées quelques instants plus tard, Cécile, qui suspecte une pré-éclampsie, appelle le 15.

C'est là que Joris revient. Seul.

Refusant toute intervention extérieure, il ne laisse pas Cécile donner les informations à l'opératrice et l'oblige à raccrocher. Cécile n'a pas le temps de protester que Camille est prise de convulsions. Son état s'aggrave rapidement. Quelques minutes plus tard, l'horreur survient. Elle accouche d'une petite fille mort-née et tombe dans le coma. Complètement désemparée, Cécile emmaillote le bébé dans une couverture, le confie à son père et tente de faire revenir Camille, en vain. « Il n'y a plus rien à faire », dit-elle à Joris, qui devrait s'effondrer. Au lieu de ça, elle le voit sortir de la maison, les yeux embués, le nouveau-né au creux des bras, disant qu'il s'occupe de tout. « S'occuper de quoi ? » demande Cécile, mais Joris ne répond pas. Alors, elle comprend. Il va s'en occuper comme il s'est occupé de pousser leur ami Célien, ivre mort, derrière le volant de la voiture que lui-même conduisait avec une dizaine de verres dans le nez, alors qu'il venait de heurter un cycliste dans la nuit, durant l'hiver 2009. Cécile connaît la vérité, elle était sur la banquette arrière et elle l'a laissé faire.

Mais cette fois, pas question de se défausser, elle dit qu'il faut tout avouer à la police. Joris ne l'entend pas de cette oreille, et comme Cécile s'entête, il sort sa dernière cartouche : il lui rappelle ses accointances avec une association fondée par un gourou originaire de Savoie, de filiation templière, avec laquelle il a flirté un temps, lui aussi. Il soutient qu'il a des preuves contre elle et qu'il n'hésitera pas à s'en servir pour ruiner sa vie si elle ne procède pas exactement comme il l'entend. Cécile, qui sait qu'il ne plaisante pas, se retrouve confrontée à un choix cornélien. Mais Joris est fort, très fort, et il finit par la faire plier. Acculée, vaincue, Cécile accepte de se taire. Encore. Elle regarde Joris emporter le corps du bébé, dans un premier temps, puis celui de Camille, un peu avant le lever du jour, sans préciser où il va. Elle ne le reverra plus jamais.

Au cours des semaines qui suivent, elle assiste, impuissante, à la descente aux enfers de Loïc Stephan, cloué au pilori par la presse et l'opinion publique. Égoïstement, Cécile laisse faire. Mais le remords agit sur elle comme une gangrène, et elle se fait la promesse de parler si un jour il devait être accusé du meurtre de sa femme.

Une première planche de salut lui est offerte lorsque les enquêteurs font le lien entre Joris et Camille Stephan, à l'été 2019. Leur liaison s'étale bientôt dans la presse comme celle de deux stars hollywoodiennes au destin tragique, et Cécile reprend espoir. Ils vont le trouver, il va parler. Elle qui avait pris l'habitude de fuir les nouvelles se met à suivre l'affaire de près. Mais pendant deux mois, l'enquête piétine.

Joris reste introuvable. C'est le calme plat, jusqu'à la garde à vue de Loïc Stephan en octobre. Sentant que l'étau se resserre, Cécile se prépare à parler. Elle sait qu'elle risque d'être accusée de complicité, mais tant pis.

Quelques semaines plus tard, elle apprend que Joris a été repéré à l'étranger, une fuite qui sonne comme un aveu. Il devient alors le principal suspect dans la disparition de Camille. La piste du mari est écartée, Loïc Stephan est blanchi. Cécile peut souffler. Elle enterre toute cette histoire, comme Joris a enterré Camille et son bébé quelque part dans la montagne – du moins le suppose-t-elle. Elle se construit une autre réalité, où elle n'a pas connu Camille Stephan, fait table rase des événements du 9 juin, et en arrive presque à oublier l'affaire... jusqu'au jour où, près du cirque de Prévourey, une restauratrice du coin découvre les restes du corps de la femme morte sur son canapé neuf mois plus tôt.

Cette fois, tout est bel et bien fini. Du moins le pense-t-elle.

Le temps passe, après ça. Cécile essaie de reprendre une vie normale, entre son travail à la PMI, son potager, ses rares amis, mais elle s'aveugle, elle le sait. Il lui arrive souvent, trop souvent, de repenser à la petite fille qu'elle a mise au monde ce 9 juin 2019, et dont la dépouille, elle, n'a jamais été retrouvée. Ce mal la ronge comme un cancer. Est-ce le prix à payer pour son secret ? En février 2023, Cécile apprend qu'elle est malade. Le col de l'utérus. On ne lui donne que quelques mois à vivre, au mieux quelques années. Quelle cruelle ironie d'être touchée là où est née cette histoire sordide, dans la matrice, à l'épicentre du drame. La vie a parfois un synchronisme perfide.

Trois mois plus tard, comme un autre mauvais retour de karma, l'affaire qui a hanté nombre de ses nuits resurgit à la faveur d'une émission de télévision. Cécile n'a pas la télé chez elle, mais par un étrange hasard, elle est en train de la regarder chez une amie, ce jeudi 11 mai, au moment où le visage de Camille Stephan s'affiche à l'écran, accompagné de l'appel désespéré de son mari qui lui renvoie son silence en pleine face. L'imminence de la mort lui sert de facteur déclenchant, et elle voit là une chance de rédemption. Elle ne partira pas avec son secret.

Le lendemain, Cécile n'a plus qu'à rassembler son courage. Après avoir visionné l'émission en replay sur son smartphone, elle contacte le standard, dont elle a noté le numéro sur cette feuille de papier arrachée à un cahier que Camille Stephan portait sur elle quand elle est arrivée dans sa maison quatre ans plus tôt. Une feuille au centre de laquelle flotte, léger comme une plume, le prénom que la future maman avait choisi pour sa fille, entouré d'arabesques fleuries.

Manon.

Trois mois plus tard

2 CŒURS

Des petits pas trottinent sur le parquet de l'étage. La porte de la chambre s'entrouvre et une tête blonde apparaît dans l'interstice. Sans un mot, le petit garçon grimpe dans le lit de son papa qui, ouvrant un œil, devine la lumière du jour à travers les volets.

— Papa, viens, j'ai un cruc à te moncrer.

— Un truc à me montrer ?

— Oui, un cruc à te moncrer. C'est ce que j'ai dit. Viens !

— Tu ne veux pas plutôt rester cinq minutes sous la couette avec moi ? Il est… il est à peine 6 heures, chaton.

— C'est aujourd'hui que Lou arrive ?

— Oui.

— Alors lève-toi !

— Mmh. Encore deux minutes, d'accord ? Je te raconte une histoire.

Un silence.

— Papa, ma tétine elle est tombée.

— C'est rien, tu n'en as plus besoin.

— Si ! Ramasse-la !

— Je te raconte d'abord une histoire, d'accord ?

Le petit corps tout chaud se serre contre Loïc.

— C'est l'histoire d'un petit garçon qui vient trouver son papa au réveil, un matin. Il lui dit qu'il a un cruc à lui moncrer et tout à coup, il perd sa tétine. « Est-ce que tu peux me la ramasser, papa, s'il te plaît ? » demande le petit garçon.

— Il s'appelle comment ?

— Marin.

— Comme moi ?

— Comme toi. « Non, je ne peux pas te la ramasser, répond son papa, elle est partie au Royaume des tétines perdues. » « C'est quoi, le Royaume des tétines perdues ? » demande Marin. « C'est l'endroit où vont les tétines des enfants de trois ans et demi quand elles tombent sous le lit. Un jour, quand elles considèrent qu'elles en ont assez d'être sans arrêt suçotées et mâchouillées, elles sautent de la bouche de l'enfant à qui elles appartiennent et hop, elles disparaissent. Elles finissent alors au Royaume des tétines perdues où elles vivent heureuses, sans plus jamais être mâchouillées et pleines de salive. »

Un silence se referme sur les mots de Loïc. Son fils passe un bras autour de son cou, sa peluche Dory serrée contre son cœur.

— Il y a un Royaume des doudous perdus, aussi ?

— Non, chaton, les doudous, on les garde.

Marin médite là-dessus quelques secondes. Loïc profite de ce moment de calme, peut-être le dernier de la journée, pour enfouir son visage dans les cheveux de son fils, qui sentent le shampooing de la veille. Il est submergé par une vague d'amour si forte et soudaine qu'elle lui file presque le tournis.

— Papa, c'est bon, ça fait cinq minutes ?

— Oui, ça fait cinq minutes.

— Alors on se lève ?

— Oui, on se lève. Mais d'abord, séance de guilis !

Loïc se jette sur son fils et le mitraille de chatouilles. Marin éclate d'un rire pur, cristallin. Ils restent encore une minute entre les draps, puis il se lève pour ouvrir les volets.

Dehors, il fait déjà grand jour. On est le 26 août, la rentrée arrive à grands pas, mais l'été ne semble pas vouloir finir. Le fond de l'air, pourtant, a déjà changé d'odeur, de texture. Loïc arrive à le sentir. Bientôt, ils iront ramasser des châtaignes et des feuilles, ils décoreront la maison pour Halloween, pour l'anniversaire de Marin, pour Thanksgiving. C'est une tradition, depuis leur installation dans le Finistère en septembre 2020. Tous les ans, ils célèbrent l'automne. Cette année, la famille Patton sera de la partie, pour la toute première fois.

Il est 6 h 25, Sainte-Marine dort encore. Dans la maison d'en face, Constance, qui fera sa rentrée en moyenne section de maternelle avec Marin dans neuf jours, ne semble pas encore avoir réveillé sa mère. Loïc avise son bateau pneumatique dans la cour, près de la C3 de Pauline. Les enfants iront à la plage en fin de journée, ils creuseront des trous dans le sable avec Lou, qui arrive de Paris avec ses papas Yann et Rémi, pendant que les adultes descendront quelques bières. Ce sera une soirée parfaite. Une journée parfaite. Et simple. Comme l'est la vie ici.

Père et fils descendent à la cuisine, dans laquelle flotte encore l'odeur du gâteau au chocolat qu'ils ont préparé la veille. Marin vient se hisser sur un des tabourets de bar de l'îlot, en face de Loïc, qui lui sert un verre de lait avant de se mettre à éplucher une poire pour le petit déjeuner en repensant à cette histoire de tétine perdue. Il est assez fier de son coup, qui prépare le terrain pour ce qui va être un des enjeux de la rentrée. Son fils grandit, il aura quatre ans dans un peu plus de deux mois, et, après le biberon du matin, il va bientôt devoir renoncer à cette autre relique du premier âge.

Parfois, bien sûr, leurs échanges sont moins poétiques :

— Papa, comment on fabrique les crottes de nez ? demande le petit garçon en extirpant une pépite grosse comme une lentille d'une de ses narines.

Loïc interrompt le mouvement de l'économe sur la poire. Qu'aurait répondu Camille à cette question ? Il pose sur son fils un regard plein de tendresse. Il la voit quand il le regarde, même s'il sait que c'est impossible.

— Comment on fait, d'après toi ?

Marin réfléchit une seconde, une moustache de lait sur la lèvre supérieure.

— Il faut aller chercher de la morve de nez dans le magasin de morve, on la fait sécher, ensuite on met des petites boules d'air, on mélange, et ça devient des crottes de nez.

— Alors ça, c'est une drôle de technique ! s'esclaffe Loïc en posant sa poire devant lui.

— Est-ce que tu veux faire ça ?

— Des crottes de nez ? Je ne suis pas sûr.

— Et Dory, elle a des crottes de nez ?

De ses billes curieuses, Marin scrute l'espace entre les globes oculaires démesurés de l'héroïne du *Monde de Nemo*, qui ne le quitte jamais. Étrangement, le petit garçon n'a jeté son dévolu ni sur le doudou éléphant que son père a acheté à Rennes avant sa naissance, ni sur la girafe que Camille avait choisie pour lui au zoo de Portland. C'est le poisson bleu et jaune qui scellait l'amour de ses parents, cadeau de Loïc à Camille lors d'une virée à Disneyland Paris quelques années plus tôt, qu'il a finalement adopté, sans connaître son histoire. Cet enfant est décidément plein de belles surprises. Il a perdu celle qui aurait dû être sa maman avant de la connaître, situation impossible, ubuesque, dont il s'est parfaitement accommodé. Ça l'aide, Loïc, cette facilité qu'ont les petits à accepter les choses telles qu'elles sont. Ça le soigne, même s'il lui arrive encore parfois de voir le visage de Camille quand il ferme les yeux le soir. Mais c'est de moins en moins souvent.

Peu à peu, la douleur et le chagrin se sont éloignés de lui. Les heures qui ont suivi son entretien avec le juge Le Hénan ont été les plus noires, les plus effroyables de toute sa vie, mais d'un autre côté, le récit de Cécile Carignon l'a aidé à rendre la disparition de Camille plus tangible. L'ignorance, ça esquinte les nerfs. Alors oui, en imaginant sa femme en train de convulser sur son canapé et le bébé mort-né qu'elle a mis au monde le 9 juin 2019, il a touché le fond, mais il est remonté. Grâce à Pauline, une copine de collège divorcée qu'il a recroisée par hasard en début d'année. Grâce au témoignage d'un homme, expatrié en Uruguay, qui a reconnu Joris Malzieu sur un marché de Montevideo au cours de l'été. Grâce à son fils, qui avec ses questions incessantes sur les doudous ou les crottes de nez, sait le ramener à la réalité.

Marin l'a sauvé.

Discrètement, Loïc coule un regard vers lui. Il est occupé à essayer de raccorder un câble USB à une prise. Jouer à l'électricien est sa nouvelle lubie. Doit-il le laisser faire ? Il n'en sait rien, il n'a pas toutes les réponses. Les enfants ne sont pas livrés avec un mode d'emploi et il essaie de faire de son mieux. Comme le lui a dit Baptiste un jour, « Si tu sais compter jusqu'à dix et citer tous les mots qui riment avec bateau, tu seras le roi du pétrole. » Et il faut bien avouer que ça fonctionne.

— Mange ta poire, chaton. On doit aller chercher Lou et ses papas à la gare dans une heure.

— À Quimper ?

— Oui, à Quimper.

— Et après, on fera quoi ?

— Après, on rentrera. Je préparerai l'apéro.

— Youpi ! Et après ?

— On fera un barbecue.

— Avec Pauline et Constance ?

— Comme tous les samedis.

— Tu l'aimes, Pauline ?

— Peut-être.

— Et après, on fera quoi ?

— Après, on ira à la plage. On prendra le paddle, on emmènera Lou avec nous.

— Et après ?

Loïc sourit.

— Après, on verra.

REMERCIEMENTS

À mes bêta-lecteurs, Anne et Simon.

À Pierre Astier, mon agent, sans qui ce roman n'existerait pas.

À Talya Chaumont, mon éditrice chez Denoël, pour l'enthousiasme et la confiance.

Au Dr Julien Josseaume, pour l'expertise médicale.

À Allan Villain, pour l'expertise policière.

À Sabrina Huet, pour l'éclairage sur l'industrie pharmaceutique.

À Me Annabelle Lairie, pour l'éclairage sur les successions.

À Kristi, pour avoir rendu l'aventure possible.

À « Reese ».

Et à mon fils, pour l'inspiration.

Composition : Utibi.
Achevé d'imprimer par Grafica Veneta S.p.A.
à Trebaseleghe (Pd), en septembre 2024.
Dépôt légal : octobre 2024.

ISBN 978-2-207-18217-8 / Imprimé en Italie.

638227